中国智慧

中国高铁科技创新之路

长/篇/报/告/文/学

China's High-Speed Rail
A new model for technology innovation

中国智慧

中国高铁科技创新之路

（修订版）

王　雄/著

外文出版社
FOREIGN LANGUAGES PRESS

目 录

CONTENTS

绪言

马车·马力与高速列车

一

有朋友曾经好奇地问我："一列高速列车的马力到底有多大啊？"

我告诉朋友："若以 CR400BF 型'复兴号'动车组为例，一列高速列车的牵引功率为 10140 千瓦，如果靠马来完成，按 1 马力 =735 瓦特计算，则需要马的数量是 13795 匹。"

朋友惊叹道："啊，这不就是古时所说的'万马奔腾'吗？"

这位学工科的朋友，竟然能用"万马奔腾"来形容当今的高速列车，让我很吃惊。这位逻辑思维缜密的理工男，竟然具有如此的形象思维能力，是我始料未及的。

纵观人类交通史，马车与火车作为两种交通工具，本身就有着千丝万缕的联系，是一个承前启后、继往开来的趣味话题。

据说，瓦特当年做试验时，选用的是一匹十分精壮的马，得出的马力单位是比较大的，绝大多数的马都没有这么强的做功能力。还有，一匹马的体重，也会影响它功力的大小。一匹 300 公斤的马，大概只有 0.5 马力。而一匹 500 公斤的马，可能有 1.5 马力。一匹普通的马，如果长时间连续工作的话，它的综合功率大约只有 0.4 — 0.6 马力。

也就是说，大约两匹马才有一马力。若以马力计算单位，多匹马拉车肯定比单匹马速度快。马匹的多少，决定了马车的速度。

那么“复兴号”高速列车飞驰的景象，应该是 27500 多匹马的力量，可谓是“蔚为壮观，浩浩荡荡”。

马车时代，是人类交通史上的一个辉煌。

自人类诞生之日起，我们的祖先就靠四肢前行。直立人出现后，开始用双脚行走，步行在人类历史上占据了绝大部分时间。直到 3000 多年前，人类才进入了依靠马车代步的时代。马车的出现，极大地加快了人类行走的速度。

二

多年的铁路职业生涯，让我一直十分关注一切与交通相关的信息与史料。我一直在追寻交通工具的变革对人类发展进步的促进作用和重大意义。

朋友的提问，让我联想了很多：从马车到高速列车，人类交通工具的进步经历了一个什么样的历程？它印证了一些什么样的哲理？我摘录了两则故事，作为引言和开场想说的话。

故事之一：19 世纪中期，一位名叫拉尔夫的英国商人非常得意自己有着一匹快马、一辆精致的马车。一天，拉尔夫坐在自己的马车里，手中紧握着马鞭，用充满敌意的眼神，打量着那个从远方驶来的庞然大物——一列蒸汽机火车，一个从未见过的新鲜玩意儿。它吞吐着浓烟呼啸而来，运载量很大，毫无顾忌地抢走了马车商人的生意。倔强的拉尔夫去找火车商人谈判，提出要驾驶马车跟火车来一场比赛，谁输了谁退出。火车商人被激怒了，同意公开举行比赛。

马车要与火车比赛，这一新闻引起了人们极大的兴趣。比赛当天，铁路沿线挤满了观众。拉尔夫赶着蓄足了劲儿的马车，和火车一起站在起跑线上。“砰！”的一声，发令枪响了。在围观人群的欢呼声里，拉尔夫的马车就像离弦的箭，瞬间冲出去数百米。而火车还在原地打鼾似的启动机器。在人们的叫喊声中，火车徐徐启动了。强烈的轰鸣声和滚滚的浓烟过后，火车的速度越来越快，和马车的距离渐渐拉近。拉尔夫不停地挥动马鞭，可马车的速度已经达到了极限，而火车还在加速，很快火车就追上了马车。拉尔夫无奈地看着齐头并进的火车再次提速，很快就被远远地抛在了后面。

这场从一开始就没有悬念的比赛结束了。

故事之二：2002 年 7 月，河南洛阳，酷暑难熬。一连多天，河南省考古工作者都隐藏在洛阳市东周王城广场地下，紧张地进行抢救性考古发掘工作。这是一个大型的东周车马坑：马车的主要部件原本是木质的，由于埋在地下千百年，时光流转，摧枯拉朽，木头一点点腐朽，细土一点点入侵，木质腐蚀完了，细土也就完全吞没了木质，木头与泥土就这样完成了置换。车子不再是木头的，已经化为了泥土，成为了“土车”……

这天，考古工作者依然细心地清理着断层上的浮土，突然隐现出一具泥马骨架，紧接着又出现了第二具、第三具，一连六具。六匹泥马的尾后，是一架泥车。这不是六马驾一车吗？这难道是“天子驾六”的遗存？大家顿时被眼前的发现惊呆了。就这样，河南考古工作者们精心发掘成就了 21 世纪中国考古的重大发现：“天子驾六”车马坑。它被誉为“东周瑰宝，举世无双”，震惊世界。

长期以来，史学界一直有着“天子驾六马”与“天子驾四马”的争论。也就是说，皇帝的车是四匹马拉还是六匹马拉？为此争论不休。史书上有“天子驾六”的记载，却一直没有考古实物的佐证。洛阳“天子驾六”车马坑的发现，以实物的形式，揭开了“天子驾六”的千古疑案。

我想说的是，这两则关于马车的故事，其实反映了同一个命题：人类对速度的向往与崇拜。

三

由此，马车速度衍生出意识形态方面的问题。

在西方，豪华的多匹马拉的车，是贵族特权生活的象征。在中国，“天子驾六马”，彰显古代皇帝的威严。马匹越多，马车自然就越快。马车的速度，不仅决定了坐车人的行走速度，而且决定了坐车人的身份、权威与尊严。

我们不妨把思绪拉回到充满乡愁的马车时代。一匹马，一根轴串起两只大轱辘，轴上托起一个大铺板，板上立着一间小木屋或一把大伞。前为驾车人，后为坐车人。随着驾车人的一声“驾”，马车缓缓起步。往里来喊“约约吁”，往外就喊“喔喔喔”。马会听人吆喝，听到主人的喊声，它就知道往那边去。

古时候，由于有了马车，让人们的出行十分方便。交际范围不断扩大，人与人之间的联系越来越密切，从而增进了各地间的文化传播和文明进步。考古发现，我国殷墟出土的殉葬用品中就有了双轮马车，由车厢、车辕和两个轮子构成。西周时，双轮马车已经成为那个时代最经典的交通工具。人们远走他乡，或周游列国，或驰骋战场，都离不开马车。

18 世纪中期后，马车几乎成为欧洲所有新兴城市的一道风景线。西欧率先进入现代社会，新兴的市民阶层成为轮子上的新人类。一直到 19 世纪，马车都是人类十分重要的行走工具。人们喜欢马车的优雅与诗意，喜欢乘坐马车从容地穿过乡村古道，或行走在城区街巷走亲访友。

清朝末年，北京内城是 5 公里的直径，城内人多车多，马车的速度不可能太高，一般是两匹马的马车，每小时 5 公里左右。城外人车少，尽管道路差些，但马车可以放开跑，大概时速在 10—15 公里。各个朝代的马车速度也是大同小异。

科学实验证明，马是最善于长途奔跑的动物。马的胸骨粗壮，四肢修长，腿部肌肉发达。马奔跑的时速一般为 20 公里，最快时速可达 60 公里，并且可连续奔跑 100 公里。如果道路条件好，一辆四轮马车，换着马 24 小时连续行驶，一昼夜可以达到 350 公里。

功率的单位有两个：千瓦和马力。其中千瓦是国际单位制，马力是英制单位。马力又分为公制马力和英制马力。物理学告诉我们，公制马力的物理意义是：一匹马在一秒钟的时间里把 75 千克的物体提高 1 米所做的功；英制马力的物理意义是：一匹马在 1 分钟内把 1000 磅的重物升高 33 英尺所做的功。

最早使用马力来定义功率的人是瓦特，他发明的蒸汽机需要有一个物理量来衡量做功能力的大小，于是他就采用了这种与马类相比的方式来表述，并形成一种习惯延续下来，“马力”最终成为功率的一种计量单位。

千瓦与马力的换算公式为：1 公制马力 =75 千克力・米 / 秒 =735 瓦特。

四

蒸汽机车时代，是人类交通史上的一场革命。

17 世纪末 18 世纪初，蒸汽机的发明和应用，改革了手工工场时期的上层建筑，适应了新的经济基础，极大地提高了劳动生产力。

1825 年，火车在英国诞生，打破了人类保持了长达数千年依靠畜力的加速度。蒸汽机车创造的新速度，改变了世界，迎来了人类发展的新纪元。

以世界上最早的蒸汽机车——“火箭号”为例，它牵引 30 节车厢，承载 700 多名旅客，时速为 46.4 公里，大约相当于 1500 匹马奔跑的力量。这个时速要比马车快3倍，远远超过了人们的想象。

火车是人类发明的首项公共交通工具。由于速度和能量上的优势，火车在很长时间内都是交通运输的主要力量。直至20世纪初汽车的发明，火车一直是陆上运输的主力。二次世界大战以后，汽车技术得到提升，高速公路大量建成，加上民航的普及，在多种交通工具的竞争中，火车的表现有些力不从心，一度成为夕阳产业。

1964年，日本铁路新干线系统开通，高速铁路异军突起，让日本蜚声海内外。数十年无伤亡的安全运行记录乃至精确至5秒钟的到站与发车时间，显示了日本高铁的先进技术和管理水平。

20世纪70年代，面对能源危机、环境恶化的严峻现实，人们开始重新认识铁路的价值。尤其是高铁的榜样示范作用，以其速度快、运量大、安全、舒适、便捷、节能、环保等诸多优势，让世界看到了希望所在。

100多年来，火车经历了蒸汽机车、内燃机车、电力机车时代，如今进入了高速列车时代。高铁顺应了社会发展和时代进步，新速度，新时空，改变着人类的生存空间、出行方式和生活方式。

五

"水滴石穿，非一日之功"，这是中国谚语，也是中国高铁自主化发展的客观现实。高铁是一个复杂的系统工程，投资巨大、工程浩大、挑战极大，其创新更是一个布满荆棘、充满艰难险阻的过程。通过对每一次极限的突破，化蛹成蝶，中国高铁最终完成了自我。

早在中国高铁之前，世界高铁系统主要由日本新干线系统、法国TGV系统和德国ICE系统三分天下。2004年，中国决定通过技术引进发展高铁，此时中国国产动车组技术远远落后于世界。到2006年底，中国完成了三次动车组招标，分别从日本、法国、德国、加拿大购买了280列高速动车组。这些动车组技术各有优势，可以适用于不同的地质条件。然而，中国有着更加极端苛刻的环境，从东北的严寒，到西北的大风沙，再到海南的酷暑，需要同时经受零下40摄氏度和零上40摄氏度的考验，并且安全穿越11级大风，这一切都需要技术上的创新。

立足高起点、高标准，瞄准世界先进水平，充分发挥“集中力量办大事”的制度优势，坚持以我为主，自主创新，把原始创新、集成创新和引进消化吸收再创新结合起来，走出了一条有中国特色的高铁科技创新之路。高铁研发团队、建设者和制造者心往一处想，劲往一处使，握指成拳，博采众长，以舍我其谁的担当，努力学习先进技术，积极向未知领域出发。从“依样画葫芦”，到完全自主创新，构建起完备、成熟、自主知识产权的高铁技术体系，实现了市场资源、科研资源利用效率的最大化，实现了从中国制造到中国创造的跨越。

经过几代铁路人的接续奋斗，中国高铁从初始化、国产化、自主化到现在的智能化，涵盖高铁工程建设、装备制造、运营管理三大领域的成套高铁技术体系，实现了从无到有、从追赶到并跑、再到领跑的历史性变化。掌握了高铁轨道、线路、桥涵等全面技术，高铁线路达到国际一流水平；掌握了牵引供电、动车组、通信信号等研发、制造、维修技术，高速列车、通信信号技术进入国际第一方阵；成功运营和管理了世界上最大的高铁网络，运营网络通达水平世界最高。高铁技术水平总体进入世界先进行列，部分领域达到世界领先水平。

中国高铁印证着中国铁路事业的蓬勃发展与时代进步，已经成为集中展示中国速度、中国智慧、中国力量、中国精神的文化标志，在人类轨道交通发展史上，烙下了清晰而深刻的中国印记。

六

2015年秋，中国工程院院士、原铁道部部长傅志寰同几位退下来的铁路老专家一道，乘高铁对武汉、株洲、深圳、温州、戚墅堰、南京等地进行了考察，行程达5000余公里。高铁的安全、快捷与舒适，以及中国高铁取得的一系列令人炫目的“大数据”，让这些为新中国铁路事业奉献了毕生精力的铁路人感到由衷的高兴，感慨不已。

截至2021年底，中国高铁运营里程突破4万公里，可绕地球赤道一圈，占世界高铁总里程的70%以上，稳居世界第一。其中设计时速300—350公里高铁占比约41%；设计时速250公里客专占比约36%；设计时速200公里客货共线铁路及城际铁路占比约23%。高铁已覆盖全国92%的50万人口以上的城市。

高铁改变了中国，改变了人们的出行方式和生活方式。高铁大大缩短了城市间的距离，颠覆了传统的空间和时间概念，那些遥不可及的远方，也因为高铁的出现变得不再遥远。随着生活节奏的加快，人们自然喜欢上了既快捷又安全舒适的高速列车。高铁构筑起生活新时空，成为人们美好生活的一部分。四通八达的高铁网，让您行走如飞；同城效应，让城市间不再分你我；互联网+高铁、高铁+旅游热，诠释着一种全新的生活方式。越来越多的人登乘时代的高速列车，无比愉悦地行走天下。高铁拉近了人心间的距离，拉近了每个人与梦想的距离。

高铁扩大和丰富了城市经济版图，促进沿线经济带发展，成为经济社会发展的强劲动力。从京津冀协同发展，到长三角的繁荣，到中部崛起战略，再到粤港澳大湾区建设，高铁都是重要的连接承载，从旅游到经济，高铁成为“中国速度”的代名词。

时间是最宝贵的财富。一条条高铁，被老百姓喻为时间的生产线。提高了行走速度，节约了时间，也就等于延长了生命。这是高铁哲学，时代的辩证法。

七

2021年1月19日，习近平总书记考察京张高铁，抵达太子城站后，他走进车站大厅，一边听取介绍，一边仔细察看京津冀地区铁路网图、京张高铁以及沙盘等展示。习近平感慨地说："我国自主创新的一个成功范例就是高铁，从无到有，从引进、消化、吸收再创新到自主创新，现在已经领跑世界。"

创新是一个民族进步的灵魂，是一个国家兴旺发达的不竭动力。

用创新破解生存发展的难题，这是唯一的选择。18世纪，蒸汽机的发明，开启了英国的工业革命；19世纪，钢铁和化学工业，带动了德国的兴起；20世纪，电气时代的到来，奠定了美国的领先。如今，一台计算机，可以储存中世纪所有图书馆里的全部抄本和卷轴信息；五条现代货船，可以装下1500年时全世界所有船队的货物……

创新本来就意味着改变，持续、微小的改变也可能引发强大的创新。有时候只是对现有技术的重新整合，同样能够产生惊人的结果，这就是集合式创新。电脑、晶体管、互联网、万维网、智能手机……这些现代科技成果，都不是单一的，而是集成创新的产物。计算机技术的发展，就是在对诸多专家学者的理念、技术、思想加以整合的基础上，融合了计算技术、电子技术、集成电路技术、晶体管技术等，才有了这一现代重大科技成果。

中国是世界上唯一实现高铁时速350公里商业运营的国家。京张、雄安高铁开启了世界智能高铁之先河，"复兴号"智能动车组首次实现时速350公里自动驾驶功能，树起了世界高铁商业化运营标杆，以最直观的方式向世界展示了“中国速度”。

随着智能化、信息化水平不断提升，高铁旅途的“智慧”随处可见，网上购票、电子客票、刷身份证乘车、在线选座、人脸识别、网络订餐等先进智能服务方式，日渐成为高铁旅途的“标配”。

人们利用新知识、新技术，去创造新产品、改进新工艺，由此推动了社会的进步，最终达到改善人民的生活、增长社会财富的目的。这就是创新的力量，这就是世界前进的力量。

八

1964年，美国传播学大师麦克卢汉在《理解媒体》一书中首次提出了“地球村”概念。

这位美国人认为，随着现代电子通讯传媒的快速传递，让地球缩小成为弹丸一般，就像一个村庄。随着高速公路、高铁铁路等现代交通方式的飞速发展，社交媒体、物联网、大数据、金融科技与区块链、虚拟现实、人工智能等数字技术的突飞猛进，互联互通成为当今时代的“元模式”，不断扩展和丰富了“地球村”概念。快速的交通工具，瞬息万变的数字技术，改变了人们的时空观，全球化已成为不可逆转的时代潮流。

当前，全球新一轮科技革命孕育兴起，正在深刻影响着世界发展格局。特别是高铁创造的新速度，人与人之间的时空距离骤然缩短，人们的交往日益频繁便利。贴地飞行的高速度，消除了地域界限和文化差异，把人类大家庭结为一体，开创了一种新的和谐与和平。

在全世界14个有高铁的国家中，排在前四位的分别是中国、日本、法国、德国。从京津城际中国第一条时速350公里的高铁算起，经过十多年的快速发展，中国高铁凭借技术领先、安全可靠、性价比高等优势，使中国一跃成为了世界第一高铁强国。中国高铁的运营里程、运营网络通达水平、高速列车保有量和商业运行时速，四项指标都是世界第一。凭借“一带一路”倡议的东风，中国高铁正在大踏地走向世界。

中国高铁网迅速成型，并逐渐向中国以南尤其是以西持续延伸，将在一定程度上改变整个世界的交通格局。可以设想，当陆上丝绸之路、新欧亚大陆桥以高铁的形式贯通，将中国、亚洲各国、俄罗斯以及欧洲各国用高铁网连接起来，必将改变整个亚欧经济，对世界经济产生重大影响。

中国高铁在海外市场的强势拓展，彰显了中国智慧和中国力量。

九

早在 20 世纪 30 年代，毛泽东同志就说过：“我们这个民族有数千年的历史，有它的特点，有它的许多珍贵品。”他强调指出，对于每个中国来说，都要珍惜从孔夫子到孙中山给我们留下来的智慧财富。

我以为，这份财富就是“中国智慧”的本源。

中国智慧提供了促进中国和人类生存发展的金钥匙，显示了中国传统文化的内在活力和当代价值。其价值意义在于，要实现生产力的大发展，必须要在遵循全人类普遍价值的同时，让现代技术和现代制度落脚于中华民族的文化土壤。

交通强国，铁路先行。坐着高铁看中国，高铁技术、高铁成果的中国化，见证祖国大好河山的日新月异。高铁在带给人们高速、安全、便捷的同时，让人们感受到了其独特的“生态价值”和“绿色通道”的灿烂前景，也让广大民众充分享受中国速度、领略中国智慧和感悟中国力量。

高铁之高，高在速度，高在地理高度，更高在高瞻远瞩、顾及未来。

以科技创新为动力，凝聚中国智慧，放大人民幸福。“复兴号”奔驰在祖国广袤大地上，分明就是一首美妙的诗、一首最好听的歌。高铁改变中国，分明就是一道如醉如痴、别一样的风景。

读着诗，听着歌，品味着风景，真的是让人陶醉了。

回首中国高铁发展之路，实质上就是科技创新之路。一路风尘，一路坎坷，一路欢歌。人们不禁要问，中国高铁科技创新之路的奥妙何在？这条坎坷的创新之路又有哪些故事？这本书将与您一同追忆这段充满传奇色彩的历程，探索大国科技创新的奥秘；与您一同遨游高铁科技知识的海洋，解读高铁科技创新背后的中国智慧、中国方案与中国精神。

早期的火车站及蒸汽机车场景

第一章 轮子上的世界

从某种意义上说，人类发展史，就是一部不断追求快速度的历史。

地球用了十几亿年的时间，营造了适合生物演化的自然环境，又用了几百万年，形成了人类赖以生存的生态家园。而在人类文明发展的几千年里，世界变得更加丰富多彩。

自人类诞生之日起，追求更快的速度，就是潜伏在人类心灵深处的原始欲望。为了生存，人类对高速度的追求一直是永恒的目标。

远古时期，莽莽原野，森林遮日，动物的高速度是获取食物的重要前提，快者生存，快考多得。“生存”是人类追求快速度的唯一理由，直立行走，拖橇、滚木乃至轮子的发明，都是为了提升行走速度，以获取更多的猎物。

轮子的发明，车辆的问世，蒸汽机的诞生，高速铁路的出现，人类的行走速度一次又一次地获得提升。轮子上的世界，好比是一个魔方，每一次转动，都是一道美丽的风景。轮子上的世界，从另外一个侧面诠释着财富、文明和人类的创造力。

人类用速度，为地球绘制出各种不同的版图，让地球越变越小。人类的首次环球之行用了三年时间，现代人乘坐民航飞机绕地球一圈只需要 50 个小时，我国神舟系列载人飞船设计的速度是航天员每 90 分钟绕地球一圈。

速度决定人类生存

大自然孕育了万物，弱肉强食勇者胜。

在动物的世界里，一直都不存在善心，不存在怜悯，也不存在信任。只有强者，只有输赢，弱者只能被淘汰。

达尔文对生物演化有一个著名的观点，自然选择，适者生存。人类为了获得食物，或追杀其他动物，或逃脱猛兽的伤害，必然会不遗余力地疲于奔命，从而使自己在快速前行中时刻维系着一种生存与发展的挑战空间。这一演化过程正是生存的本能，也正是这种生存本能，让人类得以进化，从而一天天地变得聪明与强壮起来。

奔跑为了活着

奔跑，是人类的本能。

浩瀚宇宙，无边无际。人类赖以生存的地球只是银河系里一颗很小很小的星球。地球与太阳相比，好似芝麻与西瓜；地球与银河系相比，就像一粒尘埃。然而，银河系在宇宙里，也不过沧海一粟。人类生活的这个地球，在宇宙里实在是太渺小了。

几百万年前，一直以树为家的古猿人，因为食物的匮乏，开始放弃树上的逍遥生活，不再手脚并用，而是选择下到地面直立生活。在武器等工具还未发展起来的时候，想不被猛兽吃掉？打不过，就赶紧撒丫子跑吧。想吃肉？那就得盯住猎物，拼命追赶，追它个天昏地暗。

读《人类简史》得知，大约 38 亿年前，在这个叫作地球的行星上，有些分子结合起来，形成一种特别庞大而又精细的结构，称作“有机体”。于是就有了动物、植物等自然生命体的出现。人类最早的祖先是一种更早的猿属。大约 450 万年前，人和猿开始分化，产生腊玛古猿，以后由腊玛古猿演化成 200 万年前的南方古猿，进一步再发展为现代人类。早期猿人，大约生存在 300 万年到 150 万年前，已具备人类的基本特点，能直立行走，制造简单的砾石工具。

大约到了 250 万年前，这些古猿人类开始演化，从南方古猿到能人，再到直立人，一晃就是 100 多万年。到了大约 7 万年前，一些属于“智人”这一物种的生物，开始创造出更复杂的架构，于是有了“文化”。

据美国《科学日报》报道，美国科学家对比了猩猩、现代人和图根原人的前腿骨化石，分析论证人类祖先最早于 600 万年前开始直立行走。大约在 300 万年前，放弃树居而改为陆地生活。

从爬行猿进化到直立人，人类祖先的生活发生了革命性的变化。解放了双手，双足也摆脱了手的制约，为加快行走速度提供了可能。对于猿人来说，迈开直立行走的第一步只是他们的一小步，但对于整个人类而言，却是一次巨大飞跃。最新研究表明，人类两条腿行走所消耗的能量只有四肢着地行走的黑猩猩的 1/4，而且也省力得多。

站直起来的猿人，视域范围明显变得宽广起来，从而可以更好地观察周边情况、体察危机。由于原始时期生产力低下，人们受制于自然条件的束缚，通常只能利用自然界的个别要素，依赖在一定地域空间范围内猎获动物或采集植物，以维持生机。

我们不妨还原 200 万年前的非洲，去逛一逛。眼前的非洲，到外都是湿热带原始森林，古木奇树，千姿百态，遮天翳日，神秘莫测。高耸入云的参天大树，一些树干、树枝上发出的气生根，从半空扎到地里，渐渐变粗，成为支撑树冠的支柱根，独木成林；一些气根缠绕在其他树上，越长越粗，越长越宽，最后连接起来，把附着的树绞死，连片成林。

丰富的森林资源，特定的气候环境，滋生、潜伏着各种各样奇异、危险的动物。不仅有豺狼虎豹，还有植物上爬满咬人的大蚂蚁、传播疾病的昆虫。地面潮湿的树叶层下，大都是又滑又软的泥浆和腐烂的木头。林子里闷热异常，一团团藤蔓和乱七八糟匍匐的植物，将森林的地面掩盖得严严实实。

原始森林里不仅仅是树木，还有灌木、乔木、花草等许多植物，维系着一个很大的生态系统，一个热带雨林的生物圈。圈里有一个又一个很复杂的生物链。在这个生物圈里，很多食肉动物都是以其他食肉动物为对象的，相互食肉，相互依存，没有哪个动物在热带雨林属于绝对的霸主。在这个生物圈里，动物体格的大小，并不决定强弱。如南美洲的行军蚁，身小体弱，然而，豹、獾等食肉动物却都是它的嘴中肉。

每天清晨，羚羊都知道，它必须跑过最快的狮子；狮子知道，它必须跑过最慢的羚羊。不管是狮子还是羚羊，太阳升起时，都要开始奔跑。地球上的其他哺乳动物都在奔跑，直立人也不例外。

在这里的任何一片原始森林里，你都会看到一群很像人类的生物在拼命地奔跑，为了捕猎一只狼，或一只鹰，或一条鱼，他们不惜翻山越岭，上树下水，疲于奔命。他们不仅自己需要食物生存，山上山下还有一群妻子、孩子，等着他们拿回猎物生活呢。

我们祖先的身体结构更适合生活在树上。那个时候，非洲大陆也正是森林覆盖的环境。而在随后的时间里，非洲的环境出现了巨大的变化，树变得越来越稀少，开阔的草原越来越多。自然的力量迫使人类祖先从树上下来，开始在平地上活动。

我曾通过现代高速摄影机观察到猎豹这种世界上跑得最快的动物。猎豹的四条腿在奔跑过程中，叠加与伸展交替进行，如同引擎带动的曲轴连杆运动。专家告诉我，猎豹的肺，就是这部引擎的汽缸——同步压缩和扩张。凡是善于奔跑的四足动物，莫不如此，一步一呼吸。

单论爆发速度，当然四足动物有优势，可要拼耐力，人类则是持久性极佳的移动杀手。动物学表明，很多动物都无法连续奔跑 5 公里以上，无论是猎豹、羚羊还是野鹿，一旦快速奔跑起来，时速若达到 10 英里以上，就会不同程度地进入无氧运动阶段。换句话说，如果持续以此速度跑下去，动物很快就会因为机体内储存的糖分消耗殆尽而崩溃。

有意思的是，作为直立行走的人类，其呼吸频率与奔跑频率基本无关，因此人类无氧运动的阈值门槛很高。一个训练有素的马拉松运动员，能够以 12 英里的时速持续跑 2 个小时以上。

像非洲猎人在草原上追逐羚羊那样，塔拉乌马拉人在山谷中追击野鹿，直到它们的“四个蹄子都磨秃了”。剑桥大学的一项研究表明，在狩猎时代，善于长跑的男性被认为有更大的“生育潜力”，也更易为异性所青睐。哈佛大学教授利伯曼说：“当你跑马拉松跑到了十六七英里时，你问自己‘我他妈究竟在干什么？’记着，你正在追一只非洲羚羊，没错，你在重演 100 万年前的追猎。”

漫长的岁月里，人类的演变进化，不断改善着自身的奔跑条件。毛发减少，汗腺增多，可以及时出汗散热，这一点就可以碾压除了马之外的大部分四足猎物。过膝的双臂变短，便于弯曲摆动助力；臀部趋于发达，有力连接躯干与双腿，保持平衡；结实的韧带、精巧的足弓，可以无与伦比地受力缓震；大脚趾变大，其余脚趾变小，让人类能稳稳地抓地和向后用力。

在早期人类史上，与智人同期的尼安德特人曾经是欧亚大陆的主宰，他们是肉食的史前人类，食物链的最高端。但是，同期的智人骨骼却很少发现被围猎的伤痕，也就是说，人类直系祖宗的狩猎手段不是“挖陷阱围人链把猎物逼到死角而杀之”。智人们瘦小，因为身上没有毛，所以很容易散热，在烈日下能够轻松地奔跑好几个小时，直到将被追逐的猎物累倒在地。大约 3 万年前，尼安德特人灭绝，很可能与智人的奔跑力量有关。

南非开普敦大学专门研究运动科学的教授提姆·诺克斯分析道，四腿动物是要靠喘气散热的，而它们无法在奔跑的同时通过喘气散热。人类就不同了，其散热的效率要比那些四腿动物高得多，不仅可以通过喘气，还可以通过排汗，最多时一小时可以排出 3 升的汗水。长跑三个小时的人，可以失掉 10% 的体重还不出问题。许多特征都意味着人类天生就是长跑高手，那些被原始人类所追逐的猎物，多半会因为奔跑过程中体温过热死去，而被捕获。

畜生们跑崩了，祖宗们收拾之，人类早期狩猎游戏就这么简单。

许多著名的古人类专家研究证实，我们的祖先特别适合奔跑。他们在狩猎过程中尾随猎物直到累倒猎物后，就能很轻易地将其猎杀。人类从最开始直立行走，在短短 200 万年内脑容量扩大一倍，原因在于人类善于奔跑，因此能够猎取非常多的肉类食物促进进化过程。直立行走的人类，要想适应如此快速的脑体积增长速度，就必须猎取能量密度更高的肉类作为主要食物，而在 200 万年前的人类最有效的捕猎方法就是追逐。因为最初的直立行走人类不能利用最简单的武器狩猎，从逻辑合理性上推断，追逐猎物致其疲惫后徒手猎杀，是唯一的最简单的手段。

几百万年前，人类开始吃更多的肉。这一点显然从动物骨头上的切痕、人的独特消化系统，以及更大的大脑可以看出来。这是一种胜利者的姿态。充足的食物给大脑提供更多营养，使人类智力的大幅度提高成为可能。奔跑，也成为人类最早的生活方式。

哈佛大学人类学教授、生物学家丹·利伯曼认为，大多数动物是为速度与力量而优化设计的，因此，人类有越来越长的腿和更轻的脚，腿部和骨盆的关节变得更大，可以吸收很大的冲击，也长了一大屁股的肌肉。正是这些特点和其他的动物进化，让古人类能追赶类似羚羊那样快速奔跑的猎物，让它们精疲力尽而倒地就擒。由此，早期人类获得了很多高热量的肉类，供养自己的大脑，使之很快地聪明起来。

美国《自然》杂志发表的一项研究表明，人类适于长跑的骨骼结构在200万年前开始形成。这些早期人类发展出了更长的腿，更短的脚趾，更长的脚后跟肌腱，更宽的肩膀，还有更强壮的臀大肌。与四腿动物相比，人类并不善于短跑，但是耐力很好，适合长跑。

利伯曼说，奔跑使人类变成现在这样。

环境的变化，生存的艰难，迫使原始人类加快了奔跑速度。于是，在一个相对短的时间里，人类祖先的骨骼、大脑、空间跟踪能力和散热能力发生了巨大的改变。

尽管如此，我们的祖先每天非常忙碌，狩猎、采集野果，但还是经常因为猎取未果而挨饿。千万年来，人类一直幻想着跑得更快一些，驮重的力量更大些，以便获得最多的猎物，或将更多的收获运回自己的住地，让自己和家人吃饱吃好。

于是，人类对速度、力量的渴望与追求，绵延不断地传承下来。

轮子，人类双脚的延伸

轮子，是人类双脚的延伸，是人类最伟大的发明之一。轮子的发明，大大提升了人类的移动速度。专家认为，轮子的发明与火的发现具有同等的价值。

什么是轮子？即用不同材料制成的圆形滚动物体。轮子包括外圈、与外圈相连接的辐条和中心轴。透过滚动，轮子可以大大减少与接触面的磨擦系数。

翻阅人类发展史，虽然不能确定第一个发明轮子的人是谁，但考古发现，最早的车辙距今有6800年，有关轮子的记录也可以追溯到5500年前。

遥想六七千年前，一群群人走在原始森林，拖拽着狩来的猎物，没有可用于运载的交通工具，一切只能靠双手和双脚。随着生产工具的改进，每次的猎物越来越多，把它们运到目的地成为一件头疼的事情。原始人从地上拣了几根折断的粗树枝，用藤蔓将这些树枝连接在一起，然后把猎物放在上面，双手抓住两根长树枝拖着走。这算得上是人类最早的装载交通工具——拖撬。

从人力搬运、拖撬拉运、牲畜驮运，到畜力牵引的泥橇、雪橇，再到滚木移动巨石，直到发明了轮车，轮子的发展经历一个漫长的过程。轮子体现了人类超越自然的高级智慧和创造力。如果说轮子使人类拥有了超越其他动物的速度与力量，那么，轮子文化则一次又一次推动了人类的思维发展和思想变革。

轮子的发明，无疑是人类的伟大进步。在轮子的基础上，才有了基于轮子的各种运输工具。在一定意义上讲，世界文明是在轮子上转动前行的。轮子，把人类从蹒跚的脚步中解放出来，带给人类一种新的流动方式。

人类直立行走后，是轮子让人类的双脚得到延伸，加快了行走速度，增加了自由度，从而提升了人的整体力量。由此，改写了人们曾经用双脚认识的空间，人类对空间的概念突然出现了崭新的含义。

遥望远古时期，陆地的大部分都被冰川覆盖。如果那时有什么东西能称得上是交通工具的话，这个殊荣非雪橇莫属。古人都是借助雪橇搬运重物。远在公元前 15000 年以前，石器时代的狩猎者就给马匹套上了笼头。那时人类刚刚驯化马不久，马拉雪橇，成就了远古遥远的记忆。

人类随着打猎范围的不断扩大，需要把猎物从远处运回住地；为了垒房子、堵洞穴，还必须从远处运回木头、石块等，雪橇显然不够用了。有没有一种既省力、运量又大的办法呢？人们发现，树木被砍倒时，那些圆圆的树干总会沿着坡地不停地滚动。经过不断摸索，人们终于发现把一块木板放在两根滚动的圆木上，这样运送东西不仅运得多、运得快，而且还特别稳当。也许这就是人类关于轮子的最早想象。

据考证，轮子最早起源于西方。早在 4000 年前，两河流域及欧洲就已经进入轮子时代。古埃及时，人们用几块板拼成圆形车轮，再把两个圆形轮子用横木固定在木板车的两端，就可以轻便地运输了。有资料表明，最早制造出车轮的是撒马利亚人。他们实际上是创造了一个被动性滚轴，这种圆形的东西大大减少了移动时的磨擦，实现了由移动到滚动的飞跃。

事实上，轮子的进步很漫长，一直到公元前 3500 年才有“类似圆形木板”的轮子问世。那时人类已经进入青铜器时代，人类已经会锻造金属合金，开凿运河，制造帆船。

轮子的出现，是否与人类天圆地方的宇宙观有关？至今还是一个谜。但可以肯定，轮子是生产力发展和社会进步的产物。圆的半径，可以无限扩大人类的生活半径。圆的滚动，不断地改变了人类的生存方式。诚然，借助轮子的旋转，加快行走速度，在增加人的自由度的同时，也提升了人的力量。人们可以依靠轮子，迅速将自己或更多的东西移送到目的地。

轮子是圆的，没有棱角，可以均匀地滚动或旋转。轮子的圆周运动可以不断把动能传递出去。同时，也将人类的生活圈不断地扩大和延伸。

人类常常将过去的事情叫作历史，把历史比作车轮。轮子的滚动，改

变了人类的生存方式。轮子的半径，无限地丰富了人类的生活体验。

▲ 轮子发明之前，滚杠是主要的运输方式。

追溯车轮的起源及演变历程，可以描绘出一幅生动的情景图：轮子的发明。制轮工艺与材料的改进，动力与轮子的结合，多元的交通形态，加快了人们的生活节奏，升华为一种新的生活状态，形成了一种更高层次上的生活与工作概念。

从开辟古栈道到开凿古运河，从使用马车驿站到开发蚱蜢舟、雪爬犁，到今天大规模应用现代新兴交通工具——飞机、轮船、火车等，乃至高速铁路，人类一刻也没有停止对高速度的追求和不懈探索。这种高速度具有无坚不摧的钢铁气质，让人类终于冲破了大自然的屏障和人的体能制约。

给世界装上轮子

人类学家感叹道，将轮子与车厢装配在一起，真是一个奇妙绝伦的构想，其结果导致了“车子”的问世。

迄今为止，人们依然生存在这个美妙的构想之中。可以毫不夸张地说，这样的构想诞生了“改变世界的工具”。正是这个伟大的构想，人类以自己的智慧给世界装上了轮子。

车子的基本元素是轮子、方向盘、动力系统和座位。这些基本元素派生出形态不一的车的体系——马车、人力车、三轮车、自行车、摩托车、汽车、火车……这些车分别与人们的生活构成了不同的密切关系。

因为车子的出现，人类这种双足动物在学会直立行走后，才真正离开了地面，加快了行走的步伐。人们可以依靠车子云游四方，便捷地抵达目的地。这种划时代的变革，具有无法估量的历史意义和现实意义。从此以后，车子改变了世界，车子时代将世界变得越来越小。

从目前考古情况看，大约在公元前 1 万年前至公元前 6000 年前，古人就会用圆形的木制或陶制的轮子做运载工具了。新的考古发现，最早的车辙出现在德国 Flintbek 巨石墓下，是在公元前 4800 至公元前 4700 年间留下的。据岩画上记载，造金字塔那时就有了轮子，不过是滚轮，没有车轴。

专家认为，人类在掌握锋利而坚固的工具以前，是不可能拥有轮式车辆的。用石器工具难以将木头加工成合适的圆柱形，更不必说复杂到带辐条的轮子了。所以，车轮的出现只能是人类进入青铜时代以后的事情。

美国著名人类学家罗伯特·路威曾断言：凡使用轮车的民族，无一不是直接间接从巴比伦学来的。美洲的印第安人知道在滚木上拖船，也使用纺轮，又有滚铁环之戏，但以轮行车这个意思始终没有想到。

发明车轮的初衷，是解决重载运输的同时，加快人类的行走速度。

最初的车轮是固定在轮轴上的，轮子与轮轴一起转动，滚动不够灵活，而且震动大。到公元前 3000 年时，人们尝试把轮轴固定在车身上，轮子不直接和车身相连，让轮子自由转动，而且转得很轻快。以后不久，又出现了装有轮辐的车轮。这种原始的手推车虽然笨拙，但比从前的人拉肩扛要好得多。

车轮的伟大作用是让人可以搬动大大超过自身重量的物体。装有辐式车轮的车子由马拉动，速度被极大提高。

我国是在夏代晚期进入车轮时代的。早期的车子，实际就是轮子，车厢很小。汉字“車”字如同一个车轮子和车轮子两侧露出来的车轴，篆书“”字中间的“田”字是一个圆形的轮子，而比篆书更为古老的甲骨文象形字“”字就是一个车子形状。

相传，是轩辕黄帝把木头插在圆轮子中央，使它运转，因而造成车辆。显然，中国人有将美好的东西统统归功于黄帝的习惯。中国有文字记录的时候就有轮子，而且是成型的轮子，也就是说，在大禹的时期，人就在使用有轮子的车子了。《左传》中提到，车是夏代初年奚仲发明的，如果记载属实，那是 4000 年前的事情。

据英国科学史家李约瑟考证的结论，约在 4500 年到 3500 年前，中国出现了第一辆车子。

古代中国乡村的大车，用两个几乎一尺厚的圆形木滚动，这些圆形物，是将粗壮的树干截断而成，是中国最早的车轮。这种轮子，不是在轴上旋转，而是固定在轴上。车轴安放在特制的木框内，或者是在两块窄木板内，或者是穿在车底的环孔里，两个轮子一起转动，就像小孩儿的玩具车那样。有趣

古老的象形字“车”

的是，若干年后，铁路车辆的制造者们又恢复了这种构造。

后来，中国从秦汉到清末的2000多年里，双轮马车、牛车一直作为人类的代步工具，驰骋战场、周游列国、穿梭城乡，成为那个时代不可或缺的经典形象。滚滚向前的中国轮子，绵延着中国古典文化的辉煌。

聪明的人类发现，速度取决于两个条件：动力和道路。马是生物能源中最高效的动力，石子路是当时最平整的道路。然而人们还发现，马车在有轨道的路上行驶时，拖拉的重量比在普通路面上高3倍。于是木轨道出现了，轨道的发明，对速度的提升产生了根本性的突破。

从依托雪爬犁的滑行、借助牲畜的力量，到独轮车、双轮马车、四轮马车，人类乘坐原始的交通工具艰难前行。蒸汽机的发明，开辟了一条完全不同于传统的化石能源，而钢铁提供了一种比石材和木材更坚硬可塑的人造材料，就这样，机动车诞生了。电的发现和内燃机的问世，人们开始用金属零件、电线、汽油和橡胶轮胎制造另一种速度，这种速度烙上了无坚不摧的钢铁印记。科技与轮车结缘，让人类的旅行速度有史以来第一次超过了徒步和骑牲畜的速度，从根本上改变了人类的速度。

1769 年，法国一个名叫居纽的炮兵工程师，将一台简陋的蒸汽机装在一辆木制的三轮车上，用来代替马车为拿破仑车队拉炮车，成就了世界上第一辆蒸汽驱动的三轮汽车。这是人类历史上第一辆“自动之车”。与马车相比，自动车的优点是“不尥蹶子、不咬人、不知疲倦、不出汗，只有干活时才吃饭”。

随着历史的进程，车轮承载的重量越来越大，车轮的速度也越来越快，世界的变化演绎着轮子的奥秘所在。

有位诗人说，驾驶高速行驶的车辆，容易让人产生一种占有的幻觉：车轮碾过的土地仿佛是属于自己的领土。这时，驾车就像在车厢之内充当国王，车厢就是一座活动的皇宫。

山东汉画像石

如今，当轮子被广泛应用于火车、汽车、飞机等交通工具时，这个世界已经开始了大踏步前进。速度已经成为现代交通质量的核心指标，也是人们社会联系和速度概念的物化成果。

毫无疑问，速度是人类永恒的追求。

轮子无疑是速度的最佳载体，这正是轮子与速度的意义所在。

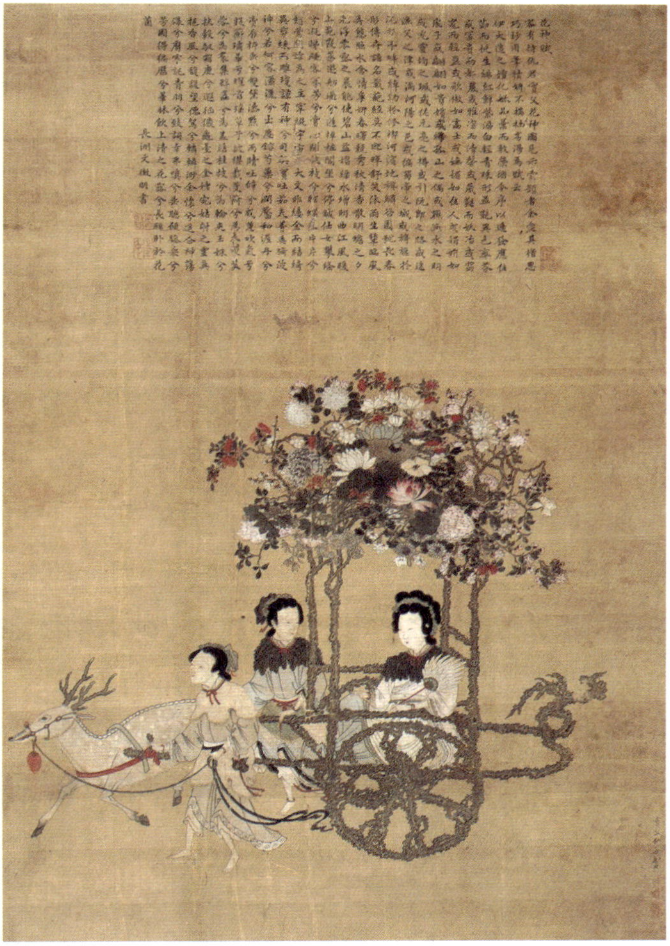

明代画家仇英的《花神图》

蒸汽时代的辉煌

蒸汽机的发明，是人类历史上的一个重大事件。

蒸汽机是典型的外燃机，依靠外部燃料燃烧产生的热量，驱使工作物质做功。其运行原理是，利用水蒸汽在低温中冷凝产生的相对于大气压力的负压、水在高温下蒸发的压力来推动活塞运动，由此产生动力。蒸汽机是人类在发明用火、车子之后，在征服自然、改造自然能力方面的最大成就。

1802 年，英国人理查·特里维西克（Richard Trevithick）制成世界上第一台蒸汽机车。从此，蒸汽机作为一种强大的动力，推动轮子已经走过了200 多年的历程，贯穿着整个近代工业化进程。

蒸汽汽车、蒸汽轮船，尤其是蒸汽机车，以其强大的牵引动力，加快了人类的移动脚步，成为世界各大工业国获取资源的利器，深刻影响着世界政治经济格局的变化和经济社会的发展。

蒸汽机的发明

早在公元前 2 世纪，古埃及人就曾提出以蒸汽作动力的设想。古希腊人制造过一种利用蒸汽喷射的反作用为动力的发动机。据统计，在此后的 1800 多年里，试图用蒸汽作动力的发明者不少于 20 人。遗憾的是，他们都未能制成较为完善的蒸汽机。

利用蒸汽作为驱动车轮的实践主张，最早可以追溯到中国唐朝时期的著名天文学家僧一行（张遂），他在公元683年就曾提出“水激铜轮自转之法，加以火蒸气运，名曰汽车”。

公元 1678 年（清康熙十七年），在清廷钦天监任监正的耶稣会教士、比利时人南怀仁以从国外带来的《汽轮机》一书为指导，通过人为制造蒸汽，利用一定温度和压力的蒸汽的喷射作用，推动叶轮旋转，从而带动轴转动以获得动力，成功制作了一辆蒸汽驱动四轮车模型。

这辆蒸汽车只有二尺长、四个轮子，其重点部件是中部的火炉和汽锅。铜制的汽锅犹如现在的水壶，下平上圆，顶上有一喷气的壶嘴。壶水加热后，蒸汽从小嘴里喷吐而出，产生能量，射在涡轮叶片上，带动车的后轮，驱动小车行走。车前还装有手动轮，控制行走方向。汽锅里发出的蒸汽可以驱动小车行驶 10 小时以上。

尽管这是一辆模型车，按现在时髦的说法只是一辆概念车，但《吉尼斯世界记录大全》仍然把南怀仁试制的蒸汽车列为世界上最早的蒸汽机动车。

时光流逝，到了 17 世纪末 18 世纪初，随着矿产品需求量的增大，矿井越挖越深，许多矿井都遇到了严重的积水问题。当时一般靠马力转动辘轳来排除积水，一个煤矿需要养几百匹马，导致排水费用非常之高，几乎让煤矿开采无利可图。

为了解决矿井的排水问题，英国人托马斯·塞维里（Thomas Savery）发明了蒸汽泵排水。塞维里是一位对力学和数学很感兴趣的军事机械工程师，具有丰富的机械技术知识。1698 年，他发明了把动力装置和排水装置结合在一起的蒸汽泵，并称之为“蒸汽机”。

1705 年，英国德文郡达特茅斯的铁器商人托马斯·纽可门（Thomas Newcomen）设计制成了一种更为实用的蒸汽机。纽可门出生于英国达特茅斯的一个工匠家庭，年轻时在一家工厂当铁工，由于经常出入矿山，非常熟悉矿井的排水问题。他发现塞维里蒸汽泵在技术上还很不完善，便决心对蒸汽机进行革新。纽可门通过不断探索，综合了前人的技术成就，吸收了塞维里蒸汽泵快速冷凝的优点和巴本蒸汽泵中活塞装置的长处，设计制成了“气压式蒸汽机”。

从 1712 年起，英国大部分煤矿和金属矿都安装了纽可门蒸汽机，特别是在深矿井中使用效果更好。蒸汽机的使用改变了矿井被积水淹没的局面，给英国的煤矿主带来了丰厚的利润。

这个时期，英国商品越来越多地销往海外，手工工场的生产供应不足。人们想方设法改进生产技术，于是发明了一种叫飞梭的织布工具，大大加快了织布的速度。随后，织布工哈格里夫斯又发明了“珍妮机”手摇纺纱机。这种机器一次可以纺出许多根棉线，极大地提高了生产效率。

随着机器生产的增多，原有的动力如畜力、水力和风力等已经无法满足需要。1785 年，在英国人詹姆斯·瓦特制成的改良型蒸汽机投入使用，提供了更加便利的动力，得到迅速推广，大大推动了机器的普及和发展。后人为了纪念这位伟大的发明家，把功率的单位定为“瓦特”。

蒸汽机提供的强大动力，极大地推动了英国采矿、钢铁、机械、纺织行业的兴起，结束了人类对畜力、风力和水力由来已久的依赖，开创了以机器代替手工工具的时代。尤其是采煤业，工业扩张使得英国的煤炭产量迅猛增长。1700年，英国煤产量为300万吨，到1800年，年产量达到1100万吨。面对如此大的煤矿产量，仅靠马拉矿车运煤显然是杯水车薪，已经难以承担如此巨大的运输量。

人类技术发展史上一场深刻的运输动力革命势在必行，呼之欲出。

火车的第一声汽笛

经考证，英国人理查· 特里维西克制成了世界第一台蒸汽机车，拉响了世界第一声火车汽笛。

最早的蒸汽车

1771 年，特里维西克生于英国康沃尔郡的一个矿主家庭。由于生长在矿区，他自幼便能接触到矿井的抽水蒸汽机。少年时，特里维西克便在蒸汽机领域崭露头角，19 岁时，他就获得了矿技术顾问的职位。当时纽可门式蒸汽机已经被瓦特蒸汽机取代。而瓦特发明的低压蒸汽机体积庞大。特里维西克发现，如果让高压蒸汽在汽缸内膨胀，就能制造出较小、较轻的蒸汽机，而功率并不比低压的小。

1803 年，特里维西克在他研制的蒸汽汽车的基础上，制造出了世界上第一辆利用轨道行走的蒸汽机车，共有 4 个动力轮子。那是能在环形轨道上开动的机车，由于板式轨道承受不了机车的重量而断裂，机车失去控制，一头撞在了路边的房屋上，试验宣告失败。

1804 年 2 月，特里维西克在南威尔士的 Penydarren 铸造厂又制成了第二台轮轨式蒸汽机车，取名“新城堡号”，在加的夫首次运行。该车重 4.5 吨，能牵引 10 吨货物。锅炉顶部装有一个平放的汽缸，旁边安装一个大飞轮，借助它的旋转惯性动力，保持汽缸活塞的往复运动，活塞带动连杆齿轮，驱动车头下的两组动轮。机车锅炉装有安全塞（铅铆钉），温度太高时就熔化使蒸汽溢出，以免造成损害。

2 月 21 日，在英国南威尔士南部的一条运河旁，特里维西克亲自驾驶着新出厂的蒸汽机车，在梅瑟蒂德菲尔至阿巴台之间的轨道上作运行试验。他特地找来喜欢新奇玩意儿的人乘坐，向他们收费。特里维西克拉响了汽笛，高歌猛进。汽笛是由蒸汽吹响的，声音浑厚、嘹亮。列车牵引着 5 节车厢，满载 10 吨货物和 70 名乘客，用了 4 个小时，以 3.9 公里的时速跑完全程。虽然这个速度比马车慢得多，却开辟了世界铁路史上第一台蒸汽机车的光辉行程，给予了人类追求轮子速度的无限可能。

列车行驶时，烟筒里喷出的浓烟夹着火星，轮子摩擦铁轨迸出火星，沿线民众好奇地叫它“火车”。从此，“火车”这个名字流传开来，开启了气壮山河的未来。而蒸汽机车被叫作“火车头”，一直沿用到今天。

据考证，英语里并没有“火车”这个词，说英国人首先将蒸汽机车叫“火车”，可能是一种误传。然而，火车一词确实很形象。

正是这一刻，这个世界上持续了数千年的人力、畜力拉车，以及依靠水力、风力驱动车的历史被改写了。人类交通工具的行走速度由此改变，在人类速度史上具有深远的划时代意义。

后来的日子里，由于蒸汽机车行驶速度慢，加之费用高，缺乏竞争优势，特里维西克的蒸汽机车无法正常运营，只能眼巴巴地摆着。随后，他的工厂由于承包隧道工程发生事故而破产。当蒸汽铁路在英国兴起时，特里维西克只能眼睁睁地看着“蒸汽机车之父”的桂冠戴在了乔治·史蒂芬森的头上。1833 年 4 月 22 日，特里维西克因病去世，连丧葬费都是朋友帮着支付的。

史蒂芬森比特里维西克小 10 岁。14 岁那年，史蒂芬森跟着父亲到矿上当了一名锅炉工。这时蒸汽机已被广泛运用在煤矿中。锅炉烧出蒸汽，产生巨大能量，推动机器转动，史蒂芬森对此充满兴趣。他喜欢琢磨问题，聪明能干，很快成长为一名优秀技工。

没有资料显示史蒂芬森与特里维西克有过什么交往。史蒂芬森是否借鉴了特里维西克“新城堡号”蒸汽机车的发明创造，史书上没有记载。他们二人似乎是两股道上跑的车，各走各的道。

1814年7月25日，史蒂芬森自己动手制作的第一台蒸汽机车开始运行，取名“布鲁克”号（von Blücher，普鲁士元帅）。这台机车有两个汽缸，一只 2.5 米长的锅炉。它可以拉着 8 节矿车，载重 30 吨，以每小时 6.4 公里的速度前进。

由于当时的木轨和铸铁轨道（性脆易裂）不够结实，列车经常压断轨道。在此后的五六年里，斯蒂芬森坚持不懈地对蒸汽机车进行改进，先后为各家煤矿制造了16台蒸汽机车，并且与纽卡斯尔的铸造厂合作改进铸铁轨道性能。

1825年9月27日，世界第一条正式运营的铁路——达林顿铁路通车，全长40公里。史蒂芬森亲自驾驶改进后的“旅行者号”（Active）蒸汽机车，牵引着6节煤车和20节挤满乘客的车厢，载重达80吨，最高时速24公里，进行了一次里程碑式的运输。

伴随着轰隆隆的车轮声，“旅行者号”蒸汽机车驶进了一个全新的轮子时代，它向全世界宣告铁路新纪元的到来。

这一壮观场面吸引了众多的人前来观看。铁路两旁人山人海，还有人骑着马打着红旗，走在火车前面开道。客货混装的列车，上午9点从伊库拉因车站出发，下午3点47分到达斯托克顿，共运行了31.8公里。

当时的火车运行速度很慢，就连骑马的人都敢跟火车赛跑。很快，火车的速度就快了起来，开始了它铁轨上的辉煌，并成为那个时代的象征和骄傲。接下来，有不少发明家和工厂紧跟其后，加入了研制蒸汽机车的行列。

1829年10月8日，在英国恩雷希尔至莱茵希里城的铁路线上举行了世界上第一次火车比赛。原本有10台机车参赛，但有5台因故未能参加。参赛的5台分别是：伦敦赖斯怀特·艾立逊工厂制造的“新奇号”，重2.76吨；达林顿赫克华斯工厂的“无双号”，重4.4吨；纽卡斯尔史蒂芬森工厂的“火箭号”，重4.1吨，是在“旅行者号”基础上改进而成的；利物浦布蓝屈斯制造的“环球号”，重3吨；爱丁堡百士托制造的“坚忍号”，重2.4吨。

最终，史蒂芬森的“火箭号”一举夺魁，赢得了“最佳火车头”称号。在万余名观众面前，“火箭号”击败了故障频发的其他对手，赢得了500英镑奖金。

1830 年 9 月 15 日，利物浦—曼彻斯特铁路举行盛大的通车仪式，首相威灵顿公爵亲自出席。史蒂芬森驾驶“火箭号”，牵引着 30 节车厢和 700 多名政要显贵，一路高歌，安全快速地驶达终点，数万名观众脱帽欢腾。当时，“火箭号”的时速为 46.4 公里，不过在当时已经被认为是“非常高的速度”了。它比马车的速度快了 3 倍，远远超过了人们的想象。

1830 年，在“火箭号”基础上完善的“行星号”蒸汽机车问世，拉着装载旅客和货物的列车开始在利物浦—曼彻斯特铁路线上商业运营。“行星号”被称为“现代蒸汽机车的真正原型”，直到这时，才算真正开启了铁路时代。

沸腾的火车岁月

蒸汽机车以其先进的生产工具和强大的生产力作用，迅速进入欧洲社会大生产，产生了巨大的经济效益，推动了社会变革与发展。如果说马车轮子将运载量提升了数倍的话，那么，火车轮子则将运载量和速度提高了几百倍甚至几千倍，平均载重量的费用则只有从前车子的几十分之一。

铁路运输的优越性一经确认，英国立即掀起了一股铁路建设的狂潮。这个时期正值产业革命后期，钢铁工业、机器制造业等均达到一定的水平，同时，工业革命的发展又使得原材料和产品的输送问题亟待解决。铁路运输所带来的高效与便捷十分明显。

这是一个沸腾的火车岁月。

短短数年内，铁路就支配了英国的长途运输业，能够以比公路或运河更快的速度和更低廉的成本运送旅客和货物。1831 年，英国运输总收入高达 50 万英镑，获利颇丰。到 1832 年，英国已经拥有了 24 条商用铁路，最兴旺的一条铁路年运载35万人次旅客以及70万吨货物。1836年，英国铁路将主要工业区连为了一体。1838年，英国已拥有铁路2400公里；1850年，延长到1万公里；到1870年，英国铁路达到2.4公里。铁路极大地推动了英国商业贸易和钢铁、机械、建筑工程、地产等行业的发展，并降低了物流成本，成为真正的“经济大动脉”。在英国的示范下，欧美国家掀起了铁路建设竞赛。

1830年，在铁路修建前，伦敦和布莱顿之间每天有48班客运马车往返，每个马车班次需要4.5小时，1英里约支付2便士。从伦敦到爱丁堡的旅行时间，过去马车需要两个星期，火车开通后，将行程一下子缩短到了两天。

英国约克铁路博物馆内陈列的史蒂芬森工厂制造的“火箭号”蒸汽机车

与此同时，欧洲大陆和美国也趁势而上，相继进入了大力兴建铁路的辉煌时期。

1830 年 5 月 24 日，美国第一条铁路建成通车。此后一发不可收，到 50 年代后期逐渐达到高潮，无数来自中国和爱尔兰的新移民为了美国的钢铁车轮葬身北美荒原。美国作家梭罗曾评价道：每一根枕木都是一个中国人的冤魂。

蒸汽机车轮子彻底改变了世界。美国南北战争爆发时，北方拥有 3.3 万公里的铁路，而南方只有 1.1 万公里铁路，可以说，北方通过火车轮子凝聚起来的力量超过了南方的 3 倍。假如美国南北战争早爆发 10 年，双方更具有对抗性，因为那时南方和北方都是依靠马车轮子。

1866 年—1870 年间，德国社会投资的 70% 被用来修建铁路，总里程达到 2443 公里。铁路工程带动了德国钢铁、机械、商业金融的发展，帮助德国迅速从农业国转变为欧洲工业强国。火车使大陆国家德国和俄国迅速崛起，并获得了普法战争的胜利。

到 1913 年第一次世界大战前，美、英、法、德、意、比、西等国先后建成了覆盖本国的全国性铁路网，世界铁路总里程达到了 110 万公里。尤其是当时的世界第一工业大国——美国，当年铁路总里程达到惊人的 40.2 万公里，冠居全球。铁路运输几乎垄断了陆上运输，承担的运输量高达 80% 以上。铁路的快速发展，奠定了这些国家的工业化基础，对欧美工业化进程起到了巨大的推动作用。

蒸汽机车成为自由与文明的战车，推动了人类的公平与个性解放。社会上各等级的人一起旅行，不同财富、地位、性格、习俗、着装风格的人聚集在同一生活场景中，火车戏剧性地展示了民主的状态，消除了人与人之间的距离和隔阂。

工业革命之前，英国的人口流动受地理条件限制。在 18 世纪初，居住

▲ 1832 年，美国中央铁路公司发行的广告宣传画《铁路的世界》。

地点有所改变的人，很少有超过方圆十英里（约 16 公里）的。工业革命与交通运输的发展，使大量农村人口开始涌入城市。1750 年，英国城市人口仅占人口总数的 25%，1851 年则上升到 50.2%，英国成为世界上第一个实现城市化的国家。

1800 年，美国发明家奥利弗 · 埃文斯曾预言：凭借蒸汽机的交通时代马上就要到来，人们将以时速 15 英里到 20 英里的速度移动，早上从华盛顿出发，乘客会在巴尔的摩吃早餐，在费城吃晚餐，在纽约吃夜宵。

殊不知，这位发明家的想象远远落后于英国人的时空变幻。《季度周刊》载文描绘道："蒸汽机瞬间把大西洋变浅了一半，我们与印度之间的交通运输也同样受惠。印度洋变小了，印度的铁路如劈开红海般的神奇，地中海离我们只有一个星期的路程，在我们看来像一个湖泊。"

沸腾的时代，让蒸汽机车的速度越跑越快。

在蒸汽机车问世的 100 年后，即 1904 年 5 月，英国 GWR 3700 Class 3440 型蒸汽机车时速达到 164 公里。1938 年 7 月 3 日，英国马拉多号（Mallard）蒸汽机车在格兰达—毕业帕拉铁路线上，竟然创造了时速 202.7 公里的当时世界最高纪录。

▼ 1938 年，英国的一名骑手与火车赛跑。

最后的蒸汽机车

我有幸见证了蒸汽机车的消失。

20 世纪 70 年代末，我在焦枝铁路线上开火车。当时正赶上宜昌兴建长江葛洲坝水利枢纽工程，我和师傅驾驶的国产“前进型”蒸汽机车经常拉着水泥专列进宜昌。每次列车停稳后，机车前都围满了外国人，不停地指指点点。这些外国人，是来参观葛洲坝工程的。他们知道，蒸汽机车是大工业革命的产物，可一直没有见过实物。

外国人喜欢中国火车，我很自豪。后来，得知他们是在看古董，我感到很郁闷。这时候，世界上只有中国、印度和南非还有蒸汽机车。

英国工业革命以后，蒸汽机车得到了广泛应用。与此同时，蒸汽机车自身的缺陷也日益突出。譬如说，它离不开锅炉，整个装置既笨重又庞大；新蒸汽的压力和温度不能过高，排气压力不能过低，热效率难以提高；它是一种往复式机器，惯性力限制了转速的提高；工作过程是不连续的，蒸汽的流量受到限制，也就限制了功率的提高，等等。

用蒸汽机车运送煤炭，却有相当数量的煤炭被机车自己烧掉了。每行驶 50—80 公里就要加水，行驶 150—200 公里就要加煤，行驶 5000—7000 公里还要清洗锅炉。蒸汽机车在行驶中要排放黑烟，就会污染环境。尤其是在通过隧道时，浓烟难以散去，严重影响旅客和司乘人员的身体健康。

尽管如此，直到 20 世纪初，蒸汽机依然是世界上最主要的原动机。

有史料表明，1881 年，中国在唐山制造出了第一台国产“龙号”蒸汽机车后，直至新中国成立后的 1952 年，70 多年里，在中国铁路线上奔跑的蒸汽机车全都是外国货。到 1949 年，中国可统计的蒸汽机车有 4069 台，分别出自英国、美国、德国、日本、比利时、捷克等 9 个国家的 30 多家工厂，机车型号多达 198 种，除“龙号”机车外，没有一台中国制造。洋人称中国为“万国机车博物馆”。

为探究“龙号”机车，我查阅了《唐山机车车辆厂厂志》，文字这样叙述道：1881年春，由开平矿务局出资，修筑由胥各庄至唐山矿煤场的快车马路（即铁路）。同时，于此设立修车厂。建厂之初，规模很小，房舍简陋，只有几十名工人，几台以手摇为动力的车床，所用车轮及钢铁材料从英国购入。

“龙号”机车依照英国工程师金达设计的图纸制造，只有三对动轮，无导轮和从轮。落成运行之日，开平矿务局总工程师薄内的妻子将其命名为“Rocket of China”，意为“中国火箭号”，显然这是仿照史蒂芬森研制的“火箭号”机车命名的。中国工匠在车头两侧各镶嵌了一条金属刻制的龙，因此又被称为“龙号”机车。尽管时速只有5公里，牵引力仅有100多吨，但它却是中国火车头的第一号。

中国铁路博物馆现存最古老的“0号”机车，是1887年“津沽铁路公司”从国外进口的数台小型蒸汽机车中的一台，只有两对动轮，无导轮和从轮。1976年唐山大地震时，从开滦煤矿废弃的矿井里，发现了这台报废机车。这是中国保存完好的、曾在“津沽铁路”上运行过的最古老机车，也曾在国外展出过。该机车由英国制造，总重量为1320公斤，也是世界上最小的蒸汽机车之一。

新中国百废待举，机车制造能力有限，远远不能满足铁路运量的需要。1952年4月，朱德总司令亲自来到位于青岛的四方机车厂视察。朱德对中国自行研制蒸汽机车寄予厚望，作出了“四方机车厂工人要为中国人争气，造出自己的国产机车”的重要指示。工人们群情振奋，以极大的创造热情投入到国产蒸汽机车的研制工作中。

1952年8月1日，新中国设计制造的第一台国产蒸汽机车“八一号”下线。机车最高设计时速接近80公里，牵引定吨2000吨。

由此，拉开了新中国自主生产蒸汽机车的序幕。

2004年底，中国最后一批蒸汽机车退出了历史舞台。

这年的最后一天，我以郑州铁路局党委宣传部部长的身份，应邀来到宝丰机务段参加“蒸汽机车退役仪式”。一台台擦得油光锃亮的“前进型”机车，静静地停放在运转车间整备场，车头的大灯上扎着红绸，格外耀眼。

仪式开始前，我围着即将退役的“前进型”机车转着圈，回想自己曾经的火车头岁月，触景生情，心里酸酸的。突然，我发现有位老人趴在大红轮子上，

“前进型”机车牵引旅客列车驶出锡林浩特站

哭成了泪人。细打听，这是一位老火车司机。他对我说：“我与这铁疙瘩打了三十多年交道，你别看它五大三粗的，它只要停下来就特别温顺，像个小孩子讨人喜爱，不吵不闹的。”

蒸汽机车呼啸而过的气势，永远是力量的象征。蒸汽机车在中国走过了一个多世纪的光辉历程，它的悄然离去，可以说是象征着一个时代的结束。那无坚不摧、滚滚向前的气概，影响了一代又一代人，将以多种形式留存在人们的记忆中和生活里。

采访中，我多次前往坐落在北京东郊的中国铁道博物馆，寻觅蒸汽机车的历史印迹。我目睹了许多来自美洲、欧洲的旅行者和摄影家，他们慕名而来，聚集在中国铁道博物馆机车展览大厅观赏、拍照，表现出对蒸汽机车的无限崇敬和爱慕。一些外国人还特地申请转录蒸汽机车运行的轰隆声、汽笛的吼叫声，作为永久的纪念。蒸汽机车上的零件、牌子，甚至蒸汽机车司机用过的手册，都成为游客们高价收买的对象。

就这样，蒸汽机车作为人类社会发展的功臣，将以一种非生产的方式保留下来。在人们的景仰和爱慕下，在一个静悄悄的天地里，在属于它们的“乐园”中获得永生。

当今的高铁世界

有诗人说，高速列车是轮子的最高境界。

人类对交通工具速度的追求，如同人类对速度的潜在欲望一样，永远没有止境。毫无疑问，高速列车将轮子的功能演绎到了极致。

从 1825 年 9 月 27 日，英国修建世界第一条公共服务铁路算起，至今铁路已有近 200 年的发展史。从 1964 年 10 月 1 日日本东京与新大阪间的东海道新干线开通运营算起，至今高速铁路已经跨过半个多世纪。几十年来，继日本之后，法国、德国、意大利、西班牙、瑞典、中国等国家竞相发展高速铁路，极大地促进了经济社会的发展。

高铁适应现代经济社会对运输数量和质量的新需求，使人们重新认识到铁路的价值。中国高铁的异军突起、后来居上，大大推进了世界高铁的发展进程。高铁以其速度快、运能大、安全好和耗能低等其他交通工具无法抗衡的优势，受到越来越多国家的重视，有力推动了世界经济的发展。

高铁的定义辨析

我曾向专家讨教："要达到什么速度才算高速铁路？这个标准谁说了算？"

专家回答道："如今关于高速铁路的定义存在争议，争议的核心有两个，一个是速度标准，一个是线路标准。"

根据 UIC（国际铁路联盟）的定义，所谓"高速铁路"是指，新建铁路设计最低时速为 250 公里，从普通铁路改造为高铁的最低时速为 200 公里。然而，有许多专家不认同，他们认为高铁必须是新建的设计时速在 200 公里以上，而旧线提速改造安全可靠性不强，不能列入。

国际铁路联盟的解释是，高铁有一系列的指标特征，并非列车运行速度快就叫高铁。时速超过 200 公里的高速机车很早就出现了，1903 年德国三相交流电力机车创造了 210.2 公里的时速。20 世纪 20 年代以后，欧洲火车"最高速率"超过时速 200 公里的比比皆是，法国、德国的一些商业运营列车时速都达到了 200 公里以上，就连英国蒸汽机车的时速也曾超过 200 公里，但这些铁路并不叫高铁。直到 1964 年日本的新干线系统开通，这是史上第一个实现"运营速率"高于时速 200 公里的高速铁路系统。高速铁路除了列车运营速度要达到一定标准外，车辆、路轨、通讯信号都需要配套提升。

广义的高速铁路包括轮轨技术和磁悬浮技术两种高速轨道运输系统。

1996 年，欧盟也曾对高铁标准进行过规范。欧盟认为，高铁必须达到以下两个指标：其一，基础建设专为高速列车所建，时速在 200—250 公里；其二，在高铁线路上运行的列车必须保证安全，并为乘客提供高品质的服务。从欧盟给高铁的定义看，高铁必须具备硬件和软件两方面的要求。从硬件方面来说，就是列车能在高速铁路上跑出 200—250 公里以上的时速；从软件方面来说，就是确保运营安全和服务品质。

尽管美国还没有严格意义上的高铁，但美国联邦铁路管理局也曾规定，时速超过 110 英里（177 公里）即属于高速铁路。

2010 年 12 月，第七届世界高速铁路大会在北京召开。我作为铁道部派出的工作人员，有幸参加了大会接待工作并旁听了大会。来自世界各地的高铁专家聚首北京，研讨世界高铁的发展及其走向。在讨论的诸多问题中，如何定义高速铁路，是重要议题之一。经过几天的争论，最终将“高速铁路”重新定义为：新建的客运专线、时速超过 250 公里动车组列车和专用的列车控制系统。也就是说，只有同时具备了定义中规定的这三个条件，才能称之为高速铁路。

2014 年 1 月 1 日，我国开始实施新的《铁路安全管理条例》。《条例》明确了中国关于高铁的定义，即设计开行时速 250 公里以上（含预留），并且初期运营时速 200 公里以上的客运列车专线铁路。

我以为，中国关于高铁的定义相对科学一些。它吸取了国际社会对高铁定义的合理部分，又顺应了世界高铁的发展潮流。按此定义，目前中国高铁线上运营的高速动车组，以及部分“动车”和“城际列车”都属于高铁，也就是说以“G”“D”“C”字母开头的车次，都应该是高速列车的范围。

诚然，动车组不等于高速列车，但高速列车必定是动车组。若有人要细分动车组与高速列车的区别，有两个标准：一是速度，最高运行时速必须达到 250 公里以上；二是线路，必须是新建的客运专线。也就是说，只有满足了这两个条件，才能称之为高速列车。

中国铁路六次大提速前，开行了许多国产动车组列车，如 1998 年 6 月在南昌至九江开行的“庐山号”双层内燃动车组，时速只有 120 公里。1999 年在昆明至石林间开行的“春城号”电力动车组，最高运行时速 120

公里。这些国产动车组列车时速都达不到200公里，又是在既有线上运行，显然不能称之为高速列车。第六次铁路大提速中，又开行了许多200公里以上的动车组，如1998年10月1日零时，广深线开行的瑞典摆式列车（动力集中式电力动车组），最高时速达200公里。2007年4月18日零时，分别在武九、沪昆、京包、京九、浙赣铁路和京哈、京沪、京广、胶济、秦沈铁路，开行时速200—250公里的“和谐号”动车组。这些都是动车组列车，而且时速也达到了200公里以上，但不是客运专线，也不能算是高速列车。

其实，高速列车并非恒速行驶，很多国家规定，高速列车在居民区和野生动物保护区的行驶速度不得超过每小时110公里，防止噪音污染给人和动物健康带来危害。另外，在桥梁、隧道、转弯处以及地质条件差的地段，为确保列车行驶安全，一般把速度控制在每小时160—180公里。

虽然目前高速列车最高设计时速可达500公里，但各国高速列车的品质不同，速度也就不同。考虑到线路、安全、能耗和环保等问题，很多国家对高铁的商业运行限定了最高速度，法国、德国、日本最高限速为每小时320公里，西班牙为每小时310公里，中国为每小时350公里。

我有理由认为，正是高速铁路表现出的诸多优势，决定了高速铁路定义的价值取向。也就是说，以高速度、大运量和安全可靠性作为高速铁路内在的综合衡量标准，似乎更有意义、更有说服力。诚然，将高铁标准锁定在两个硬性规定上，即速度与线路，一个线上，一个线下，一个移动设备，一个固定设备，是十分科学的，也更有操作性。

至此，我们应该对“高速铁路”有了一个较为清晰的概念。

世界高铁简史

高铁以其速度快、运能大、安全好和耗能低等其他交通工具无法抗衡的优势，决定了高铁发展的灿烂前景和持续发展的动力所在，越来越大地影响着这个世界。

追溯世界高速铁路的发展，大体经历了三次浪潮。

第一次浪潮，即高速铁路的起步发展阶段，是在 20 世纪 50 年代末至 90 年代初。以日本为首的第一代高速铁路的建成，大幅缩短了人们交流交往的时空距离，极大促进了区域经济特别是铁路沿线地区经济的快速发展，带动了房地产、工业机械、钢铁、冶金等相关产业的全面进步。随着高速铁路的出现，曾经一落千丈的铁路市场份额大幅回升，铁路运输企业的经济效益明显好转，铁路“夕阳工业”的负面形象彻底改观。作为日本第一条高铁的东海道新干线，从 1964 年 10 月开业后，1966 年开始盈利，之后盈利水平迅速增加，到 1971 年已收回了全部建设投资，前后仅用了 7 年时间。法国巴黎至里昂的 TGV 线，在投入运营的第二年，净盈余便实现了正增长，投资回报率超过 12%。

第二次浪潮，即高速铁路在欧洲的大发展阶段，是在 20 世纪 90 年代初至 90 年代末。随着高铁的快速发展以及技术不断进步，其多方面优势日益显现，欧洲一些土地资源较为稀缺的发达国家，如法国、德国、意大利、西班牙、比利时、荷兰、瑞典、英国等，修建高速铁路的热情进一步高涨，大部分国家都致力于大规模修建本国或跨国界高速铁路，逐步形成覆盖欧洲的高速铁路网络。高速铁路在欧洲大陆掀起的建设高潮，不仅是铁路自身发展以及提高内部效益水平的需要，而且更多地反映出国家和地区能源、环境等方面的综合要求。

第三次浪潮，即高速铁路在世界范围的大发展阶段，是在 20 世纪 90 年代末至今，且仍将持续。20 世纪 90 年代末后，高铁所带来的巨大经济效益和社会效益，使高速铁路的建设与发展在国际社会的更广层面上得到认可。2003 年 10 月 12 日，中国第一条客运专线秦沈客专开通运营；2007 年 1 月 5 日，中国第一条时速 300 公里的台北至高雄高铁在台湾通车运营；2008 年 8 月 1 日，中国第一条时速 350 公里的京津城际铁路开通运营。以中国为代表的高铁建设迅速发展，将世界高铁发展推向了一个新的历史高潮。

事实表明，在第三次浪潮表现中，是中国高铁引领了世界潮流。有人说，高铁之于中国，是一场经济地理革命；有人说，高铁之于国人，是一个时空观念上的革命，将中国变小、世界变大。当下，德国、法国、日本、英国、西班牙、韩国、中国都已经建成成熟的高速铁路，美国、俄罗斯、澳大利亚、沙特阿拉伯、巴西、印度、越南等国也纷纷制定了规模空前的高铁发展计划。特别是包括法国、西班牙等“高铁元老”在内的欧洲国家，也再一次显示出加快高铁发展的雄心壮志。泰国、印度尼西亚等东南亚国家，高铁蓝图正在成为现实。可以预见，全球高速铁路发展将很快迎来下一个“黄金时期”。

截至 2021 年底，中国高铁以系统技术最全、集成能力最强、运营里程最长、运行速度最高的亮丽名片，成为世界铁路发展的新航标。以突破千万公里的运营里程，占全球高铁里程的 60% 之多，稳居世界第一。西班牙高铁全长 4900 公里，排名全球第二，形成一个现代化的高速路网，跻身于世界铁路的先进行列。日本共有 9 条高铁线路，以 3446 公里运营里程位居世界第三。世界有运营、在建和规划高铁的国家和地区达 22 个。

纵览世界高速铁路的发展，一个国家和地区能否成功发展高铁需要具备两个基本条件：一是城市和地区人口密集，社会经济发展整体水平较高，有充足的客流，人们对运输服务的时效性、安全性、舒适性等有高的期盼，能承受相对较高的运输价格。二是科技基础良好，人力资源储备丰富，能够保证高速铁路在技术层面上的相关要求。

20世纪70年代后，在中国经济社会发展的大场景中，农民工出行、商贸旅行，带来了以春运为代表的巨大交通压力。在我们这个人口众多、地域辽阔的国家，充分发挥运量大、速度快的高铁优势，作为全民公共交通工具，无疑是中国政府最明智的选择。

若以时速300公里来看，高速列车的速度超过小汽车1倍以上，为亚音速飞机的1/3，短途飞机的1/2。从节约总旅行时间看，在距离100至700公里范围内优于高速公路和航空；高铁的运能是航空的10倍、高速公路的5倍，但运输成本只是航空的3/4、高速公路的2/5。从安全来看，高铁比普速铁路和其他交通工具事故率低得多。

中国高铁发展的实践表明，发展高铁适合中国国情，其技术经济优势在中国有可能得到最充分的发挥。中国人均资源紧缺，人均耕地面积仅为世界平均值的1/3，能源资源仅为1/2。生态环境问题突出，交通安全形势严峻，最大的问题是人口众多，客运能力严重不足等。高速铁路的优势，可以让这些问题迎刃而解。

就现阶段中国社会消费水平而言，相对于航空价廉的高铁运输较易为广大人民群众接受。因此，在当今中国经济和社会条件下，高铁的一系列技术经济优势可以得到最充分的发挥。尤其是在经济发达、人口密集、客流量高度集中的京沪运输通道，建设高铁无疑是最佳选择。对于建设符合中国人口、资源特色的交通运输体系具有重要意义。

今日四国称雄

怎样看待当今世界高铁的发展？怎样认识当今世界高铁格局？

采访中，我请教了许多专家学者。他们认为，高铁作为一项“大国技术”，高速列车技术与高铁轨道技术，是衡量一个国家高铁技术强弱的重要标准。据不完全统计，当今世界上有 10 多个国家和地区拥有自己的高速列车，车型多达 80 多个种类。

综合评价高速列车品质和高铁轨道线路水准，当今世界高铁可谓德、法、日、中四国称雄。采访结果表明，高铁技术发端于西方，始于日本，兴于欧洲，盛于中国。中国高铁从“跟跑”“并跑”到“领跑”，一路跑到了西方高铁先行者的前面，树立起中国科学技术自主创新的旗帜。

发端于西方——

1903 年 10 月 23 日，德国西门子—哈尔斯克公司生产的电力列车在马林费尔德至佐森试验段的时速达到了 206.7 公里；同年 10 月 27 日，德国通用电力公司生产的电力列车的试验时速达到了 210.2 公里。这是世界上最早的高速列车。

1939 年 6 月 23 日，德国汉堡至柏林铁路上的内燃机列车跑出了每小时 215 公里的速度。

法国虽起步晚于德国，但进展迅猛。至今法国仍然是世界高速列车速度最高纪录的保持者。1955 年 3 月 29 日，法国拉莫特至莫尔桑铁路上的“BB9001”型电力列车跑出了 331 公里的时速。

德国高速铁路起步早但进展较为缓慢，有一个重要原因，就是他们一直在进行高速轮轨和磁悬浮的“双线作战”。由于后者在技术上具备没有固态摩擦的先天优势，德国更侧重于磁悬浮技术。

不过在 20 世纪 60 年代以前，没有任何铁路系统能达到确保高速火车持久稳定地高速行驶的要求。有些机车虽然时速超过 200 公里，具有了高铁的速度，但没能构建起高速铁路系统，仍然不能算作高铁。

始于日本——

20 世纪 50 年代后期，日本经济复苏，日本政府明智决策，在工业经济发达的地区建设东海道新干线高速铁路。高铁为战后的日本插上了腾飞的翅膀。

日本“新干线”早在 1940 年就破土动工，但由于战争不得不停建。战争结束后，日本东京至大阪走廊生活着 4500 万居民，当时交通拥堵问题一直困扰着政府。1959 年 4 月 20 日，东京至大阪的“东海道新干线”在原来建设基础上开始重新建设，设计时速为 250 公里，1964 年 10 月 1 日正式通车，当时正赶上东京奥运会举行。

“东海道新干线”列车由川崎重工建造，运营速度超过每小时 200 公里。日本人叫它“子弹头列车”，全长 515.4 公里的线路，耗时 3 小时 10 分钟（目前为 2 小时 25 分），平均运营时速为 210 公里。

由山阳新干线的经营者 JR 西日本公司研发的 500 系动车组，是日本新干线列车中的佼佼者，目标时速为 300 公里。根据仿生学模拟翠鸟嘴的独特外形，像火箭似的 15 米长的鼻子，气派、高贵、有趣，让人惊喜无比、过目不忘，特别受孩子们的喜爱，也同样受到成年人的青睐。

多年来，日本新干线列车的运营速度一直在刷新。1964 年，0 系列车的最高时速为 210 公里；1985 年，100 系列车的最高时速达到 230 公里；1992 年，300 系列车的最高时速达到 270 公里；1997 年，500 系列车的最高时速达到了 300 公里，也就是说，时隔 16 年后，日本铁路终于赶上了法国 TGV 的最高运营速度。

日本新干线，让高铁的优越性得到了充分体现。一是运量大、速度快、运输密度高。日本新海道新干线最高运营速度达到时速 300 公里，车次间隔最高密度约 3 分钟，日均运送旅客 36 万人次，年运输量达到 1.2 亿人次，相当于 10 条高速公路的运量。二是安全性能好、正点率高。日本新干线自

▲ 1964年10月1日，东海道新干线在东京站举行盛大的通车仪式，国铁总裁石田礼助剪彩。

1964年开业以来，至今未发生过乘客死亡事故。除台风、地震等自然灾害外，一年平均晚点18秒。其正点率堪称世界之首。三是能耗少，对环境负荷小。新干线能耗仅为飞机的1/4，汽车的1/6；二氧化碳的排放约为飞机的1/6，汽车的1/9。

兴于欧洲——

继日本新干线之后，法国（TVG）和德国（ICE）分别研发出了自己的高铁技术，加拿大的庞巴迪公司通过收购欧洲企业，也制造出了自己的高速列车。德国、法国、意大利、西班牙等国也相继加快了高铁的发展，并逐步形成了欧洲高速铁路网。可以说，日本新干线后的40年里，日本、法国和德国一直是世界高铁领域的主宰者。

1966年，法国巴黎至土伦的普通铁路经升级改造达到了高铁标准，“航空列车”运行时速由140公里提升到200公里，而该车型的试验时速达到了345公里。1969年，法国高速列车的试验速度达到了422公里。1977年3月5日，“航空列车I80HV”型列车跑出了430公里的时速。

1978年，法国第一条高速铁路巴黎至里昂的东南TGV线建成并投入运营，首创最高运营时速270公里。尔后，法国TGV高速铁路的技术速度屡创新高，一直牢牢占据高速轮轨的速度桂冠，以“高速度”享誉全球。

法国先后在国内以及国际线上投入商业运营的TGV系列高速列车有7种。法国是继日本之后的世界高速列车强国，动力集中式、铰接式转向架、同步牵引电机，运营速度高，试验速度世界第一，并能在既有线上直通运行，等等。这些一直是世界高速铁路的热门话题。

如今，法国拥有欧洲大陆上唯一一条里程超过1000公里的高速铁路运营线路——加来至马赛TGV高速铁路。列车的平均时速超过300公里，运行状况十分稳定。目前，法国形成了以巴黎为中心、辐射各城市及周边国家的铁路网络。

1981年9月27日，法国新一代高速列车TGV-PSE在法国东南线（巴黎—里昂）正式运行。最高运营时速为260公里，超过了日本新干线，是当时世界的最高速度。TGV-PSE高速列车的问世，打破了世界高速铁路格局，法国成为世界上又一高铁强国。

1990年5月18日，法国向世界列车试验速度新纪录发起冲击。奔跑在法国第二条高速铁路——大西洋线上的TGV-A高速列车，试验时速达到515.3公里，创造了轮轨式铁路的试验速度世界纪录，称雄高铁世界。这一速度一直保持了17年。直到2007年4月3日，在TGV东线，V150列车创造了时速574.8公里的世界新纪录。

当法国的TGV顺利投入运行、而且速度不亚于当时的磁悬浮时，德国人才发现高速轮轨的重要性。1988 年 4 月 28 日，德国 ICE-V 高速列车样车跑出时速 406.9 公里的世界最好成绩。德国的 ICE 在世界高速铁路技术领域享有较高声誉，后来比利时、荷兰、瑞士、奥地利以及中国等都采用了 ICE 高铁技术。

1991 年 6 月，德国下萨克森州首府汉诺威直达巴伐利亚州重镇维尔茨堡的高速铁路开通运营，第一代高速列车 ICE1 亮相，投入商业运营，时速为 280 公里。这条全长 327 公里的高铁，以其高速、舒适、方便吸引了越来越多的乘客，盈利逐年增多。

德国的高铁建立在对原有技术状态较好的线路改造基础上，只修了几段新线。现已建成总长约 1500 公里的高速运输走廊。德国采取客货分时混运组织模式，白天开行时速 200 至 250 公里的高速列车，夜间开行时速 120 公里的货物列车。

德国 ICE 高速列车家族，现已有 ICE1 型、ICE2 型、ICE3 型三个品种。洁白的 ICE1 型高速列车，位于车门下方有一条红色色带，鲜艳夺目。ICE1 采用动力集中式，前后各配置一台电力机车，中间夹有 14 辆拖车，最高运营时速为 280 公里。当时，这个运营速度仅次于时速 300 公里的法国 TGV-A 高速列车。ICE1 投入运营后，立即成为德国主要城市之间交通运输的主力，5 年时间，运送了 1 亿人次。

1990 年 10 月，东、西德统一，定都柏林。德国政府决定修建一条柏林—汉诺威的高铁，同时开始研发第二代高速列车 ICE2。1997 年 6 月，ICE2 型高速列车开始在科隆—汉诺威—柏林线上运行。它与 ICE1 形同神似，只是长度减少了一半，目的是方便客流不大的支线运行。

2000 年 6 月，德国积极借鉴日本新干线 300 系动力分散式轴重轻、可充分利用再生制动等优点，推出第三代高速列车 ICE3，这是欧洲最早的动力分散式高速列车。ICE3 高速列车的最大轴重为 16 吨，最高时速可达到 330 公里。

盛于中国——

“后来者居上。”这句话出自西汉司马迁《史记·汲郑列传》，是指居处于后来的超过先前的。中国高铁，乃后来者居上也。

中国高铁充分利用后发优势，积极借鉴人类优秀文明成果，通过“引进、消化、吸收和再创新”，在较短的时间内，高铁发展成就让世人惊叹。

2002 年 11 月 27 日，国产“中华之星”动车组在秦沈客运专线的冲刺试验中，时速达到 321.5 公里，创造了当时中国铁路试验速度的最高纪录。

2003 年 10 月 12 日，长春开往北京的 T60 次列车由沈阳北站开出，驶入秦沈客运专线，标志着中国第一条客运专线正式运营。它的开通，使北京至沈阳之间的旅行时间，由此前的特快列车 9 小时 10 分钟缩短至 4 个半小时。

2008 年北京奥运会前夕，历经三年艰辛建设的京津城际铁路如期运营。京津城际铁路作为中国第一条时速 350 公里的高速铁路，汇集了当今世界高速铁路的最新科技成果，标志着中国已经系统地掌握了时速 350 公里高铁技术，在中国铁路发展史上具有里程碑意义。

2010 年 12 月 3 日上午 11 点 28 分，中国 CRH380A 新一代动车组在京沪高铁枣庄至蚌埠段综合试验时，创造了时速 486.1 公里世界铁路运营试验最高速度。这一刻永载高铁史册，“中国速度”震惊世界。

2019 年年底，中国第一条智能化高铁线路——京张高铁开通运营，“复兴号”智能动车组在世界上首次实现时速 350 公里自动驾驶功能。

若从 1990 年铁道部上报《关于“八五”期间开展高速铁路技术攻关的报告》算起，到 2020 年底，京沪、京广、沪汉蓉、东南沿海、哈大、兰新、沪昆等多条高铁干线开通运营，建成“四纵四横”高铁网，“八纵八横”高铁网加速密织。经过 30 年的不懈努力，中国高铁技术、高铁规模、运营效益和性能价格比均处于世界领先水平。高铁线路纵横东西南北，建造起世界上最发达的高铁网络，奔跑着世界上最快的、品质最好的“复兴号”高速列车。

目前，中国高铁已通达100多个大中城市，成为客运的绝对主力。日均开行动车组列车7400多列，占全部旅客列车开行数量的77%。形成了1000公里内5小时到达、2000公里内8小时到达的客流吸引圈。

这该是一幅多么气壮山河的中国高速铁路发展的灿烂图景啊！

飞驰中的香港“动感号”动车组列车

第二章 中国高速列车

走进西南交通大学牵引动力国家重点实验室，这里拥有世界上最先进的机车车辆滚动振动试验台、高速轮轨摩擦磨损试验台等实验装置。大的重几百吨，小的仅几克，有的实验装置甚至比一层楼还要高。

从最初时速 100 多公里，到时速 486.1 公里的世界铁路运营动车组最高纪录，中国高速列车正式上线之前，都必须在这个实验室里“跑一跑”。眼下，这里的试验台运行模拟速度已经提升到时速600 公里，是当今铁路机车车辆台架运行模拟试验的世界最高速度。

这个创建于 1989 年的国家重点实验室，承载着中国高速列车的梦想。经历了“中华之星”家族、“和谐号”系列和“复兴号”系列等中国高速列车的三个历史阶段，见证了不同时期中国高速列车的辉煌。以“复兴号”为代表的中国高速列车，集世界先进科技成果之大成，凸显了中国智慧和中国气派。

2017 年春天，我离开成都、告别西南交大之后，又来到青岛采访。眼下的高铁之城，一派生机勃勃的景象。坐落在青岛的四方机车车辆股份有限公司（以下简称四方公司），以制造“复兴号”高速列车闻名四海，高铁品质坚定了中国铁路人的信念，也提升了青岛的城市质感。

这里一半是大海，一半是工业。

这里曾经研制了CRH380A新一代高速列车，今天“复兴号”中国标准动车组又在这里诞生。那红白相间的身影，被网民形象地称之为“红金龙”。强龙出水，大海是龙的摇篮。

我来到四方公司总装配厂，伫立在转向架构架自动焊接生产流水线前，全长120米的生产流水线，一台台焊接机器人正忙碌着，沉重的钢铁构架如同一个个小玩具，被任意传送、焊接、翻转、输出……

采访中，厂方提供了这样一组数据：

一列高速列车车体，有1万多个组件，10万多个零部件，电力驱动、内核控制、信号传输的电线就有5万多根，接线点10万多个；一列高速列车组装，需要4个月时间，参与人员达700余人；一列高速列车出厂检验，总共有56000个数据确认项点，需要进行200项试验检测；一列高速列车的调试，要经过大约20天，以零缺陷状态出厂交给客户。

高速列车设计制造涉及机械、冶金、橡胶、合成材料、电力电子、信息、计算机、精密仪器等多个高端产业，以及车体、转向架、总装、牵引传动系统、列车控系统等多项关键技术和配套技术。必须实现多产业、多技术的融合和多个部门的协条动作，才能保证高速列车的高质量、高水准。

洁白的『和谐号』

改革开放后的中国，作出了大力发展高铁的战略决策。引进世界上业已成型的先进高铁技术，吸取人类文明成果，成了不二的选择。

立足于“引进先进技术、联合设计生产、打造中国品牌”的装备现代化要求，中国相继引进日本、法国、德国和加拿大的高速动车组技术，在引进、消化、吸收和再创新的基础上，接连攻克了动车组九大关键技术和十项配套技术，成功搭建时速200—250公里、时速300公里和时速350公里三个速度等级的动车组设计和制造平台，相继生产出17个品种的“和谐号”系列动车组。曾一度飞驰的洁白色“和谐号”，成为中国大地上一道亮丽的风景线。

毫无疑问，中国在引进消化国外先进动车组技术过程中，一直在自主创新，而且一些创新技术走在了世界同行的前列，毕竟靠模仿是不可能抢占世界高地的。科学无国界，虽说一些发达国家有先发优势，但是勤劳智慧的中国人，奋发图强，勇往直前，加上能够集中力量办大事的体制优势，成就了国产动车组研制的强大后发优势。

从“照葫芦画瓢”起步

自2004年下半年开始，青岛四方公司、长春轨道客车股份有限公司（以下简称长客公司）和唐山轨道车辆有限公司（以下简称唐车公司），先后从加拿大庞巴迪、日本川崎重工、法国阿尔斯通和德国西门子引进先进技术，开始联合设计生产高速动车组。

2005年10月，铁道部与四方公司、川崎重工、三菱电机、株洲电力机车研究所有限公司（以下简称中车株洲所）、株洲南车电机公司及石家庄国祥运输设备公司签订了51列CRH2A型动车组机电产品技术转让合同。2007年1月24日，原装日产动车组开始在胶济线投入试运营。

外方预言，中国引进高铁技术至少需要用16年的时间消化吸收，即8年消化、8年吸收。2004年，日本企业联合体与中国铁道部签订技术转让合同，同意将若干关键技术转让给中国公司。川崎重工总裁大桥忠晴劝告中方技术人员：“不要操之过急，先用8年时间掌握时速200公里的技术，再用8年时间掌握时速350公里的技术。”

事实上，中国铁路无论是在线路条件、运用环境、运营模式上都有自己独特的国情、路情，照搬国外现成技术显然不行。再说，国外企业出于自身生存发展的需要，他们也不可将全部技术特别是核心技术拱手相让。

“拿到图纸，外方专家只教你读图，告诉你是什么，但不告诉你为什么。”四方公司首批到国外学习动车组技术的高级工程师于延尊回忆说。

显然，设计制造高速动车组是一项庞大的系统工程。光一张图纸，从提出方案到最终敲定，设计师们就要经过反复的研究论证，进行无数次的仿真分析、无数次的试验验证。而一列高速列车，涉及几万个零部件，需要设计出的图纸可谓数以万计。

正是这样，中方企业依靠外方转让的技术，开始了艰难的国产动车组再创新的建造。由此，中国高速列车研发团队梳理确定了 110 项重大科研课题，开展高速铁路技术创新工作。

中国高速列车研发团队以严谨的科学态度，一个个部件的梳理，一张张图纸的绘制，一遍遍分析的验证，一次次线路的试验，从引进国外技术的第一天起，就有一个梦想，要搭建起自己的高速列车技术平台。

采访中，我曾多次与这些设计师们亲切交谈，回首这些年所走过的路。大家认为，中国高速列车技术的引进、消化、吸收与创新，前期大体经历了两个阶段。

“照葫芦画瓢”阶段——

在 2004 年铁道部首轮对外招标后，采取“照葫芦画瓢”的方式，中国企业掌握时速 200—250 公里 CRH2A 型高速列车的设计、制造和监测技术，并开发出长编组车型 CRH2B、卧铺动车组 CRH2E。在这个过程中，中方企业实现了核心部件和整车在制造工艺上的本地化，拥有了来图制造能力，实现了对已有的日系车进行逆向翻版制造。但是，在制造能力方面，显然还不能称为具备自主能力。以牵引电机为例，日方联合体中的三菱公司负责转让电机技术给南车株洲电机公司，对方虽然转让了全套制造工艺，但设计软件、磁场计算软件这些核心技术并未转让。高速动车组的牵引传动系统，日方转让了变流器、控制机箱的制造技术，但控制算法并未转让。因此，最早算法的调试需要日方协助才能进行。

“优化提升”阶段——

在2005年铁道部第二轮对外招标后，中国企业通过对引进动车组进行系统优化，研制出CRH2C型时速为300—350公里高速列车。从CRH2A型到CRH2C型，高速列车的牵引电机功率明显提升，传动比从CRH2A型的四动四拖改为六动两拖，列车的总牵引功率从4800千瓦提升到8760千瓦。另外，在车体结构、降噪、转向架等领域也做了大量改进。

以牵引传动系统为例，要实现列车速度的提升，必然做到对牵引传动系统的提升。引进的技术平台已无法满足新需求，硬件电路、控制软件必须进行重新设计、试验验证和考核。同时，还要对核心开关器件进行核算和更换，对散热、冷却系统进行重新梳理和设计提升。

这两个阶段，是中国引进国外高速动车组技术消化与吸收所必须的过程。由此，国产高速动车组实现了一系列的技术改进和有条件的技术创新。实践中，广大研发人员对高速条件下的系统行为有了全面的把握，对动车组的牵引性能、车体强度与模态、转向架等方面进行了系统提升与优化，相继突破了制约速度提升的一大批关键技术。

据中国中车股份有限公司（以下简称中国中车）提供的资料显示，这期间，仅四方公司就对“和谐号”动车组进行了长达6万公里的运行试验，完成了100多项优化设计，留下了600多页的试验记录、数百兆的电子数据记录。在编组形式、动力配置、车型设置、旅客界面、减震降噪等方面，为我所用，消化吸收，大胆创新，成功解决了引进技术与中国铁路环境的“水土不服”问题，并构建了产学研用深度结合的动车组产品研制平台。

令人惊讶的是，中国高速列车研发团队仅仅用了两年时间，就完成所有原始图纸、资料和技术标准的消化吸收，并积极拓展创新领域，展示出势不可当的王者气派。国产“和谐号”系列动车组相继下线，彰显了中国高速列车研制的文化自信与灿烂前景。

2006 年 7 月 31 日，国产首列时速 200—250 公里高速动车组在青岛四方公司成功下线，被命名为 CRH2“和谐号”动车组。

四方公司享有“新中国火车头的摇篮”之称。它的前身是 1900 年创办的四方机车车辆工厂。新中国成立后，这家老厂焕发勃勃生机，中国第一台蒸汽机车“八一号”就诞生在这里。“八一号”是仿美式机车改造而成的，可以说，四方公司的技术引进与创新之路从蒸汽机车时代就开始了。在国产“和谐号”动车组的生产中，四方公司又创造了多个第一。

2007 年 4 月 18 日，国产“和谐号”闪亮登场。这一天，全国铁路开始实施第六次大面积提速，具备了时速 200 公里能力的既有铁路及白色的“和谐号”动车组，同时写进了中国铁路发展史。“和谐号”与以往的火车完全不同的“子弹头”造型，让老百姓眼前一亮，热议不断。

突然间，许多大城市之间的通行时间被大大缩短了。

搭建技术平台

“和谐号”很快被叫响了，旅客们把高铁直接叫“和谐号”，叫得很顺口，叫得很自豪。

诚然，设计、制造国产动车组的能力标志，就是搭建自己的技术平台。

“和谐号”冠有了一个英文名字“CRH”，即“中国铁路高速列车”（China Railway High-speed）英文首字母的缩写。

“CRH”的简称，既体现了创立中国铁路高速动车组自有品牌与国际惯例接轨的含义，也表明时速 200 公里及以上的动车组具有中国铁路的自主知识产权，有自己的制造能力。

2007 年 4 月 16 日下午，时任铁道部新闻发言人王勇平应邀做客新华网，他在介绍全国铁路第六次大面积提速调图情况时，就部分网民关心关注的“和谐号中文名称的来源”“动车组安排”“最高速度和平均速度的差别”等热点问题做了回答。王勇平特别向媒体解释了“和谐号”的含义：要构建和谐社会，必须解决铁路存在出行难、运货难这个突出矛盾。只有多修铁路、修高等级铁路，才能最终解决铁路瓶颈问题，为和谐社会的建设做出贡献。

若干年后，王勇平在《发布台》一书中回忆道：“铁道部决定采用‘CRH’动车组标名后，《中国青年报》记者周伟对我说，CRH 系列动车组既不好读，又不好记，还不好懂，中国创造的产品应该有个中国名字，否则老百姓很难接受。我觉得周伟的建议很有道理，立即

▲ 2009 年 12 月 26 日，“和谐号”CRH3 型动车组列车奔驰在武广高铁

向铁道部领导做了汇报。于是，铁道部决定对这四种动车组类型正式统一命名为‘和谐号’，所有动车组全都印上‘和谐号’三个大字。”

2007 年 12 月 22 日，中国高速列车研发团队成功突破牵引性能、车体强度与模态、转向架等制约速度提升的关键技术，研制出国产首列时速 300 公里高速列车。

2011 年，中国创造性地设计出更高速度试验列车，在滚动试验台上跑出了时速 605 公里的新速度，刷新实验室速度纪录。2012 年，中国又成功研制出首列城际动车组并形成系列化产品。

2014 年 8 月，高寒抗风沙高速列车成功下线，有效解决了兰新高铁高寒、风沙、高温、高海拔、强紫外线五大环境适应性问题。

2014 年 12 月，中国研制出永磁高速动车组，丰富了国产动车组更节能、更环保的性能特性，被誉为驶向未来的高速列车。

经过几年的努力，中国高速列车的基础研发平台、三个级差的制造综合平台和产学研联合开发平台在四方公司、长客公司和唐车公司相继搭建成型：一是时速 200 公里级平台。实现了时速 200—250 公里系列高速列车的国产化批量生产。二是时速 300 公里级平台。覆盖时速 300—350 公里系列高速列车，自主研制生产了时速 350 公里的高速列车。三是时速 350 公里以上级平台。以 CRH380 系列高速列车为代表的国产新一代高速列车，最高运营时速达到 380 公里，持续运营时速 350 公里。

由此，中国高速动车组制造产业链迅速形成。中国高速列车作为现代高新技术的集成，独立的技术系统超过 260 个，零部件数量达 10 万个以上。最初动车组制造企业跨 12 个省市，直接参与的较大型企业有 140 余家。很快，生产动车组零部件的核心企业超过 100 家、紧密层企业达 500 余家，覆盖 20 多个省市，成为我国具备全产业链国际竞争优势的新兴产业。

值得一提的是，纵横交错、环境复杂的中国高铁网，为高速列车技术创新提供了丰富的研究、试验、运行闭环研发条件。从京津、武广、郑西、沪杭、京沪、沈大高铁，到沪昆、兰新、海南环岛高铁，每一条新线路的开通，都是一个新的试验环境，都是对自主创新成果的验证。国外绝对没有这样丰厚的高铁线路条件。国产系列高速列车经历多种高铁线路条件、多种自然环境的考验，不断提升质量，表现卓越。

350 公里新时速

时速 350 公里，是世界高铁的最高运营时速。这一新时速是的由唐车公司设计制造的 CRH3“和谐号”动车组创造的。

唐车公司是一家有着 120 多年历史的老牌机车制造厂。其历史可以追溯到唐胥铁路修理厂，1881 年制造了中国第一台蒸汽机车——“龙号”机车。这是我国最早的铁路工厂，20 世纪 30 年代曾经是全国设备最先进、生产能力最大、近代化程度最高的铁路工厂。1998 年，唐车公司的前身唐山机车车辆厂曾与其他几家企业联合，研制出了时速 200 公里的动车组，取名“大白鲨”。1999 年 9 月 27 日起，“大白鲨”在广深铁路开始载客试营运，每天来往深圳和广州东两次。至 2002 年，由于可靠性差，耗电量高，“大白鲨”动车组停运封存。

2004 年 4 月，国务院召开了关于机车车辆装备现代化的会议，提出中国要用两年左右的时间，把铁路时速由 160 公里提高到 350 公里。突然要实现这么高的速度，除了牵引、制动等核心技术领域跟不上，国内其他配套的工业基础也没发展起来。事实上，日本在 1964 年把铁路时速提到 200 公里后，此后的 30 年间，时速也就一直在 250 公里左右徘徊。

这年 7 月 28 日，200 公里动车组项目进行第一次招标。当时的唐车厂只是一个中等水平的客车车辆制造厂，由于没有一条像样的铝合金车体生产线，未被允许参加招标。

尽管如此，唐车厂还是买了标书，做了方案，并组团去国外考察高铁技术。考察后，唐车厂确定瞄准德国西门子的高铁技术。就当时的国际市场而言，西门子技术平台是最好的，不仅技术稳定，而且技术升级的空间也很大。此时，西门子正处郁闷期，参加中国铁道部的第一次招标，但由于开出天价技术转让费而淘汰出局，正试图卷土重来，这就让唐车厂有了意外收获。

2005 年 6 月，中国铁道部进行第二轮招标，西门子再次参加。唐车厂坚定了与其合作的意图。在与中国几家实力强劲的机车制造商进行技术、人员的几番博弈后，德国人来到了唐车厂考察。

在此之前，唐车厂就开始着手准备。那时候做的是碳钢车，而高速列车需要铝合金车体。唐车厂毅然投资了 3 个多亿，建起 5000 平米的新厂房，做生产线的准备。为弥补技术成果的缺失，又买来“中华之星”的铝合金型材，自己焊了一个车体样品，摆放在车间内。

时任唐车公司总工程师孙帮成回忆道，没想到这种“临时抱佛脚”的做法和“守株待兔”式的准备，让德国人频频点头，表示比想象中条件要好。在第二次招标中，与唐车厂联合的西门子，不仅将原型车每列价格降了 1 亿，还以低于原价四分之一的价格转让了关键技术。

2006 年 8 月，西门子与唐车厂联合成立了 CRH3“和谐号”项目组，共约 140 人，其中一半来自西门子，开始了时速 350 公里动车组生产。这一步，发达国家走了几十年，而中国人却在很短的时间内实现。

这年 11 月，中国北车集团公司决定将唐山机车车辆厂的客车新造业务与长客股份公司进行资产重组，成立唐山轨道车辆公司。

尽管铁道部在动车组招标文件中明确规定：外方关键技术必须转让。

▲ 2008年4月11日，首列国产时速350公里动车组在唐车公司下线。

但是，西门子对中国技术人员依然设置了许多“技术壁垒”。中方技术人员不仅不能了解其他车体制造的信息，甚至连中方参与设计的动车组，信息资料也看不全。德方规定，电脑鼠标只能使用左键，不能使用右键。也就是说，对资料不能复制、粘贴。

中方技术人员虽然也能参与车体的设计、画图，但是中间技术酝酿的过程不清楚，有关技术来源的讨论，一般不让参与。用孙帮成的话来说，“核心的东西还是得靠自己悟”。

铁道部对高铁技术采取的是系统引进的办法，涉及技术、管理、供应诸多部门。按照以往“各自为政”的生产方式，唐车公司根本无法组织现代工业的系统化生产。于是，唐车公司专门成立了21个国产化推进小组，把技术、财务等各类资源，以CRH3型动车组的名义进行整合。在这个阶段，由于无法掌握技术，只能按照国外原创的技术去执行，照猫画虎。正是这种策略，保证了 CRH3 动车组的顺利生产。

2008 年 4 月 11 日，首列国产时速 350 公里 CRH3“和谐号”动车组在唐车公司下线，8 辆编组，4 动 4 拖，采用电力牵引交流传动方式，最大牵引功率 8800 千瓦。中国铁路技术装备现代化这一重大成果，标志着中国由此跻身世界上仅有的几个能制造时速 350 公里高速铁路移动装备的国家。

国产时速350公里CRH3“和谐号”动车组大批量投入运营，在京津、武广、郑西等高铁线路上表现出良好的运行品质。很快，一个由唐车公司自创的时速 350 公里的技术平台搭建起来。从设计到制造，形成了自己的技术体系。

与此同时，CRH2A 型时速 200—250 公里动车组投入运营后，整车制造商四方公司、关键部件供应商株洲电力机车研究所以及南车电机等单位，也立即启动了时速 300—350 公里的动车组研制工作。对动车组的牵引性能、车体强度与模态、转向架等方面进行了系统提升与优化，突破了制约速度提升的关键技术。加之有了线路基础，仅用了一年多时间，CRH2C 型时速 300—350 公里高速动车组便研制完成。

在接下来的岁月里，唐车公司与相关兄弟企业通力协作，一直保持着良好的发展势头。

2020 年 12 月 23 日，国产世界首列时速 350 公里货运高速动车组在唐车公司正式下线。在全球首次实现时速 350 公里高铁货物快运，显著提升了中国轨道交通装备的自主创新水平。

这列具有中华鲟骨骼仿生形车头、银白红三色贯通车身的高速货运动车组，每节车厢侧面都有一对 2.9 米宽、全球最大开度的装载门，这是高速货运动车组区别于普通客运动车组最显著的外观特征。动车组外皮采用环保水性漆，具有绿色环保、无刺激性气味、无污染等特征，在长期应用过程中对人体和环境无危害，并且表面细腻、美观，硬度高、易清洁。

新一代高速动车组

2014年10月14日，“2014莫斯科国际创新发展论坛”在莫斯科举行，中国总理李克强应邀出席。

在中国高铁展台前，俄罗斯总理梅德韦杰夫联想到未来的莫斯科至喀山的高铁，他指着CRH380A高速列车模型问李克强总理：“中国的高速列车能否在高寒地区运行？”

李克强微笑而自信地回答道：“当然能行。”一旁的中国南车副总裁王军告诉俄罗斯总理：“2011年您参加博鳌论坛时，在中国海南岛高铁环线上就是坐的这款车。”

王军向梅德韦杰夫总理介绍道，以中国京广高铁为例，北京和广州温差达30—40摄氏度，相对湿度差达60%—90%。冬天高速列车上午在北京“制热”、下午到广州“制冷”，一天经历几十摄氏度的温差。中国高速列车特有的隔热保温材料和通风结构设计，解决了这一难题。

梅德韦杰夫总理微笑地连连点头。

联合行动计划

2008 年 2 月 26 日，北京钓鱼台国宾馆。

这一天，科技部与铁道部在这里共同签署了一份《中国高速列车自主创新联合行动计划合作协议》，简称“行动计划”。这是科技部有史以来首次与一个行业共同构建国家级自主创新平台。其核心目标是，设计、制造和运营时速 380 公里的新一代高速列车。这个运营速度将比德国、法国的高速列车快 60 公里，比日本新干线快 80 公里，节能环保和综合舒适性达到世界领先水平。

“和谐号”380A 新一代高速动车组列车飞驰在陕西省境内的西宝高铁

鉴于之前的跨国合作背景，“和谐号”动车组一登台便被不少媒体诟病为“舶来品”。有专家亦表示担心：中国高铁会不会由于外方不愿亮出“看家本领”，从而像有些产业一样，再度陷入“引进—落后—再引进”的怪圈？

这次联合行动计划，是中国第一次全面系统、目标明确地开展高铁核心装备与系统研发，是真正的、卓有成效的联合与行动。涉及高速列车以及高铁全部关键系统装备，包括整车集成、空气动力学、承载系、走行系、传动和制动系、列车控制网络、牵引供电、关键材料及零部件、列车运行控制、高铁运输组织 10 个大项目。

就在“联合行动计划”签署半年后，科技部以“973”“863”和“科技支撑”三大国家科技计划项目的形式，下达了新一代高速动车组的科研任务。其中，“973”侧重气动力学基础研究，“863”侧重车轮材料和检测技术研发，“科技支撑”侧重高速轮轨和列车研制。通过聚合创新资源，打造开放式创新平台。

在行动计划实施过程中，中国特有的“举国体制”优势发挥到了极致。动员中国最优势的科技资源，实现政产学研用深度联合、协同攻关。2010 年 1 月，科技部和铁道部组织中国铁道科学研究院（以下简称铁科院）等 11 所科研院所、西南交通大学等国内 25 所重点高校以及 51 家国家级实验室和工程技术研究中心，进行时速 350 公里以上高速列车技术创新及产业化研究，成功实施 350 公里动车组项目。由四方公司、长客公司、唐车公司、青岛四方庞巴迪公司设计制造 CRH380 系列高速动车组。参与行动计划的科研工作人员共有 1 万多人，其中有将近 60 名两院院士、500 余名教授或研究员，这在铁路行业历史上前所未有，组成了世界上规模最大的中国高速列车技术创新“联合舰队”。

“这种创新体系打破了部门、行业、院校、企业的壁垒，使我们可以把国内的创新资源整合在一起，既降低了创新的风险与成本，又加快了创新效率。”时任四方公司副总经理、总工程师梁建英说。

时速 380 公里的高速列车，接近飞机低速巡航速度，是当时世界设计运行最高时速动车组。这个速度等级，没有先例可循，完全靠自主研发。

在科技部的主导下，作为新一代高速动车组的主导研制单位，四方公司联合 16 家科研院所和企业，成立了中国高速列车产业技术创新联盟。之后，又发起成立了中国创新设计产业战略联盟。四方公司总工程师梁建英担任主设计师。

梁建英作为技术领军人物，带领一支上千人的高铁研发团队，承担了新一代高速动车组最关键的国家科技支撑计划项目——中国高速列车关键技术研究及装备研制。据了解，这是该公司成立以来经历的规模最大、难度最高的国家级科技项目。

集中力量办大事，自主创新的成果很快显现。这一联合行动计划的直接效果是，中国高速动车组研发设计、制造工艺、调试试验等技术获得迅速提升，在较短时间内，成功实现了动车组批量制造，诞生了欧洲人所称的“中国高铁革命”，交出了“和谐号 CRH380 系列”高速列车这份优秀答卷。

20 种概念头型

在中国西南腹地成都，拥有一个全球顶级的风洞群，中国最尖端的火箭、飞机及与空气动力学相关的顶级产品，都会在这里进行风洞试验，验证产品设计的成败。

这年冬季，中国科学院力学研究所研究人员带着“高速列车空气动力学优化设计及评估技术”课题，来到这里进行风洞试验。作为“联合行动计划”

20 种概念头型基础上形成的“复兴号”动车组头型

十大攻关课题之一的承担单位，中科院力学所曾为中国航天航空事业作出过重要贡献。

按照 1 比 8 实际比例缩小的高速列车测试模型，被小心翼翼地吊装进来。这次风洞实验有动车组的减阻、降噪和运行安全等课题，科研人员希望动车组的气动阻力再减小一些。研发人员借助 2836 个核的计算机机群，花费 4 个月时间，进行了超过 300 个工况的空气动力学仿真分析，取得了一系列试验成果。

与航空飞行器相比，高速列车还要面临地面气流的扰动，两车交会时气体的激荡，以及车体通过隧道时的气流变化，因此，高速列车的头型设计比飞机更具挑战性。

研发人员设计出了20种概念头型，通过仿真计算、不同环境的气动力学试验和噪声风洞试验，然后选出8种，改定5种头型做试验，选出两个头型作为备用方案，最后形成了“圆润光滑、线条流畅、形态饱满”的CRH380A高速列车全新设计头型。从结构上突破了核心技术，提高了抗风能力和高速下的安全性，并让其更加适合中国路线环境。

仔细端详CRH380A动车组的外形，它与日本新干线机车的子弹头造型相比，其头型在波浪形楔形结构顶部，呈现出一个圆突形的旋转抛物面。据专家介绍，这个设计概念源自于中国的长征号火箭。

▼ 机车和动车组牵引与控制国家重点实验室

CRH380A 的头型设计，先后经过概念设计、仿真计算、风洞试验、样车试制等研发流程，众多国内一流科研院所参与其中。四方公司负责整体组织，主导完成方案设计、优化和制造；清华和北大负责侧风稳定性计算；中国空气动力研发中心负责气动力学风洞试验；同济大学负责气动噪声风洞试验；铁科院、西南交大等单位完成实车测试。

诚然，最关键的不是“长相”，而在“性能”。风洞试验表明，经过调整优化后的 CRH380A 头车各项性能表现优异：启动阻力减少了 6%，气动阻力降低了 15.4%，隧道交会压力波降低 20%，明线压力波降低 18%，气动噪声降低了 7%，均达到国际领先水平。

尤其值得点赞的是，车头两侧采用了一种叫作“导流槽”的设计，尾车气动升力被“导流”产生的向下压力抵消，接近于零，使得它就像一双强有力的手，牢牢地抓住钢轨，不让动车组飞起来。

在此后的上线试验中，CRH380A 新一代动车组在京津、武广、郑西、沪杭、京沪等多条高铁线累计进行了 450 多项仿真计算，1050 多项地面试验，2800 余项线路试验，相当于绕地球 50 多圈、200 多万公里的行程，全面验证了新一代高速列车的各项技术性能，表现卓越，取得成功。

2010 年 5 月 3 日，上海世博会中国铁路馆开馆。摆放在馆前的一台美观大气的新型动车组特别抢眼，吸引着众多国内外观众排队与它合影留念。一个月前，这台 CRH380A 新一代高速动车组在四方公司下线。经媒体报道后，CRH380A 的流线型车头作为中国新一代高速列车的标志性形象被广为传播，被誉为“世界上最快的有轮子的火车”。

此时，距时速 380 公里的新一代高速动车攻关项目立项仅两年。

2010 年 9 月 29 日，国产“和谐号”CRH380A 新一代动车组在沪杭高铁试运行。动车组启动后，仅 6 分钟时间便提速至 300 公里，13 分钟后达到 413.7 公里，最高时速达到了 416.6 公里，仅用 40 分钟就跑完了上海—杭州间的 202 公里距离。两个多月后，CRH380A 新一代动车组再次刷新纪录，创造了 486.1 公里的世界轮轨新时速。

目前世界轮轨最高时速是 574.8 公里。这是 2007 年 4 月 3 日由法国最新型“V150”高速列车在行驶试验中创造的。但是，该速度是试验速度，是在特定条件下达到的极限速度。而京沪高铁试验跑出的这个时速，是实际运营的动车组列车在运营线路条件下达到的最高速度。显然，后者在实际应用上更有意义。

据报道，法国方面为冲击纪录，对高速列车进行了专门改造。与法国高速铁路实际运营的列车相比，该高速列车由两辆牵引机车和 3 节车厢组成，车轮的直径从 920 毫米增加到 1092 毫米，牵引动力也增加了

动车组轮轨关系实验室

一倍。

随着凝聚多项科技创新成果的 CRH380A 的诞生，四方公司也因此获得了国家科技计划执行优秀团队奖。科学严谨的研发流程、联合创新的有效平台、完善的试验验证体系、层次结构合理的研发团队，形成了四方公司强大的创新能力。2019 年，梁建英被评为全国“最美科技工作者”。

值得骄傲的是，CRH380A 拥有完全的自主知识产权，已形成专利 181 项，标准 189 项，研发团队将“话语权”牢牢掌握在中国企业自己手里。在 CRH380A 的基础上，中国又相继研制发出了 CRH380AL、CRH380B、CRH380C、CRH380D、CRH380E 等多个系列的新一代高速列车。

美国知名知识产权律师事务所曾应中方邀请对 CRH380 动车组全部知识产权进行审计，最后结果是“该车型和既有发达国家高速列车技术知识产权之间不存在法律冲突”。这是中国第一代拥有自主知识产权、达到世界先进水平且大规模服役的高速列车。

2014 年 2 月 3 日，农历甲午年大年初四，正当全世界华人欢度春节之际，在美国纽约时报广场的广告大荧屏上，一列中国制造的 CRH380A 高速列车疾驰而过，车厢内的乘客喜形于色，站台上一片欢腾。当时这列中国自主开发的高速列车已安全运营 350 万公里。

航天人的智慧

2003 年 10 月 15 日 9 时整，“神舟五号”飞船搭载航天员杨利伟在酒泉卫星发射中心发射升空。在火箭起飞 120—140 秒的这一段时间内，杨利伟突然感觉到一种在训练过程中从来没有感受过的振动，让他非常难受。

殊不知，让杨利伟“几乎难以承受”的这种振动，是一个世界性的航天发射难题。当火箭液体燃料在管路中输送时会引起振动，这一振动频率与火箭箭体结构的振动频率接近时，就极有可能产生共振，导致火箭在空中“哆嗦”。

由此，中国运载火箭技术研究院七零二所承担了这个难题的破解任务。经过半年多的调查、分析、计算、试验，火箭振动的原因终于查清——燃料输送与结构耦合振动！后来，在火箭上增加了一个叫“变能蓄压器”的装置，抑制了火箭燃料输送时产生的振动，从此中国火箭升空更加顺畅。

到“神舟六号”上天时，航天员聂海胜就没有杨利伟那种难受的感觉。聂海胜说：“我们乘坐的火箭非常舒适，几乎感觉不到振动。”

其实，高速动车组在运行中也会出现共振现象。试验结果表明，当高速列车的时速达到 300 公里时，在克服巨大的空气阻力时，列车会产生很大的振动和压力，会严重影响车内乘客的舒适感。

中科院力学所研究员、高铁设计师杨国伟认为，高速列车的速度可与飞机起飞速度相媲美，完全可以借助航空航天的技术来解决高铁的空气动力学问题。

2009 年 2 月，在武广高铁试跑时，应高速列车创新团队的要求，航天七零二所参与了实验过程，采集了高速动车组在武广高铁运行全程的振动数据，拿到了第一手资料。通过数据采集和分析研究，找出了动车组可能产生振动的原因，为相关产品结构改进提供了技术支撑，确保高速列车安全运行。

车门是高速列车使用最频繁的一个部件，在两列车交汇或者列车进出隧道等情况下，车门和车窗都要承受巨大的挤压力。七零二所通过 100 万次循环的疲劳试验，考核产品的结构强度及密封性，同时还进行了破坏性试验，确保意外情况下列车的安全性。

坐过高铁的人都对高铁的厕所称赞不已。其实高铁厕所的污物箱要承担巨大的振动和冲击，因为箱体内有流体（水）物质负载，导致支撑臂振动响应加大。如何确保支撑臂不断裂？航天科技人员对箱体内不同注水情况下振动的应力分布及薄弱点进行仿真计算，对支撑臂进行优化设计，并对改进过的产品进行振动冲击试验，验证了产品的结构安全性。

乘坐高速动车组，旅客使用时间最长的莫过于座椅了，如何提高座椅的舒适性和耐用性？航天科技人员进行了振动、冲击和疲劳耐久试验，验证了座椅的静、动强度和耐久性、安全性。乘客头顶的行李架直接关系到乘客安全，航天科技人员重点对行李架结构在承载情况下的应力分布进行了仿真计算，还进行了极限破坏强度测试，保证了行李架的安全性。

还有高速动车组的车体主横梁等多个关键部件，航天科技人员都进行了疲劳仿真分析计算，找出薄弱点，进行结构优化，为高铁的安全再上一道保险。

就此，航天七零二所在参与高铁试验中累计申报相关专利近60项，拥有了一定数量的知识产权。

与此同时，航天七零三所与中铁通信信号研究院开展科技合作，研究利用特殊的隔热材料粘接工艺，为高速动车组黑匣子穿上“防护衣”，使其能在经受700摄氏度高温时300秒内烧不坏，可抗100G冲击，性能达到甚至超过国际同类进口产品。

走向世界的『复兴号』

2017 年 6 月 26 日 11 时 05 分，“复兴号”高速列车分别在京沪高铁两端北京南站和上海虹桥站双向首发，一个形似“飞龙”，一个神似“金凤”，分别担当起 G123 次和 G124 次高速列车值乘任务。

由此，中国高铁进入“中国标准动车组时代”。“复兴号”寓意着中华民族伟大复兴。这是一个时代的符号，象征着中国科技的进步，中华民族的强盛。就在前一天，位于北京西郊的北京动车段喜气洋洋，中国铁路总公司在这里举行命名仪式，中国标准动车组被正式命名为“复兴号”。从这一刻起，“复兴号”高速列车闪亮登场，标志着中国高速列车走在了世界前列。

历经 503 项仿真计算，5278 项地面试验，2362 项线路试验，短短数年间，中国高速动车组实现了由“中国制造”到“中国创造”的跨越。时任中国铁路总公司总工程师何华武表示，“复兴号”动车组实现了动车组牵引、制动、网络控制系统的全面自主化，标志着中国已全面掌握高速铁路核心技术，中国具备设计制造满足世界各国不同需求动车组的能力。

2020 年 10 月 28 日，中泰高铁（曼谷—呵叻段）项目签约仪式在泰国总理府举行，泰国总理兼国防部长巴育出席并见证签约仪式。泰方购买了 6 组“复兴号”CR300AF 型动车组，运用于中泰铁路一期曼谷—呵叻府段。

2021 年 12 月 3 日，采用中国标准的中老铁路全线开通运营。“复兴号”动车组绿巨人和“澜沧号”动车组分别从中国昆明和老挝万象始发。“澜沧号”基于中国先进的“复兴号”动车组技术平台，结合老挝当地自然环境、线路条件和本土文化量身打造，是中国“复兴号”技术和老挝文化元素的有机结合，标志着“复兴号”动车组正式走向世界。

2022 年 9 月 1 日晚，经过 11 天的海上运输，中国出口印尼用于雅万高铁的 1 列“复兴号”高速动车组和 1 组综合检测列车，从中国青岛港抵达印尼雅加达港。这是雅万高铁项目首批到达印尼的中国高速列车，其余 10 组列车，也将陆续分批次从中国运往印尼。

这是我国首次出口“复兴号”高速列车。

“中国标准”的分量

中国标准动车组，其意义在于“标准”二字。掌握标准意味着掌握话语权，意味着行业影响力。谁主导了标准的制定，谁就掌握了这个领域的话语权和市场主导权。

在我们的生活中，常常会听到欧洲标准、美国标准等国际标准。众所周知，在工业制造行业能够制定标准的必然是这个领域的领跑者。标准代表着制高点，一个新标准的确立，需要智慧、话语权和技术底气，更是一个国家实力的彰显。

▲ “复兴号”红金龙与金凤凰，两列刚下线的动车组即将出征。

从2004年起，中国相继从欧洲、日本、加拿大引进了CRH1型、2型、3型、5型等4个动车组技术平台，形成了17种车型的动车组，这些车型的技术来源不同，列车参数和技术平台标准不统一，使用中十分不便，甚至很是“尴尬”。

一次，一列在京广高铁运行的CRH2型动车组途中突然发生故障，需要临时更换动车组。等到备用的CRH3动车组换上后，54名旅客不干了，吵着要退票。原来CRH2与CRH3的定员不同，前者有610个座位，

后者只有 556 个，换车之后，50 多名乘客没有座位，乘客当然不干了。

座位数不统一，这只是看得见的很小的一个“不统一”，看不见的更多。譬如说，不同车型的司机操控界面各异，影响司机熟练操作；不同车型的动车组不能重联；不同车型的零部件不能互换，动车组维护基地都得预备大量不同标准的零部件，不仅占地儿，还造成大量浪费。

于是，研制中国标准动车组提上了议事日程。在中国铁路总公司的主导下，相关设计团队在动车组安全可靠、智能化、节能环保等技术领域加大创新力度，并着力建立起成套的“中国技术标准”。这是迄今中国铁路史上最高级别的单个科研项目，被列入“十二五”国家战略性新兴产业发展规划。

采访中，专家告诉我，建立起自己的高速列车技术平台，无疑是巨大的进步，但还远远不够，必须建立起属于自己的高速列车标准体系。这是实现高速列车技术的全面自主化的根本所在。

国外高速列车行驶距离一般只有 1000 公里左右，中国高速列车则在 2000 公里以上，适应这种国情、路情的高速列车标准当然与众不同。时任中国铁路总公司总工程师何华武认为，所谓中国标准动车组，即按中国标准组织研制的动车组，是中国国家标准、行业标准、企业标准的结合，是符合中国铁路运行环境和运输需求的高速列车技术标准。

高速列车是各种尖端技术的集大成。中国标准动车组大量采用“中国标准”，兼容国际标准，涵盖了基础通用、车体、走行装置、司机室及设备、牵引电气、制动及供风、辅助电气系统、车内环境控制、给水和卫生设备、列车网络、控制诊断和监测系统等方面。一切都是自主设计，具有创新性、安全性、智能化、人性化、经济性等特点。

2013 年，时任铁科院机辆所科技管理部主任的张波，被任命为铁科院中国标准动车组总体技术及核心系统研发团队负责人。从此，张波团队全面承担起中国标准动车组技术总牵头的重任，负责编制总体和子系统技术标准，组织技术方案研究，承担试验验证和运用考核等工作。同时，还承担了中国标准动车组九大核心系统中牵引、制动、网络三大核心系统的攻关任务，及整车试验验证等多项重要技术工作。

张波解释道：“说白了，就是中国到底需要什么样的动车组，我们应该研制什么样的动车组。‘中国标准’要为动车组研制明确方向和设计边界。”

四方公司“复兴号”动车组生产线上的 CR400AF 动车组车体

为此，张波带领研发团队走访调研了北京、上海、广州等几个重点的铁路局，通过交流座谈、问卷调查和现场考察，与技术、运用和维修人员充分交流，耗时 2 个多月，收集了多方面的需求建议和数据信息。

项目之初，时任中国铁路总公司科技部主任周黎召集相关人员研讨，提出了中国标准动车组研发新理念——“用户驱动的技术创新”，即一切科技创新，都必须围绕用户的需求去做。只有用户需求的创新，才是有用的创新，只有满足用户需求的技术，才是有用的技术。这是生存之道，也是发展之道。这个新理念，成为铁科院开展科研工作的行动准则，也是张波团队在后续研发中始终坚持的理念。

谈及中国标准动车组的技术标准，张波打了一个形象的比方：如果用时间来划分，2012 年以前是中国动车组的 1.0 时代，那么 2012 年以后，中国动车组就进入了 2.0 时代。以前我们都是“模仿”别人的车，这一次我们就是要打造完全属于我们自己的中国标准动车组。

中国标准动车组研发所要做的第一件事，就是要制定总体技术条件、规定设计边界、确定技术路线，即中国动车组技术标准。这项工作涉及面广、牵扯面大，要考虑动车组全部系统、807 项关键技术的运用条件、总体要求、基本性能、主要参数，还要统筹设计、运用、维修、成本等因素，牵一发而动全身。由此，张波带领团队围绕中国标准动车组技术条件和技术方案，分别从总体和子系统层面展开了艰难的论证研究。

采访中，我特地翻阅了《时速 350 公里中国标准动车组技术条件》白皮书，这是一本约 2 厘米厚的 A4 页面大开本的书，在 1000 多项技术条件里，中国标准动车组的每一个重要细节，在这里都有明确的技术规定。

我随手翻到“车上布置・一般要求”这一项：一等座席设置 2+2 布置的一等座椅，座椅间距为 1160 毫米；二等座席设置 2+3 布置的二等座椅，座椅间距为 1020 毫米；头尾车设置商务座椅，座椅间距为 1965 毫米。

▲“复兴号”动车组前装生产线上的工人们正在车体内布线

这些是最简单的技术条件，也是无需争议的技术条件。但有些技术条件是需要进行严格科学研究、论证的，由各个研究单位和厂方来共同决定。如“动拖比”“无火回送自发电”“变压器滤网增大冗余15%”等技术标准，都需要反复论证，常常会争吵得面红耳赤。

譬如说“动拖比”，即每列动车组动车与拖车的配比，它直接影响动车组整体效能的发挥，涉及动力冗余、再生制动能力、轻量化等，与牵引、制动、网络控制、转向架等主要系统的确定有重要关联。然而，如果统一动拖比标准，对于各生产厂家来说，必然要改变既有研发体系和生产流程，带来新的投入，这可不是一笔小账。最后，经刘友梅院士等专家审议，同

▲“复兴号”动车组生产线上的自动焊接机器人正在焊接车体

意张波团队提出的建议，经报中国铁路总公司批准，最终确定中国标准动车组采用4M4T动力配置模式，即每列动车组有4个动车、4个拖车。

采访中，团队成员邵军回忆道，像这样制定中国标准动车组技术标准的会议，一年多时间里，项目技术组召开了100多次，仅互联互通这一个方面的技术会议就开了60多次。有关互联互通的协议文件，摞起来有半人高。

在争议最大的技术条件里，还有“无火回送自发电”“主变压器配套冷却装置滤网冗余增大15%”等技术标准。

什么叫“无火回送自发电”？团队成员郭晓燕介绍，无火回送实际上是一种工作模式，通俗地讲，就是当动车组在出厂转运或是线路上运行遇到接触网故障，以及受电弓遭到异物击打损坏时，这时没有了电力来源，车上蓄电池容量有限，超过一定时间，动车组车上的用电设备，如空调、照明等就没法工作了。这时候就需要采用无火回送自发电，如联挂专门的发电车等。

张波设想，动车组上的牵引电机是可以实现能量双向流动的。当动车组无火回送时，只需要达到一定速度，动车组的牵引电机就可以自发电，满足车内照明、空调、卫生间冲水等用电，这样就不会引起旅客恐慌，尤其在夏天，不会让旅客乘坐“闷罐车”。张波认为，中国标准动车组是最先进的动车组，出于对旅客需求的考虑，技术标准中必须设置“无火回送自发电”功能。张波的建议得到了大家的认可。

张波讲了一个故事：2018 年 8 月 12 日，“复兴号”动车组担当杭州东至北京南的 G40 次列车，运行到廊坊至北京南间时，大风刮起线路边的彩钢板撞击动车组，导致运行中的动车组发生故障。在救援回送过程中，“无火回送”功能发挥作用，列车迅速恢复照明、空调、卫生间等电源，没有引起旅客的惊慌和不适，平安返回车站。

每到春季，中国华北地区杨柳絮满天飞舞，动车组动力设备的散热系统时常堵塞，滤网上的杨柳絮形成薄薄的一层，导致牵引动力发热，功率发挥受到限制，报警提示降速，出现晚点。

张波团队提出增加主变压器配套冷却装置滤网面积，确保当有效进风面积减少 15% 时，仍能满足牵引变流器在额定功率运用下的冷却能力要求。事实证明，这项技术标准为“复兴号”动车组又添一分。往年春季，“和谐号”动车组跑京沪、京武高铁一个来回，就需清理一次。如今“复兴号”跑一个来回，仍然能满足机组 100% 的动力发挥。

相比国外，中国大部分地区雷电天气多，动车组车顶上的高压设备频繁被雷电冲击，会造成高压绝缘短路。在“复兴号”标准中，原本暴露在动车组车顶上的高压设备改为下沉式，安装到一个密闭空间内，只有一个受电弓暴露在外面，同时将受电弓的抗雷电冲击标准从欧洲的可承受 150 千伏雷电冲击，提升到可承受 185 千伏的雷电冲击，确保动车组穿越雷雨时更安全。

就这样，经过了近一年的努力，张波团队对中国标准动车组的技术标准一项一项论证，一项一项优化，到 2013 年 12 月，完成了中国标准动车组总体技术条件和重要技术标准制定。

在"复兴号"采用的 254 项重要标准中，有 214 项是中国标准，占重要标准数的 84%。其中国家标准 42 项，铁路行业标准 53 项，中国国家铁路集团有限公司（以下简称国铁集团）企业标准 3 项，国铁集团标准性技术文件 61 项，中国标准动车组统型技术条件 39 项，国铁集团发文 15 项，主机厂企标 1 项。

2013 年 12 月，中国标准动车组技术条件制定完成。2014 年 2 月 14 日，原中国铁路总公司颁发《时速 350 公里中国标准动车组暂行技术条件》，为中国标准动车组样车研制提供了设计依据。

不得不说，中国标准动车组的"中国标准"的意义就在于，每一项核心突破，拉动的都是整个中国高速列车体系的升级。而一个个体系的升级，最终使得中国制造走向全球。

将噪音降到最小

随着高速动车组技术标准的不断提升，舒适性成为一个很重要的标准，而车内噪声性能则是舒适性的重要指标之一。因此，中国标准动车组在设计过程中要充分考虑各结构降噪设计，降低车内外噪音、振动。提高乘坐的舒适性，成为高速动车组的技术发展趋势与追求。

试验证明，随着速度的不断提升，高速列车的气动噪声会显著增加。

所谓气动噪声，是由于气流流过车体表面引起的气流压力扰动产生的噪音。当时速达到300公里时，高速列车的气动噪声已超过轮轨噪声成为主要噪声源。这样不但大大降低了乘客的舒适性，而且对铁路沿线产生噪声污染。

专家告诉我，动车组降噪有两个源头，一个是尽量遏制车体和自身设备产生的噪音，一个是防止各种外部噪声通过车体传到车内。

外部噪声即气动噪声，主要由空气与车体的摩擦声、受电弓与接触网的摩擦声及弧光放电声、轮轨噪声和动车组进出隧道产生的压缩波及反射波等形成。另外，动车组运行时自身设备也会产生一些噪声，例如，空调机组、废排机组、空气压缩机、变压器等设备运行时会产生噪声，甚至真空集便器在使用时都会产生很刺耳的噪声。只有在设计动车组过程中更加有效地降低各种噪声对乘客的影响，才能提高动车组的乘坐品质。

“和谐号”CRH380型新一代动车组，噪音已经较小，优于很多发达国家的高速动车组。在此基础上，哪怕降低1分贝，也是世界性难题。为了让旅客乘车感觉更舒适，中国标准动车组科研团队挑战了这个难题。铁科院、中国中车以及相关高校科技人员共同携手，凝心聚力，顽强攻克高速列车噪音控制难题。

针对高速列车的主要气动噪声源是受电弓与转向架，科研人员积极组织课题攻关。建立受电弓、转向架气动噪声分析模型，取得数据，模拟试验，逐项改进。空调系统充分考虑减小车外压力波的影响，通过隧道或交会时减小耳部不适感。

由此，四方公司技术团队前后探索了3年时间，光是隔音材料的对比试验就做了3000多次。为了获得一组准确的数据，常常通宵达旦，即使出现一点误差，整个实验都要从头再来。

降噪是个系统工程，刚开始制造工厂采取了运用最新降噪材料、加装吸音装置等措施，但降噪效果不明显。四方公司请来国内的结构、流体、

“复兴号”高寒动车组奔驰在中国最北高寒地区

材料等领域的专家共同会商。经反复研究发现，除了牵引变流器的电流噪音外，一些车载空调、风机等设备的吸气排气造成压差，也影响降噪。于是，他们优化和规范车载设备的降噪要求和设计，终于让噪音下降 1 至 5 分贝，超越设计目标。

针对牵引变流器产生的电流噪音，创新团队成立了专项攻关小组，白天动车组要运营，技术人员就开展程序验证和数据分析，晚上车辆入库，再开展地面验证，光是软件就修改和优化了 100 多个版本。通过努力，牵引变流器的噪音控制在了 76—78 分贝（列车低速启动时车外侧的噪音），而国际竞争对手的这一数据却超过 80 分贝。“可别小看这几个分贝，它能让旅客在列车进站时不再忍受那么刺耳的噪音。”株洲中车时代电气股份有限公司副总经理、总工程师尚敬说。

研发团队还通过优化动车组结构，包括新型流线型车头、平顺化的车顶受电弓、全包型式的车端风挡等，应用新型隔声材料，进行降噪控制。“复兴号”与“和谐号”相比，仅车内噪声就下降了 4—6 分贝……

乘坐“复兴号”动车组，你还会发现乘客相互间说话不用提高嗓门了，这是因为“复兴号”有一个非常优良的降噪指标。根据测试，当“复兴号”以时速 350 公里高速运行时，客室噪声最大仅为 65 分贝，远远优于 70 分贝的“优”等线。65 分贝是个什么概念？按声级分定，75 分贝为人体耳朵舒适度上限，70 分贝是街道环境声音。

当列车高速运行时，轮轨发出的噪声一部分通过车体结构传至车内，引起车体结构件振动而激发噪声；另一部分通过空气传播，从车辆的车门、车窗、风挡等缝隙直接传入车内，其噪声大小取决于车辆的密封程度。

整车气密性是高速列车的关键技术之一，也是一个世界性难题。

随着车速的提高，动车组在隧道和在明线上交会时，都会引起车外较大的压力波动，车外压力波动传入车内会引起空气压力波动，从而冲击司乘人员的耳膜，造成耳鸣、耳痛等，带来动车组内压力舒适度问题。减缓车内压力波动的主要措施之一，是采用气密性能良好的车辆。

列车在高速运行时，车体四周要不断承受正负气压。整车气密性是指列车完成事务状态和关闭列车与外界相通的所有开孔后，车内压力相对于车外压力变化的密封性能。如果车厢气密性较差，空气压力波就会通过车体缝隙进入车内，让旅客感到头重眼花、耳膜不适，直接影响旅客的舒适度。

动车组车窗是保持车体气密性的重要环节。“复兴号”车窗除了采用高隔声中空玻璃新结构外，车窗玻璃的固定安装和密封也充分考虑了阻碍噪音的传播。窗玻璃与金属窗框之间采用结构胶固定的方式；窗框与车体之间采用结构胶和螺栓的固定方式，螺栓连接采用橡胶垫片。这些措施都能有效降低车外噪音向车内传播。

采访中，四方公司技术工程部高级主任设计师魏京利告诉我，“复兴号”的气密性设计采取了车厢差压控制模式，可以根据车速快慢自动调整车内气压，气密强度从 4000 帕提升至 6000 帕，解决了这一难题。

高速列车的气密性试验有一项重要技术指标，就是车厢气密度检测。其流程是，通过控制气密试验台打开充气电磁阀，开始往车内充气。当系统检测到压力达到设定最高值时，系统自动关闭充气电磁阀，试验车辆开始自然放气。

通俗地说，车厢气密度检测就是对密封车厢输入 4000 帕大气压，检测降压时间。降压的时间越慢，车体的密封性越好。从 4000 帕降至 1000 帕的时间，国际标准是 50 秒，而“复兴号”则是 250 秒，比国际标准整整提升了 5 倍。

据了解，日本高速列车制造企业在测试两车交会时的车外气压时，通常采用在车身上打孔的办法，不仅影响美观，而且耗资很大。中国科研人员借鉴航天航空领域的先进成果，创新制作出一种拍式感压片。这种感压片只有硬币大小，将其贴在高速列车前部，便可测试两车交会时的气压波动。

“复兴号”在断面增加、空间增大的情况下，按时速350公里试验运行，列车运行阻力、车内噪声明显下降。

当你乘坐“复兴号”高速列车时，基本上听不到一点噪音。哪怕是座位底下的车轮与钢轨的摩擦声，都很轻微，很遥远。要知道这可是350公里的时速啊，车外雷霆万钧之力，车内静悄悄一片，这是一幅多么诗情画意的景象啊。

一位旅客对我说，他多次乘坐国外的高速列车，总感觉头晕耳鸣的，乘坐“复兴号”高速列车没有这种感觉。

帅呆了的“复兴号”

有位记者朋友曾对我说：“‘复兴号’给人的第一感觉就是帅呆了。‘复兴号’进站的那一刻，我喜极而泣，从内心里为祖国自豪。”

“复兴号”采用全新低阻力流线型头型和车体平顺化设计，车身以银灰色为底，辅以红色的“腰带”，车头更具冲击感，还未开跑就有“贴地飞行”的架势。

第一眼看去，发现“复兴号”车顶上没有“鼓包”。原来，“和谐号”的“鼓包”里是受电弓和空调系统，“复兴号”受电弓、高压设备、空调系统等都采用了沉入式安装，把那个“鼓包”下沉到了车顶下。采用镁合金、碳纤维等先进的轻量化材料，门窗与车体平齐，两车连接处采用全包外风挡，底部结构采用了导流设计。如此一来，车型看起来线条更优雅，跑起来也更节能。

登车后发现，车厢内空间比“和谐号”动车组要宽敞。原来，“复兴号”列车车体宽，空间大，高度从3.7米增高到了4.05米，座位间距更宽敞，横断面积达到11.2平方米，比其他国家多14.3%；车厢内空调系统新风达到

▲ 唐车公司即将下线的“复兴号”时速400公里的动车组、时速250至450公里可变编组动车组和时速160公里的绿巨人动车组

16立方米/人小时，比其他国家高7%—60%，为旅客提供了宽敞舒适的旅行环境。液晶显示屏显示座位号，用不同颜色，表示座位是否卖出。车内照明有多种模式，亮度从高到低，光线从暖到冷，座椅上方设有阅读灯，旅客可以根据需要手动或自动调节亮度和色温，人性化设计更加突出。

车厢内实现了无线网络全覆盖。打开手机，就发现了一个叫作“RT–2017”的WiFi热点，连接后可上网。还有，“复兴号”车上的插座数量比“和谐号”更加密集了，一排三座有两个插座，一排两座则有一个插座，都位于座椅之间，还有USB接口，拿根数据线就可以直接给手机充电。

高铁专家尚敬表示：“‘复兴号’动车组是由中国自主研发的一款动车，就拿列车中的核心系统——由时代电气提供的列车牵引电传动系统来说，自主化率达到 100%，也就是说车辆从设计、软件开发到生产制造都是我们自己完成的。”

“复兴号”动车组实现了物理互联、逻辑互联和司机操作界面统一，实现了互操作。不同厂家生产的相同速度等级动车组能够重联运行，不同速度等级的动车组能够相互救援，使运营组织更加灵活，提升动车组的利用效率，降低运用成本。动车组牵引、高压、转向架、空调、网络、旅客信息系统等 11 个系统 96 项关键部件可以互相通用。

“复兴号”绿巨人动车组列车从陇海线灞河大桥上驶过

采用高效的牵引、制动系统，统一设置了合理的修程修制体系，“复兴号”适应长距离、高强度的复杂运行环境，适应温度横跨正负 40℃运行需求，在多种工况条件下进行了 60 万公里运用考核，比欧洲标准还要严格。整车性能指标实现较大提升，适应于中国地域广阔、长距离、高强度等特殊环境。“复兴号”的设计寿命达到了 30 年，而“和谐号”是 20 年。

“复兴号”安装了数千个传感器，部署了 2500 余项监测点，比最多监测点的车型还多出约 500 个，建立起了强大的安全监测系统。像带着随车医生一样，能够对走行部状态、轴承温度、冷却系统温度、制动系统状态、客室环境进行全方位实时监测，为全方位、多维度故障诊断、维修提供支持。故障预测和健康管理系统，无论走到哪里都能和指挥中心的“家”实现实时互动，确保平安无事……

在中国铁路运输调度指挥中心，采用远程数据传输，控制台屏幕上实时显示着动车组运行位置、速度以及牵引电机电压等各种运行参数。同时，屏幕上还显示着动车组经过区域的风速、降雨量、是否地震等数据。

“如果列车出现异常，或风速、降雨，或地震报警，

动车组能自动采取限速或停车措施。”铁科院研发中心常务副主任、研究员王俊彪说。他参与了“复兴号”动车组的安全防控系统研发，其所在团队研发出的地震预警系统是中国首创。

“复兴号”设计遵循所有安全相关标准，包括防火、防碰撞、动力学等，采用高 RAMS（可靠性、可用性、可维护性、安全性）指标，提高列车可靠性，具备失稳检测、烟火报警、轴温检测、受电弓视频检测等安全防护措施，安全防护设计完善。

同时，复兴号增设了碰撞吸能装置、防脱轨装置、防车厢与车架分离装置，当列车遇到极端情况时，碰撞吸能单元通过有序变形吸收碰撞能量，保障乘客区域不变形。同时还在轮轨上加载了防脱线装置，即使在极端情况下，车轮也绝不会脱轨。

这相当于为列车加了一把“安全锁”。“复兴号”的碰撞防护系统，设计吸能容量达 6.8 兆焦，这一指标达到国际领先水平。

由于“复兴号”实现了零部件国产化，大大降低了生产成本。一列 8 辆编组的“和谐号”动车组出厂价大约 2.1 亿元，而一列 8 辆编组的“复兴号”动车组出厂价只有 1.7 亿元。

飞驰在京张高铁的“复兴号”升级版智能动车组，首次采用无人驾驶技术，成为世界上首个实现 350 公里时速自动驾驶的高速列车。

所谓智能动车组，就是在原有的中国标准动车组的基础上研发和应用了高铁 ATO 系统，以高速动车组自动驾驶为代表，开创了智能高铁新气象。实现了高速动车组车站自动发车、区间自动运行、进站自动停车、停车自动开门及车门站台门联动控制。同时，还实现了列车平稳、舒适及绿色节能运行。

2021 年 1 月 22 日，京哈高铁开通首日，由 CR400AF-G 型“复兴号”动车组担当的 G915 次列车，自北京朝阳站始发正点抵达哈尔滨西站，这是新型“复兴号”高寒动车组首次到达中国最北最寒冷的地区。由于其外形是由火红彩带环绕着银色的车身，网民们亲切地称之为“火凤凰”。这个时速350公里的“火凤凰”可不简单，它是“复兴号”家族中最“抗冻”的成员，拥有耐低温、耐冰雪的“独门绝技”，在零下40℃的极寒环境下也能自如奔跑。

“火凤凰”的“高强武功”背后都是高科技在支撑。动车组所使用的材料、电气元件以及车体、转向架、供风制动等系统部件，均进行了耐低温设计，并在密封防雪防击打、水系统防冻、冷凝水防治等方面采取技术措施，使动车组具备了特殊的“抗寒”性能。在车辆静止时，每个车厢制动闸片和制动盘每分钟松开55秒，抱住5秒，各车依次循环动作3小时，这种自动化防冻结功能，确保制动系统安全可靠。此外，列车的水箱、污物箱、水管也都穿上了厚厚的“棉衣”，“棉衣”中间有电伴热线，水箱底部还增加了“小电炉”，天寒地冻依旧可以保持“活力”，保证旅客正常使用需求。

2021年6月25日，随着拉林铁路开通运营，“复兴号”动车组开上了雪域高原，至此，中国历史性地实现了“复兴号”对31个省区市的全覆盖。以“复兴号”为代表的中国高铁，在应对复杂气候环境方面已“集齐”多个世界之最，展现着跨越5个气候带强劲奔跑的新动力。

四方公司转向架车间鸟瞰

第三章 高铁『吉祥三宝』

2019年10月25日，国务院新闻办举行中外记者见面会，5位铁路一线科技工作者围绕“中国高铁科技创新”与中外记者进行了交流。

“我拿的这款动车组模型，网友亲切地称之为‘飞龙’，它的外观造型取自传统中国龙的元素，身上披着红飘带，非常漂亮。”铁科院机车车辆研究所副所长张波一边展示手里的“复兴号”模型，一边向记者们介绍。

张波告诉我，牵引电传动系统、列车控制系统和转向架，是高速动车组的核心技术，是最具有技术价值、挑战性和吸引力的关键部分，被专家们称之为高铁“吉祥三宝”。能否得到这“三宝”，是衡量高速列车制造企业是否具备核心创造能力的根本性指标。

张波通俗地比喻道，牵引传动系统是动车组的动力之源，决定高速动车组能否高性能地运行，它就像人的心脏，主要功能是提供压力，把血液输送至身体的各个部分，俗称“高铁芯”；列车控系统是“高铁脑”，指挥高速动车组开车、减速和停车。转向架则是高速动车组的腿，要想跑得又快又稳，必须要有一双健壮有力的“好腿”。

强劲的『高铁芯』

“高铁芯”享有现代机车车辆技术“皇冠上的明珠”之誉。

所谓大功率 IGBT 技术，是高速列车牵引电传动系统的关键所在。其直接表现，就是“牛马特性”。这项技术被德国、日本等国垄断了近 50 年。截至 2009 年，日本三菱已经推出了第六代 IGBT 产品，广泛应用于新能源、高铁、轨道交通等领域。“牛马特性”是高速动车组最重要的特性之一，即起动的时候像牛一样充满力量，高速运行时像马一样快速持久。

牵引电传动系统就是按“牛马特性”设计的，有高速动车组的“心脏”之称，是由“高铁芯”、传动装置和力大无比的电机群组成，包括 IGBT 模块、牵引变压器、牵引变流器、传动齿轮箱、牵引电机及其相应的冷却装置。

“复兴号”动车组的动力非常强劲，从 0 公里加速至 350 公里，仅需要 6 分钟。一块巴掌大小的 IGBT 模块，掌握着动车组的“命脉”，操纵着牵引功率超过 10000 千瓦的电机群。这个电机群为陆地交通最强大的力量之源。

IGBT 模块与小芯片

IGBT 模块是一种新型功率半导体器件，中文全名“绝缘栅双极型晶体管”。它是由 BJT 和 MOS 组成的复合全控型电压驱动式功率半导体器件，是能源变换与传输的核心器件，属于功率半导体器件第三次技术革命的代表性产品。

作为电力电子技术的核心技术，IGBT 绝缘栅双极型晶

▲“复兴号”动车组在郑西高铁线上飞驰

体管广泛应用于轨道交通、航空航天、船舶驱动、智能电网、电力电子、新能源汽车等战略性产业领域，已经成为现在功率变流的心脏，被业界誉为功率变流装置的“CPU”、绿色经济的“核芯”。

高速和重载是现代机车车辆装备发展的两个重要方向，两者的关键都在于给机车提供一个强大而持续发力的“心脏”——牵引电传动系统。而牵引电传动系统里，有一个由许多小芯片组成的 IGBT 模块，掌管着这个系统的“命脉”。

对于高速动车组来说，IGBT 的主要工作是控制和传输电能，决定驱动系统的扭矩以及最大输出功率，几乎和高速动车组的运行息息相关。它实际是一个高频率开关，可以处理 6500V 以上的超高电压，工作时可以在短短 1 秒钟内，实现 100 万次电流开关动作，确保电流快速转化；控制并提供大功率的电力设备电能变换，快速自如地改变电流的大小及有无，有效提升设备的能源利用效率、自动化和智能化水平，保障高速列车动力源的正常供给。

具体来说，IGBT 模块可以直接控制高速动车组的直流、交流电的转换，决定了驱动系统的扭矩以及最大输出功率。通俗地说，高速动车组的电机转动必须用交流电，通过改变电机交流电的频率来改变电机的转速，从而精准地控制车辆行驶的速度和加速能力，这背后都是 IGBT 模块的功劳。高速动车组要在短时间内将速度从零提升到 300 公里以上，或者在极短的时间内将正在高速行驶的列车平稳停下来。这看似简单的加速、减速过程，背后需要一系列相关传动设备、牵引变流器以及其他电动设备的配合才行，而且需要确保各种设备所需的电流、电压极为精准可靠。在目前技术条件下，只有大功率的IGBT模块，才能满足这一苛刻要求。还有动车组加速能力怎样，最高时速多少，能源效率如何，也全由 IGBT 模块掌控。而且在减速过程中，通过 IGBT 模块的作用，还可以将列车减速产生的能量转为电能回馈给电网。由此可见，用“高速动车组的‘心脏’”来比喻 IGBT 模块是十分形象准确的。

我们知道，电脑想要做高速运算的话，需要 CPU。那么像咱们高速动车组这样的驱动，也是需要一种器件，作为电流的变换，而 IGBT 就是作为电能变换的这么一个 CPU。

据统计，中国发电总量的 60% 都用在了各类电机上。如果采用 IGBT 器件对电机进行变频调速，电机耗费的电能可以节省大约 1/3，即可节约中国总发电量的20%，相当于新建5个三峡大坝的效能。

IGBT模块分为芯片、模块封装及应用测试三大块，其中芯片技术是最为关键的，运用在高铁上，就叫“高铁芯”。

“高铁芯”是牵引传动的核心部件，安置在高速动车组的“心脏”部位，类似于手机里的CPU芯片。它由一块块指甲盖大小的小芯片组装而成，负责对高速列车复杂的电力系统进行控制，是激活动车组动力的核心部件，科学合理地分配动力，能让动车组的能耗降低近三分之一。

长期以来，IGBT模块这一核心技术一直掌控在外国公司手里。中国机车车辆用的IGBT模块及其相关产品99%以上都要从德国、日本进口。特别是在高等级的IGBT器件上，更没有中国人的一席之地。2006年9月，国产首列时速200—250公里高速动车组在四方公司下线。随着国产动车组的研制生产的全面启动，IGBT模块需求倍增。一列8辆编组的动车组就需要152个芯片，成本高达200万元。每年中国需要10万只芯片，总金额高达12亿元。

以7200千瓦大功率交流电力机车用IGBT为例，一块巴掌大小的IGBT模块内共有36块芯片，每块小芯片只有指甲盖大小，厚度仅为人体两根头发丝，每块芯片并联摆放5万个被称作为“元胞”的电子单元。这些“元胞”相当于IGBT的“细胞”，它们能够在百万分之一秒的时间内实现电流的快速转化。芯片制造精细程度要求极高，程序、数据复杂，要在指甲大小的芯片上均匀加工处理5万个细如发丝的“元胞”，难度无异于在“针尖上绣花”。

建于20世纪60年代的中车株洲所，从零起步开始，一直坚守国产电力机车电气系统的研究、设计、制造工作。2006年，中车株洲所成功研制世界上第一只6英寸晶闸管，这是世界上最大直径、最大电流电压容量的晶闸管，使中国80万伏以上的超高压直流输电成为现实。

2007年，国家相关部委将IGBT器件技术作为中国重大专项课题，投入巨资，集中力量进行研发。铁道部确立了“动车组关键技术自主创新深化研究项目”的重大课题，中车株洲所的IGBT模块研究、长客公司的CRH5A型动车组牵引电传动系统和网络控制系统等，都是这一课题的重要组成部分。

就在这一年的年末，席卷全球的金融危机为中车株洲所带来了机遇。

2008年5月28日，株洲南车时代电气股份有限公司成功收购全球知名企业英国丹尼斯公司（Dynex）75%的股权。这家英国老牌企业是世界最早进行IGBT技术研发的厂家，该公司有一条4英寸生产线，因缺少资金和应用平台，发展较为缓慢。这年10月31日，两个公司共同宣布，英国丹尼斯公司向中国平移技术，投产8英寸IGBT芯片。

2010年5月，中车株洲所在英国成立功率半导体研发中心，成为中国轨道交通装备制造企业首个海外研发中心，集中开发新一代IGBT芯片技术、新一代高功率密度IGBT模块技术和下一代碳化硅功率器件技术等前沿基础技术。中方派出了多批技术专家前往英国开展研究工作。

中车株洲所投入巨资，为丹尼克斯建成了多年梦寐以求的6英寸IGBT芯片生产线。随后，更多国内技术人员来到英国，新开发出多个1700伏以上高等级IGBT模块，同时，双方携手进行下一代高功率IGBT芯片技术的研究、生产工作。

引进、消化、吸收、再创新，兼收并蓄、取长补短，中车株洲所一举攻克了30多项重大技术难题，摘下了这颗现代变流工业“皇冠上的明珠”，建立起从IGBT芯片设计、制造、模块封装到系统应用的完整技术链，打破了国外垄断。

2013年12月27日，来自中国科学院、中国工程院的4位院士及10余位国内知名专家齐聚中车株洲所。小小的银白色芯片，引发阵阵惊叹。

这是中国企业自主研制的第一款国内最大电压等级、最高功率密度的

6500伏高压IGBT芯片。该成果总体技术处于国际领先水平、填补国内行业空白，实现了中国在高端IGBT技术领域与国际先进水平接轨，具有重大战略意义。

2014年4月3日，装有国产IGBT芯片的高速列车牵引电传动系统通过了行业专家评审。同时，完全自主化的CRH5型动车组列车网络控制系统也通过中国铁路总公司组织的技术评审，获准批量装车，成为国内首个获准批量装车运行的高速列车网络控制系统。

同年6月20日，中国首条自主研发的8英寸绝缘栅双极型晶体管（IGBT）芯片生产线，在中国南车株洲基地建造投产，成为国内唯一一家全面掌握IGBT芯片技术研发、模块封装测试和系统应用的企业。生产IGBT芯片需要通过200多道工序，涉及机械、半导体、材料、化工等多门复杂学科，其技术可与世界顶尖的公司媲美，而价格却远远低于竞争对手。

目前，IGBT产品最具竞争力的生产线是8英寸和12英寸。能在国际上制造大功率IGBT芯片的国家屈指可数，眼下世界最为领先的厂商是德国英飞凌，已经在12英寸生产线上量产IGBT产品。

据悉，国产8英寸IGBT芯片生产线，初期年产12万片，配套生产100万只IGBT模块，真正实现IGBT的国产化。这不仅改变了中国在IGBT芯片领域受制于人的局面，同时也大大降低该产品在国际市场的价格。

2015年，中国自主研发的高功率IGBT芯片首次走出国门，出口印度。境外媒体报道说，这是中国生产的IGBT芯片，地地道道的“中国芯”。

“中国芯”上线

2014年1月16日，在青岛四方公司高速列车系统集成国家工程实验室的试验台上，一列装有“中国芯”的银灰色超速试验列车，创造了时速605公里的试验速度，比当时线路上运用的动车组速度翻了一番。而且在试验台上将这一速度保持了10分钟，相当于在地面上行驶了100.8公里。

参与试验的高级主任设计师李兵说，时速605公里是试验台上跑出的，不是在线路上的数据，实际的线路试验还需一系列考核。尽管如此，这列被命名为“更高速度的试验列车”强劲的电传动力量是关键。由此，“中国芯”这一核心技术的中国化铺平了道路。

“从空气动力学车与空气相互的作用角度来看，高速列车既要考虑地面对列车的强激扰，也要考虑到高速运行状况下气流激扰。波音737的巡航阻力系数约为0.028左右，6辆编组试验列车整车阻力系数约为0.48左右，所以说高速列车比飞机在天上巡航时的技术难点要复杂得多。”中国科学院力学所杨国伟研究员这样说。

2014年11月25日，配备“中国芯”的牵引电传动系统和网络控制系统的高速列车，进入“5000公里正线试验”的最后阶段。起步、加速、通过弯道……这条贴地飞行的“巨龙”，身姿矫健平稳，气象万千。

2015年1月27日，采用“中国芯”的CRH5A型动车组在哈大高铁进行了“30万公里正线运营考核”试验，取得成功。这是国内首列实现牵引电传动系统和网络控制系统完全自主创新的高速动车组，标志着中国高铁列车核心技术真正实现了由“国产化”向“自主化”的转变，实现了由“中国制造”向“中国创造”的跨越。

专家告诉我，装有国产IGBT芯片的CRH5型动车组的核心功能之一，即具备“实时响应”能力，运行中的动车组对其身处的永恒变化的外部环境及内部环境，都能做出极速而精准的反应。这种以微秒（0.001秒）、纳秒（0.000001秒）为单位的超高速反应，能够将外界不断变化的数据及时反馈到动车组的“大脑”中，由大脑果断做出判断，指挥列车。

可以自豪地说，中国高速列车在看得见的器件上，实现了中国设计、中国制造和中国材料，在看不见的控制软件中，则奔腾着中国语言、中国逻辑和中国思维。“和谐号”动车组采用国产IGBT芯片后，每百万公里的故障率不到0.5件，远低于1.3件的国际通行标准。

事实上，IGBT芯片关键技术的突破，为“中国标准动车组”的诞生做好了关键技术和实践运用上的准备。“复兴号”动车组的核心系统牵引变流器，由1152个IGBT芯片组成，全部是由中车株洲所提供的。“株洲造”的牵引变流器、牵引电机这套全新的动力组合，悄然地把控着“复兴号”动车组的功率变换，为奔驰的高速列车提供强劲动力。

强大的高端动力

动车跑得快，全靠电机带。

专家形象地告诉我，一个人具备了强劲有力的心脏循环系统，还需要四肢健壮才能跑得快。也就是说，动车组有了强劲的动力源，还需要有强大的高端动力设备。

高速行驶的动车组，如果想要做到以最短的时间启动加速到时速250公里、300公里以上，同时又要保证旅客获得最大的舒适感，需要牵引电传动系统和网络控制系统高智能地捕捉最高加速度与最舒适乘坐的最佳临界点。这种最佳临界点除了神奇的IGBT芯片发挥核心作用外，还离不开动力设备、制动装备给力。

这些强劲的动力装备包括牵引电机、牵引变压器、牵引变流器在内的牵引传动系统、高压系统等核心技术，其功能是为列车提供动力和能源，保障列车在复杂环境中运行得高速、安全、舒适和高效能。目前，中国具备自主设计、自主制造动车组核心动力的能力，成为世界上少数全面掌握这一技术的国家之一。

说到中国高速动车组的高端动力，就不得不提及中车株洲电机有限公司研制的明星产品——YQ-365型交流牵引电机。创造中国高铁时速486.1公里“第一速”的CRH380A新一代动车组，就是装备的YQ-365型牵引电机。这一世界铁路最高运营试验速度，至今尚未被打破。

装备在CR400AF型“复兴号”动车组上的YQ-625牵引电机，同样由中车株洲电机有限公司自主研制，牵引动力强劲，功率从9600千瓦提升到10000千瓦以上，大有雷霆之势。与之配套的TBQ67-6300/25牵引变压器，通过采用整体弹性悬挂、一体化层式绕组、本体与冷却系统一体化设计，实现了产品的小型化、扁平化、高舒适度、高可靠性设计，达到国际先进水平。2016年7月15日，这套动力装备组合曾助力中国标准动车组跑出了“世界新速度”。两列中国标准动车组样车各自以超过420公里的时速，在郑徐高铁“激情相会”，成功进行了冲高交会试验。

2016年初的一天，中国标准动车组在大西线做联调试验时，试验团队报告说，动车组牵引变流器捕捉到一个异常信息，之前从未出现过。虽然没有造成任何影响，但偶然就是必然，必须找到根源，才能水落石出。

牵引技术研发团队直奔忻州西站的试车点。对于这个不速之客，研发人员只能守株待兔，把仪器设备全装上，所有人把眼睛擦亮，盯着仪器。而故障好像玩起了猫捉老鼠的游戏，在头两天里，竟然毫无踪迹。

锲而不舍，金石可镂。研发团队没有一个人放弃，晚上在动车库里测试，白天再讨论分析，确定接下来的测试计划。就这样一点一点地缩小测试范围，最后终于发现，是一个圆珠笔头大小的基础器件出了问题。一列中国标准动车组全长约209米，而一个圆珠笔头只有2毫米，要找出这个故障，简直比大海捞针还难。

中国标准动车组研发项目启动后，中车株洲电机公司义不容辞地担当起了“动力心脏”装备研制的使命与责任。2016 年 10 月 26 日，配备该公司研制生产的牵引电机和牵引变压器的中国标准动车组样车 CRH-0207，核心驱动部件运营全程状态良好，零故障完成了沈大高速线 60 万公里运行考核。

中车永济电机有限公司承担着高速动车组牵引变流器及其控制系统的设计、测试、驱动系列技术。2017 年 4 月，中国标准动车组样车在大西高铁试运行时，电磁兼容试验没有通过考核。结果显示：牵引变流器电磁噪音超标。研发团队成员没有退缩，他们采用“笨办法”来解决难题：准备近千个探头，埋在车体的牵引变流器里采集数据，然后再把收集到的数据建模逐一分析，排查异常信号。

整个过程不允许间断，研发团队一边调整模型，一边观测数据波形图，最终圆满地解决了问题。由此，永济电机公司在牵引电传动系统的研发方面迈出了坚实的一步。目前，永济电机公司研制的产品已覆盖我国 15 种型号的高速动车组，成为中国铁路主要的电传动系统供应商。

还有关键组件之一的真空断路器。高压电路进入高速动车组，都要经过真空断路器的“把关”。这就好比家中的空气开关，真空断路器在电路不稳或列车内部元器件出现问题的时候，可随时切断电路，保护列车。“以前，这项产品全部都要依赖进口。”株洲庆云电力机车配件工厂有限公司总经理汤志强说。经过多年的技术攻关，庆云公司终于研制出各项性能指标达到国际领先水平的真空断路器，填补了国内空白，并成功替代进口，将该项产品的成本压缩了一半。

众人拾柴火焰高。社会主义国家的体制优势，凝聚起“心往一处想、劲往一处使”的磅礴力量，攻克了高速动车组的一个个技术堡垒，展示出旺盛的生命力。毫无疑问，实现高速动车组核心部件的自主创新是中国高铁产业的战略选择，只有具备核心部件的自主创新能力，才能在国际竞争中占据主导地位。

掌握核心牵引传动技术，中国动车组得以御风“飞翔”。中国高铁从此告别“跟跑者”的历史、驶向“领跑者”的新征程，意味着我国在复兴路上向科技强国又迈出了一大步。

聪慧的『高铁脑』

“复兴号”动车组时速 350 公里，即每秒钟向前飞驰 100 米。超强台风底层中心附近，最大风力的平均风速约为每秒钟 50 米。由此可见，高速列车的速度是超强台风的两倍，我们用风驰电掣来形容高速列车是毫不为过的。

高速列车的速度之快，不可能靠人工瞭望、人工驾驶来保证行车安全。如何让飞驰的高速列车安全精准地停下来？如何确保前后两个列车之间的距离控制在安全范围之内？据测算，时速 350 公里的高速列车如果瞬间非常制动，需要减速滑行 6500 米。

科学实验证明，当列车时速大于 160 公里时，人的智能受限，必须装配一个叫作“列车运行控制系统”的设备，以实现对列车间隔和速度的自动控制，确保高速列车的安全运行。

有人曾打比方，如果高速列车没有列控系统，那么它就像发射了一枚导弹，有去无回，后果不堪设想。中国高速列车列控系统以技术先进成熟、功能全面稳定、装备规模最大等优势，在国际上独树一帜，多项技术处于世界领先水平。

列车控制系统称之为决定高铁运行表现的“定海神针”和安全“守护神”。

广义上讲，列车控制系统属于动车组的核心技术之一，包括网络控制系统、辅变装置、无线数据传输装置、轴温实时监控系统等在内的8大子系统。负责完成动车组上的高压、牵引、制动、辅助供电、车门、空调等的控制、监视，以及车上所有控制信息和故障信息的传输、处理、存储和显示功能，决定和指挥着高速动车组的一举一动，控制列车前进、减速、停车。就像人的大脑和神经中枢，俗称高速列车的“智慧大脑”。

高速列车遵从“高可靠、高可用、高安全”的原则，当列控系统检测到任何可能影响列车安全运行的因素时，都会自动采取措施，及时防止有可能发生的严重后果。这些措施包括设备故障切换、降级运行及减速停车等。总之，就是预判一切可能出现的不利因素，及时采取果断措施，避免出现事故及运营秩序混乱。

铁科院牵头攻关

一列高速动车组列车就是一个完整的网络系统，将各子系统设备连接在一起，提供可靠的数据通道，发布合理的控制指令，接受设备反馈的异常状况，实现对牵引、制动、辅助供电、空调、照明等各个子系统的统筹控制、监视与诊断。司机的每一道指令，都是通过网络来落实的。动车组的前进、减速与停车，都是由网络来控制的。

譬如说，司机将控制手柄移至牵引位，牵引指令就通过网络传输到列车网络控制系统的中央控制单元，当评估为有效牵引指令时，它就会驱动牵引控制单元的驱动系统，然后带动电机，电机再带动齿轮箱，齿轮箱再带动车轮前行。还有列车空调、车门、照明等，几乎所有的系统都和网络系统有接口。

铁科院机车车辆研究所首席研究员赵红卫介绍道："列车网络控制系统是一个庞大的系统，分不同的层级。如底层通讯功能，跟我们的电脑类似，要上网，必须有网卡、芯片，但我们最初连芯片都没有，我们要从最基本的芯片开始研究。不仅要研发硬件，还要研发软件开发平台，每一个细节都是从零开始。"

2013 年 6 月，中国标准动车组项目正式启动，赵红卫任中国标准动车组网络控制系统的总设计师。她带领团队，组织协调中国通号公司、有关生产厂家开始列车网络控制系统的科技攻关。

列车网络控制系统的软件开发，需要有一套仿真测试平台。赵红卫在网上向国外企业询价购买，要么石沉大海音信全无，要么明确表示拒绝报价和出售。赵红卫带领团队从零做起，从方案设计、画图实施到接线测试等，仅用一年的时间，就是成功研制高速列车网络控制系统半实物仿真平台，填补了国内该领域的空白，达到国际先进水平。

用赵红卫的话说，就像盖房子，一些发达国家已经有了一定预置结构，门窗、水泥构件等都齐全了，只需要加以组合就行，而我们则是从烧砖头、炼铁开始。"研制我们自己的列控系统，其困难是难以想象的。在硬件研发的时候，我们就曾经遇到系统样机出来了，在试验室测试没有问题，但到了现场发现它会受电磁干扰，因为现场环境更为复杂。"赵红卫回忆道。

铁科院机车车辆研究所副所长张波告诉我，有了列车网络控制系统，还要有配套的列车制动系统，前者指挥，后者响应，形成列车控制系统闭环。

▲ 张波团队正在进行紧张的调试工作

制动技术，也是动车组的核心技术之一。张波读硕士学的是制动专业，他和研发团队成员一道，按照中国标准动车组自主化要求，开展制动系统全面攻关。以系统工程理论为依据，组织开展了从需求分析、功能分解、仿真设计、样机试制、系统集成、试验验证等一系列设计创新活动，首次实现了国内高速动车组制动系统的正向设计，建成了制动系统研发平台，突破国外公司的技术封锁，填补了国内的技术空白。

研发团队深入生产车间，对每个零件的入场检测、每一道安装工序，都做到细致入微、密切跟踪、精益求精。为确保制动安全万无一失，研发团队对制动系统进行过上百万次测试，增加大量安全冗余检测手段，仅轴抱死冗余检测装置就提升了一倍。这意味着即使个别车轴制动装置出现故障，也不会影响列车制动安全。团队成员焦标强介绍说，自主化制动盘的要求极为苛刻，100 多公斤重的盘体上，不允许有笔尖大小的气孔。

在高速列车紧急制动过程中，制动盘的最高温度接近 700℃，制动闸片最高温度可达 900 至 1000℃，其运用工况极为恶劣，产品开发和验证难度非常大。“和谐号”系列动车组引进之初，中国尚不具备高速动车组制动摩擦副产品的设计开发能力，相关部件只能由国外厂商供货。

为打破国外技术垄断，铁科院于 2010 年建成了最高试验时速 500 公里的高速 1∶1 制动动力试验台。它采用先进的惯量模拟系统、环境模拟系统、安全监控系统和无线测控系统，用于高速动车组大功率盘形制动摩擦副产品自主研发、制动性能验证和环境适应性研究。

2018 年 6 月，这座试验台通过国际铁路联盟 UIC 认证，成为国产高速列车制动系统自主化研制的大型核心设备，国际一流的先进试验研究平台。由此，铁科院成为亚洲唯一具备国际铁路联盟制动摩擦副 1∶1 动力制动试验能力的单位，意味着中国在高速动车组制动系统核心部件——盘形制动摩擦副的研发能力达到国际先进水平。

基于这座先进的试验台，铁科院机辆所开展了时速 350 公里“复兴号”大功率盘形制动摩擦副的研发和技术验证工作。研发过程中，高速动车组 1∶1 制动动力试验台一直是满负荷运转，机器在转，人也不能停。试验室技术人员从接到试验任务开始，就着手策划试验方案、制定试验计划。由于试验样件安装复杂且十分沉重，每次更换样件和试验工装，试验人员都是汗流浃背，满脸油污。为了确保试验数据准确有效，对于每一次试验，他们都是一丝不苟。

研发制动系统阀类时，常温下达到了指标要求，但低温试验时，却给了一个下马威。零下 40 摄氏度的低温，空气泄漏量超过了标准值的 2 倍。

研发团队尝试了各种各样的解决方案，包括不断试验新材料、采用新结构、优化新参数等。当时正赶上北京最热的天气，室外气温高达 30 多度，试验人员经常满头大汗地披上棉衣，冲进零下 40 度的低温箱更换部件，出来时头发已经结霜，冻得直打哆嗦。经过半年多的艰苦攻坚，终于摸索出了 30 多种不同密封结构的性能，泄漏量达到标准且降低到了标准值的三分之一。

中国标准动车组制动系统研发平台，突破了时速 350 公里等级防滑控制技术，实现轮轨黏着状态自动追踪和有效利用，缩短了安全制动距离。从控制软件到阀类硬件，再到基础制动技术，完全实现了自主化。

张波自豪地说："自'复兴号'动车组上线运行以来，从未发生过'冒进'和'擦轮'事故，这说明中国高速动车组制动技术达到了世界领先水平。"

2018 年，由中国制定、欧洲参与的"动车组直通式电空制动系统标准"写进国际铁路联盟（UIC）标准。这是中国第一个写进国际铁路联盟的制动标准。

参加国际学术会议时，张波与欧洲同行聊起"复兴号"动车组技术标准时，这些欧洲人都非常羡慕中国。由于历史原因，欧洲各国的机车供电制式一直不统一，通信信号五花八门，而欧洲铁路又是非常重要的交通工具，新的列车开发起来难度就特别大。

目前，赵红卫现已被 UIC 国际铁路联盟指定为 UIC 机车车辆分委员会数据与通信专业组组长。在这个主要由西方国家组成和把控的联盟中，赵红卫是第一位担任专业组组长的亚洲人。她主持和参加了多项国际标准的制定及修订工作。

高铁“千里眼”

当高速列车从眼前呼啸而过时，那种转瞬即逝的感觉让人们不得不发问：高速列车跑得那么快，司机能看清路吗？

高速列车的速度的确很快，最低时速标准是200公里。且不说是能见度低的雾霾天，就是晴空万里的大白天，即使是视力5.0的司机，也不能保证正确识别地面的信号。当肉眼看到前面有障碍时，已经来不及反应了。

专家告诉我，目前，中国时速300公里以上的高铁线路不设置信号机，高速列车不用看信号行车，而是通过列控系统自动识别前进方向。其工作流程为，由GSM-R系统（即铁路专用的全球数字移动通信系统）来实现数据传输，控制中心实时接收无线电波信号，由计算机自动排列出每趟列车的最佳运行速度和最小行车间隔距离，实现实时追踪控制，确保高速列车间隔合理的安全运行。当然，时速200—250公里的高铁线路，仍然设置信号灯控制装置，由传统的轨道电路进行信号传输。

先进的列车控制系统，是高速列车安全、高密度运行的基本保证。它集微机控制、数据传输和综合管理于一体，是当代铁路适应高速运营、控制与管理而采用的最新综合性高科技系统。

中国高铁列控系统采用的是C3核心技术，其中有两个关键设备，一个在地面，一个在车上。地面的叫RBC系统，中文名字叫无线闭塞中心系统。RBC的功能就是让列车“该走的时候走，该停的时候停”；车上的叫ATP系统，中文名字叫列车超速防护系统，是列车追踪预警装置。ATP的功能就是连续不间断地对列车运行速度进行监督，实现超速防护。在本车与前车距离过近时，能够按提示、预警和报警三级实施语音提示，并将本车的相关信息传输给地面预警服务器，以供后车预警，车内车外联动，最大限度地增强安全防护。

中国自古就有“千里眼”的传说，如今的高铁列控设备让古人的传说成为现实。

这里所说的“千里眼”，即高铁沿线的摄像头，几毫米见方的石子儿也逃不过它的法眼。通过摄像头实时采集沿线高速列车运行的信息，一旦出现故障或异物侵限，高铁调度指挥中心监控终端的界面上就会出现一个红色的框将目标锁定，同时，监控系统马上报警显示，调度指挥中心会迅速把指令传递给高速列车司机。

我曾多次走进高速列车驾驶舱，目睹了司机驾驶操作的全过程。这个狭窄的驾驶舱，简直就是一个大数据的聚集地。多路信息纷至沓来，支撑着高速列车的飞奔。

在驾驶舱正面的显示屏上，司机通过沿线摄像头信息采集系统，以超前的目光将线路上的各种信息“看”得很清楚，从容地驾驶列车，从容地应对一切突发事件。

驾驶控制台上有一个黄色的按钮，控制台下有一踏板，运行过程中，司机每隔一段时间(不长于1分钟,不短于30秒)就必须按下按钮或者踩下踏板，否则驾驶舱就会报警。司机告诉我，报警几秒后，系统确认没有检测到司机确实正常行驶的信息（或分神或打瞌睡），列车就会紧急停车。

我发现，在驾驶舱内还有一个名叫列车车载设备的电子眼，时刻记录着列车的一言一行，一旦通过电子眼看不到司机的驾驶情况，远程总调度系统便会启动应急预案，自动紧急制动。这个电子眼名为“电子检测系统”。

一路上，司机与调度保持着热线联系，高速列车行驶过程中，调度中心会根据检测到的（包括摄像头）动车运行路况、车体信息，将调度命令实时传递给动车组司机，如动车组现在运行速度控制的范围、如何变更线路、何时停靠等，司机在听到调度命令后都要回应确认信息，再进行下一步操作。

由此可见，司机出现任何一个操作纰漏都会引起列车紧急制动。换句话说，高速列车司机一边被电子眼拍下一举一动，一边还要不时接收来自控制中心的信息指示、回应命令，同时还不能忘了间隔几十秒脚踩踏板或按下“无人警惕”按钮。

显然，高铁司机从事的高强度作业，心理和生理都承受着巨大的压力，实在不易。然而，毕竟人命关天，必须运用智能化手段提示和防范。

对于这种高强度的作业，铁路部门有一条规定：高速列车司机被强制要求不能连续工作超过 4 小时，长途列车在 4 小时之内就要停一次，更换其他司机驾驶。

地处全国路网中心的郑州通信段，担负着中国铁路郑州局集团有限公司管内几千公里干线、255 个车站铁路专用通信设备的维护养护任务，其中高铁线路上的摄像头就有 4200 多个。这些被誉为“千里眼”的摄像头，平均每隔 3 公里就有一个，能够全天候对线路和列车运行状态进行 360 度的实时监测。

“千里眼”的精准度取决于数据获得和传输，数据传输质量则高度依赖于数据网的维护。采访中，我曾经体验过电务维修人员的“夜生活”。他们的维修时间一般在深夜 0 点到凌晨 4 点 30 分之间，这个时间为高铁线路整修期，即没有高速列车运行的“天窗”期。每天夜半时，电务系统的高铁人就会沿着高铁线路巡查，看看光缆、摄像头是否正常。他们时差颠倒，昼伏夜出，这无疑是非常枯燥的“夜生活”。

来到庞巴迪实验室

在中国高铁发展初期，列车控制核心技术掌握在德国、法国、瑞典、日本等少数几个国家手中，就连中国首条时速 350 公里的京津城际高铁开通之初，所装配的列控系统也完全是国外技术。

普速铁路是以人控为主、机控为辅，而高速铁路则是反过来的，以机控为主、人控为辅。列控系统实现了对高速列车运行速度的监督与控制，自动调整各列车间的追踪间隔，确保有序运行，避免追尾、相撞等恶性事故的发生。

早在2000年，铁道部就组织科研人员成功研制了ZPW-2000A型区间自动信号闭塞系统，改进创新了国产信号调度集中行车指挥系统，在秦沈客专等线路上得到成功运用，取得了明显效果。

2007年铁路实施第六次大提速时，中国铁路通信信号股份有限公司（以下简称中国通号）就运用自主研发的CTCS-2级（以下简称C2）列车控制系统，但这个系统只能用于时速250公里的高速列车，却无法满足中国高铁发展更高速度的要求。

铁道部按照“中外联合设计、打造自主品牌”的顶层设计原则，决定引进欧洲ETCS-2级（以下简称E2）列控系统技术平台，融合中国已有的C2系统，创造全新的CTCS-3级（以下简称C3）列控系统，以满足武广高铁时速350公里高速列车的运行控制需求。CTCS是英文Chinese Train Control System的缩写，翻译成中文为“中国列车控制系统”。

随后，在武广高铁列控系统技术攻关中，中国通号在C2列控系统的基础上，吸引国际一流企业加盟，“以我为主，联合开发”，力争在RBC和ATP两大核心技术上实现重大突破。

铁道部由科技司司长和运输局局长牵头，成立了C3列控系统攻关组，中国通号成立了C3列控系统攻关实施组。坚持标准统一、安全认证评估和加快国产化等大政方针，强调C3系统一定要兼容C2系统功能，所有技术必须满足中国铁路需求。

中国通号迅速调配资源，从研究设计院、北京信号厂、上海通信厂和沈阳信号厂挑选100余人组成C3系统软硬件攻关团队。下设系统及接口组、车载组、RBC组、实验室组、GSM-R接口组、国产化制造组等，各技术组下面配齐开发、集成、数据、测试调试和制造等专业技术人员。

中国通号研究设计院副总工程师、C3攻关实施组总工程师罗松有着丰富的C2系统运用经验，他与科研人员一起讨论交流，为C3系统的搭建做了大量基础性工作，并通过不断优化和修正，形成了C3技术标准体系初步方案。

很快，中国通号C3系统软硬件攻关团队来到了瑞典庞巴迪实验室，联合进行新列控系统设计及主机软件开发。来访的中国研发团队中有一位名叫陈志强的工程师，年轻好学，思路敏捷，表现出色，后来成为

陈志强团队在实验室工作

中国通号研究设计院安控院总工程师，一位响当当的列控行家，获得中国“最美铁路人”的殊荣。

美丽的斯德哥尔摩，是瑞典的首都，也是瑞典政治、经济、文化、交通中心和港口城市。它位于瑞典东海岸，濒临波罗的海，风景如画，古色古香，既典雅又繁华，是著名的旅游胜地，被誉为“世界最美丽的首都”之一。

一踏上斯德哥尔摩的土地，陈志强和伙伴们就被眼前的旖旎风光和欧式建筑深深吸引，他们相约闲暇时，一定要到处走走看看，饱览北欧异域风情。然而，这个约定直到他们完成任务顺利回国，也没能实现。

进入庞巴迪实验室后，中国研发团队本想着按早已制定好的工作计划快马加鞭投入到研发工作中，可现实却给了他们一个“下马威”。

中国团队只有5个人，平均年龄才20多岁，这让平均年龄超过40岁的庞巴迪实验室的大牌工程师们非常不以为然，把他们当作初学者，每天只给他们讲解最基础的E2理论知识，深层次的技术压根不让他们触及。最要命的是欧洲人的工作和生活习惯缓慢悠闲，每天上午9点上班，上午下午还各有一次茶歇，下午4点钟左右就下班了。中国团队本想加班学习，可下班后半小时，保安就会准时拉断办公楼电闸。

经过反复与庞巴迪公司交涉，几经周折后，终于获准下班后为中国团队单独保留用电。负责对接工作的工程师艾妮卡十分不解：“你们为什么要加班工作呢？你看同期来合作的西班牙团队就很轻松，他们可是制定了5年的研发计划呢。”

中国团队与时间赛跑，如饥似渴，钻研学习。每天晚上中国团队实验室的灯总是亮着的，甚至经常通宵亮着。每天夜里，陈志强和队友们都会把当天的工作成果全部梳理清楚，然后提出第二天需要攻克的难点。

首次C2系统与E2系统联调对接时，发生人机界面与主机通信偶发数据丢包问题，陈志强急忙找到庞巴迪软件工程师斯达芬，希望双方能够共同对这一问题展开分析检查。

斯达芬很自信地对陈志强说：“我们的 E2 系统已经运行很多年了，技术先进成熟，欧洲国家都在用，问题一定是出现在你们的 C2 系统里，赶紧去查吧！”

陈志强无话可说，默默回到了实验室。他与队友们忙碌起来，对 C2 和 E2 两套系统同时进行检测。这一忙，就是两个通宵。最后，在大家反复验证下，终于找到了问题根源，原来是庞巴迪的 E2 系统 TSG（列车信号网关）不支持非整字节处理导致的设计漏洞。于是，陈志强连夜将问题报告写好，顺便还将如何修补漏洞的办法与步骤逐一列了出来。

第二天，陈志强将格式工整的报告恭敬地摆到了斯达芬面前。斯达芬一手端着咖啡，一手漫不经心地翻阅着。突然，他的眼神严肃起来，放下手中的咖啡，盯着面前这位中国小伙子看着，然后郑重地点点头，向他伸出了大拇指。

自此以后，庞巴迪技术团队与中国研发团队的配合越来越默契。在斯达芬的带领下，他们经常主动留下来与中国团队一起加班，将 C3 系统的研发节奏提升了一大截。一年多时间，他们经常通宵达旦地研究方案、设计软件、编码调试和场景试验，完成了 100 多万行各类代码的编写，仅设计与测试文档就装满了 5 大箱。

2008 年 10 月，中国研发团队带着成功研发的、具有中国自主品牌的 C3 系统告别庞巴迪实验室时，艾妮卡感慨万千：“没有人能在这么短的时间研发出全新的系统，你们简直创造了奇迹，就像一个神话。”

陈志强微笑着告诉她：“这不是神话，这是一种精神，属于中国科研人员的钻研精神和工匠精神，这是我们成功的法宝。”

“种子”迅速生长

刚刚研发出来的C3列控系统就像一颗珍贵的“种子”，需要尽快适应中国“土壤”。中国研发团队告别了庞巴迪实验室，马不停蹄地赶回北京，配合仿真验证平台研发团队，迅速开发C3系统全场景、全功能测试环境，实现功能由点到面、线路由短到长、单车运行到多车追踪等各种场景及工况条件下的模拟运行，完成涵盖数据、接口和系统功能等上万案例的数十轮验证。

C3列控系统技术原理是，以无线通信的方式，实现对长大距离范围内时速350公里列车的安全可靠运行控制。每趟动车组列车的运行指令都由RBC工区的服务器，通过光缆向高铁沿线的各个通信基站传送，并由通信基站将信息无线传递到运行中的动车组上，实时指挥列车运行。

设计理论是否正确，必须经过实践的检验。

每天天刚蒙蒙亮，一列列装载着C3车载设备的动车组就迎着晨曦出发了。在陈锋华所长的带领下，陈志强和队友们带上检测设备，准时登上武广高铁线当天第一趟试验列车，开启每天武汉至广州4个来回的列控系统检测工作。细算一下，每天他们要跟着试验列车奔波8千多公里，相当于每5天就要绕赤道跑一圈，真称得上是科研界里的“环球行者”。

陈锋华是中国通号研究设计院副总工程师、列车控制研究所所长，主要负责C3技术攻关和管理，包括沟通协调和合同执行等问题。他敏感睿智，判断准确，决策果断，妥善解决了C3系统运用过程中的一系列硬骨头问题。团队人员都有这样一种感觉：在武广高铁现场，一看到有陈所长在，就会觉得一切都在掌控之中。

一上车，大家就进入了状态，像一尊尊活雕塑，双眼紧盯DMI屏幕，耳中听着司机有节奏地喊着“律动”口号。如果在正常行驶的情况下，DMI

屏幕上突然出现“制动”指示，便立即启动应急处理程序，马上停车。软件工程师们会结合设备诊断记录，检查确认故障原因并将问题一一记录在案。

长时间、高强度的工作，对软件研发团队每个成员都是不小的考验。武广高铁全线穿越多条长隧道，在列车缺少保压减压措施的条件下，只要过隧道，车上人员都要忍受长时间的巨大耳鸣，比飞机起降带来的不适更为强烈。一天下来，他们都会感觉手脚酸麻，脑袋嗡嗡直响。

高速列车的运行安全需要一套复杂理论和精密算法做保障。譬如说，如何测定列车的速度、位置等，这些都是列控的依据。C3 系统攻关人员在高速运行条件下，经过反复试验，终于完成了重新修改其控制模型的创新。

在进入日趋紧张的收尾阶段时，眼看一切现场工作即将全部完成，主机突然出现了一次莫名其妙的死机。这下可让团队人员吃惊不小，因为所有检测和调试项目即将收官，武广高铁也开通在即，列控系统主机死机可是一个致命的隐患。

研发团在动车组列车上反复检查代码，全力还原出现死机时的场景，还请求北京实验室连线进行远程测试。连续在车上熬了三个通宵后，终于定为是天气、环境、信号等极端组合条件下触发的死机问题。

在 C2 系统中，只要动车组发生故障只能是制动停车，但频繁制动会导致铁路运输效率下降。技术人员通过潜心钻研，成功实现了 C3 对 C2 的兼容，这是整个 C3 系统集成创新的一大亮点。动车组运行中，如果 C3 系统出现问题，可以自动切换到 C2 系统控车降级运行。由于是无缝切换，不影响运营效率和乘客的舒适度。这一创新也使这两个等级线路上的列车可以轻松跨线运行，确保全路一张网运行。

武广高铁全线一共 9 个 RBC（无线闭塞中心），每天跑车生成的数据达几万条，如果靠人工逐条检查哪条数据发生错误，工作量太大，而且还容易出现遗漏。对此，RBC 组人员开发了一个数据分析软件——“RBC 记

京沪高铁淮河特大桥

录分析器”。起初在 C3 系统实验室做线路数据测试，9 个 RBC 线路数据的测试花费了 3 个月时间，采用这个记录分析软件后，同样的工作只需要一个星期就能搞定。

同时，车载组人员开发了司法记录器 JRU 分析软件。可以把有关车载设备运行的所有信息都“记录在案”，从而为设备故障的分析和维护提供依据。武广高铁列车运行控制的任何信息，都可以通过这个司法记录器分析软件进行查询，还可以“实时回放”。

在武广高铁忙碌奔波的一年多时间里，研发团队成员完成了从单项功能到多项功能、从低速到高速的现场测试，获取和分析了大量的数据，解决了一系列技术难题。

2009 年 12 月 26 日，装载着首套中国标准 C3 列控系统的高速列车，在武广高铁正式开通运营。动车组开动了，凝聚着中国团队智慧的 C3 列控系统，就像一个神秘、灵动的“智慧大脑”，行云流水般向司机发出一条条正确的操作指令。高速动车组穿山越岭、呼啸而过……

列车顺利到达广州北站，陈志强顾不得下车，第一时间拿起手机，激动地向指挥部报告：“C3 系统全程运行稳定，G1001 次列车安全正点到达终点站！”

C3 列控系统在武广高铁的成功应用，表明我国首次通过无线通信的方式，实现了对长大距离范围内时速 350 公里列车的安全可靠运行控制，超越了阿尔斯通、西门子等老牌外企，实现了不同速度等级动车组共线跨越运行，C3 系统技术远远超过了欧洲水平。

CTCS-3 列控系统到底有多复杂？先看这一串数字：10 余个子系统，一个子系统又有上百个模块构建，仅地面固定控制点就达上万个。这些还不算，每个子系统间都要通过多维度、多层次的网络接口有机连接，才能形成一个完整的控制系统。

2010 年 5 月底，陈志强作为第一组 C3 系统推广调试牵头人，带队来到上海，开始进行沪宁高铁列控系统推广调试。然而，新问题来了。

原来沪宁高铁不算太长，但这条线路条件错综复杂，坡度变化点特别多，限速条件也是忽高忽低，对信号控制要求非常高。而且铁路沿线经济发达，民用设施众多，铁路信号常受到民用信号干扰，导致 C3 列控系统运行不稳定。

要解决问题，就要找到沿线信号干扰源。于是，研发团队成员顶着烈日，拿着信号接收设备，在铁路沿线开始了拉网式大排查。就在大家按部就班努力向前推进的过程中，突然出现 ATP（列车超速防护系统）车载系统死机的情况。沪宁高铁属于四电集成项目，一个子系统出现问题，就会直接影响整个大系统准时开通。经过分析排查，最终发现是特殊场景下，MRSP（最不利限制速度曲线）点变化较多导致。此后，C3 系统在沪宁高铁成功推广应用。

紧接着，京沪、沪杭、哈大等多条高铁线和这些高铁线上所有运行的动车组都顺利完成了 C3 列控系统的推广应用。一张巨大的高速列车控制网络，就这样迅速编织起来，树立起了一道道高铁安全屏障。

真正 100% 自主化

在 C3 列控系统推广和维护过程中，研发团队清醒认识到，C3 系统是借助外国软件平台，融合了中国 C2 技术和欧洲 E2 技术的产物，其系统的核心技术无疑掌握在外国人手中。很多关键元器件都要从国外购买，限制了我们进一步扩展系统功能和推进技术改进，遇到紧急情况时，还要不断地向外方发出请求。

如何能够让 C3 系统真正 100% 自主化，这是萦绕在团队每个成员脑海中的一个重大课题。尽快研发出具有完全自主知识产权、更加先进、满足时速 350 公里动车组需求的 C3 列控系统，成为团队每个成员义不容辞的责任。

研发团队将高速列车测速测距算法这一关键技术，作为第一个主攻目标。测速测距算法有着强大功能，可以实时提供列车的运行速度、加速度、距离、运行方向和空转打滑等诸多信息，可谓列控系统基础中的基础。

2016 年 7 月，研发团队来到大西高铁，进行自主化 C3 列控系统试验。可是，在实验室推演无误的测速测距算法，在现场测试便遭遇了“不准确”。

如果不能计算出精确的列车速度，就不能推演出准确的列车位置，想实现安全控车更是空中楼阁。为此，大家食之无味，夜不能眠，无时无刻不在思考问题的根源和攻克问题的办法。

这天，陈志强例行检查列控设备时，竟然在雷达传感器上发现了问题。原来，过去大家仅仅是对设备是否损坏进行检查。这次陈志强突然意识到，如果雷达传感器的安装角度存在细微偏差，就很可能直接影响雷达测速的准确性，进而产生速度跳变问题。

陈志强连夜组织大家调整雷达传感器角度，采集试验数据，从原理到算法再到代码，一步步严谨细致地分析，运用试验数据一遍遍复现白天列车的运行过程。很快优化了测速测距算法，解决了由于雷达传感器安装角度偏差造成的问题。

第二天，当试验车安全平稳地跑完试验时，测速测距算法天衣无缝，团队成员一个个都热泪盈眶。测速测距算法实现突破后，团队先后攻克了功能安全芯片设计技术、低功耗片上系统设计技术和先进封装技术等难题。然而最令人骄傲的是在车载热备技术上实现了创新和突破。

列控系统涉及的设备极其复杂和庞大，世界上任何一个国家的列控系统车载设备在实际运营中都会出现一些问题。而各国对于车载设备出现故障的通常做法是先停车，然后再启动冷备设备，待正常运转后继续开车。这种做法不仅浪费时间，直接影响整条线路的列车运行效率，风险程度极高，容易造成乘客不必要的恐慌。

这天中午在食堂就餐时，陈志强与负责地面列控设备的同事坐到了一桌，两人边吃饭边闲聊。不经意间，陈志强提出了自己的技术困惑。同事听完开玩笑说："你看，我们地面设备就能实现无缝切换，因为我们的备用设备采用的是热备方式。你想让车载设备无缝切换，把冷备换成热备不就得了！"

没想到正是同事的随口一说，触发了陈志强的灵感。他兴奋得赶紧组织人员对课题进行立项，按照车载列控系统双套热备的基本思路开始了研发攻关。

可这毕竟是一项世界性课题，说起来容易做起来难。他们一遍遍失败，又一遍遍尝试，简直到了废寝忘食的地步。历经数月，他们终于成功研发出全世界独一无二的"列控车载设备全功能双套热备冗余设计"，当车载设备各单元发生故障后，均可在不停车情况下自动实时无缝切换到另一系统，大大提高了列控系统的可靠性，一举拿下了国家发明专利和国际专利。

经过几年的努力，中国列控系统研发团队以其超强的毅力和智慧，依托国外先进列控系统技术，结合中国国情，很快搭建起高铁信号技术仿真实验室平台，将高铁"智慧大脑"一步步推向科技的前沿和巅峰。经过 4000 多个场景仿真试验模拟，成功研制出"中国列车运行控制系统"（CTCS），相继推出了 CTCS-1 级、CTCS-2 级、CTCS-3 级和 CTCS-4 级，满足了中国高铁发展的需要。实现了系统平台及关键技术、核心软件、成套列控装备 100% 自主化，申请发明专利 22 项。

细品中国铁路列控技术成就，通俗地讲，CTCS-1 级，以人工控制为优先，超速防护，用于传统普速铁路。CTCS-2 级，以机器控制为优先，基于轨道电路＋应答器的地对车单向信息传递，用于时速250公里的高铁线路，5分钟追踪。具有世界领先水平的CTCS-3级列控系统，以机器控制更为优先，实现了强大的三大功能：满足时速350公里、最小追踪间隔3分钟运行要求；实现了200—250公里等级动车组与既有线列车300—350公里等级动车组与200—250公里等级动车组的跨线运行；打破了传统的沿线车站分散控制方式，实现了中间站无人化，大幅度提高了中国铁路行车指挥自动化水平。CTCS-4级，采取目标距离控制模式，列车按移动闭塞或虚拟闭塞方式运行，至今还未实施商业应用。

依据中国铁路技术标准规定，在时速300公里及以上的线路采用CTCS-3级列控系统。目前，CTCS-3级列控系统已成功运用在京沪、京广、沪昆等多条高铁线上。

“复兴号”动车组上线运行后，其网络控制系统首次引入了高速以太网数据传输和维护网络，传输带宽由1兆级提升到了100兆级，可在1秒钟内记录100万个数据，让高速列车“智慧大脑”更加强健、聪慧。

2020年12月底，中国通号列控系统各产品（ATP、RBC、LEU、应答器）已全部通过欧盟基线2和基线3TSI认证，实现了“全家福”和“大团圆”。

目前，中国通号已经加入中国国铁集团进军海外的产业联盟，在巩固阿根廷、巴基斯坦、乌兹别克斯坦、埃塞俄比亚、越南、安哥拉等国家市场的基础上，正在逐步向中东、亚太、美洲、非洲和欧洲拓展。

中国高铁列控系统装备即将在塞尔维亚、德国、奥地利等国家落地，印尼雅万高铁等一批海外项目还专门参考了中国的列控技术标准。相信不久的将来，中国的列控系统将大踏步进入国际市场。

2021年6月25日，随着拉林铁路开通运营，依托青藏铁路自主研发的新型智能列车控制系统正式上线运营。新型智能列控系统利用北斗卫星导航技术、5G通信技术等，构成空天地一体化的列控系统。与传统列控技术相比，实现轨旁电子设备从多到少、从有到无的转变，是列控技术领域里程碑式的技术创新。这样既可以减少日常维护的成本，也可以方便管理和操作，大幅提升列车定位精准性、安全控制瞬时性、智能控制有效性。

由人工控制转变为自动驾驶，再加入智能科技，实现了对高铁全线智能控制，可以将列车追踪间隔时间最短 3 分钟缩短到 2 分钟，将极大的提升线路的行车密度，大大提高运输效益。

健壮的『飞毛腿』

2018 年 3 月 5 日上午，全国两会期间，北京人民大会堂中央大厅花团锦簇，秩序井然。

8 点刚过，10 位全国人大代表在工作人员引领下走到了麦克风前，开始与中外记者进行互动交流。四方公司转向架分厂的首席技师郭锐就是其中的一位。

年仅 41 岁的郭锐，享有“大国工匠”之誉。他的岗位是从事高速动车组转向架生产。

郭锐形象地比喻道：“转向架是高速列车的‘腿’。一个人的腿如果很健壮，就会跑得很快。如果腿有了毛病，就麻烦了。尤其是在奔跑的过程中，腿出现了问题，就会非常危险。”

转向架是高速动车组的走行装置，相当于汽车的底盘，整个系统由车轮、减震、传动、驱动电机、制动装置等组成，不仅负责支撑车体，还通过轮

▲ 四方公司大国工匠郭锐在检验轮对尺寸

对实现动车组的牵引和制动，是决定动车组行驶性能、安全性和舒适性的关键部件，决定了列车运营速度和运行品质。

在高速列车制造中，转向架的技术含量最高，享有“飞毛腿”之誉。

飞毛腿，源自古代的邮务系统，现在意义经常引申为跑得特别快的人。用“飞毛腿”形容高速列车的走行部，必然包含强壮、快速、安全之义。

最佳轮轨匹配

我们知道，再优质的高铁线路，也很难保证轨道的绝对平顺，依然存在非常细微的起伏，导致车轮和钢轨之间产生垂向、横向的振动，尤其是对于高速运行的动车组，这种振动更为剧烈。特别是当高速动车组交会时，产生的瞬间气流变化则会导致这种振动加剧，使列车出现失稳，严重时甚至可能导致脱轨。

乘坐“复兴号”动车组时，我们会觉得车厢非常平稳，几乎感受不到丝毫的震颤和晃动。这一切，得益于高速动车组九大关键技术之一的转向架。它承载着“复兴号”的车体，发挥着导向、牵引、制动等作用，同时还有一项重要的功能——减振，是保证动车组平稳运行的关键所在。

专家说，由于线路和轮对运动引起的列车“蛇形运动”，需要通过车体的悬挂系统来隔离和缓冲。悬挂系统的结构、质量和各种参数，直接决定了转向架的平稳性；而转向架的品质，又直接决定着列车的平稳和安全。

动车组的转向架虽然看着比较小，但是几乎所有的轴承都集中在这儿。如轴箱轴承、齿轮箱轴承，还有制动装置、动力装置等。由此可见，转向架既是行走部分，也是驱动部分，对装配精度要求很高。按技术规程要求，转向架的装配精度必需控制在 0.04 毫米以内。

研制过程中，设计团队对中国标准动车组悬挂系统涉及的 20 多项参数进行了复杂的组合匹配，通过建立计算机仿真动力学模型，模拟动车组时速在 0—385 公里时及更高不同速度级运行，设计了几十种参数组合方案。

当初，四方公司中标了 60 列时速 200 公里及以上动车组合作项目，引进日本川崎重工技术。日方派技术员来四方公司指导组装第一列动车组时，只告诉如何装配，不提及这样组装的原因、可能存在的问题和解决办法，对装配技术原理等守口如瓶。

中国技术人员全靠悟，边干边学边悟，终于破解了诸多技术密码，制造出第一批国产动车组。但是，接下来的问题接踵而来。国外高速动车组通常采用 4 毫米至 6 毫米轮轨间隙的限值。而国产高速动车组要既能在既有线路运行，又能在高铁线上安全运行，所以必须制订两种线路都兼容的轮轨匹配技术标准。

面对这一难题，四方公司技术人员建立起了精确的动力学模型，依据模型数据，确立了国产高速转向架轮轨匹配技术标准。在此基础上，研究人员围绕提高临界失稳速度、降低脱轨系数、改善平稳性三大指标，通过仿真分析进行了一系列迭代优化，完成了涉及动力学、结构强度、磨耗、润滑、温升等数十项分析计算，为国产高速动组转向架的生产奠定了理论基础。

2010 年 1 月 11 日，国家科学技术奖励大会在北京召开。由四方公司承担的“时速 250 公里动车组高速转向架及应用”科研项目，荣获 2009 年度国家科学技术进步奖一等奖。

获奖资料显示，CRH2 型高速转向架，不仅突破了传统车辆动力学的单车和多刚体假设，发展了系统动力学理论，而且在高速转向架的减震悬挂匹配技术、保证结构安全性的轻量化技术上，均作出了系统创新。这项成果应用于京广、京沪等 9 条共计 6003 公里的主要干线后，平均缩短旅客旅行时间 30%–40%。

动车组时速每提高一公里，带来的磨损都是巨大的。四方公司研制团队迎难而上，在 CRH2 型转向架基础上，着手 CRH380A 新一代动车组转向架的研制，不仅在车轮材料上下足了功夫，还在超出标准限值载荷条件下，对转向架进行了多达 1000 万次的疲劳强度试验，通过反复的样机台架试验和整车线路试验，最终确定转向架各项参数。

为防止转向架上的轴承因温度过高导致类似汽车的“抱死”等现象发生，设计人员在车轮、电机和齿轮箱的轴承上还安装了温度传感器，一旦超温，车辆控制系统就自动限速。这些辅助装置，进一步保障了转向架的安全可靠性。

经过系统分析京津、武广高铁累计里程百万公里线路的跟踪试验数据，提出了国产转向架优化设计方案。据统计，共开展了 45 项动力学及结构强度仿真分析，52 项台架试验，15 次线路试验，此外还给转向架安装了空气弹簧和系列减震装置，有效解决了在列车更高速度下运行的稳定问题。

试验结果表明：CRH380A 新一代动车组在运行时速为 380 公里时，脱轨系数小于 0.1，远小于 0.8，安全裕量充足；客室振动舒适度小于 1.5，达到优级；“踏面接触应力”比欧洲标准降低了 10%—12%，安全系数则提高到 2.7，部件疲劳寿命可满足 20 年使用要求。在速度更快的同时，转向架各项性能不但没有降低，反而得到大幅提升，整体技术性能达到了国际先进水平。

诚然，支撑这一试验成果 CRH380A 的转向架，被称为“完全是自主研制的”。这一点在国际上没有争议。

2015 年 8 月，科技部在北京组织专家对“十二五”国家科技支撑计划“更高速度等级动车组转向架关键技术研究及装备研制”项目进行了验收。由四方公司、北京交通大学、西南交通大学、同济大学等课题单位共同研制的适用于时速 400 公里以上速度等级动车组转向架样机，通过台架试验验证。这标志着中国高速轨道交通技术在时速 350 公里动车组技术平台的基础上，得到了进一步的提升与完善。

得益于中国拥有世界上唯一的高速整车滚振试验台，历经台架试验、计算机模拟仿真、路试的千锤百炼，中国自主知识产权的 400 公里时速级高铁转向架横空出世，并让中国高铁平稳性评价标准领跑世界。中国标准动车组转向架就是在这台试验台上进行高速滚振试验才最终确定悬挂参数的，实现了最佳轮轨匹配。

“技能大师”的力量

设计与制造是一对双胞胎。

谈及国产动车组转向架的制造工艺，绕不开四方公司的“技能大师”郭锐。

郭锐告诉我，一台转向架有上千个零部件，装配数据达上万个，装配精度以微米计算，每个部件必须追求完美，“复兴号”动车组跑起来才会安全、平稳、畅快。

想当年，四方公司在引进日本川崎动车组技术时，转向架上有个装置叫作车轮踏面清扫器，在列车低速运行时，车轮踏面清扫器用于清扫车轮与钢轨接触面上的杂物，同时对车轮踏面磨耗进行微量修复，保证动车组安全运行。其装配工艺程序是：先将清扫器预组在制动夹钳上，再安装到转向架上。川崎的工人组装完成清扫器，交车试验，性能良好。四方公司员工按照同样的步骤作业，组装到转向架上，进行清扫试验时，清扫器却与车轮轮缘相互“抗磨”。

请教日本专家，他们神秘地笑了笑：“我们的组装技艺已经形成了一种肌肉记忆，这是一种只可意会不可言传的‘感觉’。”

当时，郭锐只是转向架车间的一名技术工人，他对日本专家的说法很不服气。通过仔细观察，郭锐发现清扫器与风管、螺栓等很多零部件组装在一起后，因受力发生变化，安装角度出现倾斜，导致装配后性能不良，形成了“抗磨”。如果提前计算出最佳的倾斜角度，再依据这个角度进行装配，即可解决这个问题。郭锐设计并制作了“回转式踏面清扫器安装检测工装”，问题一下得到了解决。

开口销是转向架上使用量较大的配件，一个工人一天大约要安装上千个开口销。安装一个开口销需要三四件工具，锤子敲和錾子、钳子劈等，不仅安装效率低，还容易出现螺栓螺纹被破坏、开口销扭曲变形等现象。郭锐悉心钻研，将钳工常用的扳手进行改造，设计制作了“转向架劈开口销专用扳手”，员工拿着这一把扳手，在极短时间内就能安装好开口销，工作步骤简化了，生产效率提高了，还保证了螺栓螺纹、开口销的“完整、完美”，减少了更换率，仅这一项就节约成本支出130余万元。

2012年，是中国标准动车组的研发之年。这一年，国产动车组进入到快速发展阶段，各类核心零部件的研发紧锣密鼓地加紧推进。也就在这一年，四方公司成立了“郭锐技能大师工作室”，任命郭锐为带头人。郭锐团队迎来了一项艰巨的任务——为中国标准动车组打造世界最高品质的精品转向架。

时速350公里的中国标准动车组，相比于200公里速度等级的“和谐号”动车组，其转向架轮对转速提升近两倍，对振动频率、振动载荷、路况条件等方面的要求更为苛刻，装配质量成为研发的关键难题。

郭锐带领技能团队夜以继日进行现场试制，从尺寸检测、数据分析计算、装配工艺优化、性能试验分析、装配尺寸调整等入手，对每一个零件、部件的装配尺寸、装配精度进行验证。历时一个多月，将拥有自主知识产权的中国标准动车组转向架成功组装完成，并对装配工艺进行了创新、优化与完善，每列动车组转向架的装配周期从14天缩短到5天。

许多人认为，中国标准动车组转向架工艺要求高，属于“艺术品”级别，应该由电脑操控的“机器人”来完成。然而，在转向架装配中，最为精细的部分却必须由人工完成。例如转向架的定位臂，因贴合精度要求复杂，机器操作达不到标准，必须进行手工研磨。

在列车高速动行的状态下，转向架上的定位臂接触面要承受重达30吨的冲击力。如果把转向架称为动车组的腿，车轮就是脚，定位臂就是脚踝。为了保证安全可靠，必须保证定位臂与车轮和车轮节点有75%以上的贴合度。这个贴合度只有靠手工研磨才能达到标准。

经过机器粗加工后，留给手工研磨的空间只有 0.05 毫米，相当于人的一根细头发丝粗细。磨少了，贴合率达不到要求，磨多了，十几万元的部件可能报废。由此，对钳工的技术水平要求非常高。

郭锐出手不凡，硬是将定位臂的贴合度手工研磨得丝毫不差。

中国标准动车组具有“纯中国血统”，它采用了很多新设计、新技术、新工艺，转向架上的分体式轴箱就是其中一项。分体式轴箱上共有 6 个螺栓，紧固次序组合多达 720 种，预紧力度组合更是不计其数。要找到最科学、最准确的装配方法，简直就像破译密码。郭锐带领他的团队，用了两天时间进行分析论证，制定了 90 种装配方案。一组一组地试，一点一点地调，经过上千次反复验证，终于找出了最佳的装配方案。郭锐与工艺师一道将分体式轴箱的装配工艺固化为作业规范，员工按照作业规范操作，就可达到装配要求。相比于“和谐号”动车组的一体式轴箱，分体式轴箱分解、组装、维修更加简单。出现异常时，不需要整个转向架完全分解，分体分解即可解决问题，工作效率提高了十几倍。

几年来，郭锐和他的团队共编制了 220 份作业要领书，确立了规范的工艺标准，被同事们誉为“复兴号”转向架组装的必备“宝典”，形成了国产动车组转向架工艺标准体系。

中国标准动车组高速运行时，车轮一秒钟旋转 36 圈，列车一秒钟跑 100 米，真是一眨眼的工夫，就到了百米之外。直接驱动车轮高速旋转的零部件有多种，其中一个部件叫作齿轮箱小轴，它组装后的轴向游隙要求极高，调整后的空间只有 0.02 毫米，相当于人的头发丝的四分之一。

轴向游隙的测量精度一直是生产线上“有分量”的难题。按照工艺标准，测量轴向游隙时，要用扭力扳手施加相当于 50 斤的力，将小轴下压、上提各保持一分钟以上，并且需要重复 8 次左右，若操作过程中施力不到位，

就会直接影响测量精度。

郭锐是轴承游隙测量的“老对手”，曾在齿轮箱大轴游隙测量过程中发明了得心应手的专用工装，提升了轴向游隙测量的精度和效率。但他并不满足，精益求精，从“器”上升到“法”，研究创新了一套更先进的操作方法。这套新操作法应用到生产现场后，让中国标准动车组转向架的装配品质得到进一步提升。

多年来，郭锐先后从事了时速200公里转向架构架研磨，时速200公里转向架正、反装，时速200公里、300公里转向架落成、试验，提议开发了5项装配工艺，获得5项技术专利，解决了多个高速动车组制造中的技术难题。

▲ 四方公司职工正在对“复兴号”动车组转向架部件进行打磨

2019 年底，郭锐工作室“晋级”，正式成为国家级技能大师工作室。2021 年 2 月 23 日，又被中华全国总工会命名的“全国示范性劳模和工匠人才创新工作室”。

“跑”出来的真功夫

类似高速动车组这样的多系统、大体量、高技术产品，制造工艺难度丝毫不亚于设计。如果没有良好的技术集成能力，没有可靠的试验平台，要实现国产化生产是根本无法想象的。从实验室仿真试验，到高铁线路上试跑，百炼成钢，“复兴号”动车组跑出了一身真功夫。

几年来，国家发改委和科技部以四方公司为基地，相继建立起了高速列车系统集成国家工程实验室和国家高速动车组总成工程技术研究中心，加之中车株洲所已有的变流技术国家工程技术研究中心，以及中车机车和动车组牵引与控制国家重点实验室、国家级技术中心和博士后科研工作站，四方公司已成为行业内国家级研发试验机构最多的企业。

四方公司高速列车系统集成国家实验室，是目前国内轨道交通行业实验设备最全的实验室，拥有整车滚动试验台、转向架疲劳试验台、电磁兼容试验台、制动试验台以及产品虚拟中心等。这座实验室不仅完善了高速列车试验验证体系，而且为中国高速列车自主研发能力的提升提供了重要支撑和保证。

“复兴号”动车组转向架是中国自主设计制造，承载能力比“和谐号”提升 10%，满足时速 350 公里及以上持续高速运行，实验室安全稳定试验时速达到 600 公里。它具有轮对轴温、齿轮箱轴温、转向架横向运行稳定性等安全系统全面监测功能，确保动车组运行起来又快又稳。

从研发到制造完成，“复兴号”动车组转向架共经过28项仿真试验、16项试制试验和56项研究性试验。几年来，“复兴号”动车组先后在长吉高铁通过了时速250千米及以下速度级的线路动力学试验；在大西综合试验线，通过时速385公里及以下速度级的动力学试验；在郑徐高铁，完成了时速420公里的列车交会动力学试验，创造了动车组交会运行的世界最高速度纪录。

2015年8月中旬，中国标准动车组在哈大高铁进行时速250公里等级线路试验，这是试验列车第一次在正线运行。夜间试验刚开始，动车组在曲线上发生明显的尾部横向晃动，尤其是经过半径8000米、9000米、10000米这些大半径曲线时，平稳性指标出乎意料地变差，列车尾部尤为严重。

中国铁道科学院团队在现场进行网络测试

转向架若有问题，将直接影响动车组的运行安全。试验团队人员心急如焚，立即组织分析数据。他们发现，平稳性指标上升是由于车辆意外出现了 1.3Hz 左右的低频晃动，在大半径曲线产生类似的晃动以前从未出现过，难道与线路有关？应该采用什么措施来解决？如果不在时速 250 公里等级线路试验解决曲线横向晃动问题，后续的时速 350 公里等级线路试验只能停止。

研发人员静下心来，认真分析，圈定了三个原因：一是轮轨接触关系问题，实际试验线路的轮轨匹配或轮轨等效锥度不理想；二是以相对偏低的速度通过大半径曲线时，转向架的摇头频率容易接近车体的滚摆频率；三是车体与转向架间的横向止挡在结构设计上过于强调限位作用，在曲线上受压到一定程度后激化了车体的横向晃动。

铁科院试验团队和四方公司设计团队密切合作、争分夺秒，迅速研究形成二系横向止档的结构和参数优化方案，科学完善了转向架结构，完成了实物生产制造和全列新二系横向止档的更换。10 月中旬，在哈大线进行的各速度级第三次试验，各速度级被试车的横向平稳性指标达到正常，问题得到完美解决。

在“复兴号”动车组试验中，对故障实行“零容忍”，哪怕是发生电闪一样的细微故障，也绝不放过。这就是转向架研发团队的追求。

据旅客乘坐舒适性体验，我国制定的动车组平稳性指标评价标准，小于 2.5 为优级。“复兴号”动车组在线路试验中车厢的平稳性指标最大仅为 1.92，优于优等线。

试验数据表明，由于“复兴号”动车组采用了减振性能良好的高速转向架，车体振动加速度小、振幅低、噪音弱，平稳性指标达到国际优级标准，较好解决了列车空气动力学、轮轨关系、车体气密强度等技术难题，提高了列车进出隧道、高速交会时的安全性和舒适度。

风景如画的海南环岛高铁

第四章 神奇的高铁线路

从林海雪原到江南水乡，从大漠戈壁到东海之滨，中国高铁跨越大江大河，穿越崇山峻岭，已经形成了“四纵四横”高铁网，同时“八纵八横”高铁网也正在加密成型，基本上覆盖了我国50万人口以上的城市。

中国高速列车跑得快，得益于两个基本条件，一是精细优质的高铁线路，二是功能强大的高速动车组。

适应于地质及气候条件复杂性、多样性特点，中国高铁线路坚持原始创新，在路基、轨道、长大桥梁、长大隧道和系统集成等方面，相继攻克了一系列世界性技术难题。具有完全知识产权的无砟轨道、无缝线路成套技术，轨道线路沉降误差以毫米计，标准比F1赛车跑道还高；成熟的桥梁、隧道技术，可以跨越江河天堑，穿越高山天险。全面创新大型养路机械研制、开发、制造平台和技术体系，实现了线路基础设施检测监测的自动化和养护维修的机械化。

十多年来，中国相继建成沪苏通长江公铁大桥、五峰山长江大桥等多座主跨超千米的世界级大跨度高铁桥梁，以及广深港高铁狮子洋隧道、西成高铁秦岭隧道群等100多座10公里以上的长大高铁隧道，这些宏大工程展示了中国建筑工程的实力，先后荣获国际隧道与地下空间协会、国际桥梁大会颁布的行业最高奖。

精准如丝的高铁线

美国知名问答网站 Quora 曾提出这么一个问题：在中国乘坐高铁是什么样的体验？点赞最高的答案是：我这辈子没坐过比中国高铁更舒服的交通工具。

有位外国旅行者体验中国高铁后，在网络上发出一个视频：飞驰的高速列车上，一枚硬币立在列车窗台上，竟然9分钟没倒，甚至列车进站减速时，依旧是稳稳的，直到列车进站变换轨道时，硬币才倒下。

据说，日本网民看到这一视频后，很不服气，也学着在新干线列车窗台上放置站立硬币，反复试验，都没能成功。

我曾经与采访京沪高铁的中外记者一同做过一个试验：在京沪高铁的G1次高速列车上，我们将倒满开水的纸水杯放在车窗的边沿上。列车启动后，速度迅速攀升，时速200公里、250公里、300公里，直至350公里，水杯里的水纹丝不动。

郑州市市政设计院测绘工程师韩遂宁，是中国著名的平衡大师。2017 年 12 月 17 日，他在中央电视台大型励志节目《挑战不可能》中，以一张高铁车票为起点，在“复兴号”动车组上，完成了世界上堪称最难的棕榈叶平衡这项奇迹般的挑战。

棕榈叶平衡系统通常在平地上、静止状态下搭建。此次，韩遂宁在运行的“复兴号”动车组上搭建了两层棕榈叶平衡系统，这对列车的平稳度要求极高。当列车承载着棕榈叶平衡系统运行 10 秒钟，快速通过南京大胜关长江大桥时，节目现场和场外的观众集体起立，掌声雷动。

▼“复兴号”动车组列车通过南京大胜关长江大桥

如此“魔幻”般的场景，表明中国高铁轨道线路的高精度和平稳性，达到了创造“魔力”的技术要求。中国高铁不仅跑得快，而且跑得稳。

“复兴号”动车组以350公里的时速运行，途中不断经历上坡、下坡、转弯、会车，车外雷霆万钧之势，车内是“杯水不晃、硬币不倒”。

中国高速列车为什么跑得这么稳、这么快？说起领先世界的中国高铁，人们往往会联想到技术先进的流线型动车组，但很少有人会注意到动车组轮子下的轨道线路。高铁线路的高品质和精确度，直接影响着高速动车组运行的速度、质量和安全。

中国高铁线路基本采用无砟轨道，铺设的是重型超长钢轨和无缝线路，具有超高的平顺性，加之良好的系统匹配，能够适应更高的速度。精准如丝的高铁线路，让高速列车无忧无虑地欢畅奔跑。

用一句话来形容就是：精准、精准、再精准。

没有石子的铁路

专家告诉我，无砟轨道是采用混凝土轨道板整体基础，取代散粒碎石道床的一次成型的永久性轨道，是没有石子的铁路。

我们知道，普速铁路都是将枕木铺在小石子上，再将钢轨放在枕木上。这叫有砟轨道。其优点是，用小石子分散路基压力，其弹性好、吸噪好、价格低、更换与维修方便。

然而，列车速度高了，这些道床上的小石子就不甘寂寞了，它们会飞起来。一般来说，当列车时速达到250公里以上时，列车尾部会形成强烈的气旋风，如果是“有砟轨道”，那些碎石子会被掀起来，给列车运行和周围环境造成极大危险。

无砟轨道平顺性好、稳定性好，具有使用寿命长、不易胀轨跑道、高速行车时不会有石砟飞溅等优点。因此，无砟轨道成为时速250公里以上高速铁路的必然选择。从桥梁、隧道发展到路基和道岔区，无砟轨道技术在高速铁路上的运用已成为发展趋势，展示出美好的前景。

眼下，中国高速铁路轨道结构分为有砟轨道和无砟轨道。时速250公里以上的线路全部采用无砟轨道，时速200—250公里的线路可以采用无砟轨道，也可以选择有砟轨道。

据专家介绍，自20世纪90年代以来，为适应发展高铁的需求，我国开始研制适用于隧道、桥梁和大型车站等地段的弹性支承块式、长枕埋入式和板式无砟轨道，经过比较，最后选定了板式无砟轨道。先后引进了德国和日本的无砟轨道技术，在此基础上研制出了自己的CRTS Ⅰ型、CRTS Ⅱ型和CRTS Ⅲ型板式无砟轨道系统。我国高铁轨道曾受益于国外无砟轨道技术，但发展至今已，在无砟轨道结构、附件、铺设等核心技术方面拥有了大量专利，在配套机械或工具、水泥材料等外围技术方面，也有一定比例的专利布局。

2006年5月1日，我国首条采用无砟轨道技术的遂（四川遂宁）渝（重庆）客运专线正式开通运营。全长131公里的遂渝客专，设置了17公里的无砟轨道综合试验段。在此之前，全国大约有总长330公里的无砟轨道线路，都是在桥上和隧道内，所采用的是无砟轨道结构的I型和II型结构，主要是引进日本和德国技术。

2005年，我国在引进德国高铁技术时，其中有一张“水泥板”的图纸。这个“水泥板”，就是无砟轨道的轨道板。德国公司派技术人员来中国指导，轨道板的生产全过程开放，但中国技术人员就是没看懂，尤其是检算（检测和计算）技术让你感到云山雾罩。每一块轨道板制作完毕后，要通过检算才知道它是否符合标准，这个环节德国人都是自己做。他只告诉你结果：

▲ 2012 年 7 月 20 日，宁杭高铁溧水站刚铺好的无砟轨道。

合格，或不合格。但是一样的轨道板，为什么这块合格、那块不合格？则永远是个谜。

为了揭开谜底，铁科院、北京交通大学、西南交通大学等相关领域的专家汇聚一堂，集体研究攻关。一年后，终于弄清楚了德国无砟轨道的结构及轨道板的秘密，设计出了自己的检算软件。

这种检算软件，解决了无砟轨道的特殊要求，即每一块都是根据线路基础定制的，是唯一的，每一块的长宽、厚薄，尺寸都不相同，铺设时前后顺序都不能调换。量身定制的轨道板，品质高端、制作精细。

2006 年 1 月 10 日，遂渝客专综合试验表明，由国产轨道板铺就的无砟轨道线路，动车组跑出了 332 公里的时速，其平稳性、舒适度达到优级，测试的各项数据都在安全标准之内。由此，遂渝客专无砟轨道当年申报专利 56 件，其中发明专利 26 件，实用新型专利 30 件。

2010 年 12 月，原铁道部将遂渝客专无砟轨道轨道板正式定型为“CRTS Ⅲ型先张法预应力混凝土轨道板”。此后，武广高铁、郑西高铁、京沪高铁、沪昆高铁等多条高铁线路，都采用了这种国产新型无砟轨道板。

相比较源于日本技术的 CRTS Ⅰ型轨道板和德国技术的 CRTS Ⅱ型轨道板，由我国自主研发、具有完全自主知识产权的 CRTSIII 型轨道板，具有结构简单、性能稳定、用料节省、施工便捷、工效相对提高、造价相对低廉等优点。克服了其配筋系统、预应力双向张拉系统、绝缘设计装置、轨道板连接系统、封锚系统等多方面不足，适用于时速 300 公里及以上的高速铁路，成为中国高铁无砟轨道技术国产化的重要标志，在国际上处于领先地位。

初春时节，我来到成贵铁路乐山制板场采访。宽阔的制板场内，上万块 CRTS Ⅲ型轨道板纵横成列，规模宏大。伸手触摸，混凝土浇筑出的板材竟具有端砚一样的触感，细腻、温润、滑浸。每块板长 5.65 米，宽 2.5 米，厚 30 厘米，看上去就像一张张席梦思床垫，整洁雅致。现场技术人员告诉我，生产一块轨道板要经混凝土配比、布料、浇灌、蒸汽、打磨等 30 道工序。设计寿命长达百年，与高铁项目设计的使用年限相同。

据介绍，CRTS Ⅲ型轨道板是我国唯一具有完全自主知识产权的无砟轨道板。这个轨道板里藏有一个“中国芯”。一名现场施工人员拿起一个像手机一样的仪器，贴近轨道板上扫描了一下，有关电子档案信息、原材料、混凝土生产过程等质量记录全部呈现在眼前。

“中国芯”就是轨道板的“身份证”，是在布料机浇筑混凝土之前就埋入板内。电子芯片的安装与银行卡开卡过程类似，每个芯片的编码就好像每张银行卡的卡号。当芯片被激活后，它将实现“联网”，即接入“铁路 CRTS Ⅲ型轨道板生产管理信息系统”。

早先国外的高铁轨道板是没有电子芯片的，一旦出现问题，检修人员需要人工手动查询这块轨道板的纸质“档案”，浩瀚的资料库，查询纸质档案可不是一件容易的事，而且还可能遗漏、毁坏。中国高铁轨道板设置电子芯片，极大地方便了轨道板问题的查询，检修人员只需要通过读卡器扫描一下芯片，就能立刻读取出轨道板的相关信息，对症下药，进行诊治。

由于是量身定制，CRTS Ⅲ型轨道板铺装极其方便，只需把轨道板按编号铺于路基上即可，精确度极高。以京沪高铁为例，全线 40 万块标准轨道板精确到“毫米级”。高品质的轨道板耐热耐寒，无论高山峡谷还是戈壁冻土，可在任何条件下铺设，不会因为热胀冷缩而开裂。

实践中，不断创新和优化轨道板预制和铺设工艺。通过一系列技术攻关，开展绿色高效制板技术，将轨道板的翘曲变形控制在 ±0.3 毫米以内，大大增强了轨道板的稳定性，从施工技术上解决了无砟轨道板翘曲变形这一世界性技术难题。在此基础上，中铁四局承德轨道板场 QC 小组经过实践和严谨论证，从“定期调整横梁、调整初张拉顺序、降低环境湿度”三个方面，有效提高了张拉一次合格率，保障了轨道板翘曲变形控制，从而确保了线路质量。

2019 年 6 月 13 日，历时两年多，由中铁二十二局集团、西南交通大学、高速铁路安全运营空间信息技术国家地方联合工程实验室共同研发的“集成智能机器人和三维成像仪的高速铁路 CRTS Ⅲ型轨道板自动检测方法及应用研究”技术成果，通过专家组评审，认定达到国际先进水平。检测过程与轨道板生产流程一致，无需人工干预，每块轨道板检测时间由45分钟缩短至6分钟，检测精度达正负0.15毫米，完全满足高铁建设要求。

评审专家组组长、中国工程院院士刘经南表示，该技术提高了我国高铁CRTS Ⅲ型轨道板智能化水平，推动了高铁零部件检测向“智能检测”和“智能测量”方向的高端进化，为中国高铁技术领先世界增添了新优势。

京雄城际铁路智能梁场依托BIM技术打造自动化数控钢筋生产线，采用焊接机器人、自动化钢筋运输平车、手机APP智能喷淋等设备，工作效率提高了25%。BIM全称是建筑信息模型，是一种应用于工程设计、建造、管理的数据化工具。通过对建筑数据化、信息化模型整合，提高生产效率、节约成本和缩短工期。智能板厂全过程控制轨道板生产，采集张拉、浇筑、蒸养、放张、水养、验收等全过程工序信息，实现模板清理、喷涂脱模机、预埋套筒安装等作业流程全自动，既提升了施工质量和效率，又节约了人力成本，所需人员由50余人减至15人以内。

2019年9月25日，第44届国际质量管理小组会议在日本东京召开，来自全球20多个国家及地区354个QC小组2000余名代表参赛。中国中铁四局承德轨道板场QC小组《提高CRTS Ⅲ型无砟轨道板预应力张拉一次合格率》课题斩获金奖。就在一年前，在新加坡举办的第43届国际质量管理小组会议上，同样是这家中国公司QC小组提交的《提高CRTSIII型轨道板翘曲变形合格率》课题，也曾获得金奖。

没有接头的钢轨

乘坐火车，轮下“哐当哐当哐当……”的声响，是很多人难以忘却的记忆。不过，当你今天乘坐高速列车时就会发现，车轮与钢轨有节奏的“哐当”声响已悄然匿迹。从浓烟滚滚的蒸汽机车，到飞快疾驰的高速动车组，从木质枕木到轨道板、无缝线路，铁路技术的不断进步，让列车的“哐当”声眨眼间成为遥远的过去。

传统的铁路轨道是用一根根长度相同的钢轨连接而成的。在钢轨与钢轨衔接的地方，总会留有缝隙，名曰轨缝。《十万个为什么》告诉我们，这是为解决

▼ 沪昆高铁坞鹰山特大桥架梁现场

钢轨热胀冷缩问题而专门设置的。如果没有这个轨缝的话，钢轨受热伸长就会相互挤压、扭曲、上拱，使整条铁路变形。

这道不起眼的轨缝，不但使列车在运行时产生令人讨厌的“哐当哐当”声响，更重要的是加重了车轮与钢轨的撞击，对车轮的损害很大，极大地缩短了车轮的使用寿命。

专家告诉我，一列高速列车重量在 460 吨以上，而每个车轮与钢轨的接触面积只有 100 多平方毫米，这个面积差不多是指尖的大小。我们知道，是车轮对钢轨产生的冲击力，推进了列车的前行。当列车超过时速 140 公里高速行驶时，若钢轨面上有两根头发丝直径凸起，车轮对钢轨产生的冲击力将会达到 7 吨，这个力量对高速行驶的列车绝对是个灾难，重则导致列车脱轨，轻则产生列车颠簸。

显然，高速列车要实现平稳快速运行，必须要求钢轨平面的精度特别高，还有那导致“哐当”声响的钢轨接头缝隙，也必须消失。科学实验表明，当火车时速 140 公里以上时，就必须使用无缝钢轨线路。那么，钢轨能无缝接连吗？热胀冷缩的问题怎么解决？

无缝钢轨技术是纯正的“国产货”，是中国铁路人的一大发明。

早在 1957 年，北京铁路局首先开始试验打造无缝线路。多年来，由于技术、材质等多种原因的限制，我国铁路的无缝钢轨普及率一直不高。1997 年开始，随着中国铁路六次大提速和高速铁路建设的全面启动，无缝钢轨技术迎来了科学的春天。

无缝钢轨是高速列车平稳运行的“基石”，我国高铁线路全部采用了无缝钢轨技术。

无缝钢轨是怎样炼成的？钢轨出厂时，每根长度可达 100 米。铁路焊轨基地将 5 根钢轨，焊接成一根 500 米长的钢轨。长钢轨的焊接工艺复杂，科技含量高。焊接一根 500 米长钢轨，要对钢轨母材几何尺寸、表面伤损进行检测，经过除湿除锈、焊接、粗磨、正火、钢轨时效、精校直、精铣、接头探伤、接头平直度检测等 10 多道工序和试验，最后经检测合格后才能出厂。

其中有一项是对每个焊接头的承载能力进行落锤试验，检测其焊接强度。试验内容是，把 1.3 米长带有焊头的钢轨放在试验机底部，用 1 吨重的锤头从 5.2 米处自由下落进行锤击。国际惯例，落锤实验接头一锤不断即为合格，但“中国标准”是接头要承受两次冲击才算合格。

专用长轨列车将长钢轨运到施工现场后，在现场和道岔区段，由无缝钢轨焊接机将两根钢轨相邻两端升温至 1000 摄氏度以上，使之融化挤压到一起，然后对焊点进行高精度打磨，最终成为几百公里长的无缝

武汉高铁长轨焊轨基地

轨道。其接缝处看不出任何痕迹，过渡自然，水平光滑，整条无缝轨道保持在同一个水平面上。焊接的接口控制在十分之一毫米级，比头发丝还要细。这是目前全球轨道焊接上的最高精度。

由此可见，无缝线路是指将钢轨焊接起来的线路，称焊接长轨线路，又因长轨中有存在巨大的温度力，故也称温度应力式无缝线路。无缝线路最大的特点就是消除了大量的钢轨接头，能够保证火车的平稳运行，也提升了乘坐火车的舒适性。此外，无缝线路消除了钢轨接头，进而也就减少了铁路的养护维修量，维修费用会大大降低，钢轨的使用寿命也会延长。

话说回来，无缝钢轨每天承载着大量列车高速驶过，日积月累就会出现波浪鱼纹、鱼鳞伤以及肥边等情况。要修复这些问题，只能用铣刀对其进行整形，不停消除这些缺陷。

钢轨是由抗磨性极好的高锰钢制成，强度非常大，这就变相使铣刀的制作难度不比航天飞机小多少。就目前世界范围来看，拥有制作这种高难度铣刀的国家只有奥地利和德国，之前，欧洲的钢轨维护领域早已被这两个国家所垄断。

2011 年，中国从奥地利进口了几台钢轨铣磨车，采取笨办法，将其拆除，效仿奥地利制作铣刀的方法，研制属于我们自己的铣刀，但以失败告终。因为对于铣刀这种东西，熟知其配方，不了解配比合成仍然无济于事。这和可口可乐是一个道理，全世界都知道用什么材料做可口可乐，但配方却被可口可乐公司放到了瑞士银行，没有配方有再多的材料也只能干瞪眼。

钢轨可能在普通人眼中只是单纯的铁制品，可它对于高铁而言却是一条鲜活的生命。受物理因素影响，天冷时钢轨会收缩变短，受热会膨胀伸长。在这种变化过程中，钢轨乃至整条铁路都会变形。

事实上，无缝钢轨并不是绝对没有间隙，只不过间隙大大减少，可以达到几十公里、几百公里，甚至上千公里长的钢轨没有轨缝接头。沪宁高铁使用的是301公里长的超长无缝钢轨。也就是说，全线没有一个接头间隙。1318公里的京沪高铁，竟然也没有一个钢轨接头。

诚然，这么长的无缝钢轨要解决热胀冷缩，光靠几个接头缝隙显然是不够的。通常解决这个问题有两种途径：一种是长轨节自身承受全部温度应力。采用高强度的弹性扣件扣压住钢轨的轨底，通过高压锁定，使钢轨不会因热胀冷缩产生变形。这种方法适用于一年四季温度相差不大的南方地区。在一些温度相差较大的北方地区，就应该采取另一种方法，即自动放散应力或定期放散应力。在铺设的时候，尽量选择最佳温度铺设，使钢轨的伸缩值在最小范围内。然后，定期把扣件全部松开，使长长的钢轨随温度升降而自由收缩，再用扣件锁住。这样不管温度上升还是下降，钢轨的伸缩始终都控制在最小范围内。

专家说，定期应力分散有三种方法，一是滚筒放散，就是像钢轨的扣件全部松开，在它下面每隔10—15米就垫一个滚筒，让轨底与滚筒之间滚动摩擦，减小放散阻力，当轨温达到要求时就锁定线路。二是列车碾压法，即松开全部防爬器和中间的扣件，轨条的始端扣件不动，通过列车运行碾压以及震动，使钢轨伸缩，伸缩量达到预定要求时再重新锁定。三是撞轨法，即松开扣件，用撞轨器撞动钢轨，放散温差力，达到预定要求后锁定钢轨。

在温差较大的地区和特大桥梁上，为了消除和减少钢轨温度力对钢梁伸缩的影响，都是采用自动放散温度应力式无缝线路。即在焊接长钢轨间，设置桥用钢轨伸缩调节器，用以释放温度力。

哈牧高铁位于黑龙江高寒地区，夏冬季温差可达到五六十度，轨道在极端的气温下，必定会出现热胀冷缩的现象。科研人员为了解决这个问题，在轨道内部填充了非冻胀性材料，并且加了一个保温层，还设置了电热融雪板，只要积雪过多，它就会自动融化。然后就是在列车的材料上进行了高耐冻的处理，当然还有很多细节上的技术化处理，都是中国创新，而这些在世界上都是首例。

物质不灭定律告诉我们，任何一种物质都不会消失，只不过从一种形式转化为另一种形式。钢轨的温度力也同样如此，它不可能消失，只是人们在铁路线上采用强大的线路阻力来锁定轨道，让温度力转化为纵向阻力，限制了钢轨的自由伸缩。

高铁的无缝钢轨不仅缝隙极少，而且钢轨的体内也不能有针眼大的空洞，哪怕是1毫米的病伤，都有可能导致钢轨断轨。高铁在行驶过程中遭遇断轨，相当于汽车过桥时大桥断了，必定是车毁人亡。

沪昆高铁南昌至杭州段长轨线路

高铁无缝钢轨探伤工享有“高铁医生”的美誉。他们主要运用钢轨数字探伤仪和焊缝通用探伤仪，对钢轨进行体检，有点类似医院的“B 超”。根据屏幕上的波形，探伤工要准确判断钢轨的内部情况，确定有没有损害。

我曾多次跟随“高铁医生”体验巡诊，其巡诊过程为：先把探伤仪抬到轨道上，仪器底部有很小的轮子，正好卡在钢轨上，探伤工就这样推着仪器行走。一台仪器只能探测一根钢轨。如果发现有裂纹或空洞，就会报警。但很多报警，并不就意味钢轨有问题。比如，钢轨原有的洞口，是供螺丝通过使用的；钢轨上刻有编号，有凹陷处，探伤仪也会报警。这些都需要探伤工仔细分辨。

和铁路很多工种一样，探伤工也是“夜猫子”，昼伏夜出，在“天窗”时间上轨道作业，1 小时行走 2 公里。无论刮风下雨，还是酷暑严寒，夜半时分，这些“高铁医生”都会准时出现在高铁线路上。

无缝线路技术是铁路轨道现代化的重要支撑，经济效益显著。据铁路部门测算，与普通线路相比，无缝线路至少能节省 15% 的经常维修费用，延长 25% 的钢轨使用寿命。此外，无缝线路还具有减少行车阻力、降低行车振动及噪声等优点。

2018 年 11 月，由北京交通大学牵头，中国铁路设计集团有限公司参与完成的“复杂环境下高速铁路无缝线路关键技术及应用”科研项目，荣获国家科技进步奖一等奖。

“活动心轨”道岔

谈及高速无缝线路技术，离不开高速道岔技术。

火车不同于汽车，火车没有方向盘，轨道铺到哪里，火车就运行到哪里。

然而，火车线路四通八达，火车若想从这条轨道进入到另一条轨道，就必须借助于道岔来完成。

道岔是火车从一条股轨道转入或越过另一条股轨道时必不可少的线路设备，与钢轨、接头并称为轨道线路的三大关键技术。

有了道岔，就可以充分发挥线路的通过能力。即使是单线铁路，铺设道岔，修筑一段大于列车长度的叉线，就可以对开列车。道岔在铁路线路上起着十分重要作用。通常在车站、编组站，铺设有大量道岔，以提高列车的通过能力。

由于道岔数量多、构造复杂、使用寿命短、限制列车速度、行车安全性低、养护维修投入大等特点，与曲线、接头并称为轨道的三大薄弱环节。

高速道岔则是指直向允许通过时速250公里及以上、侧向允许通过时速160公里及以上的道岔。与普速道岔相比，侧向高速道岔的号码要大一些，长度要长一些。

高速道岔要确保高速列车安全转线运行，必须具备科学、完整的轨道结构。它是铁路轨道的重要组成部分和系统集成，是高速铁路的关键技术之一，集中反映了一个国家铁路轨道的发展水平。

在中国高铁技术中，高速道岔技术起步最早，但因其结构复杂，技术难度大，一直是一块难啃的硬骨头。高速道岔的平顺性，直接决定了高速列车在运行过程中的速度，以及舒适度、安全性。在这个过程中，高速道岔的精密测量及道岔测量数据处理就显得尤为重要。

专家告诉我，当车轮通过道岔时，从两根较窄的翼轨与道岔心中的轨道之间有一个空隙，这就是道岔的有害空间。车轮通过此处时，有可能因走错辙叉槽而引起脱轨。由于这个有害空间的存在，限制了列车通过道岔的速度，也就制约了高速列车速度。

解决道岔有害空间，就必须研制一种特殊道岔，即“活动心轨”道岔。

其主要特点是，辙叉心轨可以板动。当要开通某一方向股道时，活动心轨的辙叉心轨就与开通方向一致的翼轨密贴，与另一翼轨分开，这样一来，道岔的有害空间就不存在了。由此大大改善了列车与线路的相互作用，消除了列车通过辙叉时的剧烈冲击和横向摇晃，保证高速行车时的平顺性。

是靠买设备、走捷径，还是靠自己的双手自主研发？当时国内一些厂家与德国、法国等国家进行技术合作谈判，对方不仅漫天要价，也不转让核心技术。

2005 年 6 月 17 日，铁道部组织召开客运专线道岔国产化研发工作专题会议，成立产、学、研、用相结合的道岔联合研制组。通过原始创新，自行研发生产时速 250 公里高速道岔；通过引进消化吸收再创新，开发研制时速 350 公里新型高速道岔。

由西南交通大学联合中铁三局等 6 家单位，组成“高速道岔自主研发课题组”，西南交通大学土木工程学院教授王平为课题组的副组长并主持研究工作。这也是高速铁路线上产品唯一由高校牵头的项目。

西南交通大学承担理论建构部分，他们组建了一支 20 多人的“高速铁路轨道结构设计理论与关键应用技术”创新团队，从轮轨关系、轨道刚度、无缝道岔 3 个部分进行理论突破，开展大号码可动心轨道岔的研制。利用牵引动力国家实验室、铁道工程实验室等科研教学资源，积极搭建科研创新平台，成立了“高速道岔孵化基地”和“建设桥上无缝道岔模型试验基地”，为项目的成功孵化提供了智力保障。

创新团队专家深入到中铁山桥集团有限公司（以下简称中铁山桥）、中铁宝桥集团有限公司（以下简称中铁宝桥）、中铁轨道系统集团有限公司，与设计、制造、铺设、养护维修高速铁路的技术人员一道，实地考察，向实践学习，举办技术研讨会，先后解决了高速铁路大号码道岔无缝化、长大桥梁及高架站铺设无缝线路等重大难题。同时，积极与德国 BWG 公司、法国科吉富公司进行技术交流，借鉴国外先进技术，扎实开展自主研发工作。认真吸取先进的设计思想，改进和调整思路，提出了国产高速道岔的自主研发技术路线，最终形成一系列自主创新成果。

2006 年 12 月，由中铁宝桥研制生产的国产第一组时速 250 公里的有砟高速道岔，在胶州南站实验成功。2007 年 5 月，西南交大创新团队完成了 250 公里无砟道岔的理论突破，中铁山桥进行了历时 4 个月的现场研究、设计、试验，国产时速 250 公里“18 号道岔”经过京沪线、京广线提速试验检验，其性能达到世界同类产品先进水平。中国高速道岔研发技术一路走高，逼得国际高速道岔报价一路“降价”——从 570 多万元一组降到了 300 万元一组。

2007 年 11 月 13 日，国内首组时速 350 公里有砟高速道岔在中铁山桥研制成功。这一核心关键部件的突破，标志着中国掌握了高速道岔研究、设计、制造等先进技术。

紧接着，2008 年 12 月 13 日，国产最大号码时速 350 公里无砟道岔在中铁山桥诞生，并通过铁道部审查验收。这是中国铁路发展进程中具有里程碑意义的道岔产品，标志着中国高速道岔自主创新和设计制造能力达到国际先进水平。

自此，中国高速道岔开始大规模在高铁建设中应用。

这组活动心轨道岔全长 157.2 米，是目前中国号码及长度最大的道岔，直向和侧向允许通过速度分别为：时速 350 公里和时速 160 公里，其侧向通过速度为国内最快。其双肢弹性可弯可动心轨辙叉，是目前在世界上技术含量最高的辙叉形式。

让王平教授记忆犹新的是，2008 年底在武广高铁乌龙泉站举行的一场德国与中国高速道岔的实验比拼。当时车站北边的 4 组道岔是德国的，南边的 4 组道岔是中国的。采用同样的方法去测试，中国道岔与德国道岔测出的数据完全一样，道岔的平衡性、舒适性良好。

中铁山桥是中国铁路道岔的发源地。其前身是山海关桥梁厂，始建于1894年，从20世纪初正式生产道岔，迄今已为中国铁路制造了30万余组道岔，是中国铁路道岔最大的制造商。

优质产品就是底气，也是技术谈判的砝码。中铁宝桥与法国科吉富公司就高速道岔技术项目合作达成协议。双方本着自愿平等、互利双赢的原则，科吉富将向中铁宝桥全部转让高速道岔核心技术。

其间，西南交大高速道岔课题组也在不断壮大，培养出了一批批博士生、硕士生，由最初的20人小团队，发展到今天的六七十人的大团队。

戈壁挡风墙

戈壁荒漠，狂风肆虐，寸草不生，荒无人烟……

2014年11月16日，新疆首府乌鲁木齐天高云淡，阳光普照。随着一阵响亮的鸣笛声，满载旅客的D8602次高速列车驶出乌鲁木齐南站，穿越“四大风区”的兰新高铁新疆段正式通车运营。

兰新高铁运营里程长，地形地貌复杂，横跨甘肃、青海、新疆三省区，穿越了戈壁大漠、丘陵沟壑、天山峡谷、湿地草原，全长1776公里，设计时速200公里以上。这是一条横穿大漠风区的高铁，风害成为高铁的潜在敌人，直接影响列车的正常运行，也是世界首条高海拔地区高铁。

乘坐高速列车从乌鲁木齐火车站出发，一路东行几十公里，就进入达坂城风区。车窗外，一道约四米高的、耐候钢建结构的钢筋混凝土墙，赫然出现在高铁线路两侧，矗立在广袤的大漠里，蔚为壮观。这就是戈壁“挡风墙”。

同行的专家告诉我，根据不同区域风力、风向、频率、地形及线路条件，在Ⅴ区的百里风区、三十里风区核心地带都设置了抵御风速每秒60米的柱板式挡风墙，能够保证大风条件下列车运行安全。这些悬臂式、扶臂式、柱板式钢筋混凝土等多类型挡风墙，桩基直径1.25米，埋深12米，坚固耐用。

钢筋混凝土挡风墙、桥梁上的挡风屏和“地上隧道”，是兰新高铁防风的三大法宝。全长710公里的兰新高铁新疆段，有防风工程的路段就长达462公里，占线路总长的65%。这些防风工程技术的运用，在中国高铁建设中尚属首次，规模在世界上也是最大的。形象地说，就是把风挡在墙外面，墙里面安全跑动车。

兰新高铁地质构造复杂，风害沙害严重，重点控制工程施工难度大、技术标准高。尤其是这里穿越了世界上风害最严重的地区之一——烟墩风区、百里风区、三十里风区和达坂城风区。风区最大风速可达每秒60米，相当于17级风，部分区段每年8级风以上的天数超过200天，可谓是“一年一场风，从春刮到冬”。

面对戈壁大风这道世界性的难题，中国铁路科技人员先后在风区建立了19个大风观测站，结合已有的气象资料，按照一定时间内的风速、瞬时风速、频率、地形等指标，把线路所经的风区由低向高分成五个区。中南大学、西南交通大学、兰州交通大学等院校联合攻关，通过数值模拟分析、风洞试验和室内外实验等手段，开展了路基、桥梁、明洞、接触网防风及大风预警技术研究，为有关设计参数的选取提供了科学依据。

经过综合试验，科研人员将挡风墙的合理位置定为距迎风侧线路中心5.7米。在这个距离位置时，动车组运行的气动力最小，气动性能相对最好。在这个定位，接触网位置的横风风速也相对较小。还有路基上的沙尘问题，科研人员将路基提升了三十多毫米，从而有效地让沙从路基下面被吹走，沙尘绝不会积存下来。

高铁建设者以打造“精品工程、安全工程”为目标，克服线路穿越戈壁荒漠、沿线极端天气多发等困难，在国内高铁建设中首次运用防风工程技术，破解了防风防沙、戈壁地段路基、干旱风沙地区混凝土质量控制等多项世界铁路建设难题。

兰新高铁十三间房特大桥，是Ⅴ级风区的核心区域。因线路是东西走向，大桥两头被天山夹峙，处于一个巨大的风口，风与桥几乎垂直。大风刮过来，越野车迎风侧的玻璃和漆，瞬间便会碎掉。科研人员将这座特大桥的桥梁设计为槽形梁，安装了由不同尺寸的 H 形钢柱和开孔波形钢板组成的挡风屏，坚固无比。在大风频繁、风力最为强劲的百里风区，采用结构受力和防风结构相结合的槽形梁，这在国内高速铁路中是首次应用。

据悉，兰新高铁全线有桥梁 198 座，共计 124 公里，占线路总长的 17.4%，均采用这种槽型梁技术防风。同时，还有针对性地分别设计了 T 型、箱型、槽型桥梁结构挡风屏，长达 95 公里。

在百里风区的核心地带，设置防风明洞，也是一个伟大创举。十三间房特大桥向东不远，就是一座由钢筋混凝土拼接成的地上隧道。这座防风明洞全长 1.2 公里，是在路基上搭建起的一座“地上隧道”。迎风一侧为实墙，背风一侧留有通风和照明窗口，设计巧妙，功能多样。在这座钢铁隧道严实的包裹下，高铁轨道线路就像穿了一层厚厚的铠甲，万无一失，安全可靠。

兰新高铁新疆段开通以来，经受住了 12 级大风的多次考验。由于防风工程的保护，11 级大风下，高速列车可以在 200 公里时速下运行；13 级大风下，列车可以在 120 公里时速下运行。在百里风区，可能出现的停轮天数由过去的 60 天减少到 10 天左右。

路基有了挡风墙，必然把风赶到了上面，加大了高铁电力接触网的受风强度，使接触网防风设计更具挑战性。借鉴先期研究结果，科研人员研制出一系列防风手段，采用稳定可靠的 H 型钢柱等国内首创新科技，极大地提升了接触网承受风力的强度，万无一失。

一桥飞架南北

桥，是一种架空的人造通道。

千百年来，桥梁早已成为人们社会生活中不可缺少的组成部分。中国幅员辽阔，山川众多，江河纵横，建桥历史十分悠久。早在 1400 多年前，就诞生了像赵州桥那样领先世界水平的桥梁。从古至今，无论是建桥技术，还是桥梁数量，中国都处于世界领先地位。

最早的桥是架设在水上的。《说文解字》注释为："梁之字，用木跨水，今之桥也。"说明桥的最初含义是指架木于水面上的通道，以后才引申为架于悬崖峭壁上的"栈道"和架于楼阁宫殿间的"飞阁"等天桥形式。

中国既保留着像赵州桥那样历史悠久的古代桥梁，也在不断地建造着刷新世界纪录的公路、铁路大桥，高速公路和高速铁路桥梁建设尤其引人注目。目前我国大型公路桥梁总数接近 80 万座，大型铁路桥梁总数已超过 20 万座，成为世界第一桥梁大国。

“越过高山、越过平原，跨过奔腾的黄河长江。”《歌唱祖国》中的这句歌词，用在中国高铁桥梁建设上似乎特别形象。据不完全统计，截至2020年底，中国高铁桥梁长度达1.8万公里，位居世界第一，甚至很多大型高铁客站都建在高架桥上。

高铁桥梁被称为高铁线上的“皇冠”。中国第一条时速350公里的京津城际桥梁占比达88%，京

沪高铁的桥梁占比达 86.5%，沪杭高铁的桥梁占比达 92%……一座座大桥，跨越江河湖海、高山峡谷，见证着中国速度，不断刷新着世界纪录。

因为有桥，不管是高寒冻土的高原，还是风大浪急的海湾，都未能阻止中国高铁前进的脚步。一桥飞架南北，天堑变通途。大桥连接起两岸，连接起城市，连接起产业、经济圈，更连接起历史与未来。产业发展因桥而强，经济格局因桥而变，百姓生活因桥而方便。

以桥代路，跨山越水。

“以桥为王”的风采

以桥为王，道明了桥梁在高铁线路上的重要地位。高铁桥梁可以为高速列车提供安全、平顺、稳定的线路。设计、修建好高铁线路，桥梁是关键。

桥梁工程作为铁路的基本工程形式之一，最初的功能是让铁路能够顺利跨越江河湖海、山川峡谷，这也是广义上桥梁的基本属性。譬如，我国著名的武汉长江大桥、南京长江大桥，都是为跨越长江而修建的。

进入高铁时代后，桥梁工程的更多优势逐渐凸显，大量采用桥梁代替了普速铁路中常见的路基工程。目前，我国平原区的大多数高铁线路都是以桥梁工程为主，而山区的高铁除了隧道外也几乎都是桥梁。坚固的高铁桥隧工程，整体提升了高铁路基质量，破解了复杂地质条件下高铁地基处理和路基填筑难题，实现了对路基沉降的有效控制。

2011 年 5 月，我曾陪同由全国政协副主席、科技部部长万钢率领的专家调研组，考察调研即将开通运营的京沪高铁。伫立在飞速的高速列车车窗前，一座座大桥，在眼前接连闪过，桥桥相连，大地飞虹，整个京沪高铁，就是一座巨大的桥。

采访得知，我国已建成的高速铁路桥梁占比达到 50%—60%，有的甚至达到 80%—90%。而传统的普通铁路桥梁占比大约为 5%—6%，多的不超过 10%。

节约用地——

节约用地是我国的基本国策，特别是对于高铁沿线人口密集、经济发达的地区更有着特殊的意义。高架桥梁可以避免占用大量土地，据测算，如果以普通铁路 8 米填高的路基计算，“以桥代路”每公里可少占地 55 亩。桥上行车，桥下耕种。虽然桥梁建设的成本比较高，但减去拆迁的成本，其实高出的部分非常有限。全长 1318 公里的京沪高铁，桥梁总长度就达 1074 公里，与传统路基相比少用土地 5.9 万亩。我国高铁线路大量采用“以桥带路”的方式，每公里可节约土地 3/5。

线路平直——

高速列车要高速运行，平直的线路是前提条件。“平”就是指线路不能有太大太多的起伏，不然不仅速度跑不快，还会降低旅客乘坐的舒适度；“直”就是线路不能有太多的弯道，即使有弯道，半径也要做得很大。桥梁成为实现高铁线路平直、平顺和截弯取直最有效的方式。穿越在山谷中的合福高铁，最高的桥墩就有 20 层楼高。还有一些地下无法绕避的障碍物，都需要采取桥梁的形式跨越。高铁穿越城市，高架桥梁可以减少对城市板块的分割。

地基牢固——

高铁对线路的平顺性要求非常高，对线路沉降控制在毫米级。桥梁的桩基础深达几十米，甚至上百米，可以让桥墩稳稳地“扎根”在坚固的岩石层上，有效控制地基沉降，对不同地质条件的适应性也更好。传统的填筑路基，由于填料本身的固有性质，即便是机具压实后，填土也会继续发生一定程度的固结沉降，而在软土路基上填筑的路堤，还会附加有软土层的沉降。

建设工期快——

高铁桥梁大多采用在工厂标准化预制后，运到现场进行架设施工，在保证建设工程质量可控的同时，大幅缩短了建设工期。普通铁路的填方路基是由黏土、碎石土等填筑而成，填料较为松散，一是要靠机具压实，二是要有沉降周期。我国高铁建设速度快，一个很重要的原因就是线路桥梁多。由于高铁桥梁大量采用混凝土结构，材料性能稳定，也减少了后期的养护维修工作量。

当今世界殊

毫无疑问，中国桥梁技术已经处于全球领先水平。

目前，世界上所有高难度、创纪录的桥梁大部分由中国建造。2016 年 9 月，央视影音客户端首页推出“中国新十大奇迹工程”。这十大奇迹中，竟然有一半都与造桥有关，中国无愧是造桥领域的世界第一。

2011 年 6 月，京沪高铁丹阳至昆山段特大桥正式通车，全长 164.85 公里的大桥，名副其实的世界第一长桥。大桥以现代化高铁桥梁的傲然姿态，纵贯苏南平原河网化地貌，跨公路、铁路、水路，跨越苏南大地。

翻阅中国高铁线路这部大书，桥梁是最为经典的章节。

2009 年 12 月 26 日，武汉天兴洲长江大桥通车，高铁第一次跨越长江，在大江南北高速飞驰。从此，中国有了第一座跨越长江的高铁大桥。

天兴洲长江大桥为四线铁路双塔三索面三主桁公铁两用斜拉桥，大桥全长 4657.1 米，桥面宽为 27 米，以 500 米的主跨，超越了世界第二的丹麦厄勒海峡 14 米。设计时速 200 公里，目前每天有 260 趟高速列车通过。在中国公铁两用桥梁建设历史上，天兴洲长江大桥有里程碑般的地位，曾创造了跨度、速度、宽度、荷载 4 项世界第一，实现了新结构、新工艺、新技术、新设备的融合。大桥先后荣获国家科技进步一等奖、詹天佑奖、鲁班奖。国际桥梁大会把“乔治·理查德森奖”也颁给了天兴洲长江大桥。

2011 年 1 月 11 日上午，从上海虹桥站始发至合肥、武汉的 44 趟动车，从南京大胜关长江大桥顺畅通过，标志着这座“世界之最”的铁路大桥正式通车。大胜关长江大桥为世界上首座设计时速 300 公里的高铁大桥，可以同时通过六列不同速度的列车。

我就任《人民铁道》报社长时，曾多次采访建设中的沪苏通长江公铁大桥。乘汽艇来到江心，登上主塔沉井，我领略了大桥主塔基础庞大的体量。这是一个巨大的筒状钢板结构，大型机械早已将井内的泥沙除尽，直至岩层。然后经过混凝土封底并填塞井孔，

▲ 沪苏通长江大桥合龙时的场景

使其成为桥梁墩台的基础。大桥建设指挥部指挥长张贵忠告诉我，仅这个主塔的沉井就有 12 个篮球场大。

沪苏通长江公铁大桥全长 11.07 公里，主跨 1092 米，主塔高 325 米，约相当于 100 层楼高。上层为六车道高速公路，下层为四线高铁和城际铁路，下层为双向四线铁路，设计时速分别为 200 公里（沪苏通铁路）、250 公里（通苏嘉甬高铁），其工程规模之大，施工难度之大，创造了世界桥梁建设的多个之“最”，是当今世界上载重量最大、首座跨度超千米的公铁两用钢桁梁斜拉桥，代表着当前中国乃至世界桥梁建设的最高水平。

大桥采用了中国自主研发的高性能新材料——抗拉强度高达 2000 兆帕的锌铝镀层钢丝。72 对斜拉索，全部用这种钢丝制成。每根钢丝的直径虽仅为 7 毫米，却能够承受 80 吨的拉力，达到国际先进水平。2020 年 7 月 1 日，沪苏通长江公铁大桥建成通车。

世界上最大的公铁两用悬索桥——五峰山长江大桥，是连接镇江市丹徒区与京口区的过江通道，主桥长度 1428 米，江面跨径 1092 米。为了满足南京长江下游深水航道的需求，五峰山大桥在航道上不设桥墩。大桥上层为双向八车道高速公路，设计时速为 100 公里，下层为双向四线高速铁路，设计时速为 250 公里，

可同时通过 8 列高速列车。2021 年 6 月 30 日，大桥全部投用使用。

五峰山长江大桥南北主塔地基，每个都有几个篮球场大，光锚碇沉井就重达 133 万吨，相当于 11 艘美国尼米兹级核动力航母。对此，美国媒体感慨道：中国果然是“基建狂魔”。

众所周知，桥梁高度和跨度是衡量一座桥梁建设的技术标准。从天兴洲长江大桥的 504 米主跨，到铜陵长江大桥的 630 米主跨，再到沪苏通长江公铁大桥、五峰山长江大桥的超千米主跨，中国高铁桥梁不断创造桥梁跨度的新纪录，牢牢吸引着世界目光。

京雄城际铁路首次实现了高铁桥梁从基础、桥墩、桥梁到桥面全装配式结构的设计和施工，形成了成套设计技术和施工质量验收标准。这项装配式一体化桥梁建造技术，被形象地称为“像搭积木一样建高铁”。

武汉天兴洲长江大桥

桥梁工程的桩基、墩身、墩帽、箱梁及桥面防护墙、电缆槽等都在工厂内进行专业化设计、分段标准化预制，再运到现场拼装而成。

高铁装配式桥梁工艺精度要求高，上百吨重的混凝土墩身预制，钢筋定位误差控制在2毫米以内，就好像穿针引线一样分毫不差。京雄高铁科研团队自主研发了12套工装设备，保证了精准对位。装配式一体化桥梁建造技术，是铁路桥梁建造方式的重大变革，填补了我国桥梁装配式施工领域的空白，体现了中国高铁绿色、高效、优质、安全、人文的建设理念，为中国铁路桥梁建造向工业化、智能化方向转型升级，奠定了坚实基础。

采访得知，我国高速铁路桥梁工程沉降控制在2—3毫米，路基沉降控制在15毫米以内。隧道工程质量甚至严格控制到拱顶不能渗一滴水。因为高速列车穿过时的速度太快，一滴水落下，就相当于打出一颗子弹。这些质量标准，远远超过世界其他国家。

桥是空中的路，桥是通往幸福的路。遥想1957年武汉长江大桥、1968年南京长江大桥通车时，民众欢呼，举国沸腾，成为新中国整整一代人的美好记忆……

如今，万里长江从上游宜宾到下游上海，已经是“百桥飞架南北，天堑变通途”。当年举全国之力建一座长江大桥，现在一家企业就能同时参与建设几座长江大桥。100余座长江大桥的建造，记录了当代中国桥梁发展的铿锵脚步。

迈入跨海时代

眼下，首座跨海公铁大桥、首座世界时速最快的高铁跨海大桥，正在中国海域相继建成。中国高铁桥梁以众多“世界第一”的姿态，正在大踏步地迈入跨海时代。

跨海大桥，是指跨越海湾、海峡、深海、入海口或其他海洋水域的桥梁。它具有长跨度特征，短则几公里、长则几十公里。跨海架桥是一项世界性工程学难题，由于大桥建造在复杂的海洋环境，跨海往往比跨江、跨河的跨度更长，风大浪急，水深暗礁，自然条件恶劣，跨海大桥代表着当代桥梁工程的顶级技术。

纵观国际桥梁建设发展历程，大有“三十年河东，三十年河西”的感觉。在 20 世纪前半叶，欧美国家比较领先；20 世纪后半叶，日本技术比较先进；21 世纪则轮到了中国。高速铁路和高速公路的飞速发展，必然极大地带动中国桥梁工业的快速发展。当今世界十大跨海大桥，中国就占了五座。其中全长 49.968 公里的港珠澳大桥，位居榜首。

2021 年夏天，福建省泉州湾蓝天白云，海风阵阵。蔚蓝的海面上，一座银白色的大桥自东北向西南蜿蜒。中国首条跨海高铁——福厦高铁进入了最后建设阶段。8 月 6 日，随着最后一榀钢箱梁缓缓落下，世界上首座时速 350 公里跨海高铁大桥——福厦高铁泉州湾跨海大桥主桥成功合龙。由此，中国高铁从陆上行驶迈入了跨海行驶的新时代。

我国早期的铁路拱桥，时速只能跑 160 公里。首座跨海大桥——平潭海峡公铁跨海大桥，通行时速也只有 200 公里。今日福厦高铁泉州湾跨海大桥的设计通行时速却达到了 350 公里。这种速度的提升，得益于中国桥梁技术的巨大进步和对桥梁结构、路面工艺的创新。

高铁对桥梁刚度、后期线型稳定性要求很高。跨海高铁大桥要保证大跨度，一般都采用斜拉桥，这种结构容易变形。同时，泉州湾位于沿海高风速带，巨大的海风必然会产生强烈的冲击力，大桥的结构、路面刚度必须坚固，否则大桥就会因风产生严重的横向晃动和涡振现象。为此，设计团队首次采用了混凝土桥面板与槽形钢梁组成的钢混组合梁，钢梁自重轻，而混凝土则有效提升了桥梁的刚度，满足了大跨度桥梁建设对重量和刚度的要求。

泉州湾跨海大桥海上线路长达9.4公里，共计167个海上高墩。针对复杂的工况和技术难题，大桥施工采用了装配式单壁钢吊箱围堰结构及整体吊装施工方法，快速形成围堰结构。结合水位情况，封底混凝土分两次进行浇筑，有效避免海洋复杂水域环境影响。通过在钢护筒上设置反压牛腿及环向钢筋，提高了封底混凝土握裹力。

在这座跨海大桥施工中，首次亮相的世界首台“昆仑号”千吨级架桥机也是一绝。“昆仑号”不惧海上的大风大浪，即便在7级大风中，机构依然保持稳定。它还可以兼容不同长度的箱梁，用机械臂将4个飞机重量的箱梁吊起，跨过桥墩之间的空隙，将箱梁快速而精准地放到需要的位置上，大大提升了工程质量和工作效率。

与此同时，大桥主梁采用流线箱形结构并附加导流板、减振栏杆、拉索电涡流阻尼器等有效气动措施，减小了复杂风环境下的风致振动，避免了异常涡振的发生。这些设计，让列车可以在不设风屏障等防风措施的情况下，在8级大风中以时速350公里速度通过跨海大桥，在11级暴风下也不会封闭交通。

泉州湾跨海大桥主梁采用钢箱梁形式，最重的梁段达365.18吨。在吊装时，为有效应对梁体吊装重量大、落位精度要求高、海上施工环境复杂等难题，创新团队对主梁采用了分节悬臂吊装，先边跨、后中跨合龙的总体施工工艺。开发应用了合龙施工智能监测控制系统，利用水准仪、倾角仪等智能设备对合龙口状态进行超前智能化监测，最终实现合龙口轴线偏差1毫米，相对高差0.5毫米的超高精度。

大桥引桥采用双块式无砟轨道，而通航孔主桥在国内外斜拉桥上首次采用了聚氨酯固化道床结构“固定”道砟，让有砟轨道跑出无砟轨道的效果。

正是这些措施，让泉州湾跨海大桥实现了高速列车 90 秒过桥的“风驰电掣”般速度。

一座座世界级大桥的横空出世，源自一项项关键技术的突破和新材料的研发应用。桥梁钢的升级换代，是新材料研发应用的典型事例。

南京长江大桥之前，中国还没有自己的桥梁钢，武汉长江大桥所用桥梁钢全部从国外进口。南京长江大桥用上自主研发的“争气钢”后，中国桥梁不断超越，攻克一批关键技术，促进了新型材料和装备的研发，相继研发出 Q370（一平方毫米能承受 37 公斤的拉力）、Q420、Q500 桥梁钢，从此，中国所建大桥开始大规模使用国产桥梁钢。

跨海大桥还面临着一项考验，就是海风海水的腐蚀。泉州湾跨海大桥的索塔钢锚梁和支座均采用了我国自主研发的耐候钢新型材料，是全球首座采用免涂装耐候钢的大型跨海工程。不刷油漆，也能做到百年抗腐。

所谓耐候钢，是世界超级钢技术前沿水平的系列钢种之一。通过往钢材里加入微量镍元素，让钢材自身生成致密稳定的钝化锈层，阻止海水中氯离子的渗透，实现了“以锈制锈”的长效防腐效果。据悉，泉州湾跨海大桥主桥共有 60 套钢锚梁，全部采用镍系耐海洋大气腐蚀钢。相关团队还研制了与这种钢材配套的高强螺栓及焊接用料，顺利将钢材做成了大桥所需的钢锚梁。

改革开放以来，我国大桥建设工艺、速度不断取得新突破，用三年时间建成的大桥，国外至少要用五到七年甚至更长的时间。如今，“中国造”桥梁跨越天堑，连通世界，遍及亚洲、非洲、欧洲、美洲，成为一张响亮的“中国名片”。中国桥梁正在实现新的跨越，中国道路正越走越宽广。

杭黄高铁沿线的美丽乡村

穿越时光隧道

在当今文学作品中，人们常用时光隧道形容人类对历史的穿越，其含义是以奋进的姿态进入另一套时间体系，轻松自如地回到遥远的过去，或进入星光灿烂的未来。

显然，这种穿越是借助隧道这一地下建筑物引发的联想。将一闪即逝的时光，与坚不可摧的隧道结合起来，彰显了时光隧道的穿透力和诱惑力。时光是“快”的代名词，时光隧道自然就与高铁隧道联系到了一起，于是就有了一种宏大的空间和神秘的穿越力量。

隧道是埋置于地层内的工程建筑物，是人类利用地下空间的一种形式。1970 年国际经济合作与发展组织召开隧道会议，综合了各种因素，给隧道下了一个定义：“以某种用途、在地面下用任何方法按规定形状和尺寸修筑的断面积大于 2 平方米的洞室。”

铁路隧道即专供火车行驶的地下或水下通道。铁路穿越山岭地区时，由于牵引能力有限和最大限坡的限制，需要克服高程障碍。开挖隧道穿越山岭是一种合理的选择，其作用是缩短线路、减小坡度、改善运营条件和提高列车的牵引能力。

高铁隧道与高铁桥梁一样，相辅相成，桥隧成趣，构筑起高铁穿越群山、江海的重要通道。正是因为有了长大隧道及各种复杂地质隧道技术的持续进步，才让高铁线路有了采用大曲线半径穿山越岭及江海的可能。

1826 年，英国在蒸汽机车牵引的铁路线上修建了首座 770 米长的泰勒山单线隧道和 2474 米长的维多利亚双线隧道，而后英、美、法等国相继修建了大量铁路隧道。

目前，世界上最长、最深的铁路隧道是圣哥达基线隧道，全长 57 公里，加上延展的相关通道，贯穿阿尔卑斯山区的隧道总长达到 151 公里，其最深处距离地表近 2300 米。于 1999 年动工建设，2016 年 12 月 11 日正式营运，将意大利与瑞士两国之间的铁路旅程缩短了整整 1 个小时。

1889 年通车的台北至基隆的狮球岭铁路隧道，是中国第一座铁路隧道，全长 261 米。此后，我国又在京汉、中东、正太等铁路修建了一些隧道。京张铁路关沟段最早修建的 4 座隧道（五桂头、石佛寺、居庸关、八达岭），是中国人依靠自己的技术力量修建的第一批铁路隧道，其中最长的八达岭铁路隧道为 1091 米，于 1908 年 5 月建成。目前，我国最长的铁路隧道是青藏铁路新关角隧道，全长 32.645 公里，居全球铁路隧道第 5 位。青藏铁路风火山隧道，全长 1338 米，海拔标高 5010 米，是当今世界上海拔最高的冻土铁路隧道。

19 世纪 60 年代以前，修建隧道都是采用人工凿孔和黑火药爆破方法施工。1861 年修建穿越阿尔卑斯山脉的仙尼斯峰铁路隧道时，首次应用风动凿岩机代替人工凿孔。1867 年修建美国胡萨克铁路隧道时，开始采用硝化甘油炸药代替黑火药，隧道施工技术和建造速度明显提升。

20世纪60年代以来，隧道机械化施工水平有了很大提高。全断面液压凿岩台车和其他大型施工机具相继用于隧道施工。喷锚技术的发展和新奥法的应用为隧道工程开辟了新途径，掘进机的采用彻底改变了隧道开挖的钻爆方式。盾构机技术的不断完善，已成为松软、含水地层修建隧道最有效的工具。

与普速铁路隧道相比，高铁隧道具有隧道断面积大、长隧道多、地质极其复杂、安全风险高、耐久性要求高等特点。作为支撑高铁基础设施的重点学科，隧道工程也随着高铁线路的延伸得到快速发展，为中国高铁技术进步增添了动力。截至2019年底，我国运营的铁路隧道达到16084座，其中高铁隧道3442座，总长5515公里，10公里以上的特长隧道有71座。

山岭隧道与隧道群

我们把从山岭或丘陵间下穿越的人工隧道称为山岭隧道；将相邻隧道洞口间距小于一列旅客列车长度的一组隧道，称为隧道群。

我国幅员辽阔，又是多山国家，山地面积占60%以上，发展高铁必须修建大量的隧道，而且势必修建长、大隧道和隧道群。中国高铁突破了在复杂地质山区建造长大隧道群、水下隧道的技术难题，实现了高速动车组在隧道内时速350公里运行和交会。

目前，我国高铁山岭隧道最具代表性的有两座，一座是西成高铁天华山隧道及秦岭高铁隧道，另一座是沪昆高铁大独山隧道，是地质条件最复杂的长大高铁隧道。

2016年7月8日上午11点，西成高铁重点控制性工程——天华山隧道顺利贯通。西成高铁，被称为“最穿越”的中国高铁：一线穿南北，蜀道变通途。

秦岭东西绵延500公里，南北宽150公里，平均海拔1500米以上。从关中入川，自古便有“蜀道之难，难于上青天”之说。天华山隧道位于陕西省宁陕县境内，海拔高、山势厚，全长15.989公里，最高海拔2420米。一般埋深300—500米，最大埋深约1016米。隧道穿越4条断层带和2条岩性接触带，地质条件特别复杂，属于Ⅰ级高风险隧道。施工中，采取光面爆破、预裂爆破等控制爆破技术，减少爆破震动；实行超前地质预报、围岩监控量测等措施，有效化解了岩爆、突水等不良地质灾害。天华山隧道曾是亚洲最长的单洞双线隧道，直到后来被郑万高铁全长18.954公里的小三峡隧道所超越。

西成高铁桥隧比占达到94%，秦岭隧道群从清凉山隧道入口，至赵家岭隧道出口，仅超过10公里的特长隧道就有7座，形成了长达110公里的长大密集隧道群。全长14.8公里的大秦岭隧道，要穿越秦岭褶皱带，平均海拔在1300米到2638米之间。这里的地质构造极其复杂，变形强烈，属于极高风险隧道。由于无法使用掘进机，施工人员只能通过钻孔爆破的方式来挖掘。大秦岭隧道历时1304天的施工建设，才最终完成。

秦岭隧道群横切秦岭，采用长大坡度设计，大大缩短了线路穿越秦岭地区的长度。长达70公里的20‰连续长大坡道，是目前国内最长的高铁连续长大坡道。隧道群各洞口大多为“V”型沟谷，洞口间明线长度较小，存在“空气动力学效应”和“危岩落石安全防护”等技术难题。施工中，采取“桩柱式钢筋混凝土防落石明洞”和“桥隧一体化柔性钢网防落石棚洞”等新型明洞结构技术，有效防止高空落石对高铁运行安全的影响。

秦岭隧道群之间连接紧密，间距比较短，对安全防灾救援提出了艰巨的挑战。专家们通过大量调研国内外隧道救援实例，合理地确定了秦岭隧道救援疏散措施，将其分为洞内疏散和定点疏散两种模式。一旦动车组在隧道内着火，原则上将列车拉到洞外的救援疏散定点；如果列车发生机械故障或者脱轨，列车不能继续运行，那么就需要进行洞内疏散。

西成高铁首次创造性地提出“疏散定点”的概念，即设置“救援站”。西成高铁在秦岭隧道群中，创新设置了两类救援站，一类是一般的救援站，另一类是平导式救援站。这两种救援站可以将列车着火点停靠在明线段落，最大程度为乘客安全疏散争取时间，减

2018年4月22日摄于贵阳五洞五桥

少机械通风设备，大大降低了建设运营成本，提高了防灾救援的安全性和效率。

位于贵州关岭布依族苗族自治县境内的沪昆高铁大独山隧道，被专家认定为目前国内最典型的喀斯特复杂地质特长高铁隧道。它穿越溶洞、溶腔、突泥、突水、涌水、断层、可溶岩、断裂及破碎带9类复杂地层，其中最大溶腔体积达33万立方米。地质条件复杂、施工技术含量高、难度和风险大，为国内高铁隧道建设所罕见。

桥隧相连的贵广高铁

负责施工的中铁二十局集团与北京交通大学合作开发了瞬变电磁探水技术，并综合运用地质雷达、红外探水、TSP、TST等七种方法，全面加强超前地质预报，成功预防突泥突水100余次。2015年10月15日，经过长达5年的艰苦鏖战，全长11.82公里的大独山隧道顺利贯通，成为中国高铁破解喀斯特地质的典型案例。

穿越壮丽的喀斯特景观带的贵广高铁，全长857公里，其中隧道总长464公里，238座隧道，穿越270多个溶洞，跨越中国第一、二级阶梯，横跨珠江三角洲、南岭山脉、云贵高原，途经密布的断层带、高峡深谷等生态敏感和建筑密集区域，有一半在施工难度极高的岩溶发育地区，被誉为“超级地铁”。

全长14693米的岩山隧道，是贵广高铁第一长隧。隧道贯穿一座有22个断层的岩石山，还下穿一条河流，贴着河床下方不到3米的地方施工，稍有不慎就会击穿。

掘进中要克服岩爆、断层破碎带、软岩变形等复杂多变的地质灾害，风险极高。为确保高速列车通过时不会对岩体产生太大震动，工程创新团队相继攻克了断面光面爆破控制、大断面隧道下穿河道软岩变形控制及防渗漏控制等技术难关，仅岩山隧道这一个项目就申报了6项国家专利。

三都隧道全长14637米，是贵广全线重难点控制性工程。开凿过程穿越14条大断层破碎带，遭遇较大及特大溶洞65个，而最大的一个溶洞，涌水量每天高达15万立方米。由于隧道进口段排水不畅，俨然成了“水帘洞”，施工人员一年四季都要穿戴厚重的雨衣施工。出口段正好相反，5公里的长距离通风和泥质灰岩的地质条件，让隧道内的热空气极难排放，温度高达40摄氏度，就是一座“火焰山”。

面对挑战，中铁隧道集团确立了“隧道施工机械化配套技术及国产化研究”课题，先后装备了隧道钻爆作业、装砟运输、喷锚支护、仰拱铺底及混凝土衬砌5条机械化配套生产线，实现了机械化施工、高科技施工，战胜了岩溶、突泥突水等不良地质，实现了安全、高效、环保作业。

已故隧道专家、中国工程院院士王梦恕曾认为，贵广高铁施工实践中探索积累的机械化配套等一系列技术创新，必将引领未来中国隧道施工的发展方向。

如今，乘坐贵广高铁时速300公里的动车组进入贵州境内，平均不到一分钟就穿过1座隧道，被称作“大山里贴地飞行的高速过山车”。中央电视台“坐着高铁看中国”栏目记者，看着手表数隧道，三分钟时间，竟然穿越9个隧道。

采访中，乘坐京张高铁智能动车组从北京出发，不到二十分钟就抵达长城站。全长12公里的新八达岭隧道，不仅是全线最长的隧道，而且在隧道内设置了八达岭长城站。在八达岭长城地下102米深处，3层地下结构，78个大小洞室，建造起世界上地下最大、最深、最复杂的暗挖洞群高铁客站。

洞室交叉节点如此密集，88 个洞管开挖的最大断面创造了许多世界之最。地下部分建筑面积达 36143 平方米，车站中心处线路埋深约 102.550 米，站台至地面站房全程提升高度 61.77 米。

这座隐密在八达岭深处洞群里的高铁客站，与老八达岭隧道相比，其体量、施工难度和技术含量，不知大了多少倍。当年的铁锤、钢钎、炸药是最先进的工具，如今是三臂凿岩台车、混凝土喷射机械手、自制拱架安装机……

面对如此艰巨的地下工程，建设者们在施工中运用各种新技术，在大跨过渡段施工采用预应力锚杆、预应力锚索新施工，采用 DFHZ 开挖工法，尝试应用超大断面变截面隧道二衬台车设计、复杂洞室群地下车站施工组织优化、通风，以及纳米喷射混凝土等新技术，攻克了隧道浅埋、涌水、长大隧道通风等诸多技术难题。隧道三次安全穿过长城，在下穿老京张铁路百年老站青龙桥站时，与青龙桥站的最小埋深仅有 4 米，地表“零沉降”。

水下隧道的奇迹

我们将从江河底下或海底通过的隧道，称为水下隧道。

论技术难度而言，海底隧道工程要复杂得多。资料显示，目前全世界已建成和计划建设的海底隧道有 20 多条，主要分布在日本、美国、英国、法国、荷兰、中国等国家。从工程规模和现代化程度上看，当今世界最有代表性的跨海隧道工程有英法海底隧道、日本青函隧道和对马海峡隧道，以及中国的港珠澳沉管隧道和广深港高铁狮子洋隧道。以水下隧道沉管和大盾构技术为代表，中国水下通道建设建立起坚实的技术支撑，展示出强大的技术优势和灿烂前景。

2011年3月12日，我国首座高铁水下盾构隧道——广深港高铁狮子洋隧道全线贯通。隧道位于广州市南沙区庆盛站和东莞市虎门站之间。双洞单线，左、右线各长10.8公里，设计时速250公里。隧道穿越小虎沥、沙仔沥和狮子洋三条水道，水面宽3300米，水深达26.6米，是国内里程最长、建设标准最高的水下铁路隧道。

中国工程院院士专家组会诊论证显示，狮子洋隧道水下工程占总量的57%，穿越地质与环境条件极为复杂的珠江入海口——狮子洋，面临行车速度高、掘进距离长、地层复杂多变、水压力大等诸多不利因素，开掘难度极高，是对世界高铁修建技术和现代盾构技术的新挑战。

经过近十年的联合攻关，工程技术人员破解了长距离掘进中盾构设计与配置、地下防坍和控制变形、特殊环境下结构耐久性、水下隧道防救灾等多项重大技术难题，直径超过11米的巨型盾构机在水下60米深处的精确对接，填补了国内泥水加压平衡盾构机施工等多项技术空白，标志着我国长距离水下铁路隧道施工和科研取得了重大突破。

该项目成果打破了“遇水架桥”的常规思维，实现了世界高铁水下盾构隧道从无到有的突破，极大地发展了高铁修建技术和现代盾构技术，总体达到国际先进水平，多项关键技术达到国际领先水平，为更长、更大水深隧道的建设奠定了基础。

据悉，目前国内水下隧道技术抗震设计可抗7级地震，抗爆可抵御5公斤炸药冲击，抗洪设计可满足300年一遇洪水冲刷河道变形对隧道的影响。狮子洋隧道防水就采用了双道密封条，可防渗防漏，满足100年耐久性要求。此外，隧道内设计的19条逃生横通道，可以有效应对火灾、火车意外撞击等事故发生时人员的安全撤离。狮子洋隧道工程先后荣获2017年度国家科技进步二等奖、国家优质工程奖、土木工程詹天佑奖和菲迪克优秀工程奖，被誉为“世界高速铁路隧道修建技术的里程碑”。

狮子洋隧道的成功建设，为我国海底高铁隧道设计施工积累了成熟技术，为甬舟高铁金塘海底隧道工程铺平了道路。

甬舟高铁西起宁波市，终到舟山本岛，全长77公里，设计时速250公里，跨越金塘、西堠门等水道。终点舟山市由多个岛屿组成，地质构造极其复杂，因此人们也常用“舟山群岛”代称。最引人关注的是北仑至金塘段，将采用隧道形式过海，隧道海中段位于岩土复合地层，区域内有多处断层和节理密集带。海底隧道全长16.2公里，最大埋深78米，直径14米，是目前我国设计最长、承受水压最高（可达1.0MPA以上）的水下高铁盾构隧道，其长度比港珠澳大桥越海隧道还要长10公里，是世界最长的海底高铁隧道，有望刷新多项“世界之最”。

曾因高水压创造当时大直径盾构隧道纪录的南京长江隧道，一个指甲盖面积大小要承受6.5公斤水压力，而金塘隧道同等面积则要承受7.8公斤压力。

外媒评论，中国将再次创造一项水下基建奇迹。从北京大兴机场、港珠澳大桥，到如今的金塘海底高铁隧道，已经证明了中国的基建实力已经处于世界第一，无论是世界天堑还是环境恶劣的东海海底，中国总能做出让人意想不到的建筑杰作。

金塘海底隧道建设周期6年，预计2025年建成通车。

2020年9月16日开工建设的重庆长江隧道，全长11.9公里，最大埋深330米，为时速120公里的单洞双线隧道，凸显穿城、穿江、穿山的复杂特点，是渝湘高铁重庆至黔江段控制性工程，也是目前我国最长的水下高铁隧道。重庆至黔江段正线全长约265公里，设计时速350公里。

据悉，重庆长江隧道下穿长江岩层厚度较小，隧道顶距离长江底最低12米，隧道结构及防水运营期承受约0.85兆帕水压，相当于在两瓶矿泉水的重量全部压在一个手指头上所产生的压强。因此，隧道摒弃了钻爆法施工，采用盾构推进的方式，避免因钻爆出现江水倒灌进隧道的风险。

为最大限度减小对重庆市区的影响，施工采用了机械开挖和弱爆法，降低了对周围环境的振动影响。施工中依据周边环境，分别采取明挖法、矿山法和盾构法组合施工，严格控制震动参数，通过加强支护控制洞内沉降。

盾构法是暗挖法施工中的一种全机械化施工方法。将盾构机械在地中推进，通过盾构外壳和管片支承四周围岩防止发生往隧道内的坍塌。同时在开挖面前方用切削装置进行土体开挖，用出土机械运出洞外，靠千斤顶在后部加压顶进，并拼装预制混凝土管片，形成隧道结构的一种机械化施工方法。

1818 年，法国工程师布律内尔观察发现船蛆在船的木头中钻洞，并从体内排出一种粘液加固洞穴。他由此得到启发，发明了盾构机。1825 年，布律内尔在修建伦敦泰晤士河第一条水底隧道时，首次使用盾构掘进，1843 年建成泰昭士河水底隧道。

2019 年 4 月 8 日，国产“先锋号”盾构机顺利下穿京广高铁浏阳河隧道，首次成功实现地铁盾构下穿运营中的高铁隧道，高铁线路轨道隆起量为 0 毫米。

穿越正在运营中的高铁，既要保证盾构正常推进，又绝对不能对高铁线路造成扰动，对盾构施工要求极高。京广高铁是我国南北客运大动脉，一天有 280 多趟高铁列车通过，高峰时期运营线路上平均每 3—4 分钟就有一列动车组高速驶过。

2021 年 8 月 23 日，国产“深江 1 号”泥水平衡盾构机在长沙下线。盾构机全长 130 米，总重量 3300 吨，开挖直径 13.42 米，将用于粤港澳大湾区重大交通基础设施项目——新建深圳至江门高铁珠江口隧道工程。目前，国产最大直径盾构机“运河号”开挖直径为 16.07 米，完全自主研发设计制造，集诸多世界首创技术于一体。

城市“地下长廊”

我们将从城市地下穿越的隧道，称为城市隧道。

地下隧道穿越一座座城市火车站，形成城市间的地下长廊，这是在关于未来的科幻小说和漫画书里才有的图景，今天在中国的许多城市正成为现实。介于高铁、城际铁路与城市地铁之间的快速交通网络，如珠江三角洲、长江三角洲、京津唐地区以及一些省内主要城市之间快速轨道交通，大都是以城市地下隧道为基本骨架建立起来的。

铁路穿越城市，同时也分割城市，对城市交通、环境及城市发展空间等造成很大影响。城市隧道不仅可避免铁路噪音，改善城市环境，提升城市形象，还将彻底解决因铁路分割给城市带来的诸多问题，对城市布局和发展产生积极影响。

武广高铁金沙洲隧道和浏阳河隧道，就是分别下穿广州市区和长沙市区的城市隧道，也是中国乃至世界上首次在城市复杂环境和复杂地质条件下长距离下穿的特大断面隧道。

金沙洲隧道地处珠江三角洲冲击平原，贯穿广州、佛山两市区，地质条件复杂，围岩较差，隧道埋深浅，并横穿西环高速公路、里广公路、河流以及地表建筑物，施工难度和安全风险极大。隧道全长 4469 米，北起广州里广公路附近，南到珠江边，从四季花城旁的小山下一穿而过。施工克服了地质条件差、地下水丰富、涌水大等诸多困难，确保了工程质量。2009 年 6 月 26 日，武广高铁重点控制工程——金沙洲隧道贯通，荣获安徽省科技进步一等奖。

浏阳河隧道位于长沙市区东部，全长 10.1 公里，高铁双线，开挖宽度最大超过 16 米，开挖高度超过 13 米，平均埋深在 30—50 米间，属于国内特长、特大断面隧道。下穿京珠高速公路、星沙开发区、浏阳河、长沙市机场高速公路、市民住宅区、地下管网，同时还要穿过浏阳河、风化槽谷与浅埋软弱人工填土层等困难地段，地面、地质情况复杂，施工难度大。2008 年 12 月 17 日，浏阳河隧道实现全线贯通。

据悉，浏阳河隧道、金沙洲隧道施工中，几乎使用了国内隧道施工的所有工法，被专家称为“工法博物馆”。首次提出斜井转正洞大包施工工法、大断面竖井直接转正洞施工工法、非爆破铣挖施工方法，发明了竖井快速出碴系统、隧道动态分部开挖方法，形成了高铁城市隧道快速施工成套技术。通过对高铁城市隧道变形控制技术的研究，首次提出了洞外采用 H 型止水帷幕工法、洞内利用长大管棚控制技术，发明了在支护段扩挖管棚工作室方法，形成了高铁城市隧道变形控制成套技术。

2012 年 12 月 28 日，首发 G801 次高速列车通过石家庄六线隧道，与京广线并行，进入 15 站台停车，标志着石家庄城市特大隧道正式投入使用。

石家庄六线隧道是我国最宽的城市高铁隧道，也是国内首次在城市里穿越的高铁隧道。隧道为六线并行，局部有七线，隧道直径 12 米，深度为 8.5—22 米。线路从西至东依次为既有京广线、京石高铁和石青高铁，为国内第一条多线并行隧道。隧道总长 4980 米，六线隧道除下穿石太高铁线采用暗挖法施工外，其余段落均采用明挖法施工。

横穿北京城区的清华园隧道，是京张高铁控制性工程，也是全线唯一采用盾构法施工的隧道。隧道总长度 6.02 公里，沿老京张铁路线掘进，从位于西直门的北京北站引出后，从学院南路南侧入地，依次穿越北三环、知春路、北四环、成府路、清华东路后，于五环内出地面。

隧道开挖难度极大，它与正在运营的地铁 13 号线并行，施工中，它要以 5.4 米净距下穿正在运营的地铁 10 号线，最小净距 3.4 米侧穿地铁 13 号线，最小净距 0.8 米上跨地铁 15 号线，更要穿越北三环等 7 条主要市政道路及 88 条重要市政管线。6 公里的隧道如在北京城核心区的腹中做着精准的微创手术，它是目前北京市最大直径的盾构隧道，也是国内少有的位于城市核心区，穿越地层复杂、重要建筑物众多的高铁单洞双线大直径高风险盾构隧道。

2017 年 11 月 6 日，“天佑号”盾构机正式启动了京张高铁清华园隧道施工，每天以十几米的速度掘进。施工中采用了全过程可视化监控平台，实现了盾构掘进过程中的数字化模拟、盾构施工引起的地层及邻近建构筑物实时预测预报及全过程可视化动态管理。

2018 年 11 月 20 日，清华园隧道在安全穿越北京市城市核心区后顺利贯通。

"复兴号"动车组穿越八达岭长城

第五章 美妙的智慧高铁

智慧高铁奏响了中国最美铁路主旋律。

智慧高铁适应了人们对美好生活追求的切实需要，体现了中国高铁技术不断创新、不断突破的发展理念，也是人民铁路为人民宗旨和原则的另一种诠释。智慧高铁，让人们的出行更智能、更便捷，出行体验更美好。

智慧高铁是一种新型的铁路交通解决方案。通过智能系统的整合集成运用，在提高速度的同时保证了高铁的安全性。这个系统包括全球定位系统、天气预报系统、电子导航系统、实时路人信息、高铁运输管理系统、高铁列控系统等集成架构的新型网络。

早在2012年4月，科技部公布的《高速列车科技发展“十二五”专项规划》中就提出了要实现“高速列车谱系化、高铁指挥智能化”，并勾画出中国高铁智能化发展方向。

中国高铁坚持系统集成创新，以京张、京雄高铁为代表的智能铁路建设与运营，采用云计算、物联网、大数据、北斗定位、下一代移动通信、人工智能、5G等现代技术，通过新一代信息技术与高速铁路技术的集成融合，实现高铁智能建造、智能装备、智能运营技术水平的全面提升。

依托网络技术，运用大数据全覆盖，大力推进基础设施和装备现代化，中国高铁实现了行车指挥智能化、列控技术自动化和线路监测网络化。自主研发了CTC调度集中系统、CTCS－3级列车控制系统，建成了高铁供电调度控制系统（SCADA），北斗导航、5G等先进技术在高铁得到成功应用。中国高铁自然灾害防护与监测系统，实现了对高铁沿线的风、雨、雪、地震和异物侵限等实时监测和提示预警。

高铁网与互联网的融合，为旅客出行提供了更多的便利。以数字世界驱动物理世界，催生出一个开放的数字经济服务平台，推动高铁从数字化向智能化、智慧化深度发展。

乘坐舒适的高速列车，手机连着Wi-Fi，看新闻、刷剧、打游戏，饿了微信点菜下单，随手买几件特色伴手礼直接帮你送到座位，快到站时还有温馨提示、智能接车服务……

智慧高铁实现了对现有各类信息化系统更高层次的整合和优化。应用计算机技术、信息处理技术、地理信息技术、数据通信技术等，采集、传输、共享来自铁路运输环境中的各类信息，并根据上述信息进行人工决策和控制，确保了高速列车的安全运营。

智能化高铁网络

2014 年 8 月 22 日，首都北京，艳阳高照。

国务院总理李克强专程来到中国铁路总公司（国铁集团的前身）考察。作为民众眼中的“高铁代言人”，李克强十分关心中国高铁的发展。每次出国访问和考察，他走到哪里，中国高铁旋风就刮到哪里。

中国铁路运输调度指挥中心调度大厅，矗立着巨大的弧形显示屏，在一个个方格里，可以任意点击调看全国铁路各客站的实时监控画面、各条线路上的列车运行情况以及与铁路客货运输相关信息。

总理走进调度大厅，大屏上正同步显示着南京南站售票大厅、上海虹桥站候车大厅的实时画面，旅客购票候车秩序井然；青藏铁路楚玛尔河大桥上空，飘落着零星小雪；京沪高铁线路上，一列列高速列车在飞驰……

李克强认真观看，不时询问智能化高铁的有关问题，笑容满面。

世界银行 2019 年研究报告指出，中国高铁客运密度大约是欧洲高铁客

▲ 国铁集团所属的中国铁路运输调度指挥中心

运密度的两倍，是世界上最大的高速铁路网，也是效率最高的铁路网。

中国铁路运输调度指挥中心与全国 15 万公里铁路线和几千座火车站相联，形成了一条条无形的信息河流，而高铁调度台则是其中相对独立的一部分。以此为中心，以 4 万公里高铁线为经纬，以 18 个铁路局集团公司高铁调度台为基础，实现了高铁信息网与通信网的融合与交汇，建立起了中国智能化高铁网络。

智能化司令部

面对着一列列飞驰的高速列车，人们看到了巨大的车流、人流。殊不知，在一条条高铁线的地下、天上，却是暗流涌动，高铁信息网、通信网与供电网交织，汇聚成强大的动力流、信息流，编织成智能化的高铁快速通道。

因工作需要，我经常出入这座现代化的中国铁路运输调度指挥中心。这里的每一个调度台，我都感到十分亲切。准确地讲，中国铁路运输调度指挥中心是一个综合性的、含多个子系统的信息指挥系统，享有“智能化司令部”之誉。这个司令部由两个版块组成，一个版块是运输指挥机构，名曰“调度指挥中心”；另一个版块是信息设备通道，名曰“TDCS 中心”。运输调度指挥是主题，信息设备通道是保证。

设置在国铁集团机关大楼的中国铁路运输调度指挥中心，与全国 18 个铁路局集团公司调度中心通过 TDCS 网络远程连接，直接获取各路局分界口、重要铁路枢纽、主要干线等的运输状况和调度监督等实时信息，采用数字化、网络化、信息化技术，直接指挥全路运输生产，实现调度指挥工作的现代化管理。

在这个大约有一个室内足球场面积大小的指挥中心大厅内，面对着一块巨型的弧形大屏，一个一个调度台成扇形摆开。这块大屏幕又分成 20 多个区域，一个区域一个方格，分别显示着一条条列车运行图和北京南站、北京西站、广州南站等重点车站的实时监控画面。画面不断切换着，既紧张忙碌又有条不紊。

目前，在我国广袤大地上，日均开行高速动车组列车达 7400 多列。在这些动车组高速运行的背后，有一个“超强大脑”在精准指挥着它们，这就是中国铁路运输调度指挥中心高铁调度台。

就中国高铁调度系统而言，则由两个网络操作系统维系着。一个是中国铁路运输调度指挥中心的列车调度指挥系统（以下简称 TDCS），侧重于铁路运输管理，具备调度指挥信息的记录、分析、车次号校核、自动报点、正晚点统计、运行图自动绘制、调度命令及计划的下达等功能。另一个是设置在各铁路局集团公司调度所高铁台的调度集中系统（以下简称 CTC），直接指挥高铁运输组织，包括行车指挥、车站控制、自动按计划排路、操控车站信号设备等。两个系统有着严格的分工，前者只有监视权，后者才有调控权。TDCS 是 CTC 的基础 ,CTC 是 TDCS 的功能增强和延伸。

诚然，这两个网络系统集中了若干个高铁客站与区间的联锁、信号和闭塞设备于一体，由调度员在室内统一了解并操控。这些设备是建立在计算机技术、通信技术和信号技术基础上的，构建起中国铁路智能化调度指挥系统，是全路各级调度指挥的基础装备，也是重要的行车设备。

具体地说，在这个巨大的显示屏上，中国铁路运输指挥中心的高铁调度台可以随时查看任意一趟高速动车组的运行情况。大屏上那些密密麻麻绿色的圆点，每一个绿色的圆点代表着一趟旅客列车的运行位置，点开之后可以看到列车运行的具体信息，包括车次、运行状态等。

而在各铁路局集团公司调度所的高铁调度台上，调度员通过发光线条、表示灯模拟现场各个车站与区间状态的表示装置，可以对区间及车站的各个分区及股道是否被占用、道岔位置、信号机开放状态等一目了然。可以通过按钮，操控任何一个车站的设备状态并开放进路，对列车进路的自动控制、列车运行监视、运行计划编制、运行图铺画与调整、列车报点信息处理等。

一部戏的好坏，跟导演有最直接的关系。如果说动车组、客站、设备部门、联络网等都是演员和场务人员，那么高铁调度就是总导演。在中国高铁运输管理体系中，各铁路局集团公司调度所高铁台是指挥主体，一个调度台控制一条高铁线，所有动车组前行、降速、停车等命令，都是由高铁调度台发布的。一个小小的调度台，运筹帷幄，决胜于千里之外，魂系着千百趟高速列车的安危。

以中国铁路北京局集团公司高铁调度员张博为例，他一天的工作量为：按运行图指挥高铁列车安全运行，进路盯控 900 多列次，拟发和发布调度命令 100 多条，点击鼠标 1500 次，接听和拨打调度电话 300 余次，部署、确认、下达各种运行计划 200 多次，同时还要不间断地适时监控 20 块调度监视显示屏。

对于外人来说，高铁调度员坐在调度台前，看屏幕、点鼠标、接电话，是一项轻松快乐的工作。殊不知，只要调度员到岗，就会处于高度戒备状态，这是一种超强的快速操作模式。脑子里有各种各样的应急计划和快速处置程序，通过鼠标点击、调整和发布。作为京沪高速铁路调度台的主班调度员，张博负责日常列车运行调整、调度指令下达、线路跟踪控制等工作。此外，他还必须随时处理各种突发事件。

遇上大风、大雨和大雪，为了确保高铁的安全运行，都必须减速行驶，列车自然就会晚点。许多乘客在车站都会感到焦虑，调度大厅里的高铁调度员自然是更加紧张。如果前一列动车组晚点，后面的动车组肯定会晚点。预先制定好的列车计划将不得不完全推翻重做。乘客着急，高铁调度员更着急。

具有完全自主知识产权智能 CTC 系统，为高铁行车指挥打造了一个安全、高效、可靠的全方位一体化系统。采用智能化分散自律设计原则，优化的系统结构，集成行车、运维、查询、仿真、应急等多个子系统，延伸系统内涵并搭建大数据平台，特别是恶劣天气也能做到应对自如，实现了调度集中系统的更深层次的智能化。

准确地说，列车运行控制系统指示和控制高速列车运行，一部分力量来自于高速动车组的列控系统，一部分则依赖于 CTC 系统的力量。CTC 系统根据市场需求编制列车运行图，以调度命令的方式下达给沿途各高铁客站以及相关各次动车组列车，根据实际线路的情况，下达速度运行信息，从而控制列车有条不紊地按图、按点运行，保证了高铁大动脉的畅通。

“调度集中”潮流

调度集中既是先进的技术装备，也是新型的运输组织方式。调度集中可以通过集中控制，提高行车调度的自动化程度，充分发挥线路的通过能力，减员增效，改善劳动条件，提高劳动生产率，让铁路传统行业呈现出全新面貌。

目前，世界上许多发达国家铁路调度都在运用信息技术，其标志之一就是调度集中系统的广泛应用。日本调度集中营业里程达 2.6 万公里，占总营业里程的近 90%；美国一个调度集中中心控制范围达到 7.2 公里，法国高速铁路、加拿大和北美的重载运输，已经全部实现了综合指挥调度。韩国的 70%—80% 铁路线实现了调度集中控制。一些发达国家以及发展中国家如印度、埃及、巴西等，都大量采用调度集中系统。

据美国有关方面统计，双线铁路实现集中调度后，可在自动闭塞的基础上继续提高 35% 的运输效率，单线铁路可提高 52%。

2003 年 6 月，中国铁路跨越式发展正式启动，提出要以较短的时间、较少的环节和较小的代价，使铁路技术装备达到发达国家水平。调度集中作为铁路信息化建设的重要组成部分，亟须采用先进的技术装备，提升调度指挥水平和质量，实现运输调度指挥的自动化、智能化，科学地组织和调整运输能力。

2004 年 1 月，国务院审议通过了《中长期铁路网规划》，预示着 21 世纪初期将成为中国铁路的大发展时期，铁路运输组织模式将发生重大的变革。这为中国发展集中调度创造了难得的历史机遇和有利条件。

《中长期铁路网规划》提出，要在路网总规模扩大的同时，繁忙干线实施客货分线，人口稠密地区发展城际客运专线。客运专线必须装备以行车调度为核心的综合调度指挥系统，这是题中之义。

铁路运输的集约化改革，取消了2000多个车站的货运业务，而且拆除了一些中间站，大大减少了中间站的调车作业，便于集中调度控制。计算机技术、网络技术和现代通信技术的迅速发展，为调度集中构筑了一个新的发展平台。

调度集中是利用遥信和远动技术，实现统一调度和指挥列车运行的远程控制的系统技术。它由设于调度中心机械室的调度集中服务器和设于各车站的调度集中自律机组成，服务器与自律机由数据传输系统相连，以向自律机下达控制命令，并将自律机采集的现场状态、表示信息传至服务器。

2003年10月，秦沈客专首次采用CTC调度集中系统，并于2010年改造为分散自律CTC系统。系统初步具备了列车及调车进路控制、行车信息显示、列车运行自动跟踪、列车运行图管理、运营统计报表、重叠信息显示等行车指挥功能，实现车次号确认及自动追踪功能。同时具备了设备集中报警及与其他系统交换信息功能。

2007年，铁道部启动了北京、上海、武汉、广州及铁道部“四所一中心”调度指挥中心工程，开启了路网性高铁CTC系统研究和建设进程。其系统规模庞大，系统组网（万兆核心局域网）和配置标准大幅提升，采用统一应用软件和符合信息安全等级保护的信息安全技术。

新一代调度集中系统综合了计算机技术、网络通信技术和现代控制技术，采用智能化分散自律设计原则，以列车运行调整计划控制为中心，兼顾列车与调车作业的高度自动化。涉及与列车运行直接相关的动车组、接触网、供电、线路、通信、信号、环境、乘务员管理、人员培训等。

具体地讲，就是以DMIS为平台，以调度集中为核心，以行车指挥自动化为目标，对一些不办理客货运业务、调车作业量较小、列车和调车进路由调度中心远程控制的车站，实现了行车岗位无人化，畅通了运输环节。

很快，我国全面建成了京沪、京哈、京广、京九、浙赣、陇海六大干线及时速 200 公里提速区段的新一代调度集中系统，将控制中心逐步集中，首先实现了我国东部地区和重点区段的铁路调度指挥现代化。

伴随着中国高铁建设的蓬勃发展，我国形成了运营里程长、覆盖范围广、车辆类型多、线路类型复杂的高铁网络，呼唤着实现“调度集中控制系统”的安全可控，保证了调度指挥科学、安全、畅达与高效。

此前，欧洲、日本等在 CTC 系统的开发和应用方面长期处于领先地位，但这些地区和国家铁路的运行速度和网络复杂程度远低于我国。要建立符合中国国情的高铁调度集中 CTC 系统，缺少技术借鉴和积累，也无工程实施经验。

中国铁路通信信号股份有限公司组织研发力量，在充分调研分析中国高速铁路 CTC 系统运营需求和技术特点的基础上，组织开展攻关，引进消化了德国西门子公司、法国阿尔斯通公司等先进技术，结合中国高铁线路的实际情况，形成了“为我所用、为我所有”的 CTC 调度集中指挥系统。

经过科研人员的积极探索创新，自 2012 年开始，中国高铁陆续建立起融信号、通信、计算机、数据传输和多媒体技术为一体的，开放、集中、透明的“CTC 运输调度集中控制系统”，集列车运行控制系统、行车指挥系统、计算机联锁系统、电务集中监测系统、信号电源系统为一体，构建起健全敏捷的高铁智能化信息指挥通道。

中国高铁指挥架构

高速铁路运输具有高速度、高密度、高效率、安全正点、舒适平稳等特点，运输组织必须具备调度集中指挥、运力资源合理调配、运行秩序调整与实施、灾害事故的处理指挥、车站无人化管理等多项功能。

我国高铁调度指挥分为三级管理，分别是国铁集团运输调度指挥中心、18 个铁路局集团公司调度所高铁调度台、各高铁客站调度。具体到高铁运输指挥模式，为铁路局集团公司高铁调度台及高铁客站两级结构，具备两级行车调度指挥功能。

国铁集团运输调度指挥中心对高铁运营情况只是查看和监控，不具备控制功能。

高铁调度采用分散自律调度集中系统，由铁路局集团公司高铁调度台 CTC 系统、各高铁客站 CTC 子系统、网络通信子系统三部分构成；高铁调度台 CTC 系统是完成高铁计划管理、行车调度指挥功能的核心。这一核心地位是由其体系结构和功能定位决定的，综合了铁路信号、计算机、网络通信和现代控制技术，具有点多线长、布局成网、分散维护和集中管理的特点。

高铁调度台应用系统主要提供调度所各相关工种的操作界面和培训功能。其设备包括：列车调度员工作站、助理调度员（兼控制二作站）、调度命令管理工作站必要的打印机和绘图仪等。

车站子系统是分散自律调度集中系统的重要组成部分，它是整个网络系统的基本功能节点。调度中心将行车计划下达至车站，车站子系统根据列车运行调整计划完成进路选排、冲突检测、控制输出等核心功能。同时车站子系统还可以实现调车作业计划单编制及调车作业进路控制功能。

CTC 系统是运用远动技术，结合铁路运输而构成的遥控、遥信系统。铁路局集团公司高铁调度台采用分散自律调度集中系统（CTC），其主要功能包括：列车运行监视、车次号自动跟踪、到发点自动采集、实际运行图自动生成、日班（阶段）计划的自动调整、调度命令的网络下达、车站行车日志自动生成，并实现车站信号设备的集中控制和列车进路的按图排路。此外，它还具有与 RBC 通信及状态显示、报警等功能。

高铁 CTC 系统是中国一次建成标准最高、可扩展性最强、信息保护安全等级最高、具有完全自主知识产权的运输调度指挥系统，表现出极强的技术辐射能力。实现了从技术方案到设计方案到建设成果、运营成果的转化，全面提升了高铁运输安全保障能力，创新了电务运营维护管理水平。

CTC 系统开通十年来，验证了系统的功能需求和系统需求，满足了中国高铁运输要求，系统运行稳定，设备工作安全可靠，系统设计先进合理，功能完善，运输指挥灵活高效，各种工作站及终端界面友好，运输调度指挥的安全性、稳定性、高效性得到了有效保证，经济效益和社会效益显著。

随着 CTCS-2 和 CTCS-3 级列控系统的成熟，高铁 CTC 系统在普速 CTC 基础上不断完善，CTC 系统与计算机联锁（CBI）、高铁列控中心（TCC）、临时限速服务器（TSRS）、无线闭塞中心（RBC）、防灾安全监控等系统连接，实现信息交互，并开发其他配套功能，以满足时速 350 公里高铁调度指挥需要，构成功能完善的列车运行指挥安全控制体系。

CTC 系统创新了运输调度组织模式，使列车实时追踪与报点系统的精度达到秒级，实现列控等级动态转换和车站行车作业集中控制与自动化；采取多重校验措施，突破相关通信安全难题，提高了控制信息传输与交互的安全性；实现了列车自动折返、自动变换车次，减少了人工操作，提高了运输效率。

我们可以这样理解，CTC 集中调度系统是一个以大数据为依托的智能化大平台，CTCS 列控系统、GSM-R 全球数字移动通信系统和 CIR 机车综合无线通信装置等多路系统汇聚于此，实现车次号传输、调度命令传输、列控数据传输、车地通信、应急指挥通信等多项功能，以确保高铁安全、稳定、高效、舒适地运营。

雪后高铁四桥景观

『力量之源』的强音

高速列车能够跑起来，是因为有着源源不断的电能。

有人不禁要问：高速列车的电能从哪里来？答案很简单——电网。电厂将生产的电通过输电线送到铁路牵引变电所，变电所再送到高铁线上空的接触网，行驶中的动车组通过受电弓获取电源。在动车组顶上悬挂着两根铜线，一根是承力索，另外一根就是承担着“供电”重任的接触线。

高铁供电系统被称之为“力量之源”，接触网上的高压线则是力量之源的潺潺细流。力量的强大，源流的畅通，直接支撑和呵护着高速列车畅快行驶。

各国高铁基本采用交流电作为高铁列车的牵引网络的电流制式。牵引供电为国家电网的一级负荷（德国是例外，德国高铁电网独立于德国国家电网）。高铁牵引供电系统包括架空接触网、牵引变电所、回流回路。

高铁牵引供电技术是保证高速铁路安全运行的核心技术。我国高铁在牵引供电方面，经过多年的研究和发展，不断适应高铁成网运营对牵引供电技术的特殊要求，在供变电技术、弓网关系、自动化、安全检测等重要性技术方面也取得了巨大的发展，建成了高铁供电调度控制系统（SCADA），形成了功能强大、安全可靠的电力供应系统和具有中国特色的标准技术体系，满足了高铁系统集成的标准和智能化要求，部分领域处于世界领先地位。

牵引供电的奥秘

高铁供电即引入电能、转换电能、输送电能的一体化系统，它由变、配电及接触网等子系统组成。形象地讲，高速列车上的受电弓如同移动的电源插头，供电网如同电源插座，而两者的接触点则至关重要，直接影响到运行的可靠性和接触质量以及运行寿命。

其工作原理为：牵引变电所给架空接触线提供高压交流电，通过变压器降压和四象限整流器转换成直流电，在经过逆变器降至六点转换成可调压调频的交流电，高速列车将架空接触线的电能取回车内，输入三相异步/同步牵引电动机，通过传动系统带动车轮运行。

高铁电力接触网，是沿钢轨上空“之”字形架设、供列车受电弓取流的高压输电线。通过沿线诸多的变电站，将进电 110 千伏的电压进行变项后，以对地电压 27.5 千伏的输出，为高速列车提供持续充足的动力。

我国高铁在牵引供电和电力方面采用的是 SCADA（数据采集与监视控制）系统，由监视控制与数据采集系统，由调度主站、通道和被控站组成。这个系统可以在调度中心内完成对远方处于分散状态生产过程的数据采集、监视，实现对电力供电及牵引供电系统的运行状态的监测及远程控制。

就供电技术而言，SCADA 系统应用最为广泛、技术发展也最为成熟。它作为能量管理系统（EMS 系统）的一个最主要的子系统，有着信息完整、提高效率、正确掌握系统运行状态、加快决策、能帮助快速诊断出系统故障状态等优势，已成为电力调度不可缺少的工具。

据专家介绍，高铁建设通常可粗略地分为“站前工程”和“站后工程”。“站前工程”包括路基、桥涵、隧道、轨道建设等，占据高铁总投资的六成以上。“站后工程”包括“四电”、信息化数字化系统建设。高铁有别于传统铁路的关键之一，在于其高度的信息化、数字化。智能化建设总体投资比例不高，大约占总投资的 6%—8% 左右，但对于整个系统的安全有效运营、管理以及服务起着至关重要的作用。

众所周知，接触线是高速列车牵引供电系统的核心环节，也是我国发展高铁所面临的关键技术之一，直接影响列车的运行安全和速度。通过接触网向高速列车输送电能并使其不间断地获得能量，才有可能创造高速列车“贴地飞行”的速度。

高铁正线一般区段设计时速 350 公里，为了能够满足运行速度的需要，中国研发了 25 千牛以上大张力牵引供电接触网系统，一些高铁试验段，接触网张力可达到 40 千牛，乃目前世界高铁牵引供电系统中张力系数最大的张力体系。采用高强度、超高强度的铜镁合金接触线和高强高导的铬锆铜合金接触线，接触张力分别达到 31.5 千牛和 33 千牛。国产“300 公里超细晶强化型铜镁合金接触线”可以满足时速 300 公里及以上高速铁路供电技术要求，填补了国内空白并达到国际领先水平。研发了特种接线 AT 牵引变压器和远程控制系统等先进设备，满足动车组可靠受流和实时监控监测。

在大众的记忆中，谈及高铁供电，自然会联想起 2011 年 7 月 10 日至 13 日刚开通不久的京沪高铁接连发生多起供电设备故障，迫使多趟高速列车连续“抛锚”途中，高密度的故障让京沪高铁一时间陷入民众质疑声中。

应该承认，京沪高铁开通之初接连不断的高铁供电故障有自然灾害的影响，也有技术上的原因。在高铁供电系统中，接触网是最容易出现故障的部位。柔性的接触网，最易受到外力的影响发生位移，在遭到雷击后发生短路时，列车断电停车的可能性很大。

值得欣喜的是，经过多年的努力，通过消化、吸收、自主研发，中国高铁成功实施了高速牵引供电技术创新，构建和不断优化具有自主知识产权的 350 公里以上牵引供电技术平台，取得了数十项重大研究成果，供电 SCADA 系统代表着我国高铁供电技术的最高水平。

西南交大钱清泉、高仕斌教授领导的团队，经过 8 年奋战，自主研发了拥有独立技术标准和技术体系的高铁供电综合数据采集与监视控制系统，突破了多项核心技术，填补了我国高铁供电技术空白，打破了德国等先进国家的技术垄断，先后在京沪、武广、哈大等高铁工程中得到广泛应用。这一供电综合监控系统，占领了我国 50% 以上被控站市场和 100% 高铁供电调度系统，相继中标格鲁吉亚和埃塞俄比亚等铁路工程。这意味着我国掌握了供电综合监控系统的最核心技术，并具备了和国际同行同台竞技的能力。

横穿秦岭的西成高铁，大坡度持续落差段长达 46 公里。由于山区持续坡道会对动车牵引制动能力产生较大影响，对于动车组的供电和运营是一个极大的挑战。为了确保向动车组优质供电，设计人员采用了多抽头的 330 千伏的牵引变压器，增加了牵引变压器电压调节范围，提高了牵引供电系统的供电能力。

一条长长的高铁电力接触网有成千上万个零部件，我国研发的接触网智能移动巡检系统，实现了“人和设备对话”。将智能芯片粘贴在接触网、电力变电设备上，使每个设备有了电子档案。操作人员只要手持终端，通过 NFC 技术和芯片对话，即可实现基础数据保存。数据查询、记录表格统计打印、一杆一档等功能，提高了设备的信息化管理水平，确保每一个零件状态、性能稳定，实现实时可控。

2021年初，由中国铁路设计集团有限公司主持、中国中铁电气化局高铁电气装备股份有限公司主要参与研究的“以‘简统化’为核心的高服役性能新型接触网关键技术与装备”项目，荣获2020年度中国铁道学会科学技术奖特等奖，标志着我国成功构建起具有完全自主知识产权的新型系统化高铁接触网技术标准体系。

该课题项目围绕中国标准“简统化”高铁接触网生产研制，所带来的“系统创新、结构创新、材质创新、工艺创新”四大方面挑战，通过5年的深度科研攻坚，最终破解了制约高铁接触网高精度、高效率、高质量智能建造的关键难题。

长期以来，由于采用多国标准生产，中国高铁接触网不同结构、相同功能用途的零部件多达数十个种类、型号，给设计、制造、组装、施工、维护造成了巨大困难，导致工程成本居高不下。如高铁接触网悬挂系统就一直普遍使用多国、多制式腕臂结构，其构成零部件多、连接结构复杂，在生产铸造和安装施工中，会造成定位空间安全裕度小、配合紧固不牢的问题。

“简统化”项目就是通过对高铁接触网技术参数、材质标准和服役性能的改造，达到统一技术参数、统一并简化装备结构形式、统一并减少零部件种类、提高关键零部件服役性能的目的，打造具有高安全、高可靠性并具有完全自主知识产权的中国标准高铁接触网。

2020年5月28日，中国中铁电气化局高铁电气公司研制生产的4800套“简统化”接触网悬挂系统，从陕西宝鸡发往江苏盐通高铁建设一线，正式在高铁全线安装应用，标志着中国标准高铁装备在自主创新领域迈出关键一步。

高铁电气公司研制的“简统化”接触网悬挂系统，以“简单、统一、标准”为设计原则，将整体结构进行重组，统一了技术参数、简化了装备结构、减少了零部件种类，提高了关键零部件服役周期。与原装置相比，“简统化”接触网悬挂系统在“数量”上减少了，比如腕臂零部件数量减少 39%、螺纹副减少 57%、紧固力矩种类减少 50%，施工安装时间减少 1/3。而产品制造的稳定性、零部件的集成度却全面提高，满足高铁供电系统运行要求的同时，还大大提升了施工和运营维护的工作效率，为统一标准装备、智能识别零部件故障打下基础。

我国高铁牵引供电系统经受了大密度列车运行和大电流冲击的考验，接触网实现了无硬点、无高差、无离线，是国内也是世界上最稳定、质量最好的牵引供电系统。我国高铁接触网所采用的全部零部件具有完全的知识产权。

和谐的弓网关系

细心的人会发现，高速动车组顶部有个类似电动公交车辫子的折叠装置，那就是受电弓。与受电弓直接接触的那条线，就是接触线。

接触网与受电弓是高速动车组唯一的供电装置。受电弓与接触网合称弓网系统。弓网系统是牵引供电系统中的固定 / 移动设备结合点。换个通俗的说法，列车运行过程中，牵引系统从变电站一直到接触网都是静止的，而从受电弓部分开始，整个高速列车都是运动的。也就是说，弓网关系始终处于运动状态，既相互摩擦，又密不可分。

弓网系统是一个集机械、电气、材料等多种因素于一体的复杂耦合系统。普速电气化铁路运营速度低，机械冲击、摩擦磨损、牵引电流相对较小，多因素耦合作用下的损伤较小。高铁的高速度，对牵引供电特别是弓网带

▲ 接触网与受电弓弓网关系实验室

来了一系列的技术挑战。由于弓网系统故障，导致动车组减速、停运的事故时有发生。

弓网关系是高速电气化铁路安全运行的三大核心关系之一，弓网系统良好的服役性能是保障高速列车可靠、安全运行的基本条件。在整个供电系统中，弓网结合部是一个很脆弱的部分。追求协调的弓网关系，不仅是一种物理学境界，而且涉及多学科的奥妙。

接触网要有非常高的可靠性，必须讲究与受电弓的匹配，拥有良好的弓网配合关系，才能保证列车高速运行时能够持续不断地从牵引供电系统中得到电能。否则，接触线将可能因为振动、温差变化、电火花烧蚀等因素而导致列车断电。科学试验表明，改善弓网关系的重要手段之一就是提高接触线的张力，使接触线振动迅速衰减，从而减小振动对受流的影响，最终实现运营速度的加快。同时，还必须兼顾接触线的高导电率，选择锡铜等耐磨耐高温的合金接触线等。

我国高铁企业和广大科研人员经过不懈努力，在接触线领域已经取得了突破性进展，走出了一条自主创新之路。现已在郑西、沪宁、武广和京沪高铁线路上大量采用我国自主设计制造的接触线，为中国高铁具备持续时速 350 公里的实际运营能力提供了重要的技术支撑。

2016 年 4 月 29 日，西南交大高仕斌教授主持研发的“高速铁路弓网系统安全运行诊断成套技术与装备”科技成果通过鉴定。该成果相当于对高铁弓网系统进行“全方位体检”。这些技术成果已经广泛运用在我国高铁和重载铁路上，为电气化铁路运行提供了可靠的动力保障，整体上达到国际领先水平。

高仕斌团队还研制成功了世界首台 220kV 超低损耗节能牵引变压器，空载损耗仅为原来的 60%，噪音降低至仅有 47 分贝。眼下，他还牵头国铁集团的“高速铁路接触网故障预测与健康管理”等重大课题项目。通过不断创新发展，我国高铁牵引供电实现了领先与超越，理论和技术水平居世界前列。

“魏光智能供电青年创新工作室”是由中铁第一勘察设计院集团有限公司一帮青年博士、硕士组成的课题攻关团队。工作室围绕“智能供电”主题，结合生产实际，相继研发了“网络安全系统”“智能在线监测系统”“智能评估系统”“智能牵引供电防融冰系统”“智能运维系统”“BIM 与信息化”等创新成果。为供电系统实现智能化、无人化奠定了基础，填补了多项高铁供电领域的空白。工作室针对运行中的弓网关系状态，在接触网系统中嵌入精密惯性传感器，实时感知并传输接触网关键状态参数。通过大数据平台对数据进行挖掘分析和呈现，有效实现故障报警、诊断及预测。构建起接触网系统全新的状态检维修技术方案，为运营单位提供智慧化的运营维护技术支持。

目前，中国高铁牵引供电系统完全满足了高速运行中的弓网关系，其中最大的编组为 16 辆，最小的行车间距可达到 3 分钟，基本上实现了“高密度、高速度、高强度”的行车编组。高速列车功率的需求可达 24000 千瓦，并且持续时间长。普遍采用交—直—交传动系统，动车组谐波含量少，频谱较宽，功率因数高。当前全球高铁运营时速达到 350 公里的仅有中国。因此，我们完全可以得出一个结论：中国高铁牵引供电系统已经达到国际先进水平。

▲ 高铁接触网工的“空中芭蕾”图景

“过分相”世界难题

牵引供电系统是轨道交通电气列车的唯一动力来源，其安全性、可靠性直接影响交通运输质量和安全。

乘坐传统的电气化普速列车时，细心的乘客会发现，沿铁路线每隔几十公里就有一个变电所，并且时不时还会感觉到列车欲行无力，瞬间处于“惰性”状态，这是“过分相”现象所致。我国电气化铁路从建立之初，就采用了国际上最先进的工频单相交流制，列车电力取自三相公共电网。为了减少列车对电网的不良影响，提高电能质量，取电需要均匀化，相邻变电所辖区采用不同相的电压供电，提供不同相的电流。列车从一

个变电所辖区进入另一个变电所辖区，就要不停地进行断电和重新接入，称为“过分相”。这样尽管保证了取电的均匀化，却导致了列车时快时慢的惰性瞬间。

这“咯噔”一下，如同走累了的行人停下来喘了一口气，让顺畅的电流变得不那么顺畅，导致高速列车的速度受到损失。能不能开发一种新的铁路供电技术——取消变电所出口的分相，让电流不再“咯噔”，从而保持良好的高铁电能质量？这是一道世界难题。

除了德国等极少数国家因单独发电、组网而无分相外，世界上大多数国家均采用工频单相交流制，也就是说，列车在行驶过程中都必须过分相。由于电分相繁多，不仅影响列车速度，并伴随复杂电气暂态过程，可能引发列车坡停、弓网拉弧、断线塌网，危及行车安全。可见，过分相对列车和供电系统来说，有百害而无一利。因此世界各国都各显其能，力求破解这一难题。

1988 年，刚刚留校任教的西南交通大学电气工程学院李群湛老师针对传统电气化铁路供电方式“过分相”的致命缺点，提出了挑战性的新想法。李群湛认为，解决现行供电方式存在问题最为有效的方法，就是在牵引变电所应用以负序、无功补偿为核心的对称补偿技术，实现同相供电，即全线用同一相位的单相电压供电。他在题为《适于重载电力牵引的新型供电系统的研究》的论文中，首次提出了“同相供电”概念。此后，李群湛在这一领域的研究越来越深入，越来越系统，先后出版了《电气化铁路并联综合补偿及其应用》《牵引变电所供电分析及综合补偿技术》等论著，奠定了同相供电的理论基础和技术准备。他带领团队潜心研究，提出并建立了以同相供电为核心内容的新一代牵引供电系统理论与技术体系，实现了系统创新、原始创新和重大突破。

从理论到技术，再到真正的产品，这是一条巨大的鸿沟。此后的 20 多年时间里，李群湛带领团队，争取立项，争取巨额经费，争取宝贵的实验场地，一步一个脚印。

2007 年，李群湛参加了国家科技支撑计划重大专项竞标。按照竞标条件，这样的重大专项必须要有 3 名以上的项目竞标者。当时虽然只有李群湛团队 1 个报名者，但招标评审会专家一致认为，这个项目意义重大，最终为李群湛的团队开了绿灯。

2010年，同相供电技术处于试验的关键时期，李群湛被查出患有喉癌，但他仍坚持前往株洲参加国家科技支撑计划项目检查会，所有环节逐一落实，坚持把科研做到完美。同年10月，世界首套电气化铁路组合式同相供电装置等关键技术装备，在眉山牵引变电所成功投入试验运行。国家科技部验收组专家一致认为，该项技术是牵引供电领域具有革命性的创新，具有完全自主知识产权的成套技术和装备，填补了国内铁路供电技术空白，达到国际领先水平。

2014年12月28日，李群湛带领团队研制的世界首套“组合式同相供电装置”在中南通道重载铁路投入运行。同相供电从根本上取代了分相，有利于提高供电和运输能力，提高系统可靠性。而且与法国高铁采用的车上自动分相供电技术相比，没有列车断电之弊病；与日本采用的地面自动过分相供电技术相比，寿命内综合年均成本仅相当于它的其三分之一。至此，奠定了中国以同相供电为核心的新一代牵引供电系统理论与技术体系。中国在新一代牵引供电理论和技术上，第一次站上世界的制高点。

很快，李群湛团队形成了新的前沿领域：开发市域铁路无分相长距离供电技术；研究并建立以无迷流、无分相为特点的基于接触带的城轨交流供电理论和技术体系；研究干线铁路与城市轨道统一牵引供电方式与供电电压等级等。

潜心研究30余年，李群湛团队终于形成了技术经济最佳、铁路和电网双赢的新一代轨道交通牵引供电系统理论体系、技术体系和成套装备。其相关成果已在京沪高铁、大西高铁、成昆铁路等实施应用，广泛涵盖了干线轨道交通形式。装置运行安全稳定，有效提升了轨道交通运输质量和效率，经济和社会效益显著。

这一重大成果带来了一连串的理论价值和实践效应。创建了牵引变电所原次边电气量通用变换理论，统一了牵引供电系统和电力系统的拓扑结构；提出了牵引变电所无功、负序、谐波综合补偿理论，为后续研究打牢了理论基础。实现了牵引变电所电能质量的综合治理，实现了取消电分相、消除无电区、改善电能质量、提高供电能力和运输能力等目标。促进了列车再生制动能量利用的提高，节约了电力资源和铁路运行费用，将牵引网故障停电范围减小到现有技术的25%，实现了负荷状态感知、故障正确定位和快速切除，保障了新一代牵引供电系统牵引网的可测性、可控性、可靠性。

2021年3月17日上午，四川省科学技术奖励大会在成都举行。西南交通大学李群湛教授牵头的《新一代轨道交通牵引供电系统关键技术与应用》项目团队，荣获2020年度四川省科技进步奖技术发明类一等奖。评价专家组评价为："系原创技术，填补世界空白，达到国际领先水平。"

李群湛是西南交大著名教授曹建猷、钱清泉的学生。正是西南交大优良学风的接力传承，也正是一代一代有志之士的奉献与追求，百年西南交大才培养收获了累累硕果。

1951年，曹建猷从美国取得博士学位后毅然回到中国，第二年就在西南交大创建了铁道电气化学科，成立了我国第一个铁道牵引电气化与自动化（电气运输）专业。1956年首批毕业生，正赶上新中国建设首条电气化铁路，后来这批毕业生成了开路先锋和技术骨干。这一年，曹建猷力排众议，放弃当时流行的直流制，倡议并确定了中国电气化铁路采用工频单相交流制，这使我国从一开始便站在了世界先进行列。

曹建猷院士开启了我国铁道电气化供电系统理论研究、技术开发与人才培养的序幕，从此便生生不息。曹建猷的学生钱清泉院士主持研制成功我国第一套电气化铁道多微机远动监控系统，开拓了"电气化铁道微机监控与综合自动化"的研究方向，解决了工程科技中的一系列重大技术难题。

西南交大电气工程学院院长陈维荣教授骄傲地说："每条电气化铁路，

▲ 森林般的接触网支柱，支撑起强大电能，为动车组提供源源不断的动力。

都有我们学院开发的技术装备。”中国电气化铁路设计、施工、运营领域 70% 的骨干力量来自西南交大，国内相关专业的教师也多来自这里。

智慧高铁雄风

2019 年 12 月 30 日，京张高铁开通运营。

这是我国第一条首次采用 BIM 技术设计、建造、施工的设计时速 350 公里的智能化高铁，凝聚了智慧高铁的多项技术成果，在中国铁路现代化历史进程中具有里程碑意义。

依托京张、京雄等重点高铁项目，中国高铁实现了新一代信息技术与铁路运输的深度融合，在工程建设、技术设备和经营服务等多个方面，进行了一系列创新与实践，构建起智能化高铁体系。

调度智能排程系统优化了动车组上线计划安排，实现了动车组检修运用计划编排人机互控和自动预警；通过科技创新实现“智慧检修”，无线蓝牙游标卡尺、电子标签等智能检修工具的使用，大大提升了检修工作的效率和准确率；“复兴号”智能动车组的开发，实现了时速 350 公里自动驾驶、智能行车，开创了中国智能化高铁建设和发展的新局面。

开启智慧之门

从京张铁路的“人”字形结构，到京张高铁时速350公里自动驾驶，两条铁路相隔百年，一条是中国首条完全由中国人自己建造的“争气路”，一条是落地中国的世界首条智能化高铁。两条铁路见证了中国铁路从无到有、从弱到强的沧桑巨变，是两个时代的缩影。

明清时期，北京居庸关与张家口之间，崇山峻岭，山道蜿蜒，望不到尽头的驼队，不间断的驼铃声，摇晃着那个年代廉价的商旅经济。

1905年，积贫积弱的清政府决定由自己筹款、自己设计、自己建造从北京到张家口的铁路。在此之前，中国已经有了十几条铁路在运行，但没有一条打上中国人的烙印。1909年10月，京张铁路建成通车，改变了中国人不能自建铁路的历史。詹天佑在高高的山岭间大写的“人”字，不仅顺利解决了坡度大、修路难的问题，也书写了中国人的骨气、智慧和荣光。

时隔110年，京张高铁在詹天佑当年设计“人”字线的顶点下方4米穿过，在“人”字上重重地加上了一横，成就了一个“大”字，新老京张，实现了历史性的交汇。作为中国智能高铁示范工程，京张高铁实现了智能建造、智能装备和智能运营，开启了世界高铁的智慧之门。

京张智能高铁由我国自主研发设计，首次采用北斗卫星导航系统和GIS技术，在全线部署了一张“定位”大网，构建与现场情况完全一致的工程信息库，能够利用铁路的高精度地图，为建设、运营、调度、维护、应急全流程提供智能化服务。京张高铁全线的每一座桥梁、车站，每一处钢轨都可以通过传感器连接至电脑。零件是否老化，路基是否沉降，照明是否损坏，都能一目了然。此外，高铁周界入侵报警系统、地震预警系统、自然灾害监测系统等都融入了总体运营系统，形成了京张高铁智能化调度指挥系统。

京张高速动车组列车首次采用无人驾驶技术。时速350公里的“复兴号”

智能动车组，司机只要按下一个启动按钮，动车组就可以自动开车、区间自动运行、到站自动停车、停车自动开门、车门和站台联动，整个过程完全实现了自动化。司机只需要作为应急小伙伴驾驶员，在驾驶室值守就行。

列车新增了智能环境感知调节技术，能够实现对温度、灯光、车窗颜色等的调节，同时全车覆盖 Wi-Fi，配置多语种旅客信息系统，能够满足国际旅客的需求。座椅采用滑道式安装，允许增加更多轮椅。在商务舱内，座椅旁边新增了手机无线充电装置，未来智能列车还将安装移动的新闻中心，旅客坐在列车上就能随时看奥运直播。

沿线各智慧车站采用先进的信息技术，感测、分析各项关键信息并做出智能响应，优化整合服务资源，与旅客人网互动，实现车站智慧式管理和运行。打开铁路智慧行 APP，买票、选座、订酒店、买特产、订奥运票，都能实现。一证通行，刷脸进站。站内导航标识和各种智能机器人就像是随行小秘书。

车站信息发布系统采取集中控制、统一管理的方式。视音频信号、列车时刻实时信息、到站晚点信息、天气等多媒体信息通过网络平台传输到显示终端，以高清的数字信号播出，构建一个集中化、专业化、智能化、分众化的企业级网络联播平台，提供强大的信息编辑、传输、发布和管理等服务，能够有效覆盖售票厅、候车室等人流密集场所。

旅客购票、候车、调度、运维等也实现了全面智能化。电子客票、一证通行、刷脸进站等科技便民服务，让旅客由原来出行手忙脚乱找票的“小烦恼”，变成了无纸化、一身轻的“幸运儿”；应用信息互联、自动清算和旅客征信系统，可以实现各种交通方式安全区域的互通互认，实现一卡通行的付费区零手续换乘。运用大数据提前预判客流，智能引导人流车流，保证车站秩序和运行效率。沿线高铁站内还配备了各种智能机器人，既能帮助运输行李，还能自助导航，像随行小秘书一样为旅客服务，让旅客实现智慧出行。

2020年12月27日，智慧高铁新标杆——京雄城际铁路全线开通运营，标志着中国高铁智能化达到新的水平。

京雄城际铁路以数字化和智能化为核心，围绕“精品、智能、绿色、人文”的总目标进行建设，广泛应用人工智能、大数据、建筑信息模型等前沿科技，在短短91公里的高铁线路上，智能化设计多达71项。此外，京雄城际铁路还将铁路BIM模型融入雄安新区CIM（城市信息模型）平台，为数字雄安的发展打下了良好基础。

依托BIM技术，京雄城际铁路施工实现了智能梁场、钢筋自动化加工和智能板厂等一系列成果，实行组合式建筑设计和模块化制造技术，铺设的CRTS III型无砟轨道板，采用了智能化生产线，精调后轨道误差不超过0.5毫米。实现了全线、全专业、全过程项目建设精细化管理。

雄安站拥有多套智慧系统，可通过大数据、人工智能物联网技术，实现生产管控、服务信息自动采集、数据汇集和治理的深度融合，建立智能高铁的大数据资源库，搭建起“智慧大脑”指挥平台。刷脸进出站、无感支付、无感安检；人、货、车、场等全要素全过程数字化；从雄安抵达大兴机场，100米之内就可以换登机牌。无论是精准定位还是路径规划，都能快速查询。旅客在实实在在的“得到”中，与铁路的互动交流更加紧密。铁路以更加智慧的方法满足旅客的需求，更懂旅客的心思，意味着精细化的服务更能打动人心。

从站车到沿线，形成了空天地车一体化的智能监控系统全覆盖，实时检测基础设施的安全状态。这种检测就如同一个心脏病的病人带了一个HOLTER（动态心电图）一样，不管是在医院还是在家，医生都能够随时检测他的病情。车站采用电子标签管理，实现预测性维修。全站监控设备对电表、水表、扶梯、直梯等进行全过程监控，一旦设备发生故障，都能及时抢修。启用综合视频一体化、地震预警等智能技术，沿线一旦有自然灾害以及异物入侵，智能监测预警系统马上报警；在安全关键及高危工种岗位推行无人值守、远程监控，等等。

运用先进的列车控制系统，基于智能控制、故障诊断与预测等技术，建立起新一代的智能化牵引供电和通讯体系，建成了全路首个下沉式牵引变电所，将全息感知、多维融合、重构自愈和智慧运维特性融为一体，实现了线路、通讯信号和牵引供电等基础设施全生命周期的精细化管理。

高铁 ATO 系统

京张高铁“复兴号”升级版智能动车组，首次采用了我国自主研发的北斗卫星导航系统，实现了 350 公里时速自动驾驶。这对于提高列车安全性和正点率、降低司机的劳动强度、提升旅客的出行体验、绿色节能等都具有重要意义，是中国高铁自主创新的又一重大标志性成果。

京雄高铁彩虹桥

“复兴号”智能动车组具有优越的空气动力学性能，是科技人员智慧与众创设计灵感的完美结合。它有着两个漂亮的外形模样，一个特中国，叫作“龙凤呈祥”；一个很奥运，叫作“瑞雪迎春”。

早在 21 世纪初，全自动无人驾驶技术就开始逐步应用到汽车领域。可汽车毕竟体型小，行驶速度受道路交通管制不算太快，实现无人驾驶比较容易。但想让时速 350 公里的高速列车实现全自动无人驾驶，还要按照线路要求提速降速、准时发车停车、精准停靠到站，就连科幻片都没敢这么拍。

高铁 ATO 系统，简称列车自动驾驶系统。它是一个特大系统，包括车站里安装的地面设备，动车组上安装的车载设备，还有在这些设备之间传递信息的通信系统。

其工作流程是，地面调度中心制定好行车计划后，通过地面的数据传输网络把计划送到 ATO 的地面设备，地面设备再通过铁路移动通信网，把计划发送给动车组上的 ATO 车载设备。车载设备收到计划以后，根据动车组当前的位置，计算出控制动车组运行的控制速度曲线，代替司机自动控制动车组的加速、运行、减速、停车、开车门等。

ATO 系统有三方面的实用价值：一是提高运输效率。保证驾驶操作的一致性，消除司机水平不同带来的差异，准确按照运行图和规定时间计划行车。二是节省人力。司机只要按一个启动按钮，就可以实现列车从车站自动发车、在站间自动运行、运行时间按计划自动调整、到达车站精确停车、停车后自动开门等功能。三是 ATO 系统是高铁智能化的重要标志，对保持中国高铁列控技术的国际先进水平有着重要意义。

2017 年，按照国铁集团统一部署和“精品工程、智能京张”建设的需要，中国通号研究设计院集团公司安

控院总工程师陈志强作为项目牵头人，带领团队聚焦高铁人工智能，开始了以自动驾驶系统为代表的智能高铁课题研发，也就是业内人士常说的高铁 ATO 系统。

高铁 ATO 系统是在既有时速 350 公里列车运行控制技术（CTCS-3）的基础上，增加列车自动驾驶功能（ATO）的行业前端技术。显然，这两种技术不是简单相加，而是多方面、全方位的升级与优化。

面对高铁 ATO 这一全新课题，陈志强团队经过认真细致的分析和研究，将难度较大的乘车舒适度和停车精度作为智能化列控系统研发的突破口。虽然各项指标在实验室进行了反复验证，但是现场测试才是决定成败的关键。来到现场后，陈志强团队成员都选择站立姿态，来体验最直观的乘车舒适度，精确感受自动驾驶的列车运行是否平稳。他们发现列车每次进出

“复兴号”动车组跨越武广高铁连江

分相区时，车体总会略微晃动，这是由于列车在分相区内不能从接触网取电，失去牵引力，出分相区时，自动驾驶设备又突然给列车施加牵引力，出于惯性，列车产生了晃动。尽管这是供电“过分相”难题所致，但陈志强还是尽力从列控上想办法，采取逐级切除和增加牵引力的方式优化软件，将“过分相”的影响减小到最低程度。

一次，在测试动车组精确停车位置时，实际停车精度始终与理论推导存在20多厘米的偏差。可别小看这20厘米，因为动车组列车的门是单向门，比较小。如果站台加装防护门，里外两个门20厘米的偏差就会影响乘客手中大件行李的搬运。

陈志强带着研发人员来到动车库、车站站台，测量定位应答器的安装位置与设计值是否有偏差。终于发现了问题的症结。原来从实验室仿真模拟到现场测试的移植过程中，为了减少嵌入式处理器的计算量，测速测距算法仅保留了小数点后两位的精度，这就造成了微小的误差。虽然每20毫秒的误差仅有不到0.01厘米，但在靠站停车的几十秒内，这种误差就能累积到20多厘米。陈志强提出了一套系统自适应智能控制算法，将停车精度控制在理论推导范围内。

2018年6月7日，陈志强团队终于迎来高铁ATO的终极大考。由国铁集团组成的专家组在京沈高铁现场，对高铁ATO系统进行试验测试。随着专家组成员下达出发指令，时速350公里高铁的自动驾驶试验正式拉开帷幕。

列车缓缓启动了，速度快速攀升，稳稳的，静静的。此时的列控系统在自动驾驶设备的帮助下，似乎已经不再只是一个单纯的“智慧大脑”，而是像充满魔法一样，长出了身子和手脚，摇身一变成为一个经验丰富的司机，精准地驾驶着列车飞奔。

这年6月至9月，在94天现场试验中，专家组累计考核行驶里程达18

万多公里，高铁 ATO 系统自动驾驶设备运行稳定、控车精准，以零缺陷的高水平表现，顺利完成时速 350 公里高速列车自动驾驶全球首秀。顺利通过了所有测试项目，进入试用与考核阶段。

2021 年 4 月，国铁集团科信部在北京组织召开了“高速铁路 ATO 系统”技术评审会，由中国通号、铁科院、和利时等中国几大骨干高铁列控企业自主研发的高铁 ATO 系统，分别通过技术评审。

历时 4 年，经历了规范研究、方案评审、系统研发、安全认证、第三方室内测试、试验评审、京沈现场试验、试用评审、京沈高铁载客试用考核等多个阶段，高铁 ATO 系统完成了成套技术装备研制，构建了基于多目标优化策略的高速列车控车算法与模型，全面提升了控车舒适度、停车精度、节能降耗等性能指标，具备大范围商用条件，成为高铁装备智能化的重要标志之一。

跨入 5G 网络时代

5G 走进高铁，让高速列车更加“美丽动人”。

近年来，随着科学技术的飞速进步，中国交通技术与移动通信技术大踏步进入高铁时代与 5G 时代。民众在高铁出行与 5G 网络中得到了全新的感受，那个让人闹心的加载圈，变成了眼下的一秒顺发。5G 与高铁的技术接轨，创造出全新的中国加速度。

5G 与高铁是当今最先进、最具代表性的两项技术，二者的“强强联手”具有重要的战略意义。加大 5G 通信网络、大数据、区块链、物联网等新型基础设施的建设和应用，丰富应用场景，延伸产业链条，构建先进、安全高效的现代铁路信息基础设施体系，推动新一代信息技术与智能化、数字化高铁深度融合，为中国创造全球5G高铁标杆夯实了坚定的基础。

充分利用北斗卫星导航技术、5G通信技术，构筑起的天地一体化的高铁新型智能列控系统，与传统列控技术相比，实现了轨旁电子设备从多到少、从有到无的转变，成就了里程碑式的技术创新。列车精确定位、多元融合测速、列车完整性检查、移动闭塞等多项关键技术难题，迎刃而解。

采用移动闭塞替代传统铁路的固定闭塞，两动车组列车可以在紧紧追踪的情况下安全运行，列车追踪间隔由目前的最短3分钟缩短到2分钟左右，提高线路运输能力30%以上。通过采用北斗定位替代传统的轨道电路，利用5G技术实现列车与列车间的直接通信，定位更准，安全保障更强。

自2015年开始，广东省政府和中国铁路总公司连续两年进行EUHT技术合作，旨在共同突破高铁无线通信核心技术。2016年5月，双方确定在京津城际高铁建设EUHT网络工程，开展产业级测试和应用，2017年1月全线建成贯通。

2017年8月4日，超高速无线通信（EUHT）技术首次在京津城际高铁上进行了演示，高速列车超高速无线通信达到5G指标。乘客通过手机连接指定Wi-Fi，稳定、流畅地上网和观看视频，实际体验和家中Wi-Fi基本没区别，就此解决了乘客长期抱怨的信号不好的问题。

超高速移动通信技术（以下简称EUHT）是中国自主研发的全球首个能够解决“移动宽带一体化”的通信技术系统，由具备完全自主知识产权的核心芯片和整套技术应用标准组成。与现有主流通信技术对高速传输与宽带互联难以兼顾且响应慢、不稳定、耗费流量多的情况相比，EUHT同时具备“三高三低”的优势特性，即“高速度、高带宽、高稳定性，低延时、低成本、低功耗”，并为权威机构的测试所证明。

EUHT智能高铁方案是列车在时速300—500公里的移动速度下，全球首个具备高可靠、低时延、超宽带、大容量和精确定位能力的500Mbps车地无线通信系统。实现了列车移动互联网接入服务、列车实时高清视频监控、CTCS 控制信息传输、列车运行综合状态监控等多项功能。

EUHT 技术的原始创新突破，不仅解决了旅客上网这样的公众通信问题，更重要的是解决了高铁车地通信瓶颈，实现了大量车路传感器物联网传输、调度信息传输、控制信息传输、监测信息传输等，全面支持高铁提速，助力中国进入智慧高铁时代。

EUHT 技术应用于高铁沿线，意味着即使是在时速 300 公里以上的高铁上，也可以通过无线通信获得非常流畅的实时视频。用最通俗的话说，EUHT 技术就如同给高铁连接了一根超宽带的光纤，通过车地的空中传输，实现超宽带无线通信。

▼ 高速列车上的智能化设备丰富了旅行生活

测试结果表明，EUHT 系统技术各项技术性能指标达到全球领先。在高速列车全程 300 公里时速移动下，通信切换可靠性达 100%，平均通信延时 5ms，空口延时小于 1ms，平均传输带宽达 150Mbps。这些技术指标超过了目前 4G 移动通信技术的 10 倍以上，并达到下一代 5G 技术提出的性能指标挑战要求。

据了解，目前高速列车上所用的超高速无线通信，并不是平时说的 Wi-Fi 技术，而是通过车地的空中传输，实现宽带无线传输。EUHT 系统技术让乘客在高铁上的上网体验有很大改观，并对列车调度、运行安全保障都有重大意义。另外，支持该技术的芯片为自主研发。除了成本更低以外，还可以根据不同的应用项目进行相应的修改，具有很大的灵活性。

EUHT 智能交通车地、车车通信国家标准，以及 EUHT 用于地铁车厢视频监控行业标准等，已引起了美国、欧洲、日本等国家的持续关注。EUHT 技术的全面应用，将使中国不仅拥有全球最大的高铁线路物理网络，也将拥有一张全球最领先的高铁信息虚拟网络。

2020 年春运期间，广东移动联合中国铁路广州局集团有限公司、华为公司共同实施的广深港高铁 5G 覆盖工程，实现了高铁段全线 5G 覆盖，打造全国乃至全球第一条“5G+ 智慧高铁”。据悉，现已在广深港高铁沿线部署超过 300 个 5G 信号发射点。

中国铁塔发挥移动通信基础设施建设运营“国家队”的作用，在国铁集团支持下，统筹中国电信、中国移动、中国联通的网络覆盖需求，实现京张高铁移动通信基础设施与主体工程“同步规划、同步设计、同步施工”，经济高效地完成了移动通信基础设施建设。

在高铁沿线两侧以 450—550 米为间距，规划建设宏基站站址，形成“之”字形站址布局，达到了良好的覆盖效果。隧道内不能立塔建基站，就在隧道内创新采用漏泄电缆的方式解决，通过 POI 多系统接入平台将三家运营商不同制式的信号合成一路，接入漏泄电缆。挂在隧道壁正对车窗位置的漏泄电缆，可向通过列车均匀稳定地发射信号。在隧道口建设场坪站，实现隧道内外信号无缝切换，确保高铁进出隧道时手机不掉话、视频不卡顿。

针对电信联通 5G 工作频段高信号衰减大，中国铁塔联合产业链创新研发了 5/4 英寸低损耗漏泄电缆，采用分段耦合技术着重优化 5G 高频段辐射性能，让 5G 信号更加均匀、损耗更低、覆盖距离更远，实现全线 2G 到 5G 网络全覆盖。

如今，踏上京张、京雄高铁，无论在列车上还是在车站候车大厅，旅客均能享受到便捷的智慧化服务和畅快的移动互联体验。“5G+ 智慧高铁”极大地方便了旅客的出行，“无票”乘车、一键点餐、稳定 Wi-Fi、智能空调系统打造的“智能”高铁，让您的旅途更加舒适、舒心。

“黄鹤飞翔”的武汉站外景

第六章 客站明珠的光辉

一座座高铁客站，犹如一颗颗闪烁的明珠，熠熠生辉，光彩夺目。

一条条高铁线，恰似银线串珠，串起了一颗颗客站明珠，串起城市和沿线景观，拖出一路的光彩，钟灵毓秀，美不胜收。

火车站是人们离乡的起点和归途的终点，演绎了无数人间悲喜剧。

世界上的第一批真正意义的火车站，诞生于 1830 年开通的英国利物浦至曼彻斯特铁路（Liverpool and Manchester Railway）。这条 31 英里长的铁路，连接起利物浦和曼彻斯特两座英国西北部的工业城市。蒸汽机的发明，纺织机的改进，让这两座城市经济繁荣、人口呈爆发式增长。于是，拉旅客的火车应运而生。在此之前，火车都是用来拉货的，也就没有火车站之说。

欧美国家现存的火车站大多建于十九世纪。这些车站代表了当时的建筑风格，规模宏伟，建筑精美。特别是一些城市火车站，似乎成为炫耀财富的宫殿，金碧辉煌，美轮美奂，乃城市建筑的瑰宝。古老的利物浦、曼彻斯特火车站，至今保留着，作为科学博物馆供后人参观。

我国第一座火车站是1882年初修建的唐山火车站，至今已有140年的历史。中国火车站的快速发展，是在改革开放以后，特别是伴随着高铁建设的突飞猛进，引发了铁路客站的革命性变化，实现了从“单一客运场所”向“综合交通枢纽”的转变和突破。

中国高铁客站立足高起点、高标准、高水平，集交通、经济、文化、历史于一体，践行“功能性、系统性、先进性、文化性、经济性”建设理念，建立起适应客流特点、满足客流需要、便于客运组织、利于城市发展的现代化技术体系。闪耀着时代的、时尚的光芒。

截至2021年底，我国相继建成了北京南、武汉、郑州东、广州南、上海虹桥、西安北、深圳北等千余座具有世界一流水平的高铁客站，其中特大型客站近百座。

城市新地标

有人说，一个城市的地标是人们集体的回忆，是历史的印记。

火车站作为城市地标性建筑，不仅具有独特的地理特色，更具有丰富的文化底蕴，体现了一座城市的品质、风貌和文化内涵。是城市个性化的最佳展示，见证着城市的变迁与发展。

现代社会，人们认识一座城市，往往是从这座城市的火车站开始的。火车站不仅是城市的一个门户，也是人们的始足之地，情感的发生之地，记载着历史及许许多多的故事。

高铁线路的不断延伸，自然需要更多的高铁客站来承担运营管理责任，由此一大批设计独创、新型时尚、工艺创新的高铁客站拔地而起。与城市地域文化特色实现完美结合，与周边建筑环境形成了协调美、整体美，传承着城市文化基因，流淌着大众审美情趣。

与传统的火车站相比，气势恢弘的高铁客站，给人以简洁大方、特色鲜明的视觉刺激。随着新技术、新工艺的应用，彰显建筑之美和时代精神的高铁客站，其设计建造水平达到了新高度，成为城市发展的新地标。打开了城市的新窗口，展示着城市的新面貌。

现代生活的缩影

高铁客站的便利与气派，无疑是现代生活的一个缩影。

步入高铁客站，现代化气息扑面而来，宽敞的候车大厅，便畅的“刷脸进站”通道，站台上静静等候的高速列车，一切都让你感觉到温馨、便捷与美好。

走出高铁客站，一座高铁客站，就是一座新城。高铁新城内，大道通衢，绿树花海，商场林立，人流涌动……多种交通工具齐备，“零距离”换乘，让您出行无忧；购物、娱乐、体验，一切尽在其中。

眼前的上海虹桥站，就是一座大气、时尚、繁忙的世界级交通枢纽。巨大的长方形建筑综合体，高大、通透、明亮。天上飞机，地上高铁，还有地铁、公交车、长途汽车，全都汇聚在一个空间里。无论是建筑综合体的设计，还是立体空间的利用，都充分体现了现代交通枢纽的集约性和高科技特征。极大地提升了高铁客站的公共性和吸引力，满足了广大旅客便捷出行的多样化需求。

2010 年建成的上海虹桥站，首次采用铁路客站与机场航站楼双中心并联布局，高铁、飞机比翼双飞。整个枢纽占地 1.3 平方公里，核心建筑总面积 80 万平米，涵盖航空、高铁、磁悬浮（预留）、城际铁路、长途汽车客运、地铁、公交车和出租车等 8 种交通方式。

这个“巨无霸高铁站”，宛如一个章鱼般的庞大脑袋，日均旅客吞吐量达 115.6 万人次，最高峰日流量达到 145.6 万人次。同时还向四周伸出长长的触角——“虹桥天地”“龙湖虹桥天街”等一站式购物商场。虹桥站如同日本京都火车站一样，集酒店、百货商场、超市、电影院于一身，吃、住、玩、购物一条龙。别说食肆云集，仅仅是吃面，都能吃出一整层的花样，从重庆小面、武汉热干面、西安臊子面，一直吃到日本的乌冬面。

星罗棋布的高铁客站，不仅支撑起大都市的现代与繁荣，一些小城镇也乐在其中。被称为“全国最牛县城”的江油县，只是四川省绵阳市下属的一个普通县城，常驻人口只有 35 万。江油从前的名片，是唐代诗仙李白的故里。而眼下，它成了全国拥有火车站最多的县城——14 座火车站，其中 3 座高铁站，每天有 44 趟列车途经、停站，为小县城带来了兴旺和发展机遇。以火车站最多被网民们称为最“牛”，这是全国唯一。高铁站不仅成为交通便利的代名词，更是一个地区、一座城市经济发展、文明进步的时代象征。

广州南站汇聚了三条高铁线，日均旅客发送量超 30 万人次，名副其实的南中国第一大交通枢纽。广州南站地区依托站前高端建筑群构筑空中公共花园广场，加快推进广州恒大专业足球场、南站 TOD、南站地下空间等重大项目建设，打造世界一流火车站。将喜街定位为“南站旁·美食与文化聚荟地”，通过与知名粤式餐饮合作，在南站商圈打造地道粤式美食集中地。同时发挥岭南文化优势，通过多维度的文化植入，让

▲“和谐号”动车组驶出上海虹桥站

旅客在出行中领略岭南文化底蕴。目前，肯德基、蛙小侠、太哼、嬷孙家、卤味研究所、港丽、酒拾烤肉、如轩砂锅粥、COCO、苏阁鲜茶等餐饮和茶饮品牌已经签约进驻。

2009 年 12 月 26 日，一列时速 350 公里的动车组列车驶入长沙南站，由此开始了一座城市与高铁客站密不可分的故事。长沙蝶变的脚步声，快节奏响起。

随着京深、沪昆高铁在长沙南站交会，长沙南站地区引来了大批产业项目的集聚，一拨拨地标建筑拔地而起，人流、物流、商业流，组合成现代产业的交响曲，激荡不息。

徜徉在长沙高铁新城，您可以去甲级写字楼进行商务交流，也可以到购物中心惬意休闲。明昇壹城、绿地城际空间站等高端商务楼，是您身份的象征，也是商务洽谈的乐土；10 万平方米的吾悦广场购物中心内，潮流服饰、时尚餐饮、休闲娱乐一应俱全。走得更远一点，运达中央广场、保利 MALL、山姆会员店……城市综合体和品牌店扎堆，让您的商贸体验变得缤纷而多元。

如今，每天超过 200 对高速列车从长沙南站呼啸前行，城市的日新月异，已成为车窗外最令人心旷神怡的风景。从上海虹桥站到长沙南站，沪昆高铁一路拖出新时代的繁荣，交通枢纽推动着城市能级的提升和新城板块的快速崛起。

高铁客站以及造就的高铁新城，以生活的温度和美好的建筑品位，满足人们物质和精神的需求，作为现代城市的价值符号，成为人们幸福生活的美好体验。

“以人为本”的特质

一切为旅客着想，是中国高铁客站的本质追求。

坚持“站城融合、功能综合、文化契合、经济适合”理念，瞄准世界铁路客站建设的先进技术和管理水平，以创新发展为动力，形成了“以人为本、绿色设计、智能建造、精益管理”的中国高铁客站模式。

采访中，我曾与武汉站负责人交谈，探讨高铁客站以人为本的体验。

他认为，这种体验应该表现在三个“提供”上，即提供方便舒适的乘车环境，提供快捷便利的换乘条件，提供人性化的优质服务。

遵循“以人为本、以流为主”的主导思想，我国高铁客运站作为一个方便旅客提供安全搭乘服务的公共平台，不仅仅是城市的门户，更是促进城市发展的强劲推动力，是新时期城市建筑的缩影，已经发展为集交通、住宿、商业、办公、娱乐、餐饮等功能于一身的综合枢纽。

以方便旅客出行为第一需要，我国高铁客站践行“上进下出”的设计理念，将站房分为地面层、站台层和高架层。无论在站区规划、功能布局、交通流线、建筑造型、关键技术上，还是在服务理念、服务设施上，

▼镇江南站俯瞰

都是把方便旅客放在首位，着力打造舒适、自然、时尚、文化气息浓厚的旅途中转环境。

列车在高架桥上进出，旅客由站前立交上到二层进站乘车，各行其道，安全方便。以北京南站为例，实施上下五层立体化布局模式，采用“上进下出”和“下进下出”相结合的流线设计方式，车站内部各条流线便捷顺畅。

传统火车站站房布局大都为“等候式”模式，布置若干候车室及服务空间，适应旅客在站停留时间较长的情况。高铁客运站则采用“通过式”的布局模式，旅客即到即买票（或提前订票）即出发，在客运站停留时间较短、流动性强，尽量扩大进出站流动空间的建筑面积，将传统的众多独立的候车室，综合成一个共享候车大空间，配备各种服务设施。

上海虹桥站候车大厅给人一种舒适、安全的感觉。这里是一个全开放的空间，不设立分隔的候车室，旅客进入站厅后，可以在候车区域内等候，也可以前往商场购物或到观光平台眺望站外的风景。无论是在大厅的靠椅上，还是在周围的商场内，旅客度过的都是一段悠闲时光。站内都是圆形的柱子，所有设施的棱角处都被打磨成弧形，防止旅客划伤。采光屋顶的每块玻璃下面都安装了自动圈帘窗帘，避免阳光直晒旅客。设计上尽量采用自然光，减少人工照明，保证了光照的舒适度。

高铁客站庞大的人流量，容易导致站前广场的平面空间拥挤，但在有限的空间内又需容纳多种功能，再加上过长的交通流线与高铁人流快速疏导的要求相悖。高铁客站站前广场坚持地面、地下多层面的立体化综合开发，实现了城市土地资源的集约化利用，与高铁站房上进下出的布局协调统一。

北京朝阳站将钢筋混凝土结构雨棚上盖全部应用为停车场，可停放 555 台社会车辆。与普通的高铁站房钢结构雨棚施工工艺相比，北京朝阳站的雨棚对结构承载力、施工工艺、施工组织等都实现了新突破。从停车场到候车大厅，平均距离 200 米，步行仅需 3 分钟。不但实现了旅客轻松换乘，而且在集约利用城市土地资源、节约建筑成本方面都树立了典范。

传统火车站对旅客的服务和疏导是以强制管理为主，而高铁客运站则强调多方位地服务旅客。高铁客站实际上是一个综合的换乘枢纽，候车仅仅是其中一个功能。配套服务与交通换乘的有机融合，让站前广场搭建起连接高铁与城市的桥梁。旅客在客站区域可以进行候车、换乘、商务办公、旅游咨询等各项活动。

有人说，大型高铁站时尚大气，可就是太大，拖着行李箱赶火车太累。重庆西站首次在高铁客站中设置电动平步道，方便旅客出站，让旅客享受到在机场航站楼的舒适感。

“零距离”换乘

“零距离”换乘，是中国高铁客站追求的高效交通交接方式。即以高铁客站为平台，将飞机、地铁、城铁、公交、长途汽车、出租车等不同客运交通工具整合在一起，实现无缝连接，组成一个完善的交通系统。

我国高铁客站在设计上积极践行“零距离”换乘理念，大力完善城市多交通综合功能，甚至与航空实现了“亲密接触”。许多大型高铁客站不仅是多条高铁的交汇处，还是这个城市多种交通工具的中心枢纽站，为旅客实现零换乘提供了方便和可能。如广州南站，已经成为京广、广深高铁和广珠城际快轨以及广州地铁、公交等多种交通方式衔接的综合交通中心。西安北站已经成为徐兰高铁、西成高铁、大西高铁、西银高铁以及关中城际铁路网、西安地铁、长途汽车、城市公交的中心枢纽站。

上海虹桥站则是上海虹桥综合交通枢纽的重要组成部分，北端与京沪、沪宁、沪汉蓉等高铁接轨，南端与沪昆、沪深、沪杭甬等高铁接轨，车站候车厅面积达 11340 平方米，可以同时容纳 1 万人候车。地面乘客可以通过南北高架平台和各种公交线路直接进入车站，地下乘客可以从交通大厅乘坐自动扶梯进入候车厅，实现多种交通工具的“零换乘”。

旅客从虹桥站下高铁后，只需下一层楼梯就能直接出站。出站后，进入换乘通道。换乘通道两侧分布约 30 个出站口，往东可以到达虹桥机场 T2 航站楼和东交通中心，均设有公交站；向西则通往长途汽车站、地下车库和西交通中心。长途客运站位于高铁虹桥站西侧，为地下两层结构，最大发车班次可达 800 余班。有多个出租车站点均匀分布在通道旁，并连接公交车站点。无论旅客从哪个出站口出站，打车和乘坐公交车都不会走太远。

位于高铁站下方的上海虹桥地铁站，是上海地铁 2 号线、上海地铁 10 号线和上海地铁 17 号线的换乘站。乘客从地下二层站台层上到地下一层站厅层后，在站厅层东西两侧可以通过自动扶梯到达地上二层候车厅。乘客乘坐汽车出站，下至地下一层后，通过出站检票口，穿过门洞，到达地铁站厅层。

每个站台上都有多部直梯和扶梯，将候车大厅、站台层和地下换乘大厅连为一体，让乘客不出站台就能实现“零换乘”。车站还安置了多部无障碍电梯，方便残障旅客到达车站的各个区域。这种四通八达的转乘方式，最大限度地方便了旅客换乘和人群的快速疏散。

京雄高铁大兴机场站为地下车站，地下一层为站厅层，地下二层为站台层，设置 2 台 6 线。它与地铁线、城际铁路联络线共同下穿北京大兴国际机场航站楼。采用“上进上出”的流线模式，进站换乘京雄城际先由地面航站区进入地下一层换乘通廊，通过开放式进站口检票进站，进入地下二层站台乘车。出站乘飞机的在地下一层南北区出站，通过换乘通廊向上进入航站楼。京雄城际铁路与城际联络线、地铁构成轨道交通站厅层，在地下一层换乘通廊可实现无缝换乘，并进入站台乘坐高铁。

2020 年 12 月 12 日，新郑机场至郑州南站城际铁路开通运营。至此，郑州市内的郑渝高铁、郑阜高铁、郑登洛城际铁路、机南城际铁路等多条高铁与新郑机场站实现无缝衔接，旅客空铁零换乘变成现实。在此之前，一条全长 43 公里城际铁路将高铁郑州东站与新郑机场连为一体，让来往于北京、广州、上海、西安乃至乌鲁木齐的旅客，一下飞机，不但有出租车、公交车、地铁、机场大巴可以坐，而且有城际高铁可以坐，不出机场即可实现与高铁的换乘。

2021 年 8 月 9 日，济青高铁青岛机场站正式启用，青岛市及周边地区的旅客乘坐高铁直达青岛机场站。青岛胶东国际机场是集航空、地铁、高铁于一体的综合交通枢纽，高铁、地铁同时并行穿越航站楼，实现了高铁、地铁、高速、机场等多种交通方式“零换乘”，将青岛胶东国际机场、济青高铁、青岛地铁 8 号线有机地组合在一起。高铁、地铁、航空全方位换乘，实现了一小时内青岛环城、一小时内抵达济南，极大地方便了市民出行。

从合肥南站下高铁，利用线下铁路出站厅直接步行至线下轨道交通进站口，选择乘坐轨道交通 1 号线、5 号线或 4 号线离站。平面平均换乘距离约 30 米，含垂直交通的总换乘距离不超过 100 米，就可以实现与城铁、公交、出租车、轨道交通等多种交通方式的“零换乘”。

正在建设中的长沙西站，集高铁、地铁、普铁、城铁、有轨电车、长短途公交、网约车、出租车、私家车等多种交通方式于一体。乘客不仅可以实现机动车和高铁站的零换乘，更可在长沙南站、长沙站、长沙西站中实现“一线换乘”。遵循“车远人近”的原则，站内设计了 9 个长途及旅游大巴发车点，10 条公交车首末站，铁路自营停车场、社会停车场、网约车接客车场停车位共约 1300 个，出租车等候线 6 条。同时，规划建设的 4 条地铁线，采用侧岛侧 T 型换乘方式，直接接入长沙西站枢纽，并在站内与国铁形成了安检互认的“紧密换乘”模式，实现了各种交通方式的无缝衔接，旅客无风雨“零换乘体验”，打造了我国高铁客站“新标杆”。

城际铁路是实现高铁客站多种交通工具“零换乘”的重要载体。近年来，许多高铁站开行连接城区的公交车，试图达到无缝接驳的目的。但公交车只是常规性交通工具，拥堵的烦恼，速度慢、时间长的问题，一直没有得到彻底解决。城际铁路完美地避开了公交车的短板，以正点、快速、安全赢得竞争优势，也为从根本上解决高铁站与城区的接驳提供了新的借鉴。

中国高铁客站之最

世界最大的地下高铁站：福田站。位于深圳广深港高铁线上的福田站，是目前亚洲最大的地下火车站，于 2015 年 12 月 30 日正式启用。

世界最大的地下高铁站——深圳福田站剖透视图。

福田站占地面积达8.1万平方米，相当于11个半足球场。如果说，地下有26条铁路线的美国纽约中央火车站是世界上最大的地下火车站，那么，福田站则是世界上最大的地下高铁站。整个车站为三层式结构，地下一层为换乘大厅；地下二层为站厅层和候车大厅，可供3000名旅客同时候车；地下三层为站台层，共设8条股道4个站台。高铁福田站与深圳地铁福田站连在一起，一共有36个出入口，涵盖了深圳地铁的4个地铁站。

深圳市有深圳北站和福田站两个高铁站，深圳北站主要承担中长途客流，辐射深圳市范围。福田站则主要承担广、深、港之间的城际客流，本应该直接进入中心区。然而，福田区地面很难承建一座火车站，于是就有了这座地下高铁站。

中国客流量最大的高铁站：广州南站。广州南站连接京广、广深港、贵广多条高铁，以及广珠城轨、南广快速铁路。18条公交线路和2条地铁线往返市区，实现了高速铁路、城际铁路、快速铁路、地铁、公路等多种交通方式的无缝衔接。

广州南站经停列车位列全国第一。站内换乘便捷，联程票旅客换乘不必出站。2016年，该站日均客流量16万人次，超过上海虹桥站及北京南站。2019年春运期间，广州南站到发旅客2126.37万人次，同比增长23.85%，日均到发旅客53.15万人次，是名副其实的全国客流量最大的高铁站。

中国最北的高铁站：齐齐哈尔南站。迄今为止，齐齐哈尔南站是中国最北端、最寒冷的哈齐高铁线的终点站，也是我国高寒和高纬地区高铁的重要枢纽站。

齐齐哈尔为我国著名鹤城。这里芦苇、沼泽广袤辽远，是鸟类繁衍的天堂。齐齐哈尔南站的站房设计也彰显了城市的特色——以飞翔的丹顶鹤为主要设计元素，白鹤展翅，洁白无瑕。齐齐哈尔南站于2015年8月17日正式投入使用，总建筑面积67962平方米，站房为三层结构，地上一层、二层都设有候车大厅，最高聚集人数可达6000人。

中国最西部的高铁站：乌鲁木齐站。乌鲁木齐站于2016年7月1日开通运营，是目前中国最西部的高铁站。乌鲁木齐站是“丝绸之路经济带”上的重要交通枢纽，可容纳8000名旅客候车，日客流量可达24万人次。

车站建筑分为地上二层，地下一层。布局9台18线，站房总建筑面积约10万平方米。车站采取“线上候车”的方式，候车厅位于9条到发线正上方，旅客只需下几个楼梯就可到达站台。该站实现了各种交通方式换乘无缝对接，为新疆铁路最重要的旅客集散地。

中国海拔最高的高铁站：西宁站。西宁站海拔2295米，是青藏高原的东方门户。现有兰青铁路、青藏铁路、兰新高铁交会于此。2014年12月26日，随

西北地区最大的高铁站——西安北站

着兰新高铁全线开通运营，西宁站就成为我国海拔最高的高铁站。

西宁自古就是“丝绸之路”南路和“唐蕃古道”的必经之地，也是西北交通要道和军事重地。西宁站始建于 1959 年。2015 年，改造扩建后的新西宁站正式投入运营。现有建筑面积约 13 万平方米，站房主体共三层，分为高架候车层、站台层和出站厅，最高聚集人数 12000 人。车站共设 9 个站台 21 条到发线。

中国最小的高铁站：五府山站。合福高铁线上的五府山站，是我国目前最袖珍的高铁站。五府山主峰海拔 1891 米，北望三清，南依武夷，乃华东第三高峰。这里自然环境独特，地质构造复杂，地貌类型多样，集悬崖、峭壁、飞瀑、险滩、秀林于一身，素来就有“饶南仙子”的美誉。

车站总建筑面积 2000 多平方米，站场规模为 2 个站台 4 条股道，2 个人工售票口、2 台自动取票机，最多可容纳 400 人候车。每日办理动车组列车 8 趟，日均发送旅客 100 人左右，可以直达到北京、上海、天津、合肥、福州、厦门、长沙等城市。旅客进入五府山站，还需要步行 150 余级站前台阶。因此，它也是我国目前台阶数最多的一个高铁站。

亚洲规模最大的高铁站：西安北站。郑西、大西、西兰、西成、西渝、西武、银西、包海和关中城际铁路等 19 条高铁引入该站，成为沟通中国东部和西部重要的铁路中转换乘站，乃全国最大的高铁“米”字形枢纽，目前亚洲规模最大的高铁站。

车站占地面积 53.3 万平方米，总建筑面积 42.5 万平方米，主体建筑面积 33.6 万平方米，最大可容纳 8 万名旅客同时候车，设有检票口 36 个，152 台自动检票机。车场为 3 场 18 站台 34 股道，集高铁、地铁、公交、城际铁路于一体。2019 年，西安北站日均开行动车组列车 395 趟，发送旅客 5400 万多人次。

高铁客站的建筑美学

美学，体现着人与世界的审美关系。

火车站是人们到达一个城市的首要印象。它既是一个城市独一无二的印记，更是一个城市的灵魂和精髓，展示着一个城市的历史和风貌，凝聚着一个城市的品格和精神。

一座高铁客站就是一道风景。

高铁客站成为当今建筑界广泛关注的特殊建筑类型， 实现了高科技成果和文化韵味在建筑学领域的结合，融入了城市文化底蕴，用建筑之美塑造城市气质。纵观网红的高铁客站，不仅为公众出行提供了切实可靠的平台，具有独特的不可取代性，同时还具备重要的社会意义和美学意义。这个美学意义在于，追求结构美学与形象美学的统一，在有限的空间里，表达多元素的审美韵味。

法国速度理论家保罗·维里利奥认为，如果现代性还有什么本质的话，那么这种本质就是“流动”。而流动的“速度”则改变了“距离”与“空间”，催生了新的美学纬度。高铁带来的“新美学”，自然包涵现代性的一切特征：速度、舒适、时尚、便捷、流动等。

中国高铁客站以其“高大上”的态势，成为展现城市地域风貌和城市人文精神的最好载体。巧妙地采用曲线的形态，营造出多维的视觉效果，淋漓尽致地表现出高铁客站的流动感和动态美。一座座高铁客站，已经成为展示中国成就、中国气派的建筑美学和动人风景。

传承地域文化之美

高铁客站是城市门户，处于城市品质和文化表现的最佳位置。

伴随着高铁的延伸，城市轨道交通和其他公共交通方式的发展，高铁客站正向城市综合交通枢纽作用转化和城市交通体系融合，日益成为城市生活中最为活跃的中心之一。借助高铁客站的地标形象，传承地域文化之美，必然会提升城市的文化厚重感和影响力。

我国地域文化源远流长，它是一个地域、一个城市的根基。将丰富的地域文化元素运用到高铁客站美学之中，开阔了中国建筑美学视野，提升了客站美学品质，实现了中国高铁客站建筑形态的创新。

中国高铁客站的建筑美学表现，既包含着多功能的便捷，又体现典雅的文化传承，融合了科技创新、历史文化、现代精神等多种城市文化元素，给人一种赏心悦目的时代美感。

每一座高铁客站的建筑寓意，其灵感都源自所在城市和区域的厚重历史，体现了中国文化的审美情趣。提取城市历史文化的典型元素，创新性地运用中国传统绘画、山水景观再现等表现手法，矗立起别样的建筑形象美，勾勒出一幅幅具有深厚文化底蕴的站舍群立体画卷。

北京南站，中国高铁的第一站，也是京沪高铁、京津城际的起点站。客站主体建筑的椭圆形外貌，源自于天坛“祈年殿”。将大殿顶层演化为中央屋盖，将大殿的二、三层分别演化为站房两侧跌落式的雨棚，站台为岛式 13 台 24 线的地上站台。中间椭圆形主体建筑设有 3 个层次，承担候车换乘等功能，隐喻中国皇家建筑的层次感和崇高地位。借鉴天坛的建筑元素，既古典庄严，又散发着时代的气息。结合站房整体平面布局及功能需求，在椭圆站房南北侧设置四座独立的实体办公建筑，其形象恰似两扇大门，面向城市敞开。

武汉站以飞鸟展翅的外形创意，呈现出黄鹤飞翔的动感。唐代诗人崔颢“昔人已乘黄鹤去，此地空余黄鹤楼”的名句，在此实现了一种形象的时空表达。以奇妙的空间流线和建筑形象，呈现一种流动、飞翔的意境之美。寓示着千年鹤归、九省通衢，彰显了武汉特有的历史文化韵味。

广州南站巨型的“芭蕉叶”造型，恢弘大气，充满动感。设计和建设充分尊重广州山水城市的格局，做到自然环境与人工环境融为一体，具有鲜明的岭南文化特色，涌动着南国风情之美。站房屋顶以一片片的芭蕉叶为基本单元，通过中央采光带的串联，形成极具特色的建筑形态。

上海虹桥站是一个平直、方正、厚重的建筑造型，线条分明，格局大气，表现出一种既稳重又充满活力的建筑效果。在浪漫的海派风格中，融入了大都市的时尚与稳重，好似一艘停泊在东海广阔海平面线上的综合交通“航母”，广纳百川，气度非凡。

南京南站紧扣“古都新站”的特色主题，运用中国传统建筑的柱廊、斗拱、双重屋檐等建筑手法，坚持南京城墙的肌理特征，以雨花石的色彩斑斓、中华门的三重空间序列为元素，用方正刚毅的直线和简约优雅的曲线，营造出传统建筑的壮美神韵和现代化高铁客站的恢弘气势，完美地体现了古都南京浓郁的地域风格。

沈阳南站大面积浅灰色实墙镂空长窗与深窗口相结合，突出表现了内敛、稳重的北方大都市建筑形象，略带倾斜的墙面增强了建筑的整体感和稳定感。银白色的金属屋顶，其设计灵感来源于古典建筑中的“飞檐翼角”。线条简洁而舒展，檐口微微隆起的曲线，向外突出的格栅，整个建筑轮廓优美而富于动感，又不失恢弘庄严的气势。

昆明南站以“孔雀开屏、鲜花绽放”的外形，表达了昆明城市开放进取和热情好客的寓意，使之成为云南面向世界的一张新的名片。作为多民族地区，用富有民族特色的色彩、纹饰和细部构件作为建筑语汇，深化了“民族交融之城、国际交流之门”的情感，绽放地域文化的光芒。

福州南站采用树状柱式作为空间构成要素，既凸显了空间的开阔大气，又彰显了“榕城”的城市文脉。正立面曲线自然舒展如海浪涌动，充分表达出海峡西岸中心城市的地域文化特征。站房屋顶悬挑而出，气势恢宏如巨轮出海，象征福州“海丝方舟，时代先锋”的城市主题。

黄山北站既是世界闻名风景区黄山的门户，又位于最富有中国传统文化底蕴的徽州文化所在地。车站建筑立面集合迎客松、奇峰云海、摩崖石刻等多种典型的黄山元素，同时运用中国画传统手法和徽州砖雕工艺，勾勒出壮美的黄山韵味和徽派文化画卷。

西安北站的设计主题为“唐风汉韵、盛世华章”，既复古，又现代，整体气势恢宏，传承着浓郁的汉唐风骨。整体风格融合了西安城墙、大明宫等古建筑元素，渗透着一种强烈的唐汉文化韵味和历史厚重感。

郑州东站建筑的立面形象，具有中原大鼎的青铜气质，体现了国宝“莲鹤方壶”“双连壶”的和谐构图，平稳、端庄、大气，见证了传统文化与现代建筑的交融，蕴藏着角逐中原的历史图景和中原崛起的现代精神，寓意中原历史和中原文化的博大精深。

"复兴号"奔驰在五彩缤纷的大地上

潍坊北站造型从传统的盘鹰风筝中汲取营养，以简洁有力的折线勾勒出展翅而飞的动势。支撑大屋面的结构，构建起风筝骨架与纤细薄羽，还有象征风筝的丝线，细致入微。以磅礴的造型语言，寓意着潍坊如雄鹰翱翔的稳健和高度。以精致的建筑细节，表现了潍坊自古作为手工业城市的工匠气质和技艺坚守。

石家庄新站的七个大拱门造型，灵感来自“赵州桥”。南北通行的高速列车从大拱门中穿行而过，延续了历史长河的印记。从古老的赵州桥延伸开来，通过一种特有的建筑形态塑造，创造出一座现代化桥梁的形象。一座缅怀过去，承载辉煌的历史之桥；一座象征城市，继往开来的未来之桥；一座走向世界，发展前景广阔的开放之桥。

花的造型，是建设中的长沙西站的特色。以“三湘四水、杜鹃花开”为设计理念，利用空间使用的差异性的高度，将建筑塑造成一朵朵花瓣错落有致的“杜鹃花”。站房建筑立面造型为圆润且由下向上逐渐伸展的姿态，寓意“杜鹃花开”的美丽愿景。

沿着京雄高铁，从北京西站到雄安站，一站一景，处处别有韵味。固安东站的设计主要以水波形大屋顶及树状廊柱为主体造型，充分体现了固安的“中国温泉之乡”“矿泉水之乡”等生态文化；霸州北站设计主要采用“龙形”与“门”字相结合的方案，传达出霸州“三关之锁钥、冀中之机枢”的历史文化。

雄安站外观采用“青莲滴露”的文化主题，呈水滴状椭圆造型，椭圆形屋盖轮廓如清泉源头，似一瓣青莲上的露珠。巧妙地将白洋淀的“水”文化融入雄安站的造型设计。雄安站毗邻白洋淀，水是车站的文化之魂。清泉源头，风吹涟漪，寓意着“青莲滴露、润泽雄安”，体现了亲近自然、可持续发展之意。

时代的精神坐标

在人类社会发展进程中，精神永远是导向、坐标和旗帜。

高铁客站作为一个城市的当代建筑坐标，除了具备城市、文化属性外，还应该是积极向上的精神标志，展示具有蓬勃生机的动力之源和精神之源。坚定信念，不懈追求，铸就速度与时代的精神坐标。

南昌是一座英雄的城市，在近代史上，江西人才辈出，石破天惊的南昌起义，向反动派打响了具有划时代意义的革命第一枪，鲜艳的红色军旗在这里冉冉升起。周恩来、朱德、贺龙等党的第一代领导人，都在这里战斗过，红色革命成了南昌的名片。南昌西站站房外形以荷叶为主题，寓意“和谐、和平、和睦”，玻璃幕墙由蓝向红的变化，代表南昌特殊的红色历史。每一个体块上的浮雕，都在讲述英雄故事，以此纪念发生在南昌的对新中国有决定性意义的事件。这座城市的精神高地仿佛在告诉世人，您所到达的城市是一座伟大的城市，一座英雄辈出的城市。

锦州曾经是辽沈战役的主战场。新中国成立前夕，1948 年 10 月 7 日至 15 日，人民解放军东北野战军主力对据守辽宁省锦州的国民党军展开了声势浩大的攻坚战役。经过 31 小时的激战，东北野战军攻克了锦州。这一战例写进了中国人民解放军战史。这里有辽沈战役纪念馆、辽沈战役配水池战斗遗址以及东北野战军锦州前线指挥所等革命文物单位。

锦州北站的色调风格保持了锦州火车站老站房的早期现代主义风格，单一的灰白色调，庄重大气，稳重刚毅，寓意着对革命英雄的敬仰之情。中部通透大气，两侧简洁典雅，设计了富有力量感的弧线与拱券，表达了锦州对于革命历史的厚重记忆。

位于江西赣州的赣南苏区，是人民共和国的摇篮和苏区精神的主要发源地，原中央苏区振兴发展示范区、红色文化传承创新区，展示了著名红色旅游胜地的斗争精神和文化力量。

赣州西站是赣昌高铁、赣深高铁的起点站。站房建筑以“二水环流、赣州之翼”为创意，以菱形的律动建筑体量隐喻多面的矿石晶体，以展翅腾飞的造型喻意科技引领产业升级和经济发展，体现出赣州生机勃勃的城市精神。站台雨棚外形为异形结构，整体如赣江之水波浪起伏，又如大鹏展翅腾飞万里。整体站房中部高起，两侧四边形的开窗和候车厅上方的大面积侧天窗，呈线条状地放射性展开，在为候车厅提供充足自然采光的同时，也寓意革命英雄主义精神永放光芒。

位于黑龙江省东部的林口县，是一座英雄小城，

杭州东站广场上的美丽“动姐”

境内有“八女投江”殉难地、八女投江纪念碑和东北抗联遗址，广泛流传着抗联英雄的故事。林口南站建筑外观如同“林中木屋”，融入特有的“山水神秀”文化与英雄红色文化，象征如山峦屹立的城市精神。两侧较小体块烘托中部门式造型，窗格构件相互交织，如森林雾凇，展示了雪原建筑意象和寒冷地区建筑特质。车站稳重大气、简洁壮丽，通过现代建筑语言诠释了站房的人文之灵。

牡佳高铁线上的七台河西站，秉承“短道速滑，胜利之城”的设计理念，弘扬拼搏创新的时代精神。七台河先后培养了张杰、杨扬、王濛、范可欣等10位世界短道速滑冠军，素有“中国冬奥冠军之乡”“中国短道速滑之乡”“冬奥冠军摇篮，短道速滑圣地”之称。站房造型灵感来源于短道速滑运动，隐喻七台河市短道速滑圣地的城市名片。车站主体与左右两侧造型形成统一灵动的整体，隐藏的“V”造型，喻意英文单词胜利——Victory。建筑中部采用横向线条延伸至两侧，同时体现了交通建筑与速滑运动的融合。入口两侧的实体造型作为冰刀的抽象表达，与玻璃幕墙形成虚实对比，突出了速滑运动与拼搏精神的表达，实现了地方特色和现代建筑的交融。

重庆西站整体建筑呈现出山水状的曲线形态，设计理念融入重庆山水特色和“红岩精神”，岩石与江水刚柔相济，古老山城与现代重庆交相生辉，呈现“两江相聚潮头涌，豪迈云起耀明珠”的时代精神，展现出重庆这颗正在冉冉升起的西部明珠无穷的魅力。

美学细节的张力

专家说，建筑是细节的集合体。

任何一个优秀的建筑都是由许多完美的细节所构成，而对任何一个细节的忽视，都可能造成一个建筑作品的永久缺撼。美学细节承载着文化与审美情趣的传达。注重细节，体现细节的张力，用细节体现美学精神，成为中国高铁客站设计建造的不懈追求。

走进呼和浩特东站，中部候车大厅是一个巨大的穹顶，寓意为“草原穹庐”，体现和表达着辽阔、丰厚的草原文化。穹顶的设计结合采光天窗及侧窗，结构由一组放射状布置的拉杆拱组成，形成一个个具有炫彩的光环，很有效地解决了大空间的自然采光。每组拉杆拱均由横截面为三角形的格构式钢管拱，形成具有视角冲击力的空间效果。从结构的构思出发，结合细节的变化，实现了技巧和艺术完美结合。

中国传统建筑的“大屋顶”，是敦煌站的标志性造型要素。将站房广场及站台方向立面浮雕的立意确定为“舞乐颂客、飞天迎宾”主题，整体展示敦煌文化的同时，细节设计也成为展示文化元素的载体。外立面装饰浮雕采用汉白玉，成为整体造型和文化表达不可分割的重要组成部分，将敦煌独特的文化元素“飞天”作为外立面浮雕的主要内容，更贴切地反映飞天的飘逸、俊美的文化及神话特征，升华了建筑的地域文化意味。

如此的细节设计，作为一个个具有特定意义的片段，支持并诠释着总体设计的文化概念，呈现出文化的张力。这种敦煌文化独有的符号，作为一个个细节与站房建筑造型主体相呼应，并分别展示着独特的艺术特征。

孔子故里曲阜东站，综合运用斗拱、窗花、线脚等中国古典建筑符号，强化了建筑轮廓和线条，主体突出，工艺精细，细节传神。正面浅灰色基调的石材幕墙和通透的玻璃幕墙交相辉映，站房造型与曲阜儒学文化区整体建筑风格相协调，体现厚重的文化气势与内涵。遍刻篆体的“礼、乐、射、御、书、数”的六艺群雕，传统韵味与现代时尚交织，飘浮着浓烈的文化气息。气势恢宏的玻璃屋顶将天光引入室内，隐喻新儒学思想对中国文化的精神指引。建筑与城市文化背景有机融合，表达出天人合一的境界。

▲ 高铁客站美丽的弧线

走进雄安站，温馨、典雅、时尚、大气，处处体现出细节的精致与美感。建筑技术与形象艺术在这里和谐共生，从室内装饰到设施布局，每一处细节都让人感受到设计者和建造者的匠心独运。

雄安站的细节之美，是建立在深入解读京津冀地区、雄安新区历史文化基础上展开的。因地制宜地弘扬地域文化，与时俱进地传递时代精神，拓展了高铁客站的设计美学。整合了建筑、视觉表达、工业设计等多个学科，紧扣客站文化定位，构建视觉秩序，呈现出和谐统一的美学风格。融合多种工艺来围绕主题，丰富细节审美，彰显艺术装饰空间、空间衬托艺术的美学意境。

仰望雄安站高大开阔的候车大厅正梁，你会看到一块青灰色牌匾，正中是用榜书题写的“雄安站”，下方为一排铜镀金字母。这块站名牌匾融合了多种传统工艺并加以创新，充分利用色彩渐变体现釉料自身的颜色特征，使字体更为简洁明亮。匾额底纹由 8 斤蛋壳拼贴而成，灰白色的蛋壳衬托出珐琅黄色的字，纹样以白洋淀的生态元素为基础，通过抽象的装饰表现，营造一个恬静、清新的“水的世界”。由于融入了大漆工艺中的贴蛋壳装饰技法，还有镀金、蚀刻、锤锻等传统金属工艺，使整个牌匾更加有层次，灵动而丰满。

雄安站候车大厅高大空旷，各个部位的细节灵动、丰富。由多个幕墙组成的进站单元体，把二十四节气融入装饰中，别有韵味。结合站厅流线，寓意雄安新区四时更替、春秋代序、生生不息。

地处风景名胜的张家界西站，候车大厅屋顶采用木纹铝板桁架，灯槽及横梁等细节，构建土家族吊脚楼屋顶，柱面均留槽采用西兰卡普花边图案，二层栏杆下方通风口亦采用简化西兰卡普图案，将整个候车室打造成具有土家族民族特色的吊脚楼空间，给旅客宾至如家的感觉。

步入郑阜高铁周口东站站房大楼，庄重典雅的主楼给人以现代、简洁、气势恢宏的深刻印象。以“三水汇西周、千帆兴陈州”的设计主题，站房的天际线由高至低层层叠加，与周口三水交汇的地域特征相吻合，也表现出建筑的层次感。立面幕墙横向的百叶设计，隐喻伏羲画卦，表现地方特色的伏羲氏文化。站房二楼进站口，由篆书字体设计的“周”字市标图案，高悬正中，精巧耐看。一个“周”字的细节，激活了整个周口漕运文化。相传，明永乐年间，淮河、沙河和颍河漕运的开通，有一周姓人家在沙河南岸的子午街开辟了一个渡口，在此往返摆渡，因而称为周家渡口，“周家口”因此得名。

金建高铁是一条集名山、名水、名胜于一体的黄金旅游线路。兰溪东站以隐喻山水造型，错落有致，层次分明，给人以活泼大方、灵秀多姿的视觉感受。兰溪自古享有“三江之汇”“六水之腰”的美誉，山水秀美，风景怡人。站房设计细节上提取了兰溪自然山水元素，将屋顶设计成山水起伏、水波荡漾的形态，正面幕墙以竖向线条排列组合，如同一幅画卷向乘客徐徐展开，令人心旷神怡。

高科技的客站『质感』

中国社会经济与文化多样性发展，促进了高铁客站功能的多样化。高铁客站除担负传统的运输任务之外，其综合服务功能也在不断增强。高铁客站站房及其站前广场的科学设计和布局，呈现出时尚的多元化特征。

我国高铁客站建设集中了当代科技优势，功能先进，布局合理，品质高端，旅客出行顺畅、自如。设计新理念，促进了设计艺术、建造技术的进步。站桥合一结构、清水混凝土技术、绿色生态发展等一系科技列创新实践，让中国高铁客站更加通畅、更加有气势、更加有质感。

“站桥合一”的舒展

“凌空高架”是中国高铁客站的存在形式与立体宣言。

“站桥合一”的结构体系，构筑起我国高铁客站的最佳载体。将桥梁结构与站房建筑结构结合起来，既有效地利用空间，营造出宽敞舒适的候车换乘环境，又实现了客站结构的人性化、艺术化，集轨道交通和地面公交为一体，实现客站的景观性、功能性、经济性和多元化。

在寸土寸金的城市空间里，要想舒展开高铁客站的“博大胸怀”，“站桥合一”的建筑理念和实践无疑是最佳选择。北京南站、广州南站、沈阳南站、郑州东站、济南西站、天津西站等枢纽高铁客站，均采用“站桥合一”的结构体系，展现出宏大空间和迷人光彩。

“站桥合一”式客站具有设计结构复杂、下部框架结构刚度大、构件形式多样化等特点。与传统火车站的站桥分离结构模式不同，“站桥合一”结构体系的轨道层结构是站房整体结构的一部分。当高速列车通过轨道层时，车致振动会通过竖向支撑向上传递到高架层和屋顶层，从而引起整个站房结构的振动响应。轻者影响旅客候车或换乘的舒适性，重者造成客站的结构性破坏。

为攻克“车致振动”难题，中国高铁客站设计团队建立了“列车—轨道—站房耦合系统整体动力学分析模型”，系统研究高速列车通过客站时列车与站房结构的动力响应，分析客站各个楼层的动力响应规律，以及车致振动在客站内的传播衰减规律，有效制定了应对措施。在满足客站既定功能的前提下，处理好地铁、铁路桥梁、站房结构间的相互关系；结合独特的建筑外形和通透、灵动的室内空间，运用结构概念和基本原理确定合适的站桥合一方案，实现了桥梁结构、站房建筑力学的精准传递、对接与平衡。

宁波站站房建筑结构综合考虑温度效应以及“风—车—梁”耦合振动对安装和卸载作业精度控制的影响，设计团队自主研发了三维多角度“五级调节构造体系”，正立面采用超大跨度大悬挑“水滴”钢结构及幕墙体系，最终将误差严格控制在两毫米以内，形成了一整套双层双曲面异形钢结构及幕墙安装的专利技术。这是世界铁路站房超大异型悬挑体系技术的重大创新，为国内外大型公建异型钢结构及双曲面点支玻璃幕墙提供了成功经验。

雄安站的一层和三层是候车室，列车从二层的桥上通过。雄安站在国内首次采用装配式站台吸音墙板，这种墙板运用声学设计，上面设置了很多55毫米的孔眼，夹层为玻璃丝绵。由此，极大地降低了列车通行时产生的噪声，人们在候车时听到列车经过的响动，大概相当于一辆汽车驶过公路的声音。

广州南站则是一座集铁路桥梁、站房建筑于一体的全高架式大型客站。客站下部为桥梁结构，中部为高架候车层框架结构，上部为大跨度钢架结构屋顶。屋顶雨攀柱全支撑在铁路桥梁墩上，高架候车层则全部支撑在铁路桥梁上，候车层柱荷载直接传递给铁路桥梁。开通运营十多年来，广州南站站桥组合形式经受了考验，人车分道，各行其流，成为目前中国现代化程度最高、功能最复杂、客流量最大的高铁客站。

常州站为普铁与高铁共用车站，京沪铁路和沪宁城际铁路交汇于此。改造扩建后的常州站为桥梁式高架站，候车室位于桥梁下方，与桥梁结构墩柱组成整体框架结构，采用钢箱梁拱作为受力形态，钢箱梁最大跨度达到66.4米。通过进站天桥，实现普速铁路与高铁客流的相互流动。

武汉站距离天兴洲长江大桥仅4公里，客站站台与站前广场之间有10米左右的高差。设计团队以10座铁路双线桥的形式，将客站的11个站台20条股道线完全采用桥梁架空通过车站用地。在狭小的铁路限界内，以单管方式实现了116米的跨距，创造了类似结构的世界最大跨度。同时，还将候车大厅、乘降站台、城市换乘广场以及地铁站，自上而下立体叠合在这个全架空的站场范围之内。充分利用桥下空间设置铁路售票、进出站广场和地铁出入口，确保客站畅通无阻。

这种叠合式立体布局，空间视线通透，视角美感通畅。借助自动垂直升降设施，可以使旅客进出流线大大压缩，创造了舒适便捷的乘车环境，开创了中国高铁站场整体“凌空高架”的先例。由此，武汉站成为中国高铁站房建设的里程碑工程，荣获中国建设工程鲁班奖。

鸟瞰上海虹桥综合交通枢纽，高架桥、引桥、盘桥纵横交错，犹如一道五线谱镶嵌在大地上，蔚为壮观。上海虹桥站是典型的“站桥合一”结构，采用线上高架桥结构，包括东西两个站房和高架站房，并在两侧设置站前高架和落客平台，建筑体型巨大，荷载作用工况复杂。主体建筑由站房、无柱雨棚、车站设备、南北辅助办公楼等部分构成。高铁站采用在线高架候车、在线出站结构，东西两侧设置高架落客平台，外观与机场候车楼相似。结构形式充分考虑了建筑功能、美观和设备安装等因素，实现了建筑功能和美观的协调统一。

步入雄安站，灵活多样、别致有趣的双层立体候车布局，吸引了很多过往的旅客。基于立体布置、紧凑布局的原则，雄安站进站以地面层为主，高架层为辅，旅客可以根据需求自由选择候车地点。同时，在地面层和站台层之间设置出站夹层，实现旅客“进出分层，到发分离”，实现了进出站的顺畅无阻，提高了换乘效率，为旅客节约更多时间和经济成本。

“大跨度”结构力学

大跨度空间，成就了中国高铁客站空旷大气的经典之作。

高铁客站因受其使用功能、场地条件等因素的影响，在站房屋面及楼面、站台雨棚及天桥均较为普遍地运用大跨度结构。大跨度的站房、候车大厅，通透明亮，视野开阔，气贯如虹，呈现出一种恢弘气势。

粗壮的钢管柱结构，弧形地顶立起巨大的穹顶，描绘出一个似乎无边无际的空间，大揽天下之客，纵横结构之美。在这个大跨度的巨大空间里，人流涌动，从容自信，来去匆匆，井井有条，这静与动的组合，描绘出具有中国特色的高铁流动图。

中国高铁客站的结构设计，不断创新技术，不断挑战自我，整体提升了建筑工程难度，积极践行着对建筑结构美学意义的探索。多种形式大跨度钢架结构、无站台柱雨篷钢结构等客站结构新技术，通过立体化的空间布局，在节约宝贵土地资源的同时，满足旅客的多种需要，提升了客站的时代感。

高铁客站建筑结构主要体现在屋顶结构上，对空间要求较高的建筑物往往采用大跨度屋面结构体系。专家告诉我，当前世界上大跨度屋盖结构指的是大于或等于 60 米的屋盖结构。

殊不知，大跨度不仅仅是力学问题，还是一个情感和美学问题。经过一系列的技术创新，钢框架、钢桁架、空间网架已经成为中国高铁客站常用的结构形式。如何让这些“冷冰冰的钢铁”更富有美感，高铁设计师挖空了心思，运用多种结构形式，将高铁客站的屋顶形态设计为遮阳效果明显的悬挑式，使得建筑整体更具飘逸感与动态感；将重复的柱廊和大面积玻璃幕墙设计于主立面中，以增强建筑构件的韵律感和节奏感。同时，还利用丰富多彩的光影效果，给旅客带来多角度的视觉享受。

广州南站候车大厅采用的是 64 米的大跨度拱形结构，巨大的玻璃穹顶棚，形似 6 片漂浮于空中的芭蕉叶，似乎有着一种广东音乐《步步高》的意境。突破了传统车站一字排列的铁路站场、旅客站房和站前广场结构，进行创新性的立体叠合，形成了通畅的大跨度结构，大大缩短了进出站流线。同时在东西两侧设有悬空的廊桥，供车辆直接开上出发平台送客，其立体化的交通方式与飞机场的设计风格相似。

深圳北站站房同样为大跨空间结构，包括地面站台层、高架夹层、高架候车层、商业夹层共四层，为超长无缝钢结构，钢结构最大跨度东西 86 米、南北 81 米，最大悬挑 63 米，为中国房建领域的最大悬挑。站房屋盖采用“上平下曲”形态，线条顺应空间走向，立面与内、外部空间浑然一体，形成强烈的节奏、韵律及风格特点，展示出轻透的亚热带建筑个性。

厦门北站采用“大跨度空间桁架＋双向正交管桁架屋盖”结构，无柱候车厅屋盖双向跨度达 132 米 ×220 米。创造了“世界上已建成具有最大跨候车室的高速铁路站房、世界上首次采用双向巨型混合框架结构体系的铁路客运站房、世界上首次应用双向不等高交叉桁架组成的屋盖结构”三项世界纪录。2015 年荣获国际桥梁及结构工程协会“杰出结构工程奖”。

福州南站站房设计采用将站台雨棚与侧式站房“一体化设计”，打造舒展流动的屋顶轮廓和天际线。在南北腰部设置落客平台，与既有西广场共同形成分区

武汉站候车大厅的大跨度空间

均衡的交通体系。实现客流的分区疏解，“北进北出、南进南出、西进西出”各方向客流相对均衡，确保客流畅通。

大跨度空间让地下结构的客站依然阳光灿烂。

京津城际铁路延伸线上的天津滨海站（原于家堡站），是一座建在地下 30 多米深处的高铁客站。其“大贝壳”结构美学，令中国高铁客站的设计者引以为豪。以海洋文化为灵感，屋顶采用贝壳式螺旋线形结构，半敞开式的设计手法，通过大面积玻璃介质隔墙的应用，引入明媚的阳光，彻底打破了轨道地下空间给人阴暗、狭窄、局促的印象。

天津滨海站大跨度网壳结构体系创新，主要包括网壳网格形式的创新和国内外罕见的大跨度。网壳由 36 根顺时针方向和 36 根逆时针方向的螺旋形箱梁杆件相互编织，形成纵向跨度 143 米、横向跨度 80 米、矢高 24 米的贝壳形单层网壳结构。中间没有支撑，穹顶钢结构总重量达 4600 吨，相当于半个埃菲尔铁塔的重量，开创了站房穹顶采光屋面创新设计的国内先例。大吨位、大跨度、大面积的超大型构件，以及新材料、新技术的应用，堪称“站房工法博物馆”。

夜色降临，灯火灿烂。远远看去，这枚精美的“大贝壳”就是一个卧伏在地面上的彩色大贝壳，熠熠生辉，给人以无限遐想。

无独有偶，位于深圳市中心区域的福田站，是一座全地下高铁客站，最大埋深 30 米。地面乃繁华区，周边高楼林立，桥梁纵横。福田站地下总建筑面积近 15 万平方米，与三条地铁线衔接换乘，堪称地下结构的奇迹。

与此同时，中国高铁客站大量采用无柱风雨棚站台，尽可能减少站台上影响旅客行进和观察视线的障碍物，创造更明确、更舒适的乘车环境。无柱雨棚不仅使客站面貌焕然一新，也有力推进了结构设计与建造技术的进步。

过去的钢结构雨棚容易出现表面锈蚀起鼓的情况，高铁客站创新采用“无站台柱清水混凝土雨棚的设计创新实践”方案，以重庆西站雨棚为试点，首次采用现浇纯清水混凝土雨棚设计。连绵伸展的雨棚，精巧而简约的结构形式，细腻而利落的建筑风格合二而一，没有多余和造作，一改想象中混凝土的粗糙和笨拙。建筑师、结构师与水电工程师共同研究，为雨棚特别配置了定制设计灯具和暗藏Y形双向落水管，完整展现了建筑、结构、机电设备一体化设计施工的共融之美。坚固、耐久、免维护的优势，充分保障了日后列车的安全营运。

高铁客站作为城市经济建设的标志，其站房设计正在不断走向智能化、经济化，它的功能越来越完善，让人们的出行充满了幸福感和安全感。

清水混凝土的“爽”

人们在形容一种美好的手感时，都会说“犹如抚摸婴儿的肌肤”。如今抚摸高铁客站的清水混凝土建筑物，就是这种感觉。

2020年底，京雄城际铁路开通。走入雄安站一层候车大厅，一排排连接地面候车大厅和城市通廊梁柱的浅灰色柱子异常引人注目。“内实外美”的雄安站站房，眉目清秀，光滑柔润，让人感觉到特别“爽”。专家告诉我，这是源于站房实施清水混凝土结构技术。

何为清水混凝土？即直接利用混凝土成型后的自然质感作为饰面效果的混凝土，是通过石子、沙子、水泥配比的不同，在保证强度的前提下，呈现出自然的“高级灰”。更重要的是它十分环保，没有任何刺鼻的味道，给旅客带来了自然舒适的候车体验。

雄安站是全国首座大规模运用清水混凝土柱的高铁站房，清水混凝土结构面积达3万多平方米。这种清水混凝土工艺，表面颜色统一，有规律的明缝与禅缝，以混凝土的本色示人。建成后的梁柱，一次成型，表面基

雄安站的圆形屋顶

本不用做任何修饰，且表面光滑不易落灰，呈现出混凝土本身的自然质感，与精心设计的明缝、禅缝和对拉螺栓孔组合形成的自然状态。它曲线优美，横竖都是弧度，观感自然清新，结构挺拔俊美，作为装饰面的建筑表现形式，有建筑界的“素颜女神”之称。

清水平混凝土有着两个优势，其一，表观效果上佳，符合现代审美要求。清水混凝土充分展示水泥特有的原始与朴素，颜色端庄稳重、易维护，规避了饰面涂料的使用，与绿色建筑的理念相融合，极具东方文化特点。其二，清水混凝土强度极高，不易污损，以材质为饰面，耐久性远高于传统涂料，有效避免了人为破坏产生的翻修，极大地降低了运维成本。

雄安站房的首层候车厅、城市通廊等高大空间的梁、柱均采用了清水砼技术。“这些清水混凝土立柱都是一次浇筑成型，边角顺直、弧度顺滑、挺拔俊美。”中铁建工集团雄安站项目部总工程师吴亚东介绍。每道制造工序都进行了上百次实验，其中材料配比的实验更是进行了上千次，最终取得10多项专利，为整体设计带来一股清新的自然之风。如此大规模地应用清水混凝土工艺，追求的正是绿色、温馨、经济、艺术的综合效果。

东南大学绿色建材研究中心钱春香教授团队，参与了雄安站和朝阳站清水混凝土技术攻关和工程建设服务。自2018年11月起，团队结合实际工程建设开展研究，承担了国铁集团技术攻关项目“京津冀地区重点客站关键技术研究”。钱春香教授率领团队深入施工现场，从清水混凝土技术方案研究，到小样制作、大样试验和实际施工现场质量跟踪、分析和质量问题解决方案，开展了大量深入细致的研究工作，在“混

雄安站清水混凝土结构候车大厅

凝土表面气孔形成机理和控制方法、现场清水混凝土外观质量信息采集与分析方法和清水混凝土表面抗污染”等多个方面取得了重大成果，解决了气泡稳定控制和现场质量定量评价的难题。

与此同时，一批高铁客站站房也相继开始了清水混凝土技术的探索。北京朝阳站站房的清水混凝土结构工程、厦门北站异型结构清水混凝土施工、三亚站钢筋混凝土空腹网架施工等关键技术的突破，填补了中国高铁站房建设领域的多项技术空白，大大提升了工程质量和工程进度。

哈尔滨西站建设工期只有600天，且有一半是零下35摄氏度左右的高寒天气， 建设者突破极寒天气下混凝土结构施工难题，在荒凉野外建起一座现代化高铁站房，用技术、人才和“铁军精神”打造出了“哈西速度”，保证了工程质量并按期完成。

京张高铁昌平、东花园北、怀来、下花园北、宣化北、张家口南等客站均采用清水混凝土站台雨棚设计，即装饰面以现浇混凝土的自然表面效应来体现。构筑出能满足站台功能需求、旅客审美需求、铁路运维需求，具有普遍适应性的有柱雨棚，实现了材料、工艺等多方面的开拓性创新。

在高铁客站施工中，绿色环保是很重要的指标。不允许边坡山体裸露在外，因为既不美观，也很容易引起扬尘，或者带来泥石流、山体滑坡等安全隐患。如何固定土质，又能保护自然植被？一种新型的生态混凝土工艺运用在了高铁客站施工中。

贵阳北站的实践表明，这种新型混凝土浇灌在山坡后，不仅能固封表面松动的土体，而且在两三个月后就能长出绿油油的小草。这一新工艺的问世，对高铁客站及沿线高铁线的绿化意义重大。

试想一下，在高铁“绿色长廊”中，城市风貌和田野风光交相辉映，高速列车疾驰而去，组合成一道优美的风景线。这些如诗如画的绿色，愉悦着人们出行的爽朗心情。

长春站互联网售票取票区

第七章 12306客服网的奥秘

提起中国铁路12306客服网，很多朋友都非常熟悉，这可是一个无比庞大的家族，近10亿人的“户口”在这个家族里。亿万人通过它购买火车票，省去了挤在售票窗口排队的劳累。这个宏大的火车票发售和预订网络，单日售票达2000万张以上，高峰时每秒出票量达1300张，年售票量超过40亿张，首尾相接可以绕地球9圈，占铁路售票量的85%以上，单日最高可达到90%以上，是名副其实的世界上规模最大的铁路互联网票务系统。

票务是一门既古老又现代的生意。

从古代中国的曲苑杂坛，到美国纽约的百老汇剧院，都离不开票务与票房。20世纪中期，随着计算机科学的发展，一些富有创新精神的企业家开始使用最新科技，为百老汇音乐剧、体育赛事观众提供更好、更便捷的购票体验，计算机售票成为一道耀眼的风景。

长期以来，中国铁路供需矛盾突出，火车票成为最紧俏的商品，回家的路漫长而艰辛，特别是春运期间，人们为了买到一张回家的火车票，不惜通宵达旦在火车站广场排队。却往往是空手而归。一票难求，成为许多人心中永远的痛。

随着科技的进步、高铁的出现，火车越来越快。高铁以其快捷、安全、大运量的优势，极大地改善了中国人的出行条件，成为人们出行的首选交通工具。“互联网 + 高铁网”，给我国铁路客运带来了深刻变革。

2011 年 6 月 12 日，京津城际铁路率先开始试行互联网售票，12306 售票系统应运而生。自此，旅客坐在家里就能实时查询和购买火车票，铁路售票进入电子商务时代。

2019 年 10 月 25 日，铁科院电子所副总工程师兼 12306 技术部主任单杏花在中外记者见面会上自豪地说：“正因为中国高铁的迅猛发展和铁路 12306 售票系统的强大功能，中国人‘通宵达旦排长队购票’之痛，彻底成为历史。”

我们不妨一同走进这个巨大的网络世界，探寻和感受其中的奥秘。

从硬板票到电子票

火车票，是旅客乘坐火车的凭证。

纵观人类交通发展史，火车票伴随着火车的诞生而问世，一直沿用至今。最早的硬板火车票，大约有180年的历史，而电子火车票则是近两年的事情，一经问世，就受到了广大旅客的喜爱。从硬板票到电子票，经历了一个漫长的过程。

从1996年开始，我国铁路开始探索互联网售票。铁路售票系统系统历经了三个时期的建设、7个版本的升级改造，最终实现了从硬板票到电子票的转变，满足了旅客足不出户的购票需求，实现了铁路售票的网络化、现代化。

谁能会想到，电子火车票的出现，宣告了火车票无纸时代的到来。曾经炙手可热的纸质火车票，开始告别历史舞台。

别了，硬板火车票

1830 年 9 月 17 日，英国利物浦—曼彻斯特铁路正式开始运送旅客，随之出售了世界上第一张火车票。

这张火车票是一张小纸条，长 88 毫米、宽 60 毫米，车票上只印有站名，发车时间、乘车日期及发行者签名均由售票者书写。与此同时，还发行了开业纪念的特别站台票。

从这天起，开启了旅客凭车票乘坐火车的历史。

1875 年，英国人在中国上海铺设了一条长 14.5 公里的吴淞铁路，成为中国第一条营运铁路。1876 年 7 月 3 日，吴淞铁路上海至江湾段开行旅客列车，众人观之，乘客颇多。当时的乘客都是拿着小纸条上车，名曰“旅客路运单”。上面写有旅客姓名、座号、行李、起讫站名、付款总数等。这是中国最早的火车票。

此后，外国列强在中国修建了好几条铁路，大都是各管一段，车票五花八门，大小不一，而且要分段买票。清政府被推翻后，铁路收归国有，1912 年元旦，中华民国政府公布了全国铁路统一章程，统一了火车票的内容、式样和颜色。

大约从这个时期开始，中国硬板火车票问世，这是一种长 60 毫米、宽 40 毫米的“纸板票”。从民国时期开始，至 20 世纪 90 年代结束，这种硬板火车票在中国整整用了 80 多年。

硬板火车票源于 1841 年法国的巴黎—里昂铁路开业时采用的埃多蒙桑式车票，后来逐渐演变为世界各国的标准型火车票。火车有快车、慢车之分，硬板票上会区分出来。一道红杠是快车，两道红杠是特快，没有杠的是慢车。

新中国成立后，铁道部对车票进行了改革，不管路程多远，只要通铁路，就能一票到底。新中国的第一代火车票依然是硬板式，只是票面尺寸缩小了一些，长 57 毫米、宽 25 毫米，票面印有盲文。

现年 70 岁的张修民退休前是常州火车站的一名售票员。1978 年，他开始当售票员，几十年来，他收藏的一万余张火车票见证了铁路改革开放以来的发展变化。

他告诉我，二十世纪七八十年代，售票是一项烦琐的手工活。售票员需要用针孔机或钢印在车票上打上日期，还要贴上座位号的小便条。在那个手工添注乘坐信息的硬板票时代，不仅售票速度慢，差错率也很高。

那时火车站售票窗口背后，都立着一面有着若干个小木格子的票架子，预备好的纸板车票按照不同的方向放在小格子里。如果旅客要买去哪个站的车票，售票员就会从票架上找到相应的客票，然后手工打上钢印和日期。如果旅客购买的车票站点超出事先准备的到站，就要由售票员现场制作，根据到站的里程、票价、时刻、停靠站、成人票、小孩票及残疾人票等不同信息，计算车票的有效期和价格。如果没有经过专业的培训，很难完成这些复杂的计算。当时，售票员卖一张票，快的要两三分钟，慢的要十多分钟。烦琐的手续，导致旅客购票时间长。

如今，网上订购一张火车票最快只需要几秒钟。但在 2011 年以前，人们往往要为一张回家的车票在售票窗口排上几小时甚至两三天的队。

20 世纪 80 年代末，改革开放的前沿阵地深圳，一派欣欣向荣的景象。一些单位、部门的办公桌上出现了一个小电视机模样的东西，还有一个键盘，工作人员不停地用手指敲打着。这种电子计算机办公方式，让人耳目一新。

很快，铁道部选择深圳火车站试点，率先使用计算机售票，车票也改为软纸式火车票。那应该是几台没有联网的计算机，在电脑里设计统一的票样，然后通过各自的打印机打印出软纸火车票。

尽管是单机作业，也只是试验田性质，而且速度不会比手工出票快多少，但其意义重大。由此，铁路开始告别硬板票，拉开了电脑出售软纸火车票的帷幕。

作为未来票务领域的发展趋势，电脑打印的软纸票利用既有的技术和业务储备，进行了有意义的尝试，并逐步在铁路各站推开，向铁路智能化发展迈开了关键性的一步。

电脑打印的软质火车票是新中国第二代火车票。严格地讲，还是纸质票，只是将硬板变成了软纸。淡粉色底纹的车票上，印有一个软纸车票的一维条码。

2007 年 6 月 30 日 24 时，我国边远地区的最后一批火车站停止发售硬板火车票。沿用了 100 多年的艾德蒙桑式硬板式火车票，在中国退出历史舞台，完全由全国联网的计算机发售的软纸票所取代。

九江站 1.0 版本

到了 1996 年，互联网已在中国大地全面应用。尽管这时铁路人工售票依然是主流方式，但互联网的种子已经在铁路悄悄萌芽。

这年 5 月，铁道部部长办公会提出尽快建成中国铁路客票互联网发售和预订系统，决定以铁科院为主要研发力量，集中全路的技术资源，团结协作，合力攻关。

很快，由铁科院牵头组织，吸收了北方交通大学、华东交通大学、上海铁道学院、长沙铁道学院、西南交通大学、兰州铁道学院、大连铁道学院等铁路七所院校的 28 个硕士研究生和青年教师，组成了“客票总体组”。领衔者是时任铁科院电子所所长马钧培。

当时在这个团队里，有一位刚入校的华东交大硕士研究生，她叫单杏花，专业是交通运输工程与控制。后来，她成为铁路计算机售票领域的领军人物。

作为铁路计算机应用领域知名专家，马钧培早在20世纪70年代就开始对计算机售票进行关注与研究。90年代后，他领衔研究制定了中国铁路客票系统总体方案，创造性地提出了集中与分布相结合的三级系统结构，研制开发出具有中国自主知识产权和国际领先水平的中间件软件产品，取得了一系列科技创新重大成果，先后荣获1999年铁道部科技进步一等奖和2000年国家科技进步一等奖。

当时，网络信息技术尚不成熟，客票系统版本还十分脆弱，需要针对每个车站的实际情况，进行优化调整。单杏花小组被派到南昌铁路局九江站试点，他们将九江站售票窗口的几台计算机连成一体，运用自己设计的软件，在几个窗口同时开始计算机售票试验。专家称之为“九江站1.0版本”。

“九江站1.0版本”试验成功后，南昌站很快请求上马计算机售票系统。南昌站计算机售票的第一天，早晨6点开窗卖票，刚卖了两个多小时，系统就卡了壳。拥堵在售票窗口旅客们情绪激动，敲窗声、喊叫声，不绝于耳。“这是什么破计算机！分明是售票员想偷懒！”“机器不可靠，还得指望人啊！”

无奈之下，售票员只得急火火地把电脑搬了下来，把票箱重新搬了上去。后来问题找到了，是数据库参数没配好，造成系统内存耗费过大，需要重新建库。专家们忙了一天一夜，重新建立好数据库，问题得到了解决。

“客票总体组”团队乘胜出击，着手开发区域互联网售票系统。1997年，客票系统2.0版本实现了地区联网售票。也就是在北京站可以买到北京西站出发的车票了。很快，广州站、深圳站上线2.0升级版本，实现了跨区域联网售票。旅客可以在广州站买到从深圳站返回的火车票。自此，一次只能买“始发至终到站一张票”的历史被改写。

这一年，粉红色的软纸票在中国铁路正式全面投入使用。实行计算机售票，将窗口的售票速度从几分钟压缩到几十秒，同时极大地降低了售票差错率。

▲ "暖心高铁专列"从西安北站出发，在陕务工人员踏上回乡的归途。

全路"一张网"

1997 年底，马钧培团队提出了全国铁路售票"一张网"的设想。

1999 年，客票系统 3.0 版推出，正式提出了"异地售票"概念。其意义在于，旅客可以从北京站买到上海站去广州站的车票。由此，为全国联网售票打下了坚实的基础。

这个时候，铁道部因势利导，统一了计算机软纸火车票式样。这种软纸车票不是事先印制好的，而是在售票时采用非击打式打印技术，热转出票，现场打印。

票面美观，打印速度快。

当时，世界上还没有哪个国家实现全国性联网售票。虽然美、法、德、日等国家铁路客票计算机的应用都比中国起步早，但这些国家的铁路路网和票种远不如中国复杂，铁路主要客流一般以城际为主，类似中国的城际铁路或地铁，行程短，票价简单。日本铁路更是票价单一，对号入座率只有 20%。这时的中国铁路正处于“瓶颈期”，客流潮涌，一票难求。如何把有限运力资源用足，又快又好地把票卖出去，是摆在中国客票科研团队面前的严峻课题。

长期以来，各铁路局掌控局管内客运资源已成为定势和惯例，“窗口无票，车上空座”经常出现。我的客票，就是我的奶酪，别人不能染指。譬如说，郑

“复兴号”动车组乘务员在车厢巡视

州站至北京西的火车票，传统意义上讲，就是郑州站的资源，只能由郑州站出售。也就是说，只有郑州站的窗口有郑州去北京的车票，旅客只能到郑州站去排队购票。这样会产生两种情况，一是造成资源浪费。如果郑州站有郑州至北京的剩票，其他车站的窗口仍然显示无票，必然导致车上空位。二是旅客服务面小。如果不能亲自到郑州站排队购票，你就无法买到票。

要打破这种各自为政的局面，必须要在“铁大哥的五脏六腑”进行一场利益革命。3.0 版本客票系统为此打了基础，4.0 版本客票系统进行了助推，5.0 版本客票系统打开了一个新天地，其意义非同寻常：全国铁路一盘棋，一窗有票，窗窗有票，一站有票，站站有票，消除上座率虚糜、客运资源浪费的现象。

小学生都会算这笔账：客票资源就等于客运收入，特别是一些坐拥客运资源的大局、大站，不愿意把自己原来掌控的客票资源与全路分享，也是情理之中的事。要在火车票科学运用和分配问题上打破站与站之间、局与局之间的壁垒，谈何容易！原本是各局、各站掌控的客票资源，系统却要放在“一张网”上公开透明地卖，以实现客运资源的优化配置。虽然这时旅客还要排队买票，但有了资源共享的平台，享有了公平正义，规避了票源死角，也就避免了座位的浪费。

2002 年，售票系统再次升级至 4.0 版本，适应客运体制改革和收入清算需求，实现了提前 180 天预约，铁路客票信息化得到进一步发展，前景一片灿烂。

2005 年，单杏花从导师马钧培所长手中接过了接力棒。单杏花研究生毕业后，分配到了铁科院，一直跟随马钧培所长从事客票系统研发工作。

几年来，单杏花带领团队相继主持客票系统 5.0、5.1、5.2 版本的升级研究与开发推广工作，实现了自动售检票、电话订票、实名制售票。特别是 5.0 版本实现了票额共用、复用剩余票调整等一系列售票组织技术的创新，在售票组织策略、席位控制等方面取得了一系列理论成果和技术上的突破，把车票卖得更好了，在铁路没有增加列车能力的情况下，每年为铁路多卖出近 3 千万张车票。

2006 年 4 月起，客票系统 5.0 版本在全路各大车站推广，实现全国联网售票功能，发售全国各站车票。解决了 4.0 版本中票额共用不够灵活、短途票额无法再利用的问题，创新了一系列的售票组织策略，有效避免了“火车上有座却买不到座位票”的现象。

紧接着，从 2008 年开始，一些大中型城市的火车站陆续开始发售磁卡式火车票。这种闪烁着银色金属光泽的磁卡式火车票为一次性车票，它利用磁介质记录票面信息，票面硬度比软纸式火车票要高，车票正面印有动车组图案，车票背面印有铁路旅客乘车须知，并在车票背面植入磁性信息、正面植入热敏信息。磁质火车票在车票史上“存活”了 11 年。

这时，一些大型车站的自助验票闸机通道相继投入使用，乘客拿磁卡票可自助刷票进站，使旅客检票乘车的速度大大加快，最快 10 秒就能通过，是人工验票的 10 倍。

2009 年 12 月 10 日，中国铁路售票系统升级换代，车票下方的一维码防伪标记变成了二维码防伪标记，防伪功能更加强大。车次、价格、售出地、购票类型等信息，都能加密成二维码打印在车票的票面上。因此，新版火车票将具有更高的防伪性。售票时间从过去最快两分钟缩短至半分钟，这种软质火车票使用了 10 余年。

2011 年 6 月 12 日，12306 客服网开始试水联网售票，成功售出第一张“北京南站至天津站”高铁电子客票。当天，12306 客服网售票 1000 多张。中国铁路网上售票业务开通运行，标志着铁路售票进入令人憧憬的电子商务时代。

从此，12306 客服网与十几亿人的出行紧紧连在了一起。半个月后，京沪高铁开通前夕，12306 客服网站开始发售京沪高铁车票。到 2011 年 9 月底，全国动车组列车全部实现了互联网售票。到 2012 年春运，全国所有列车全部实现互联网售票。

据国铁集团实际运行数据测算，自 2006 年到 2010 年间，随着客票系统新版本的相继推出，极大地释放了客运生产力，铁路客运至少每年增收 30 亿元以上。除去新线新增客运能力的因素，客运收入年增长率都在 30 % 左右。

“无票乘车”的快乐

朋友对我说，当你乘高铁出行时，刷脸进站，一路畅通无阻，这种“无票乘车”的尊严与快乐，是难以言表的。

电子客票也叫“无纸化客票”，旅客通过互联网订购车票之后，仅凭有效身份证件直接到车站办理乘车手续即可成行，实现了“无票乘车”。

铁路电子客票是以电子数据形式体现的铁路旅客运输合同，与普通车票具有同等法律效力。电子客票将原纸质车票承载的旅客运输合同、乘车、报销三个凭证功能分离，实现运输合同凭证电子化、乘车凭证无纸化、报销凭证按需提供。

电子客票将购票信息与身份证进行绑定，旅客从进站安检到检票乘车再到出站，全程都可以直接刷身份证完成，不需要提供任何其他的证件及车票信息。进出站时，旅客可以凭购票时所使用的本人身份证原件，或凭借 12306 手机 APP 生成的动态二维码，通过自助闸机验证，就可以快速、自助进站或出站。

1993 年，世界上第一张电子客票在美国一家航空公司诞生。2000 年，中国南方航空公司推出了内陆首张电子客票。到2007年，电子客票已经100%覆盖了中国民航票务。

2011年6月，铁路部门开始尝试“刷身份证进站”，预示着中国铁路无票时代的来临。乘坐京津城际、京沪高铁列车，旅客只需要带着二代身份证就能在自助机上刷证直接进出站。

这个阶段，12306客服网购买的高铁车票，旅客可以刷证进出站；其他的车票，旅客还须持蓝色的纸质磁票检票乘车，也就是部分电子客票时代。

2018年11月22日，海南环岛高铁实行全面电子客票服务试点，就是所有渠道售出的普通火车票，旅客都可以刷证进出站了。当日，许多乘客表示“非常方便快捷”，节约了取票时间，提升了出行效率。2019年7月，全面电子客票扩大至上海至南京、成都至重庆、广州至珠海（湛江西）、昆明至大理至丽江4条高铁城际铁路试点。2019年10月，高铁、城际线路开始大面积实施电子客票，到2020年4月29日，中国高铁和城际铁路实现了电子客票全覆盖。这年6月20日起，中国电子客票全面取代纸质火车票，在全国普速铁路推广实施。至此，中国铁路全面进入电子客票时代。

截至2021年1月4日，电子客票已在中国2878个高铁和普铁车站实施，覆盖了95%以上的铁路出行人群，极大地提升了旅客体验。

由此，“无纸化车票”成为铁路迈入新时代的一个标志。就购买火车票而言，旅客不仅买票不再排队，而且实现了从“窗口时代”到“网上时代”和“拇指时代”的跨越。

电子客票检票程序的简单化，促进了车站进出的畅通，加快人员进出站速度。由于能从系统中读取到身份证号对应的车票信息是否存在，这样可以防止车票丢失，杜绝假冒车票的情况发生。

电子客票彻底取消了闸机检票部分的机械结构，大幅度降低了闸机的采购和维护成本，降低了故障率，相应减少了大量维护人员。同样的投资，

△ 旅客刷脸进站通过闸机

车站可以设置更多的闸机。车站闸机数量的大幅度增加，又有效减少了进站排长队的现象。

通过实地测试，检票进站由过去的“身份证件 + 车票”，简化为只需持有效身份证件即可完成实名制核验、检票、验票，闸机平均检票速度由约 3.8 秒 / 人缩短至 1.3 秒 / 人，提高了约 3 倍，极大地提升了进出站效率。

随着装备设施的完善，12306 客服网有关无票进站环节的咨询与投诉逐日大幅下降，足以证明广大乘客对于电子客票的接受和认可。

世界最大的客服网

改革开放40多年来，中国春运人数从初期的年1亿人次，增长到2018年的30亿人次。这个数字相当于除亚洲以外，全世界其他地区所有人迁徙一次。

火车票紧张的供需矛盾，加之“黄牛党”倒卖车票的恶劣影响，一票难求曾遭到社会舆论的诟病。人们呼唤公平正义，期盼阳光般地享有公共资源。搭建公开公正的网络平台，公平公正地出售火车票是大势所趋。

“互联网+出行”客票系统，给铁路客运带来深刻的变革。经过十多年的努力，中国铁路12306客服网拥有完全自主知识产权，拥有日益丰富的购票渠道和支付方式，成为全球交易量最大的票务系统。

正是这个客票系统，高峰日时点击量超过2600亿次，相当于中国人每人每天访问了票务页面100多次。以12306客服网为代表，中国高铁客运服务信息系统居于世界领先水平。

然而，网民一度纷纷吐槽12306客服网，登录网页难、提交订单难，有的吞了钱不吐票，有的身份信息被盗用……围绕12306客服网的是是非非，一时成为网络上最大的热点话题之一。

这无疑是一条充满荆棘的坎坷之路，12306客服网坚强地走了过来。

实名制售票问世

实名制售票为网络售票提供了可能。

长期以来，社会一直强烈呼吁实名制售票。早在2009年春运期间，铁路部门就开始有条件地在部分地区试行实名制售票。由于成本高、人力紧张等原因，实名制售票一直是艰难前行，没能在全国各火车站铺开。

其实，铁路内部也一直争论不休。反对方认为，实名制售票不可能产生一个席位，却要投入大量的财力和人力，得不偿失。倡导方则认为，实名制能为铁路运输保驾护航，还能解决公平售票问题，赢得民心，防止“黄牛党”。

有限的铁路运力与庞大的出行需求，始终是一对矛盾。如果说铁路客票系统解决的是车票合理配置和提升售票速度问题，但紧张时期和紧俏线路的“一票难求”问题，仍然不可能从根本上解决。当时的铁道部一直把提高铁路运能当作主要矛盾来抓。然而，由于推行实名制售票不力，导致“黄牛党”猖獗，旅客怨声载道。

人们要求公平享有公共资源，已经成为一种时代呼唤。铁路客运体制机制改革，势在必行。

2011年春节过后，铁道部党组召开专题会议，认真分析了铁路实名制售票的基础和开展互联网售票的条件，决定全面推行实名制售票。借助互联网这一现代化手段，搭建全国联网售票平台，真正实现公开、公平、公正地出售车票。决定对 18 个铁路局（公司）现有的客服网站进行系统扩容改造，增加网上售票这个强大功能。

传统的售票规则加入了“实名制售票”的内容，人名、身份证号、购票记录等，顿时涌入了庞大的数据。再将这些数据与既有的系统和数据兼容，那无疑是一个天文数据库了。如何编写这些庞杂、复杂数据的代码？如何保障如此庞大的客票网有序高效运行？成为铁科院单杏花技术团队的首要任务。

单杏花团队开始了攻坚克难，不断理清思路，摸索规律，完善售票系统，分区域推进互联网售票工程。从需求分析、流程梳理到结构设计，再到研发、测试、

▼ 单杏花团队组织技术研讨活动

部署、调试，相继建成了长沙、重庆、贵阳、昆明、乌鲁木齐、兰州、福州、武汉、上海等 23 个区域中心，开始分区域中心尝试联网实名制售票。

全面实行实名制售票，这一划时代的进步，引起社会各界的强烈反响。许多媒体纷纷撰文评论，铁路实行互联网实名制售票，以其“方便、快捷与公平”的姿态，与风驰电掣的高速列车一道，组成了又一道“和谐”风景线。

到 2011 年 12 月，在全国动车组列车全部实现了互联网实名制售票的基础上，12306 客服网相继推出了网络订票、扩大电话订票范围等新的服务功能，社会舆论好评如潮。

火车票实行实名制后，票面上加了二维码、购票人姓名、身份证号码等信息，其中身份证号码中有 4 位号码用星号替换，以保护个人信息。

自此，乘坐动车组的旅客无需到车站排队，坐在家里就能通过互联网完成购票、退票和改签业务。12306 客服网立刻火爆起来，迅速成为全民关注的焦点。

这时，全国较大车站都安装了大量的自动售（取）票机，为网上购票的旅客提供自助换取纸质车票服务。

走进各车站售票处，看到的是一排排自动售取票设备，铁路 12306 网的二维码随处可见，用手机扫一扫便可实现网上购票。人工窗口里，一排排的电脑，银行卡、支付宝、微信支付多种形式的付款方式一应俱全，智能外显设备提醒旅客随时购买返程票。售票处窗口前长长的购票队伍消失了，售票大厅的旅客寥寥无几。

说起 12306，很多人好奇：这个代号是怎么来的？有什么寓意吗？单杏花解释道：这是国家工信部给的电话号码，政府服务咨询电话号码都是 123 开头，2011 年时的铁道部还是政府部门，后两位是原铁道部挑选的。至于说寓意，六六大顺嘛，就是希望每位旅客都出行平安顺畅。后来想想真是这样，123 相加得 6，12306 真是六六大顺呢！当中的这个“0”当然就代表着“圆满”和“顺畅”……

12306 网曾经瘫痪

让人始料不及的是，2012 年春运刚开始，12306 客服网就遭遇了“滑铁卢”。

12306 网设计的高峰日售票量是 100 万张，系统各环节的能力都是按高峰日售票量设计的。从 1 月 5 日起，12306 网站连续 5 天点击量超过 10 亿次，高峰时超过 14.09 亿次，访问量环比激增 10 余倍，其中 1 月 9 日点击超过 14 亿次，瞬间成为全球最繁忙的网站之一。由于互联网接入带宽明显不足，网站几度发生拥堵。处在风口浪尖上的 12306 客票团队，面临着巨大的压力与考验。

刹那间，12306 网成了一个让人又爱又“恨”的网站。它免去了上亿人起早贪黑、顶酷暑冒严寒的排队购票之苦，但网站堵塞、刷不出票时，也一次又一次让许多人失望、着急与抓狂。

回忆起当时的情形，单杏花团队的一名成员至今心有余悸地说：“前台抓狂了，我们后台也抓狂了。服务器跑到一定负荷后，访问者还在源源不断进入，我们不得不进行限流。”

专家测算，如果 12306 客服网登录高峰期间的并发量达到 1GB，那么同时在线访问人数可能已达到 500 万。

500 万是一个什么数字？安天实验室总工程师张栗伟解释道：“同时在线达到 500 万，已经超过百度空间的规模。如果同时交易 500 万笔，这个规模大约是淘宝最大促销 2011 年‘双 11’时第一小时总成交量笔数的 2 倍，无论从哪个方面看，这都是一个巨大的数字。”张栗伟认为，这种定点放票的机制容易造成访问数量剧增，出现明显的洪水效应，一旦超出服务器的承载能力，响应时间就会显著变长，交易失败率增加。

加之12306网售票的第一步程序是余票查询，只有查到余票后才能继续购票，但春运时的余票查询请求像海啸般汹涌而来，想进的人进不来，进来的人没法查，网站更是雪上加霜了。

由此引起的连锁的反应是：刷到余票的用户提交订单总是提交不成功，订单提交成功的人看不到车票，看到车票的人无法点击支付，支付成功的人看不到成功的订单，系统故障出现了一种雪崩式和推倒多米诺骨牌般的连锁反应。

有人不禁要问：为什么要设计每日100万张的能力？当初为什么不设置得高一些呢？单杏花坦诚地说：“中国铁路客票系统模式是世界上绝无仅有的，没有成功经验和现成模版，只能‘摸着石头过河’。当时我们也经过周密的市场调研，并参照借鉴了德国、法国、日本铁路的经验。这些发达国家铁路互联网售票率仅占17%左右，按我国当时的日均售票总量推算，将互联网售票比例提升到25%，即每天100万张左右的售票量。谁也想不到预设能力与实际需求竟然有这么大的差距，当时真的是山洪海啸一般让人猝不及防啊。”

这次教训让单杏花明白了一个真理：中国的事情和外国不一样，参照只能是参考，中国的事情必须立足中国的实际。

12306客服网不给力，买不到火车票的人们纷纷上网吐槽，网络媒体翻新花样讽刺和调侃铁路，加上不少不明真相的人推波助澜和恶作剧式的炒作，12306网站一下子被推到了风口浪尖。一个调侃12306网刷不出票来的“嘻唰唰”视频风靡大江南北。

面对网上铺天盖地的嘲讽乃至谩骂，单杏花团队感到很委屈。其实，一般旅客根本不知道铁路票务系统的复杂性，尤其是铁路车票剩余票数计算的复杂程度，比淘宝、京东等电商的商品剩余数的简单加减要复杂很多。同样是网购，但车票和商品不一样。如果说一件网上的商品购买与存货是简单的加减关系，火车票的逻辑关系则复杂很多。

无论从信息计算的复杂程度、请求的数量，还是计算时间的要求以及逻辑模块的设置等方面，航空、公路售票系统和电网、电信等缴费系统等都和铁路 12306 售票系统不可同日而语。也难怪，现如今除了 12306 网，世界上还有哪个网站的“叩门声”达到高峰日 2600 亿次？

譬如说，同一段线路，有普速和高铁，同一列车上又分不同的席别，同一条线路还分若干区间……仅仅一次余票查询，可能就是几万次甚至几十万次的计算……

这些复杂性问题，单杏花团队是没办法更没时间去向广大网民说清楚的，即使能说清楚也没有用，对民众和旅客来说，只有能买到票，才是硬道理。

压力面前，单杏花团队只得背水一战。针对带宽不足的问题，当机立断，迅速将带宽由 600 兆上调至 1000 兆，不久又上调至 1500 兆，后来调到了 30G；针对系统程序问题，更新开发设计，从架构等关键环节上寻求突破和创新。

在那段时间，单杏花团队骨干人员白天跟踪系统运行状况，分析压力最大的环节，思考解决方案，优化系统。待晚上 11 点系统停售之后，他们就上线用白天优化的内容完善系统，然后再进行全面的测试。直到凌晨三四点钟，才休息一会，早晨6点半开始售票后，再来观察晚上升级和完善的效果。一天连着一天，几乎 50 多天时间都是这么度过的。

“内存计算”“读写分离、售取分离”“异构数据同步”“弹性扩展”“双中心双活”“异步交易排队”“分布式缓存”等核心技术，都是在这个时期、在巨大的压力下自主研发出来的。

受铁道部邀请，阿里巴巴集团伸出了援助之手，他们派出 17 名技术精英组成的项目组，与 12306 团队交流，分享淘宝网的经验。

2012 年 1 月 20 日，12306 网站创造了 119.2 万张的日售票最好成绩，顶住了日点击 14 亿次的压力。一年后，即 2013 年 1 月 15 日，当天总共发售客票 695.1 万张，网络购票 265.2 万张，占到近四成。全天超过 1700 万人次登录系统买票，点击次数高达 15.1 亿次。比 2012 年春运期间网络最高日售票的 119.2 万张，能力提升了 1 倍多。

这一年，12306 客票团队主要做了三件事：提升后台系统的扩展性；实现余票的内存计算，缩短查询时间，提高查询效率；研发异步排队技术，实现网上排队方式，把原来 4 个时间节点放票改为 10 个节点放票，其间，每小时均有部分新票起售，减轻高峰时段集中放票造成的压力。

经过技术攻关，12306 客服网的承载能力有了质的飞跃，单日售票能力从 1000 万张提高到 1500 万张，高峰时段 1 秒可以售出近 700 张票。

“刷脸进站”的时尚

2017 年 1 月 13 日，北京西站率先开通了人脸识别验票系统，也就是“刷脸进站”，开启了铁路检票服务新时代。

车站进站口的自动检票闸机上都安装有摄像头，当旅客走近闸机时，它会抓取旅客脸部信息，与身份证芯片里的照片进行比对，当票证信息相符、人脸与证件照比对通过时，闸机就会自动放行。

刷脸进站速度很快，一般情况下仅需 3 至 5 秒就可以完成识别并进站，方便了旅客，提升了车站通过能力。

毫无疑问，刷脸进站是 12306 客服网功能的延伸。经过十多年的探索，

▲ 天津西站旅客刷脸进站

12306 客服网从一个单纯的售票网络，逐步发展到提供全方位服务的综合网络，旅客的体验和感受越来越好。

2013 年 3 月，中国铁路总公司成立后，加大了对 12306 客服网的投入和改造，扩充了网络带宽，扩充了系统交易处理能力，优化了网站购票操作流程，升级了手机客户端新版，让旅客对网站的访问更顺畅。

这年 12 月 8 日，春运大战前夕，12306 客服网顺势推出列车信息查询等服务，同时还增加了支付宝购票、退票，退票实时到账等服务。猛然间，12306 网络人气急剧攀升。到当天 15 点，共有 15.2 万人下载并使用铁路 12306 手机客户端，售出 16183 张火车票。

2014 年 9 月 18 日，铁路单日售票量首次突破千万大关，达到 1039.9 万张，其中互联网售票比例高达 61.2%，创造了铁路网上售票的最高纪录。

2017 年铁路春运，网上售票占比超过 60%，社会满意度明显提高。由此，旅客在车站窗口通宵排长队购票的情景消失了，“黄牛”倒票猖獗的现象得到了有效遏制。

12306 客服网很快成熟起来。网站功能的不断优化升级，折射出铁路售票组织的不断完善。在传统的车站窗口、客票代售点和自动售票机的基础上，全面推行互联网售票、手机购票、电话订票。很快，便捷的 12306 客服网成为旅客购票的首选。

近几年来，12306 客服网不断有新功能、新服务推出。2012 年，旅客持第二代身份证在 12306 网购票后，可以刷身份证进出高铁站。2012 年到 2017 年间，12306 系统又新增了列车正晚点查询服务，推出接续换乘、动车组选座等新功能，实施“铁路畅行”计划，极大地提升了旅客购票体验。2018 年春运，一大批车站实现“刷脸进站”。

2019 年 5 月，12306 客服网扩大候补购票列车范围，全部旅客列车都可候补购票。2021 年 1 月，客服网售票服务时间，由每日的 6 点提前到每日 5 点；退票业务办理时间调整为全天 24 小时……

经测算，铁路 12306 网站每年为铁路节约售票成本至少 3 亿元以上，每年为全社会节约购票的直接交通成本至少在 100 亿元以上。

"复兴号"动车组飞驰在滹沱河大桥上

『抢票神器』遭遇战

正当 12306 客服网人气大增之时，想不到这时半路杀出个“程咬金”。

时间到了 2013 年，突然间，多家网络公司瞄准了 12306 客服网。一夜间，针对铁路春运推出的抢票神器雨后春笋般地冒了出来，利用插件或软件，从网上抢票谋利。尽管 12306 客票团队一再抗议，但这些抢票神器一直非常活跃。

互联网时代有一个尽人皆知的真理：巨大的访问量伴随着巨大的市场和商业空间，其中蕴藏着巨大的“商机”和利润。随着购票实名制的实行，车站窗口一对一的验证，逼迫“黄牛党”迅速撤退，从车站转移到网上。于是，各式各样的“抢票神器”纷纷登场，在 12306 客服网兴风作浪。

这些不同名号的“抢票神器”，都以官方网站的名义向 12306 客服网发起大量访问请求，实施“抢、占、囤、代”等行为。利用网民急切购票的心理，加价收取费用。还有的利用旅客隐私进行不法行为。

诸多抢票神器软件对 12306 客服网的无序访问，一方面大幅增加了网站负载和带宽压力，另一方面带来了个人信息泄露的风险，破坏了公平和公正的网络售票秩序。一些抢票软件还可能存在与钓鱼网站链接、木马病毒等，给用户的信息安全和 12306 网的平稳运行带来极大的风险。

“天使”还是“魔鬼”？

自从网络购票全面普及后，抢票软件也成了一门好生意。

一时间，大大小小的抢票网站、抢票软件可谓琳琅满目，导致大量车票仍有可能集中在代人刷票的网络“黄牛”手中。他们利用“抢票神器”批量刷票，伺机捡漏，在多个社交平台出售，以此赚取高价服务费。

当时市场上的抢票软件主要分为两种：一种是各大浏览器内置“抢票插件”，以 360、猎豹为代表；另一种是各大电商平台、在线旅游平台推出的抢票功能，如携程、同程、途牛、美团、智行、去哪儿、飞猪、高铁管家等都推出过相应的功能。

表面上看，对网民来说，多一件抢票利器自然是好事，可以方便抢票。但是，问题并不那么简单。抢票软件往往需要用户支付额外的费用。比如，携程、同程、去哪儿、飞猪等在购买火车票的平台上都提供类似抢票加速包的服务，抢票加速包大致分为低速、快速、高速、极速、光速、VIP 等抢票速度，售价 10 元至 80 元不等。抢票加速包产品并不保证一定能抢到票，抢票成功率也只作为参考，并不作为承诺或保证的依据。

譬如说，要抢一张北京到上海的高铁二等座车票，票面价格 553 元。如果想提高成功率，携程提供了从快速到光速不同档位的选择。快速抢票 10 元 / 份，用的是 20M 网络通道，而光速抢票是 50 元 / 份，用的是 500M

网络通道，实际上买到票的价格是563元—603元不等。通过不同的阶梯价格，携程可以从抢票业务中分得一杯羹。

“360抢票王”可以说是最早的一批抢票神器了。在当时众多浏览器抢票软件纷纷下马的情况下，“360抢票王”依旧坚挺，不得不承认这款老抢票神器的底气十足。

还一个就是同程旅游，这虽然是个旅游平台，但也一直为用户提供抢票服务。同程旅游有两种抢票套餐，一种是光速抢票，可以插队抢票，每分钟100次自动刷票。另一种是闪电抢票，同样可以插队抢票，每分钟则是60次自动刷票。当刷到票时会自动识别验证码并帮你提交订单。前者收费50元，后者收费30元。当然，你也可以不选择抢票套餐，这样的话，被“插队”肯定是免不了的。

携程网跟同程旅游类似，抢票流程也差不多，可以自动识别验证码并帮你提交订单。不同的是，携程提供的极速抢票服务只要20元。抢不到票将全额退款，在抢票期间可以随时取消订单。

一位名叫刘丽的年轻人，在网上看到有人推荐抢票神器App，就抱着试试看的态度用了一下。果然抢票非常顺利，但是账单出来后，她傻眼了：“我之前没看明白它的计费规则，以为每张票大概只需要5—10元的‘手续费’。没想到各种加速条件累计在一起，再加上绑定出售的保险，两张票要比正常多花76元。”

抢票神器把旅客填报的需求，用机器不断地提交到12306网的系统中，机器点击速度是人的几十倍、甚至上百倍，人点击一次查询是秒级的耗时，机器模拟人点击查询则是毫秒、微秒级的耗时，海量的高频请求会把系统堵死，导致12306系统不能为正常上网购票的旅客提供服务。据悉，这些软件一次刷新的速度仅为100毫秒至500毫秒。

中科院计算技术研究所博士张星洲分析道，抢票软件的基本原理是所谓的“爬虫技术”，根据 12306 网官方的出票信息，计算机以极高频率（毫秒级）提交刷票请求。再加上有些抢票软件背靠大公司，可以使用极高速网络、高性能的计算机来抢票，由此便大大提高了成功率。

用一个形象的比喻，如果说把旅客登陆 12306 客服网看成是“敲门购票”的话，抢票软件就是设计出各式各样的“敲门机器”高频次不停地敲门。这样一来，“敲门机器”敲开门的概率和机会自然比手敲门要多得多。如此这般，抢票软件就像排队加塞和霸占窗口一样，可以肆无忌惮地在网上不停购票，严重地破坏了网上售票的公平秩序。

一些第三方抢票软件表示，如果选择一些付费的抢票套餐，将更有机会抢票成功，在群雄逐“票”的竞速赛中，获得更大的胜算，出钱越多胜算越大。有 APP 直接用括号小红字的提示说：买到票的几率将从 50% 提高到 88%。

明知道抢票软件是强盗行为，但一些着急购票的人不得不求助抢票软件。导致抢票软件市场活跃，人们怨声载道。很快，抢票软件已经沦为“黄牛党”囤积车票、大发不义之财的帮凶。

铁科院研究员朱建生表示，抢票软件影响了整个网络售票的公平性，同时大量消耗 12306 客服网的网络资源，给系统造成负担。不仅如此，旅客将自己的账户和密码交给第三方，安全也是未知数。

2018 年春运前夕，中国铁路总公司有关负责人表示，12306 客服网售票系统一旦识别出有非人为速度购票的风险，就会立即将疑似为机器或外挂抢票的用户列入慢速排队队列，让符合常规速度的人为购票用户在正常速度中排队，以此来防范各类恶意抢票插件。

然而，依托社交平台兜售火车票“代刷业务”依然火爆。一位代刷车票的卖家在网上公开说：“我们使用的 IP 一直在变，系统识别不出来的，这两天抢票都正常，一秒刷 10 次，保证 80% 抢票率。”

据某“刷票”卖家透露，他们使用的抢票软件是向软件开发者单线购买，软件租金一个月2200元，一年8800元。如果按上述每张票200元服务费计算，只需要卖10张票，黄牛就能赚回成本。

《科技日报》数据显示，2017年12月至2018年2月，各种抢票软件活跃用户环比增长近三成，抢票功能加速包费用从10元到50元不等。据业内人士估算，第三方抢票软件每年有几千万的利润。

义无反顾的较量

每当春运临近，提速宝、光速抢票套餐、引擎自动抢……这些炫酷的抢票神器，对于急于回家的人们来说都是致命的诱惑。

抢票软件问世以来，确实帮助部分旅客抢到过车票。抢票软件看似给了旅客便利，然而这“方便”的背后存在着大的隐患。

调查发现：“黄牛党”抢车票，除了先进的电脑和更高速的宽带外，最重要的工具就是专业版的抢票软件。这专业版抢票软件比网络免费抢票软件更高级，更快速，抢到火车票的几率也更高。

抢票软件不仅冲击12306客服网的平稳运行，还要额外收取旅客更高的退票手续费和改签费。还有抢票软件留存的旅客信息，很可能被拿来做旅客并不知道的商业行为，存在一定的安全隐患。还有推荐买短途票乘长途车的行为，直接影响着铁路运输秩序。

如果将12306客服网比喻成一个网络游戏，那么广大旅客就是普通玩家，车票是玩家们破关必不可少的珍稀道具，而抢票软件却是不折不扣的外挂。如果没有抢票软件这个外挂，众多旅客都在同一起跑线上公平竞争，共同争抢车票这个珍稀道具，由于机会均等，因此无论胜负，大家都能心平气和地接受这个结果。但是，一旦抢票软件这个外挂强行介入，必然要打破原先的公平环境，让拥有外挂者抢先起跑，而众多普通旅客自然慢上一拍，抢到车票的几率大幅减小，此举何有公平可言？

面对突如其来的挑衅，铁路部门义无反顾地与“抢票机器人”开始了持久的攻防较量。

2015 年 3 月 16 日，12306 售票网在登录界面推出了全新的验证方式，将验证码从简单的数字、字母组合升级为海滩、香蕉等图片。用户在登录时，除了要填写好登录名和密码，还要准确地选取图片验证码才能登录成功。

媒体撰文认为，抢票软件是旅客回家的“拦路虎”，铁路部门与其斗争是坚定不移的。升级的验证码系统

春运期间，12306 客服网监控大厅紧张而繁忙。

予以抢票软件重创，但面对庞大的利益诱惑，抢票软件公司不惜重金聘请技术团队再次攻破此技术。难道要任由抢票软件肆意横行？遏制抢票软件还需多措并举。

初始的验证码设置比较简单，就是字母数字的结合，精明的“抢票机器人”很容易就识别通过了。为此，单杏花团队研究出了图形验证、慢速队列、短信验证等，让那些抢票软件识别起来有了一定的难度。由此，触及一些人的利益，他们在网上公开调侃 12306 网站，抵毁图形验证码。如网上曾经流传这样一个视频：一个相声演员，说他在 12306 图形验证码中看到两杯白酒，让他看图选出哪杯是茅台、哪杯是五粮液；又说 12306 图形验证码中显示几张明星脸，让看图认出哪位是演员白百何。单杏花气愤地说：“这都是没有影儿的事，我们选择的验证码图片都是日常生活中常见的东西。”

“道高一尺、魔高一丈”，就在网友“再也不怕黄牛抢票”的声音刚落，也就是图片验证码推出的当天，部分抢票软件和抢票网站已将其破解。单杏花团队与抢票软件的“战斗”再次陷入胶着状态。

其实，单杏花团队与抢票软件的相互攻防，本身就是一场不对称的“战斗”：由于职能的限制，注定铁路方只能是见招拆招、被动防守，抢票软件和抢票网站依托强大的利益后台，汇聚足够的资金和专业人员，从容应对 12306 客服网的一次又一次保卫战。

抢票软件催生了人工识别的验证码，让抢票软件多了一道障碍。然而，这也让上网购票的旅客感觉到了麻烦。单杏花解释道，你若防范门槛太高，在挡住“羊毛党”的同时，也挡住了众多的正当购票者。如果门槛太低，形同虚设，谁都可以翻过去，也就失去了意义。单杏花团队换了一种思路，不能头疼医头、脚疼医脚，而是综合施策。

正是在与抢票软件斗智斗勇的过程中，单杏花团队研发出了 12306 客服网风险控制系统。其技术特点是，利用海量大数据来做基础信息，进行规则判定后，将疑似的抢票流量予以拦截，从而有效遏制网上购票的“霸门者”和“加塞者”，保障系统稳定运行。风险控制系统分为风险分布、风险策略命中分布、风险拦截报警、拦截走势等几大功能板块，通过内外联动、多维度大数据分析、多样化控制等手段，分层防控，盯控重点，围堵疑似者。

2018 年春运期间，12306 客服网首次启用风险防控系统，加大防范力度，对访问请求实施安全风险识别和分级控制，效果十分明显。用科技的力量维护了公平公正的售票环境，保障了 12306 客服网的平稳运行。

“候补”就是希望

2019 年 5 月 22 日起，12306 客服网在前期试点的基础上，候补购票功能悄然上线。这种“候补”式的网络自动排队，让没买上票的旅客有了新希望。同时，也巧妙地打击了抢票神器。

当旅客在 12306 网站（含手机客户端）购票，输入乘车日期、发到站等信息查询没有余票时，页面会在相关车次的席别余票显示列表中出现“候补”字样，旅客可根据需求点击相应车次、席别对应的“候补”区域，系统将该需求自动加入当前候补购票需求列表。

网民惊喜地发现，12306 客服网候补购票功能上线成功率优于抢票软件。如果网上车票售完，旅客只需在 12306 客服网平台登记购票信息、支付预购票资金后，一旦有退票、余票，12306 系统将自动为其购票，并将成功购票的消息通知旅客。由于“候补”是自动补位，无论是购票速度还是成功率都将领先于抢票软件。这样一来，退票和临时调整增加运力客票“捡漏”，就不再是擅于“不停敲门”的抢票软件的优势了。

有网民分析，与抢票软件相比，12306 网站毕竟是内部排位，候补订单兑现完之前是不会把退票放到公共票库销售的，也就是说，抢票软件连票都还没见到，候补订单就已经兑现了，你说这不是让抢票神器抓瞎了吗？

候补购票功能的出现，在一定程度上缓解了旅客抢票难的问题，不仅可以及时、有效地将旅客需求与余票信息配对，还可以保障旅客购票更加公平公正。

12306 网站候补购票服务全面上线后，不到一个月时间，累计兑现候补近 200 万张车票，提升了购票体验，旅客感到便捷轻松。同时，各种违规抢票软件享受到了遭人冷落的待遇。

趁势而上，12306 网站验证码得到了再优化，图形验证码大为消减，售出的 95% 车票不再出现图形验证码，少量的验证码只限制在最热门车次的售票中出现，最大限度地方便了旅客登陆购票。

与此同时，12306 网站实现了人脸识别身份认证，有效保护旅客的隐私不被侵害，把抢票软件的危害降至最低。

十多年来，通过架构调整以及开源、云计算、大数据等技术的应用，12306 客服网功能不断完善，综合能力大幅提升，用户体验明显改善。12306 手机售票、自动售取票机、自助人脸识别进站系统、二维自动安检报警系统、人体智能快速云安检暨数据采集系统、互联网订餐、重点旅客服务预约、遗失物品查找、机器人问询、动车组选座、商务座接待等功能相继推出，极大地丰富了旅客购票和旅途体验。高铁智能化的设施，为旅客出行提供了更加舒便捷的服务，让人们坐火车出行更为方便，多了几分潇洒与从容，有了更多的获得感和幸福感。

开发大数据『宝藏』

注册量巨大的 12306 客服网，无疑是一个大数据宝藏。

作为铁路的“数据仓库”，12306 客服网拥有中国自 2000 年以来 20 年的旅客铁路出行数据，每天处理的业务数据量高达数百亿次，高峰期一天点击量高达千亿次。

网络无秘密，在网页上敲击的每一个数据，都会被自动记录。当数据积累量足够巨大时，量变引起质变，就会产生质的飞跃。“大数据”通过对海量数据有针对性的分析，赋予了互联网高智商，使得互联网的功能和作用从简单的数据交流和信息传递，上升到建立在海量数据分析基础上的一个宏大空间，导致更多、更庞大的数据演变出结论。一句话：“大数据开始思考了。”

铁路客运的快速发展积累了大量数据。这些数据产生于系统运行、业务运营、旅客出行等各个环节，分析和开发这些宝贵的大数据资源，使之服务于客运营销决策，为旅客用户提供更个性化、更优质的社会服务。随着 12306 客服网的发展壮大，这些大数据不断得到固化和有形化，表现出无穷的活力。充分发掘和利用这些数据资产，可以产生巨大的铁路价值和社会价值。

“平衡术”的境界

铁路售票的最佳境界是“平衡”。

车厢满员，上车与下车旅客平衡，这是铁路售票的最佳效应，其背后是大数据的支撑。

2009 年底，武广高铁刚开通时，一趟从武汉站开向广州南站的动车组列车，开车后一连几个站都没有旅客上车。车到清远站，眼看二十几分钟后就要到达终点站了，突然上来了大批的乘客，将车厢坐得满满的。“显然，这趟列车大部分票额卖给了从清远到广州的短途乘客，那些从武汉出发到广州的长途乘客反而没有买上票。”单杏花很可惜地回忆道。

正是从一次调研中发现了这个失误，单杏花团队意识到，只有策略是不够的，还要孵化出更科学的系统模型，找到每趟列车的旅客上下平衡点。单杏花称之为“平衡术”。

车票究竟应该怎样分配？比如，武汉站—清远站—广州南站，两个大区间构成一个完整区间，通过历史大数据和模型测算，可以预先算出武汉—清远、清远—广州的人数，使得前两者刚好能构成完整区间。在有限的运输能力下，让更多的旅客买到票。这就是我们现在经常看到的“这站有人下了车，立刻又有人上车坐下。”

数据是实现售票系统科学决策的前提，只有从海量的数据里捋出一些规律性的东西来，才能实现售票方案与旅客购买需求的尽量适配。

1999 年，铁科院客票总体组运用当时的新兴技术——数据仓库和智能分析理论与工具，开始进行大数据的应用技术研究。针对数据采集、存储、处理、共享、可视化及数据安全等，形成技术积累和人才储备。

具体地说，就是利用客票系统的海量数据，开发铁路营销分析系统，对数据集中管理、查询、分析和辅助决策，将数据转化为信息，进而形成生产力，为铁路客运组织高层和决策者提供数据服务，提高铁路客运市场竞争力。

时任铁科院电子所客票室主任陈光伟把这项重任交给单杏花来牵头负责。如果说过去单杏花主要是参与应用软件程序的开发及系统推广工作，这次则是担任系统的架构师、设计者和系统实施的组织者，是新兴技术研究和应用的开拓者。

像是乐队的首席提琴手，掌声中一转身变成了指挥家，单杏花必须迅速适应这个角色转变。她二话不说，开始了新的征程，学习数据仓库和决策分析新技术，带领团队攻克技术难关。

单杏花与团队成员一道，巧妙运用商业智能理论，提出了铁路客票数据仓库和铁路客运营销分析系统的完整解决方案。随之围绕数据源组织、数据存储和数据展现等问题，对系统建设中的若干关键技术进行深入研究。经过 3 年的努力，终于建成了基于数据仓库的铁路客运营销分析系统，构造了铁路客运企业基础数据主题，完成了网络化的客票发售生产数据的采集，开创了国内行业领域内的数据仓库应用先例。

在此基础上，单杏花团队又继续构建数据挖掘模型，探索客运组织与管理的内在规律性，同时在售票组织策略等方面进行票额共用、复用剩余票调整等一系列尝试。

极其复杂——这是中国铁路客票系统的最大特点。线路是直线的，可旅客列车并非都是直达，一趟从北京南站开往上海虹桥站的高铁动车组，最多停站 11 个。每趟车有不同的席位，每个站点有不同的线路与车次，每趟车次出行的人数不同……方向、车次、区段、席别、时间、线路，都会出现百余种不同的乘车路径，这些都必须纳入车票分配的考虑范围。

用单杏花的话说：营销分析系统与售票交易系统大不相同，操作的是海量数据，存储技术是多维数据库，处理的是大规模数据检索，任务是获取有价值的信息。我们的任务是为铁路客运运营提供全过程大数据支撑，在“互联网 + 高铁网”模式下，基于铁路客票大数据技术，通过客流数据分析，科学制定列车开行方案，

旅客在取票机上提取网上预订的车票

从而实现运行图的优化管理。

票额预分是一种智慧表达。即以历史客运数据为基础，以列车运行图为约束，对每趟旅客列车的客流进行分席别的需求预测，以票额最大化利用为优化目标，实施的售票组织策略。

单杏花团队对数据进行重组，采用了星型和雪花模型进行数据的多维存储，运用智能分析软件从不同的角度多维分析客运情况，建立适用于铁路的客流预测模型，构建不同客运主题的数据挖掘模型，来探索铁路客运的内在规律性。

通俗地讲，就某一趟列车而言，若长途客流需求很旺盛，系统也会释放一些短途区间车票，但可能数量会少一些；若长途客流没有那么多需求了，系统就会自动放出更多的短途区间票。大数据所呈现的科学系统，应该是自动实现平衡。实践证明，铁路客运营销分析系统的成功研发与实施，为铁路客运组织决策者提供了数据支撑。建立在大数据基础上的12306客服网，客流预测精准，票额预分科学，实现了车票运用效率的最大化。

近几年来，铁路部门积极运用大数据分析客流和应用特点，在车票实名制、学生团体、农民工团体售票系统技术研究方面，取得了丰硕成果。运用大数据研究、创新售票组织策略、席位控制等技术，极大地缓解了铁路车站购票的组织压力，为铁路客运取得显著的经济和社会效益作出了贡献。

“用户画像”的魅力

2015年12月8日，旅客打开12306手机App时，便自动弹出了一则北京现代汽车的广告。这是商业广告首次现身12306客服网。无论你抢票多么心切，你得先看三秒钟广告。有趣的是，这些广告不会让你心烦，说不准还特别有兴趣，因为就是为你量身定做的。

12306 客服网及其手机 App，是中国铁路官方唯一车票发售系统，用户流量堪称“海量”，自然被商家看好。如今商业广告多如牛毛，如何精准推送，自然是一门很有奥妙的学问。

譬如说，12306 客服网会根据旅客经常出行的行为，推算其常驻城市，广告商如果想要定点开拓对应城市的区域市场，常驻该区域的乘客就会看到对应的广告。再譬如说，旅客消费能力不同，购票坐席档次就不同。购买学生票的是学生，购买一等座席的是高端人群，客户端广告将按消费人群分类，进行广告推送。

这就是 12306 网用户画像系统的“魅力”。

用户画像系统是对现实生活中的用户行为进行数据建模，通过对铁路用户的行为数据、交易数据等进行加工和分析，以不同的数据维度对用户进行描画。通过对用户的属地属性、行为偏好等主要信息进行建模分析，从而抽象出能够让人理解的语义标签，形成用户的信息全貌和精准画像数据。

由此，铁路旅客用户画像系统整合旅客出行、交易信息，通过数据建模实现标签化。以用户画像数据为依据，不失时机地为旅客提供精准服务推荐和个性化的客运服务，对内提升铁路客户服务能力和行业核心竞争力，对外支撑精准广告投放以及开展数据增值服务，彰显铁路信息化的灿烂前景。

除画像子系统外，12306 客服网还在同期筹备室内定位应用示范系统。在全国建立若干个示范车站，在站内搭建定位服务系统，实现智能化车站，为旅客提供车站导航服务。如北京南站、西安北站、郑州东站、上海虹桥站这些大站，建筑规模庞大，令旅客眼花缭乱，导致一些旅客乘降困难，迷路的情况屡屡发生。智能化车站建成后，旅客通过手机连入车站定位服务系统，乘降线路一目了然。

大数据风光无限

这天，单杏花正忙得焦头烂额时，客服人员向她反映：有位旅客因为在网上无法买到票，每天都打客服电话，一说就是一个多小时，有时情绪还很激动，弄得大家很无奈。

单杏花说："把我的手机号给他吧，让他给我打电话。"几分钟后，这名旅客拨通单杏花的手机，道清了原委：原来是他的名字中有个生僻字，导致无法在网站上买票。单杏花耐心和他解释说明，并真诚感谢他提出的意见建议，承诺在下一个版本优化中，一定想办法把生僻字问题解决。在接下来的几次对话中，单杏花发现这名旅客很关心铁路，而且有很多想法和建议很有参考价值。后来单杏花加了他的微信，成为了"微友"。再后来，当这位旅客顺利地在升级版的 12306 客服网上买到了火车票时，高兴地发到朋友圈，为铁路点赞加油。

这件事让单杏花很开心，也让她更加认识到建立数据处理任重道远。仅以汉字为例，《汉语大字典》就收集单字约 56000 个，常用汉字也有 5000 个左右。如今人名为了避免同字，用生僻字的较多，遇上字库没有的字，这位先生的烦恼事就会重演。

新冠肺炎疫情期间，来自全国各地一张张请求协助调查确诊患者同车旅客的申请单，不分昼夜地发往 12306 客服网站，一场和时间赛跑的大数据战役就此展开。如某趟列车上出现确诊或疑似旅客，12306 网立即启动应急机制，利用实名制售票大数据优势，及时排查出"从哪里来、到哪里去"

的轨迹，并进行动态跟踪，快速精准地提供相关信息，第一时间交给防疫部门处理，有效阻止了疫情随着铁路运输蔓延扩散。

十多年来，12306 客服网充分利用大数据，相继推出了电子客票、移动支付、在线选座、刷脸进站、互联网订餐等服务举措，同时保留纸质车票、车站窗口等传统服务渠道，保证老年人和脱网人群的出行便利，受到人们的欢迎。

如今扫一扫火车票上的二维码，你就能进入“铁路 12306”小程序，体验查询、行程提醒、智能客服、投诉建议等服务。截至目前，小程序的累计用户突破 1500 万。

依托大数据，实现高铁网与互联网有效融合，铁

又一条高铁开通了，“动姐”们雀跃欢呼。

路客运服务衍生出旅客接送站、餐饮、旅游、租车、酒店等许多新项目，智能推荐与精准服务，提升了铁路客运服务品质。

单杏花认为，未来的高铁应该是更加便捷、更加舒适、更加温馨。从信息技术的角度来看，高铁的境界是“知您所想、予您所需”，充分运用云计算、大数据、物联网、移动互联网和人工智能等信息技术，为旅客提供全方位、智能化的出行服务。

12306 客服网持续应用和优化数据处理、挖掘、增值等环节的模型，算法及应用技术，构建起铁路客运大数据平台，形成了铁路客运大数据产业链，有力地支撑了铁路客运的创新发展。

同时，与其他交通运输方式及交通以外行业密切合作，构建交通大数据业务生态圈，推动行业互连互通及数据共享，优化运输资源配置，为公众提供更加优质、便捷和高效的智慧出行服务。

12306 网的大数据就像一个奥妙无穷的魔方，每一次转动，都是一道美丽的风景。

高速列车飞驰在京广高铁韶关区段

第八章

流动的『绿色之美』

绿色象征着希望。

绿色是大自然的本色、生命的原色。绿色作为生态、节能和环保的代名词，流淌着时代的气息。绿色之美，形容为经济社会高质量发展的鲜明亮色，表达了人们对美好生活的向往与追求。

火车自问世之日起，就是烧煤的。煤将水变成蒸汽，蒸汽推动勾贝做功，带动轮子运转。内燃机车取代了冒黑烟的蒸汽机车，电的发明和电动机的出现，让火车有了新的清洁能源，速度更快、耗能更少的电力机车，迅速取代了烧柴油的内燃机车；高铁的横空出世，大大提升了铁路电气化水平和品质，呈现出绿色发展的新境界。这种演变不仅出于速度和运输效率的考量，也是人与自然和谐相处的巨大进步。

高铁代表着绿色出行的深刻意义。中国高铁的动能全部使用电力牵引，是一个重要的气候优势。它快速提升了铁路的电气化水准，极大地优化了交通能源结构，减少了对燃油的消耗，同时提高了能源利用的效率。高铁的“以电代油”效应，在节约大量石油资源的同时，直接或间接地减少了二氧化碳的排放量，极大地带动了交通运输绿色转型发展。

众所周知，气候变化是当今全球共同面临的重大挑战，关乎人类社会的可持续发展，受到了国际社会的普遍关注。交通运输行业是推动绿色发展，实现碳达峰、碳中和的关键领域，高铁适应了现代经济社会的发展要求，成为节能环保的杰出代表。

相比于燃油驱动的汽车和飞机，高铁不消耗燃油，也就大大减少了环境污染。一条新的高铁线路能够减少航空和汽车的出行需求，将潜在的乘坐飞机、汽车等高排放交通的人群吸引过来，从而可以立竿见影地产生净二氧化碳效益。中国高铁乘客数量持续增加，意味着乘客的人均碳足迹下降。国际能源署（IEA）的研究显示，高铁已经成功从航空公司手中抢得了不少客源，这是中国实现减排的一个重要信号。

在倡导低碳出行的今天，高铁大运量、高能效、占地少、低排放的运输优势日渐凸显，在极大地推动运输生产力的同时，有效降低单位运量对土地、能源等资源的占用或消耗，减少对环境造成的污染，降低全社会的运输成本，促进经济发展与人口、资源、环境相协调。

中国高铁发展实践证明，环境污染有效控制，土地资源节约利用，工程绿化完美覆盖，节能、节材和水保持措施落实到位，正在努力建成世界一流的资源节约型、环境友好型高铁。中国高铁积极践行人与自然和谐共生的绿色追求，以“复兴号”动车组为代表的中国高铁，正在用实力定义绿色低碳出行的业态新标准，构建绿色运输通道，成为越来越多的人绿色出行首选。

世界舆论认为，中国高铁有望成为推动中国去碳化进程的一大功臣，这个全球最大的高速铁路网，正在全力帮助中国努力实现去碳化目标。

环境友好型产业

人不负青山，青山定不负人。

你好好地爱护生态环境，生态环境就会给你好好的生存条件，这是大自然的辩证法。这种人与自然和谐共生的社会形态，就是我们常说的“环境友好型社会”，其核心内涵是人类的生产和消费活动与自然生态系统协调可持续发展。

环境友好型社会，倡导全社会都采取有利于环境保护的生产方式、生活方式、消费方式，建立人与环境良性互动的关系。高铁不光是低碳经济，也是最节能、最环保、最节省土地、最具有生命力的绿色交通工具，是典型的环境友好型产业。

高铁是一个实实在在的人间世界。面对川流不息的人流，以及沿线的山山水水、城市乡村，建设环境友好型高铁意义重大。中国高铁与环境友好，把环境当成朋友，与环境为伍，实现了互惠互利。从省地、节能到低碳出行，到沿线设置声屏障和减振措施；从“绿色通道”“生态画廊”，到高铁线路路基边坡植物防护、覆土复耕复植等水土保护，中国铁路人一直在为环境友好型而努力。

当今时代，作为资源节约型和环境友好型运输方式，高铁越来越注重加强生态环境保护，尽最大努力减少环境污染，尽最大努力促进节约集约用地。在绿色高铁的拉动下，中国交通运输结构悄然发生着新的重大变化。

省地、节能与低碳

土地是不可再生的宝贵资源。

高铁占地少，与其他交通工具相比，汽车和航空占地面积大而运量小。一条双向四车道高速公路占地面积，是复线高速铁路的 1.6 倍；一个大型飞机场占地面积，相当于建 1000 公里复线高速铁路。与公路相比，运送相等数量的旅客，高铁所需的基础设施占地面积仅是公路所需面积的 25%。

在高铁线路设计中，中国将节约用地作为绿色环保的主要目标之一，集中设置沿线设施，尽量与公路、既有铁路共用同一走廊，有效减少了对沿线城镇的切割，节省了大量土地。京沪高铁、沪汉蓉高铁、宁安城际铁路、沪宁城际铁路及各联络线路并行地段，最小并行间距降低为 10 米，虽然加大了施工难度，但是节约了大量用地。南京南站为减少两端用地，在此交汇的宁安高铁和沪汉蓉高铁站坪都采用了曲线布置形式，同时，将不能避免的包夹地设计为动车存车场，从而有效减少了站外南京南动车运用所的占地规模。

海南环岛高铁环保调查表明，高铁在占地、运能、环保、节能等方面具有其他交通方式无法比拟的优势。一条双线城际高铁与一条 16 车道的高速公路运输能力相当，占地仅为公路的 1/8，单位运输量能源消耗仅为公共汽车的 3/5，私人用车的 1/6。

研究资料表明，高铁与小汽车、飞机相比，平均人公里的能耗比例为 1∶5.3∶5.6。如果以每个旅客消耗 1 单位燃料所能行驶的里程来比较，则高铁为 1.0，

公路为 0.62，航空为 0.26。CR400AF 型“复兴号”动车组以时速 350 公里运行时，人均百公里能耗仅 3.8 度电，而新能源汽车的百公里耗电量平均为 14.7 度。

相对于汽车、飞机、轮船等交通工具，高铁具有明显的低碳排放特性。高铁不消耗石油等液体燃料，减少了对不可再生能源的依赖性，大大降低了碳排放，优化了运营环境，这是高铁的直接环境效应。

椰风海韵伴我行

有关数据显示，以跨境巴士行驶高铁香港段路程计算，每年会增加 4700 公吨的二氧化碳排放，若采用高铁运行，便能减少 4700 公吨碳排放。如果以每位旅客每公里的碳排放量计算，高铁的碳排放量只是飞机和汽车的 15%—25%，高铁对环境的保护显而易见。

一列时速 350 公里 8 编组“复兴号”动车组载客量为 556 人，相当于 111 辆轻型轿车载客量。按国五排放标准计算，111 辆汽油轿车百公里排放一氧化碳约 11100 克、碳氢化合物约 1110 克、氮氧化合物约 666 克。一氧化碳排放量，汽车每人每公里 9.30 克，而高铁只有 0.06 克。高铁二氧化碳排放量仅为飞机的 6%、汽车的 11%。与公路相比，中国高铁年减少污染物排放 1 万吨，也就是减少 97.8% 的污染。

还有高铁的无缝钢轨，有效避免了传统铁路钢轨间隙的轮轨碰撞声，从另外一个侧面体现了高铁环保的意义。

“以电代油”效应

高速列车采用更清洁的电力资源，实现了“以电代油”的转变，属于再生资源，典型的绿色动力。不仅具有起步快、传动效率更高等特点，还减少了中途补充燃料的环节，有效降低了对环境的污染，是绿色出行的最好方式。

由于高铁速度高、开车密度大，比普速铁路动车组或电力机车使用频率高，一条等长的高速铁路运用效率相当于普通铁路的数倍，大大提高了电能在整个铁路能源使用中的比重，优化了铁路的能耗结构，而且更加舒适、环保。

2020 年以来，我国国家铁路电气化率达到 74.9%。国家铁路燃油年消耗量从最高峰 1985 年的 583 万吨，下降到目前的 231 万吨，降幅达 60%，相当于每年减少二氧化碳排放 1256 万吨。2012 年至 2019 年，高铁增加的客运周转量与公路完成同样客运周转量相比，减少二氧化碳排放 2320 万吨。2021 年铁路货运量完成 37.2 亿吨，电力机车完成的牵引工作量达到 90.5%。

就人类目前的实践与认知而言，高铁被认为是最理想的“绿色环保”出行方式，是走向低碳最理想的交通工具。

国际能源署（IEA）认为，如果能够达到理想状况，一条新的高铁线路能够减少航空和汽车的出行需求，从而几乎可以立竿见影地产生净二氧化碳的效益。

研究成果显示，在京沪高铁的碳排放中，线路运营占 70%，线路建设占 20%。而运营部分的排放又主要来自高速动车组的电力需求。随着中国可再生能源电力资源占比的持续升高，这个问题也将有所改善。相比于燃油驱动的汽车和飞机，这应该是电气化铁路所具有的一个重要的气候优势。

高铁在不断扩大铁路旅客比重的同时，也释放了既有铁路的货运能力，为增加铁路运量、优化运输结构创造了有利条件，促进了交通运输的绿色转型发展。无论是运货还是载客，铁路跑一趟的运量等于公路或航运的几十趟，趟数少了，直接关系到燃料消耗和大气排放。国际能源署（IEA）测试表明，货运铁路的排放强度大约只有货运卡车的十分之一。

从数据可以看出，从节能减排的角度分析，中国高铁对全球脱碳环保的价值不可估量。随着风能、水电、光伏发电等新型能源的大规模使用，其作用将会进一步显现。

随着高速动车组的低碳化设计、电子客票服务的全面推行、“铁路 e 卡通”“互联网 +”等电子服务的实施，减少了旅客对于纸质客票的依赖，将“低碳环保”渗入到工作的方方面面，极大地推进了铁路行业的“碳中和”发展，让铁路出行更加绿色，更加低碳环保。

电子客票不需要纸质凭证，也就节省了纸张。有人做过一个计算：按平均每人一年购票 5 次，中国每年会有 70 亿张火车票出售，每张票 0.005 千克，一年下来用纸 35000 吨。

还有纸质车票制造时产生的污染，就磁质车票的材质而言（包括普通纸质票印刷所需的油墨），并不十分容易降解，随垃圾处理也会造成一定程度的污染。取消纸质车票，减少取票机的数量，简化闸机的结构，既能减少资源和能源消耗（电），还可以从源头做到垃圾减量。

如今，“低碳生活”“绿色出行”已经成为新潮的生活方式。高铁作为时尚、绿色的交通工具，走在了新时代环境治理的前列。国际能源署（IEA）2050 年铁路发展的最佳情境预计，中国通过不断扩大铁路建设，包括建设 10 万多公里的高铁线路，能够减少 12% 的交通排放。中国的这种模式或许可以成为其他国家交通系统去碳化的一个典范。

这里高铁静悄悄

专家告诉我，动车组以350公里时速飞驰时，会产生极强的气流，轮轨摩擦、车体与空气摩擦产生的噪音，会对周边环境产生影响。

打造高品质、低噪音或无噪音高铁，是中国铁路人矢志不渝的追求。近几年来，中国高铁防噪技术不断创新，相继发明了全封闭声屏障、隔音隧道、降噪吸声站台墙等减噪新技术，把高铁噪声减少到最低限度。

京雄城际大兴新机场站位于北京大兴国际机场的底层，层高较低，站内遇到大客流时，可能产生较大噪音。另外，飞机在上空飞过时，也有可能让乘客感受到噪音。高铁客站设计者在车站主吊顶上采用穿孔镜面，每块吊顶板上冲小孔3600个，通过小孔发散噪音，很好地实现了吸声降噪，营造了低噪音的乘车环境。

▲ 京雄高铁线上的防噪屏蔽障

京雄城际铁路自北京西站引出后，要从北落店村穿过，为此专门建造了一座长847.25米固霸特大桥，动车组在桥上飞，村民在桥下住。为了控制高铁通过环境敏感区的噪音问题，建设者在大桥上设置了全封闭声屏障，主体结构采用圆形钢架，外围采用金属隔音板，相当于在高铁通行的大桥上修建了一道“隔音隧道”，将列车经过时的环境噪音降到20分贝以下，从根本上解决了高速动车组通过大桥时对村庄的影响。

北落店村村民吕国喜最初得知京雄城际铁路将在村庄上空通过时，担心列车每天疾驰而过，肯定会制

造出大量噪音，影响日常生活。眼下，高速动车组通过时的噪音极小，并且只集中在几秒钟。吕国喜和村民们大大松了一口气，他高兴地说："你若不注意，根本就不知道高速列车已经过去了呢！"

由此，中国高铁建立起了高铁全封闭声屏障设计技术体系和全封闭声屏障建造标准，为世界高铁降噪声工程建造积累了丰富经验，也为高铁规划"近城静音"提供了有益借鉴。

无独有偶，在京张高铁清华大学段，一条全封闭声屏障把京张高铁包裹得严严实实。相当于在高铁线路上盖了一个“地面隧道”，通过安装在声屏障的隔音和吸音材料，有效降低了高铁运行时产生的噪音，减少了对周边居民的影响。

雄安站的布局为一层和三层候车，二层是高铁线的结构，相当于在一层候车旅客的头顶上跑火车。还有高速动车组进出站台时也会产生大量噪音。雄安站采用国内首创装配式站台吸音墙板和预制站台吸音墙板，即在站台层立面墙上安装了很多带孔的墙板，墙板高一两米长，采用声学设计，上面有很多55毫米见方的孔眼，夹层为玻璃丝绵，有效降低了列车通行时产生的噪声。同时，运用无砟轨道高架车场减震降噪技术，增设了轨道隔振垫，极大地提高了旅客的出行体验，有效改善了高铁客站站台空间的声音环境。据测试，这种墙板极大降低了列车通行时产生的噪声，人们在候车时听到列车经过的响动，大概相当于一辆汽车驶过公路的声音。

自2019年1月5日起，一种新型号的黄绿相间、色彩鲜艳的“复兴号”动车组出现在普速铁路和高铁线路上。灿烂的阳光下，“绿巨人”列车飞驰而过，远远看去就像一条绿色长龙穿越崇山峻岭。

“绿巨人”学名叫作时速160公里动力集中“复兴号”动车组。其国槐绿的底色，体现出新款“复兴号”对老机车颜色文化的传承性。“绿巨人”采用流线型外形，与传统的普速列车相比，车辆密封性进一步加强，车内感受到的噪音会更小，在席位设计间距上比绿皮车要大，乘坐体验也更加舒适。

“绿巨人”不是高速动车组，但它适用于高铁线路和普速电气化铁路，其意义在于，可以逐步替代传统的普速列车，节能环保，减小噪单，提升普速列车绿色出行的品质。

“绿色通道”的风景

“绿色通道”是一道亮丽的高铁风景。

树木成行，绿植铺地，景色优美、环境宜人的绿色空间，营造出高铁沿线的绿色背景和山水景观，不仅美化提升了城市美容度，而且大大改善了高铁沿线环境，让人们在享受高铁便捷交通的同时，得到良好的视觉享受，实现了高铁与自然的融合统一。

行走在京沪高铁沿线城市，一片生机勃勃、绿色葱郁。苏州市突出展现具有苏州文化韵味的景观主体和景观绿廊；无锡市重在展示“田园风光、水乡风韵和绿色商务活力生态”风貌；常州市积极展示“活力彰显、夜景璀璨、整洁明快、绿意葱茏”的特色；镇江市利用丘陵地区风貌，形成“城市山林、真山真水”的景观；南京市着力彰显“山水城林人文绿都”的古都特色；徐州市倾力打造“山城交相辉映、田园彰显自然”的彭城新干线。

十多年来，铁路与地方积极配合，自觉把经济社会发展同生态文明建设统筹起来，整合绿化力量，聚焦高铁沿线绿色发展，打造铁路生态绿色走廊，发展绿色交通，保卫绿水青山、蓝天白云。截至 2020 年底，已运营的国家铁路绿化率提高到 84.3%，绿化覆盖率 24.8%，沙害治理率 65.16%，义务植树尽责率达到 89.06%。

杭黄高铁线路勘察设计起始于 2009 年，设计人员用 6 年时间踏勘了 1500 公里，才确定一条最为绿色环保的路线。纬度与得天独厚的生态条件将“美丽杭黄，生态高铁”的理念体现得淋漓尽致。经过对高铁沿线的绿化规模、物种选择、种植时机等的探讨，专家们从众多景观植被苗木中因地制宜挑选了红叶石楠、金森女贞等 20 个品种，充分考虑高铁沿线的地形地貌、岩层土质、向阳背阴等综合因素，对路基、路堑、隧道洞门、站区、桥梁地段等分类，明确了绿化标准。

杭黄高铁复垦复绿生态美景

富春江桥头的边坡绿化中，靠近栅栏的一侧栽种了高杆红叶石楠、美人蕉、鸡爪槭、油麻藤、云南黄星、低杆红叶石楠等，在最低层种上麦冬、马鞭草等，通过点与点的结合、线与线的相连、面与面的拼接，形成四季长青、交替开花的景观效果。

杭黄高铁富春江特大桥 22 号墩基础处，一棵千年古树与施工路线重合，经济与绿色在此发生冲突。有人提议，砍了省事。承建大桥的中交二航局项目部党支部书记张华坚决不答应，他说：“现在国家都提倡‘绿水青山就是金山银山’，这棵树不能砍，要让它活下来！”

树挪死，人挪活，何况要移栽一棵古树。项目部联系的好几家专业公司都婉言拒绝。后来有家公司接下了活，但开价50万元，大大超过了大家的心理预期。

“钱是小事，如果它能再活500年，这事没有遗憾！”张华干脆地说。如今这棵被剪去了九成枝叶的古树往东挪了四十来米，依旧挺立在富春江畔，当地百姓对高铁建设者表示由衷钦佩。

在全长1836米的桐庐隧道施工中，由于地势较为平缓，按原设计是采用明挖的方式施工，也就是说，把隧道上方的土全部挖开，待隧道建好后，再重新填埋，这样省工、省时。可是在隧道上方的平地上有一片100余棵古树组成的古树林，品种丰富且长势良好，其中树龄最大的超过了800年。项目部与相关部门进行了多次磋商，最终决定采用暗挖的方法，从地下“穿”过古树林，给古树一片自由生长的空间。考虑到暗挖极有可能造成地层沉降、地下水位下降等问题，项目部专门采用了“十大保护法”，尽最大可能不影响古树林的生长环境。

眼下，高铁从地下隧道飞驰而过，地上古树郁郁葱葱。

京张高铁是2022年北京冬奥会的重要交通保障设施，是串联北京北部山水林田湖生态系统、京冀地区生态环境的重要生态廊道，也是京冀城市间高铁系统中的重要生态景观空间。

京张高铁在勘探设计时，就注重绿色环保，对路基、桥梁、隧道及其他场地都采取绿色覆盖和景观设计。沿线采用内低外高、内灌外乔的设计，形成立体多层绿化带。延庆段绿色通道建设工程，涉及延庆区境内八达岭镇、大榆树镇、康庄镇3个镇，建设内容包括绿化工程和庭院工程。在当地政府的大力支持下，高铁“绿色廊道”以乡土树种为主，因地适宜，适地适树，采用乔灌草配比的复层、异龄、混交模式，形成物种多样的近自然植物群落结构。同时，结合高速行车体验，通过营造色彩斑斓的成片森林，打造大气统一、节奏有序、重点突出的廊道景观。

在位于康庄镇郭家堡的造林地带中，以田园风光为主基调，以彩叶树为重点，突出色彩变化，为田园增加了一抹亮色。注重常绿树的搭配，大面积的油松兼顾了冬季景观，使得四季不再单调。考虑到附近居民观赏、休闲、娱乐等需求，还设置了园路增加了附近村民的可到达性，打造出彩色生态游憩小游园。仅延庆高铁段，绿色通道建设工程就达到1600.19亩，种植各类苗木4万多株。

苏州高铁新城高度重视生态文明建设，致力于打造生态城市典范。每年植树节，都会掀起一场声势浩大的植树热潮。截至2020年底，苏州高铁新城的绿化

养护面积达到289万平方米，其中植树面积累计约52万平方米，公共绿地面积为63万平方米，累计种植樟树、栾树、榉树等苗木共19200多株。随着高铁新城中部片区的开发，公共绿地面积还将大幅增加。

作为中国高铁新标杆，京雄城际铁路坚持“精品、智能、绿色、人文”工程建设理念，将“绿色”贯穿建造的全过程。在设计之初，便结合生态和绿色理念，在站厅内外将山水、园林、绿植等景观要素有机融合，打造绿色的铁路基建设施，构建移动的绿洲长廊。这些绿色元素的加入，提升了旅客出行体验，让旅途中的寂寞心情得到舒缓。

高铁生态的世外桃源

高铁『生态画廊』

乘坐高铁，行走于祖国的大好河山，鲜花盛开，绿意绽放，能勾起人们无尽的暇思。一条条拥有速度激情及生命温度的生态高铁，依山傍水编织起美丽的“生态画廊”。旅客徜徉在青山绿水间，尽情欣赏美丽中国的流动画卷。

中国高铁尊重大自然，遵循绿色发展理念，积极推进生态高铁建设，彰显了新时代中国经济建设和生态发展的速度与温度，为建设美丽中国贡献了一张高分答卷，彰显新时期、新时代的风采。

高铁，穿越中国，一路高歌。当高铁遭遇黄山、武夷山等“世界遗产”时，当高铁穿越连片自然保护区和古建筑群、重要湿地、水源地时，高铁立刻让道了。或绕道，或深埋地下，或架起空中走廊，与大熊猫、金丝猴、朱鹮和羚牛等重量级“国宝”和谐共处。

绿水青山就是金山银山。中国高铁沿着绿色发展道路，把绿水青山就是金山银山的理念，转化为扎扎实实的生动实践。生态高铁亦然，能被称为美景的不仅是自然的秀丽山川，还有与美景相得益障的最美高铁路线图。这份美丽，有你有我有他……各美其美，美人之美，美美与共，天下大同。

生态高铁在延伸，以跨山越水的姿态，表达了对诗与远方的沉浸与向往。

“小鸟天堂”依旧

一株百年古榕树，独木成岛。

在广东省江门市天马村天马河的河心沙洲上，生长着一株巨大的古榕树，树高15米，婆娑的榕叶笼罩着大约20多亩的河面。枝干上长满了气生根，着地后木质化，抽枝发叶，长成新枝干。然后，新干上又长成新气生根。于是，整个沙洲变成一片根枝错综的榕树丛林。

枝叶繁茂的古榕树，是小鸟温暖的家。这株古榕树上长年栖息着夜鹭、池鹭、牛背鹭和小白鹭等40多种鹭鸟，约3万余只，被誉为“小鸟天堂”。

1933年，作家巴金来到河心沙洲游览，目睹这一景象，有感而发，写出了散文名篇《鸟的天堂》。1984年，巴金先生又亲笔题写了“小鸟天堂”四字。由此，天马河河心沙洲驰名中外，成为我国最大的天然赏鸟乐园之一。

宽阔清澈的河水，生机勃勃的大榕树，活泼可爱的小鸟，构成了一幅充满生活情趣的风景画，展示了一派美丽动人的南国风光。

2018年7月1日，江湛高铁开通运营。从天马河高铁大桥上飞驰而过的高速列车，距离这株古榕树核心区直线距离只有800米。然而，当你乘坐江湛高铁动车组列车，临近小鸟天堂时，你会感觉到动车组明显降低了速度，缓缓进入一个全封闭声障屏，以“静音模式”通过小鸟天堂沿线。

隔窗向外眺望，你能看见鸟儿们像往常一样，兴致勃勃地环绕着大榕树飞翔嬉戏，怡然自得地享受着家园里的快乐。大桥设置的分贝仪显示，指数一直在50分贝以下波动。这个全球首例高铁拱形全封闭声屏障，展现出人与自然和谐共生的美丽画面。

江湛高铁作为我国“八纵八横”高铁网中沿海大通道的重要组成部分，将“散落”在粤西大地上的13个城镇“串联”起来，成为城市经济与县域经济联系的纽带。受选线条件限制，高铁江门至新会段必须从“小鸟天堂”自然生态景区附近经过，确保动车组通过时的噪声不会惊扰到小鸟，成为考验生态高铁的一道难题。

据鸟类专家介绍，50分贝以下的声音环境才是鸟儿适宜的生活环境。而“小鸟天堂”旅游风景区内群居的鹭鸟更是对栖息地的要求极为苛刻，一旦有所不适，它们就会立刻飞走。专家们经过技术攻关，决定建设一座全长2036米的拱形全封闭声屏障，最大限度减少高速列车对沿线环境的声、光污染。

经科研人员试验检测，在没有全封闭声屏障的情况下，距线路中心25米轨面以上3.5米的地方检测，时速200公里以上的动车组通过时产生的噪声是76.5分贝。而有了全封闭的声屏障之后，相同地点的噪声下降了22.5分贝。这样的噪声再扩散到800米外的“小鸟天堂”时，只有49.3分贝，比没有动车经过时只增加了0.2分贝，完全可以忽略不计。

据悉，这项全球首例高铁全封闭声屏障工程，共安装了42260块吸声板，将通用的140毫米厚金属吸声板减小为80毫米厚，保证了金属板力学及声学性能满足指标要求。施工中，首次使用了ECC混凝土吸声板，这也是目前世界上最先进的隔声设备和技术。除此之外，为减少夜晚列车驶过时灯光对鸟类的影响，江湛高铁还设置了光屏障，与声屏障共同减少了对周围环境的影响，阻挡鸟类进入列车运行范围，防止鸟类与列车发生碰撞，提高了线路本身运营安全。

江湛高铁全封闭声屏障共获得8项专利，由此形成了一整套全封闭声屏障设计和建造技术，填补了列车气动力效应吸音隔音降噪研究的世界空白。

高速动车组飞驰，“小鸟天堂”依然“岁月静好”。

朱鹮平安飞翔

作为第一条穿越我国秦岭的高铁，西成高铁坚持“人与自然和谐共生”理念，向大自然“让步”，在加速推动秦巴山深贫地区发展的同时，不忘守护常居于此的珍稀野生动物，树立起生态高铁的样板。

从空中鸟瞰，西成高铁㵲水河特大桥跨越朱鹮国家级保护区㵲水河段，绵延16公里长的高铁鸟类防护网，保护着空中飞鸟的安宁；从地面来看，桥隧相连高铁线连续穿越着菜子坪大熊猫走廊带、天华山国家级自然保护区、观音山国家级自然保护区，为珍稀动物留下了一条条生命通道。高清动态网络摄像机，实时记录着每一帧守护生命的画面……

朱鹮与大熊猫、金丝猴、羚牛四种珍稀动物，并称秦岭四宝，有着鸟中“东方宝石”之誉。洁白的羽毛，艳红的头冠，黑色的长嘴，加上细长的双脚，成就了朱鹮仙鹤般的形象。

朱鹮的拉丁学名“Nipponia Nippon”直译为“日本的日本”，以国名命名鸟名，足见朱鹮对于日本这个国家的重要性。据《日本书记》记载，朱鹮是代表日本的鸟类。朱鹮被日本皇室视为圣鸟，经常出现在有关皇室的记载中。在日本皇室一些重要仪式里，朱鹮羽毛是必不可少的供奉。日本的传统歌曲中，也常见对朱鹮的赞颂。

在1981年以前，我国鸟类学家最后一次见到野生朱鹮是在1964年。在以后的十几年时间里，再也没人见过朱鹮的踪迹。从1978年起，中国科学院动物研究所的鸟类学家们组成考察队，调查了东北、华北和西北三大地区，跨越九个省区，行程5万多公里。直至1981年5月30日，鸟类专家刘荫增和考察组终于在陕西省洋县八里关乡大店村姚家沟的山林中，发现了两个朱鹮的营巢地，总共有七只朱鹮，其中四只成年鹮、三只幼年鹮。这说明濒于灭绝的朱鹮还具有正常的自然繁殖能力。这最后的7只朱鹮是朱鹮家族复生的唯一希望。

刘荫增把这7只朱鹮定名为“秦岭一号朱鹮群体”。由此，我国开始在秦岭建立朱鹮自然保护区，全面展开了朱鹮人工繁殖研究和鸟类保护工作。

此时，日本的朱鹮濒临绝灭的困境。1979年，日本全境只有8只朱鹮，这些幸存的朱鹮全部生活在佐渡岛。1981年，有2只朱鹮死去。日本政府决定把剩下的6只野生朱鹮全部捕获，进行人工饲养。

到了1985年，佐渡岛保护中心又死去了3只朱鹮，全日本只剩下3只。这年，日本赶紧从中国借来了花花等3只朱鹮，想与之配对，但这次“国际婚姻”失败了。1995年，日本只剩下了阿金1只朱鹮。不久，最后这只朱鹮也死去了。

1998年，时值中日邦交正常化20周年，时任国家主席江泽民向日本赠送一对朱鹮，名为“友友”和“洋洋”。此后，朱镕基、温家宝、李克强三任中国总理都曾先后将朱鹮赠送或借贷给日本，其过程和熊猫一样。这些朱鹮在日本陆续繁育后代，让日本民众心理上得到了许多安慰。

多年来，国家在陕西秦岭一带共建立了13个朱鹮自然保护区，总面积达4230公顷。北京动物园还积极开展朱鹮人工繁殖的研究，是世界上最早成功繁殖朱鹮的科研机构。2005年8月9日，汉中朱鹮生存区域经国务院批准列为国家级自然保护区。

经过40年的精心保护、培育和繁殖，我国朱鹮种群不断发展壮大，从7只繁衍至5000多只，其中野生朱鹮及放飞朱鹮突破1800只。陕西省内朱鹮分布范围从洋县扩大到汉中、安康、宝鸡、铜川、西安等地，野生朱鹮栖息地面积也由发现时的不足5平方公里，扩大到现在的14000多平方公里。

朱鹮飞出洋县，飞越秦岭，飞向全国，飞到海外。

家住汉中市城固县湑水河高铁特大桥旁的卢小霞告诉我，每当天蒙蒙亮时，她就会起床为一家人准备早餐。几乎就在同时，她的“邻居”——近50只朱鹮成群飞过屋顶，飞向远处找寻自己的早餐。

卢小霞说，20世纪80年代，这里河流干涸，岩石裸露，朱鹮在此几乎绝迹了。现在环境好了，水源丰富，水草丰茂，朱鹮也繁殖多了。前两年，听说西成高铁要从家后面穿过，卢小霞又是高兴又是愁。家乡通了高铁，出行就方便了。然而，新修的高铁刚好切断了朱鹮出门和回家的路，又让卢小霞愁上了。

汉中盆地是西成高铁的必经之地，高铁穿过朱鹮的栖息地，飞行中的朱鹮一旦撞上飞驰中的动车组，不但朱鹮会死亡，对高铁安全也是极大的隐患。

当地老百姓着急，专家们更急。陕西省动物研究所、陕西汉中朱鹮国家级自然保护区管理局等单位成立项目组，开展了西安至成都高铁朱鹮防护措施试验段研究。

大家首先想到的是做隧道，修建长大隧道穿过保护区，但由于资金、技术上的原因，难以实现。有专家建议，西成高铁不设洋县站，绕道而行，但考虑到高铁对经济的拉动作用，这个提议也被否决了。

围绕着西成高铁的走向，在长达一年多的时间里，科研人员对朱鹮的飞行习惯、型态进行详尽的调查分析，在高铁经过的地带、朱鹮生活的野外区域进行实验。胥水河大桥一侧500米处的树林，是重要的朱鹮夜栖地。每天早上，朱鹮都会从树林飞起，飞越胥水河大桥觅食。晚上六七点，朱鹮则会回到夜栖地休息。陕西省动物研究所吴晓民团队提出，西成高铁以特大桥形式，跨越朱鹮国家级保护区的湑水河段，下方设置宽大的桥洞，

"复兴号"动车组列车飞驰在陕西汉中境内西成高铁上

不仅是鸟类，其他动物也可以自由通过。然后在保护区内的高铁沿线两侧，全部装上特殊鸟类防护网，防止朱鹮碰撞高速列车。

最终，设计出了朱鹮防护网的最终形态：护栏用蓝色，防护网为橘色，方便朱鹮识别；亚克力板可能会导致朱鹮受伤，必须用细密的金属网；网格的大小经过精心设计，朱鹮即便误撞之后也不会被卡住，二次起飞能够轻松挣脱。

2016 年 6 月，西成高铁施工人员在雷草沟、胥水河特大桥等地分别安置了不同的防护网，全长达 32 公里。通过安装的红外线照相机和高清超宽动态网络摄像机显示，从 2016 年 6 月到 2017 年 5 月将近一年的时间里，胥水河试验段朱鹮有效飞越次数为 4615 只（次），雷草沟试验段朱鹮有效飞越次数为 3926 只（次），都没有发生过一例朱鹮撞上防护网的现象。

几年来，吴晓民团队在穿越朱鹮保护区的高铁隧道两侧和高架桥上布设了数十台红外相机，全天候监测当地野生动物的活动规律。结果让人欣慰：周边野生动物的活动频率、数量在采取了多项环保措施后，并无明显变化，表明高铁建设对秦岭的生物多样性并无大的影响。

2018 年金秋时节，我来到汉中朱鹮保护区采访。伫立湑水河高铁大桥桥头，举目望去，金属编制、高约 4 米的橘色防护网，一溜顺着高铁线展开，十分抢眼。防护网具有一定的弹性和伸展性，醒目的橘色和反光条挡块，大概率地避免了朱鹮撞上防护网事件。西成高铁真正成为一条重视生态环境保护的“绿色高铁”。

专家告诉我，在高铁线路上针对鸟类保护安装特制的大规模防护网，这在世界上还是首次。

每到傍晚，卢小霞就像等待归家的孩子一般，数着飞回的朱鹮。她发现，傍晚时分鱼塘边又热闹起来，那些曾经历环境之变的朱鹮开始不断尝试穿过高铁，顺利飞回鱼塘旁的树林里。

野生动物大通道

秦岭地处我国南北自然分界线，气候随海拔升高而呈垂直变化，所谓“一山有四季，十里不同天”，就是对秦岭气候的真实描述。这里的森林覆盖率达到 90.3%，是典型的国家“绿肺”。秦岭不但是我国中部重要的水源涵养区，也是我国“天然动植物种类资源基因库”。

由于秦岭段特殊的生态环境，不仅仅是朱鹮，西成高铁沿线大熊猫、金丝猴、羚牛等珍稀野生动物的保护问题，也受到社会各界的普遍关注。

事实上，对野生动物的保护，从西成高铁筹建初期就已被考量。为此，铁路部门坚定“生态选线”原则，认真分析秦岭地区区域生态环境现状、敏感性及影响因素，全方位把握秦岭自然生态与环境空间的分异和特点，最终选择了避开秦岭山区集中、连片、整体性较强的保护区域和生态敏感区，采取对秦岭生态环境影响最小的线路方案。吸收动物保护专家参与的科研团队，在总结多年科研成果并借鉴国外先进技术的基础上，通过 8 年的研究和监测，经多方专家论证，形成了世界一流的生态高铁建设方案。

西成高铁主要以桥隧相连的形式，“高架桥”“深挖隧”虽然大大增加了成本，但能有效解决金丝猴、大熊猫等秦岭珍稀野生动物的过路问题。西成高铁断续穿越菜子坪大熊猫走廊带、天华山国家级自然保护区实验区，为了给野生动物让道，西成高铁大都采取隧道形式穿越秦岭。

西成高铁秦岭隧道群从秦岭北麓清凉山隧道开始，到秦岭南麓赵家岭隧道，110 公里线路大都绵延地下 800 米至 1000 米，如此长大隧道，减少了对地表生态的破坏，避免了对保护区群的切割，最大限度保持了大熊猫、羚牛、金丝猴等秦岭生物的“原生态”，大大减小了高铁建设对重点保护野生动植物生存环境的破坏以及对秦岭整体生态功能的影响。

宁陕县新场镇菜子坪山谷是两个不同种群大熊猫的交流通道，大熊猫极有可能从此迁徙而过，为了让高铁不干扰大熊猫的生活，为此在这个约 2 公里的路段采取了架设高架桥的形式。

为确保野生大熊猫、朱鹮、羚牛的安全，秦岭沿线的高铁牵引变电所选址多次变迁，从保护区核心区域迁移至边缘地带，其中两个牵引变电所的面积由原来的 17800 平方米，缩减至 4800 平方米，尽力保持生态原貌。采取的 220 千伏电力拼装塔方案，减少了 1000 多颗树木的砍伐。

2020 年 6 月 28 日，商合杭高铁全线贯通运营。G9394 次首发列车从广德南站驶出后不久，列车飞快又平稳地穿过一个两侧镂空的巨大“罩子”，这一场景让不少乘客感到新奇。

商合杭高铁是联系中原、江淮与长三角的重要交通干线，途经多个自然、文物保护区。其中，安徽扬子鳄国家级自然保护区的主要保护对象为扬子鳄及其栖息地，而高铁线恰好经过保护区涉及的广德市。

扬子鳄现存数量稀少，有动物“活化石”之称。作为世界上濒临灭绝的爬行动物，对于人们研究古代爬行动物的进化有着十分重要意义。铁路部门决定将保护区作为一个必须绕避的控制点，在广德南站至安吉站段进行线路展长，宁可绕路也要避开它，绝不能因铁路的建设、运营而破坏扬子鳄繁衍生息的环境。采用向北绕道避开保护区的方案，线路展长 820 米，还扬子鳄一个良好的繁衍生息环境。

但是，难题随之而来。因为绕避保护区，商合杭铁路在皖浙省界段不得不与国内目前最高等级的特高压电力线路走廊“相遇”，这是前所未有的技术挑战。为此，隧道、结构、通防等专业的专家联合攻关，经过反复论证和实地勘察，在高铁线上方成功建起了 460 米长的钢筋混凝土“防电罩”，最终降服了特高压电力线路这个“拦路虎”。这项国内首创的技术，也为今后类似情况提供了参考方案及施工经验。因为线路展长、增设棚洞，项目共增加投资 1.5 亿元左右。

跨越水源保护区

水是人类生存和发展的源泉。水关系到人的生命健康和安全，关系到经济社会的发展。可以说，没有水就没有人类社会。高铁建设时常会涉及跨水源保护区的桥梁基础施工，如何避免水资源的污染和破坏、注重施工过程中的水资源保护，也是中国高铁绿色发展的重大课题。

在中铁第四勘察设计院副总工程师彭京平的书柜里，收藏了一张珍贵的汉十高铁线路方案图。这张图纸上，全长不足400公里的汉十高铁，却有着北线、中线、南线三种选择方案。

走北线，沿汉十高速公路布设，成本最低，但需从丹江口水库正中穿越，扰动南水北调中线水源保护

▼ 高铁拖出一路美丽的风景

区，随即被否；行中线，与襄渝铁路线平行布设，线路最短最直，但紧邻世界文化遗产——武当山古建筑群玉虚宫，也遭舍弃。

最终确定的南线，采取 13 公里隧道下穿武当山，绕避了武当山核心景区和古建筑群，距离最近的遗产点回龙观还有 770 米，同时也绕开丹江口水库大部分区域，对汉江湿地采取全线高架，不在水中设墩，完整保护生态保育区。

南线方案最复杂，且几乎 100% 为桥隧，桥隧比最高，还在湿地保护区全线设声屏障，因此工程造价较北线方案增加 3.2 亿元，较中线方案增加 2.7 亿元，但它对自然生态环境的影响最小，真正践行了绿色发展理念。

全长 9077 米京张高铁官厅水库特大桥，桥梁由八个造型优美的曲弦桁梁组成，像一道长虹跨越宽阔平静的官厅水库。官厅水库是新中国成立后建设的第一座大型水库，更是北京的备用水源地、国家湿地公园、京津冀协同发展的水源涵养地，属于国家一级水源保护区。为减少大桥施工对水资源的污染，1302 米的施工栈桥和平台，钢管桩全部涂上橙色的环保防腐油漆，防止钢管在水中产生锈蚀。水下打桩会导致泥浆和石渣飞溅，容易造成水文扰动和水质浑浊。于是采购了全新的钢护筒将直径 2.8 米、高 30 米的护筒，打入水底 7 米多深，如同为水下施工筑起了一座 10 层楼高、密不透风的钢铁围墙，钻孔、打桩的废水废渣都不会

2020 年 8 月 24 日，京张高铁列车行驶在官厅水库大桥上。

泄漏到水库里。采用“顶推法”施工，钢梁都是在岸上像“搭积木”一样拼装好，再从岸边向湖心顶推就位。整个施工过程涉水工程少，最大限度地减少了水上施工工序，对水库影响最小，有效降低了施工对库区水资源的污染。

北京水务局监测数据表明，大桥施工过程中，官厅水库的水质没有任何变化，施工未对水库造成污染。

郑济高铁山东段工程，涉及山东茌平金牛湖国家湿地公园、胶东输水干线济南至引黄济青段饮用水水源保护区、济南市区地下水饮用水水源准保护区、南

水北调东线等多个湿地和水源保护区，设计施工中，均采用桥梁跨越方式，不设水中墩，确保了湿地、水源地不受影响、不受污染。

从乌鲁木齐向东，刚出天山隧道，高铁就飞奔在了高高的大桥上。桥下就是著名的达坂城湿地，是国家级自然生态保护区。高铁从大桥上通过，桥下水草丰盛，牛羊成群。这座全长 5.6 公里的特大桥，实现了高铁对这片湿地的全方位跨越。殊不知，高高的桥墩下面埋下了众多管道，就是为了便于湿地的地下水可以畅通地流淌。

当乘坐高铁途经吐鲁番和哈密段时，车窗外常看到著名的坎儿井一排排由天山脚下延伸到绿洲。据悉，兰新高铁共穿越了 17 条坎儿井，其中好几条都有几百年的历史。坎儿井是新疆荒漠地区一种特殊的灌溉系统，被誉为世界水利系统史上最伟大的工程之一。

既要让高铁在上面通过，又不能影响坎儿井的正常浇灌。铁路建设单位和地方文物部门反复协商，最终拿出了解决方案：采取桥梁空中跨越的形式，穿过 17 条坎儿井。为了保护地下的坎儿井，科技人员还在一些坎儿井地下的通道内进行了必要的管道防护，增加了水道的防护能力。一座座为保护坎儿井架起的大桥凌空飞跨，坎儿井中的水依然欢快地流向绿洲。

轻盈的环保体质

深秋季节，一列列高速动车组身轻如燕，飞驰在祖国广袤的大地上。金色的田野与银白色的动车组，光亮的银线与寂静的山村，共同勾勒出一幅幅美丽中国的生动图景。

高铁时代不仅仅是高速时代，更是低碳时代、环保时代。

从全球来看，高铁已经被认为是走向低碳未来的一部分。这无疑包括两个方面，一方面是高铁具有低能耗、大运力的特点，本身就是节能环保的代表。另一方面是高铁产业、产品自身的环保本质。在加速高铁发展过程中，铁路部门在充分发挥高铁环保效应的同时，坚持从自身做起，从高铁产业、产品做起，强壮了高铁产品的环保体质。节能环保的“复兴号”动车组，光伏发电的高铁客站，以及地缘热泵等新能源技术应用，彰显了高铁自身优秀的环保体质。中国铁路人以保护生态环境为己任，出实招，干实事，让高速列车在蓝天碧水间加速奔向更加美好的明天。

顶呱呱的环保车

采访中，我曾做过一个试验：试图搬动一个用普通钢制造的高速列车车钩，可用尽了力气，它却一丝不动。这个普通钢车钩重达 84 公斤。而另外还有一个同样大小的车钩，我却轻而易举就拎了起来。这个是用镁合金材料制作的高速列车车钩，仅有 18 公斤，比普通钢车钩轻了 66 公斤。测试数据表明，镁合金车钩的性能并不亚于钢制车钩。

大量采用新型材料和结构，严格控制车体重量，使动车组每根车轴的承重量不超过 15 吨。镁合金是最轻的金属工程结构材料，密度仅有 1.7，而铝合金是 2.7，钢是 7.8，可见镁合金具有天然的轻量化优势。随着镁合金技术的广泛运用，中国高速列车、高铁装备走向更轻、更环保。降低了动车组的自重，也就等于提升了列车的载重量。高速列车“减重瘦身”了，车轴的负担减小了，跑起来就更快，能耗、排放也会相应降低。

一位西方记者在采访体验京沪高铁后，在新闻稿中写道：轻身如燕的“复兴号”高速列车，就是节能高效的环保列车。

早先的“和谐号”动车组，由于采用了流线型车体和铝合金轻量化技术，重量比一般普速铁路客车轻 30% 以上，减轻轮轨作用力，降低轮轨磨耗，取得了降低能耗的最佳效果。“和谐号”CRH3 型动车组列车每小时人均耗电仅 15 度，从北京南站到天津站人均耗

“复兴号”穿行于武广高铁田园风光

电 7.5 度。

在高强度、轻量化铝合金车体的基础上，“复兴号”动车组还在车体局部结构件中使用了更轻、更强的镁合金和碳纤维复合材料，进一步减轻了列车重量，降低了能耗，有效控制了噪声污染。这种新型复合材料比铝合金更轻、更强。

飞驰在京沪高铁线路上的 CR400AF 型“复兴号”

动车组，以时速 350 公里运行时，人均百公里能耗仅 3.8 度电，相比其他型号的动车组往返一趟京沪节省 5000 多度电。CR400AF–Z 型“复兴号”智能动车组，在节能环保上优势的更加凸显，以时速 350 公里运行时，人均百公里能耗 3.5 度电，甚至更低，是陆路运输方式中最节能的。

“复兴号”动车组在车厢侧壁板等部位中使用的碳纤维复合材料，必须是阻燃的，即便遇到高温明火也不会燃烧以及释放出对人体有害的烟雾。目前国内已经研发出耐高温、阻燃的碳纤维复合材料，成功打破技术限制，可将其应用于地铁、高铁、汽车等领域中，进一步保障乘客的安全。

流线型“复兴号”动车组，修长的“飞龙”车头，平顺化设计，不仅颜值爆表，性能也更加优异。不仅车底比同类车轻，而且车厢比同类车宽，载客量也更大一些。尤其是在车体构造方面进行了创新，减少了运行阻力，提升了运行速度，节省了能源。在时速 350 公里的条件下，阻力比既有“和谐号”CRH380 系列降低了 7.5%—12.3%，人均百公里能耗下降 17% 左右，有效减少了持续运行能量消耗，表现出良好的节能环保性能。

“复兴号”车头罩应用的是一种新型复合材料，强度达到了金属的特性，却比金属轻很多，更重要的是，整个车头以模块化设计，将 60 多块形状各异、材质不同的材料高强度结合成整体，让后续的生产、安装都十分方便。

经试验，重达 1 公斤的铅弹以时速 400 公里的速度“飞”射而来，“复兴号”车头罩不会被击穿。列车高速行驶中，与空气阻力不断对抗，难免会遇到石块等杂物的冲击，飞弹试验是列车安全性的一块“试金石”。目前，“复兴号”时速 160 公里、250 公里、350 公里的动车组，均安装有“青岛造”新材料车头罩。时速 400 公里的轻质、高强碳纤维车头也在技术储备中。

动车组加速时最耗电，减速制动时不但不耗电还能够发电，属于再生能源。列车在制动过程中，不仅要消耗制动系统的能量，还要把高速运行的列车能量通过其他形式转化掉。这个过程最基本的方式是，以热能的形式消耗机械能，列车制动过程中的能量转换，实际上也是一种能量损耗。如何最大限度地利用再生制动能源？这是高铁节能环保的新空间和新思路。

为此，我国高铁科研人员进行了积极探索。动车组减速或到站前，先停止供电，由于惯性作用，动车组会继续向前运行，电机线圈随车轮转动并在磁场中切割产生感应电流，这时牵引电机转换为发电机，将动能转化为电能。“复兴号”动车组采用了电空复合制动新技术，能将制动转换成的电能自动反馈输入电网，最大发电功率比牵引功率高 50%，再生制动利用率达 90%。

“复兴号”动车组新型列控系统，将列车群协同联控作为重要研究方向，实现一批车出站加速、另一批车到站减速，电能内部循环利用，理论上人均百公里能耗可降低 30% 左右。以京沪高铁为例，随着新型列控系统的应用，动车组往返运行一次可节电 9000 度左右。

“复兴号”动车组广泛采用 LED 节能光源，真空集便系统，实现了全程零排放。高速列车的马桶用水量极少，与平常家里的和飞机上的马桶都不一样，主要是靠吸力的作用，当按下冲水键以后，以很少的水量和很高的速度，瞬间非常猛地把脏东西冲下去。“复兴号”智能动车组增加灰水回收装置，车上每个洗手池等产生的灰水都用于卫生间冲马桶，节水量提升 17% 以上。

绿色节能环保是高速动车组技术的未来发展趋势。通过采用“多目标均衡综合节能技术”，列车在同等运行速度条件下，人均能耗每公里降低 10%，噪音降低 2 分贝，这意味着高速列车以时速 400 公里运行时，能耗与噪音水平与时速 350 公里相同。在提升速度的同时，并不增加能耗，堪称节能环保的绿色列车。

客站的“神秘之光”

我若告诉您，一座高铁客站就是一座新型发电站。您相信吗？

2010年7月18日上午，京沪高铁上海虹桥站太阳能电站正式并网发电。这是目前世界上最大的单体建筑光伏一体化项目，年均发电量可供1.2万户居民使用。

这个光伏电站位于高铁虹桥站站房屋顶及站台无柱雨棚顶面。有这样一组数据：电站利用客站屋顶面积达7万平方米，安装太阳能电池板23910块，总装机容量6688千瓦，年均发电630万度，年减排二氧化碳6600多吨，年节约标煤2254吨。

一位西方记者写道：“宽敞明亮的中国高铁客站，完全可以与一些国际机场的候机大厅媲美。令人惊讶的是，这些明亮很多是大自然的馈赠。”

将光伏组件放在建筑物顶上发电，这不是新闻。然而，如此大面积利用高铁客站的站房、雨棚屋顶，建立光伏发电站，对加快绿色高铁建设具有十分重要的示范意义。这种有意识的主动、超前行为，兼顾与车站建筑造型和周围景观的协调，实现了现代建筑的多功能，展示了节能环保的灿烂前景，其经济效益和节能减排作用十分明显。凭借此举，上海虹桥站一举建成了具有国际一流水平的创新型发电厂。

我国高铁客站自觉融入国家环保总体规划，多方面做好、做足节能环保这篇大文章，取得了多项突破。新型客站顶层采用大跨度空间流线型金属钢结构，空旷明亮，视野开阔。如北京南站、天津站均设计超大面积玻璃穹顶，在各层地面还做透光处理，充分利用自然光照明。走进北京南站，圆形大面积的玻璃穹顶，让大厅各个角落都阳光充足。即使有些背光的隔层，也都进行了透光设计、借光照明，同等亮堂。

采访中，我十分喜欢和陶醉高铁客站的“敞亮”，这是一种源于大自然的柔美与和谐。许多高铁客站都在高架候车厅屋顶中央采光带，设置了大量的太阳能光电板，辅助解决车站用电。即使是没有阳光的夜晚，太阳能发电和光伏发电技术也会充分利用太阳能，赢得的“巨大光明”让高铁客站夜如白昼。这种依靠先进技术取得的环保成果，在节省资源的同时，也带来较好的经济效益。

广州南站站房屋顶以一片片芭蕉叶为基本单元，通过中央采光带的串联，形成极具特色的建筑形态。天窗采用对角线网格的钢筋结构，以拱顶形式呈现并镶嵌 ETFE 气枕，使得自然光可照入候车大厅，同时减少对外部热量的吸收。屋顶安装了约 2000 平方米的太阳能电池板，可将太阳能转化为电能为车站供电。

曾开创高铁客站太阳能发电先河的北京南站，采用光伏发电，为车站提供了充足的电能。同时采用热电冷三联供和污水源热泵技术，天然气发电后产生的余热，直接进行制冷或制热，通过能源的梯级利用，可将天然气使用效率从 50% 提高到 90% 以上，实现能源的梯级利用。该系统产生的年发电量，能满足站房 49%的用电负荷，每年可节省运营成本约 600 万元。

2012 年，原铁道部统计中心曾经对 49 座新型客站和 45 座传统客站进行了能耗对比统计，新型客站单位建筑面积能耗比传统客站平均低 52.9%。

雄安站椭圆形屋盖形如清泉源头，温润圆满，中间结合高架候车厅自然隆起，形成三重梯度变化。细心的人发现，椭圆形屋顶上的材质是由通透的阳光板渐变为深蓝色的光伏板，好似荷叶上的露珠，粼粼波光，晶莹闪亮。有谁能想到，在这蓝绿交融的景观廊道上，竟然矗立着一座生态发电厂呢？

雄安站超大光伏屋顶系统，铺设了 4.2 万平方米光伏建材，年均发电量可达 580 万度。椭圆形屋顶上柔和滤光的阳光板，与屋面构造有机结合，共同形成层次丰富、轻盈通透的“第五立面”。源源不断的电能，保证了候车大厅、站台的通透明亮，为客站公共设施带来清洁电力。如此有效利用了太阳能，节约电能 30%，年节约标准煤 1800 吨，可减少二氧化碳排放 4500 吨，相当于植树 12 万公顷。

与此同时，高铁客站对绿色建筑技术进行了专题研究和应用实践。大量使用绿色环保材料，其墙体、屋顶都选用节能新型材料。绿色植物装点其中，生机盎然，令人心旷神怡。连同声、光、温等一系列室内环境控制技术，大大提高了候车大厅的环境品质。

一些高铁客站还积极发挥本地资源优势，利用城市原生污水冬季水温高于大气温度、夏季水温低于大气温度的特点，夏季通过地埋管将制冷机组排放的热量带走；冬季的制冷机组通过地埋管吸收地层的热量，利用土壤作为换热介质充分达到节能、环保的目标，实现了客站生态循环供暖、制冷。

客站候车厅的冬季供暖方案则采用低温水地板辐射采暖系统供热，使室内地表温度均匀，室温由下而上逐渐递减，给人有脚暖头凉的良好感觉。这种感觉与对流传热形成的头热脚凉的感觉相比，人体的舒适感受度更好。

上海虹桥站空调系统采用浅层地热资源高效节能技术，冷热源由地源热泵技术提供，在 4 万平方米的站台板下空间，安装地源热泵机组，利用土层中较恒定的温度，与土壤进行热量交换，达到夏季制冷、冬季供热的目的。减少城市热岛效应，实现了可再生能源的有效利用。武汉站不仅采用了集约用地、智能照明、太阳能发电、自然采光通风等措施，其空调采用的地源热泵系统，能有效减少车站能耗。

更为令人叹为观止的是，雄安站标志性的椭圆形屋顶犹如一个能量收集场，拉开一条长 556 米、宽 15 米的“光谷”，将自然光线和景观引入室内，有效改善地面候车厅的采光、通风环境。从光谷中穿过的联系天桥两侧设置有机种植绿墙，形成了极具生态示范意义的“绿谷”，为旅客营造舒适宜人的绿色空间，承载着雄安大地的农耕文化记忆，寓意雄安大地绿色发展的未来。

据了解，“光谷”不仅改善采光环境，丰富室内空间效果，还增加了地面候车厅与高架候车厅的联系，同时解决了采光、通风、消防排烟等技术要求。

贵阳北站采用最先进的雨水收集系统和中水回收系统来收集排放的雨水，仅汇水面积就达到 12 万平方米。车站东西广场两侧各设置一个容积为 5 吨的蓄水池，每年可收集利用雨水量几十万吨，不但节省了水资源，而且还节约了大量自来水所消耗的电能。相对于上水（给水）、下水（排水）而言的，中水既不是污水，也达不到饮用水标准，但通过集中处理后，可用于车站的绿化浇灌、道路冲洗、停车场洗车甚至消防救火等方面，从而达到节约用水的目的。这套雨水收集循环使用系统，充分利用了贵阳的雨季以及丰沛的雨水，有着“小题大作”之美。

赣州西站充分运用节能技术，采用中空 LOW-E 玻璃，可有效缓解冬天冷、夏天热的尴尬，控制制热和制冷成本，促进内部阳光投射舒适平衡。同时，还采用了空调恒温系统、照明智能回路、感应用水、智能变频扶梯等，实现绿色运营。

高铁客站的“神秘之光”，是一种幸福之光、吉祥之光。它源于大自然，而又回归大自然，在凸显环保意义的同时，这种返璞归真的境界，正是中国高铁客站的理念与追求。

变轨动车组的意义

2020 年 10 月 21 日上午，时速 400 公里跨国互联互通高速动车组在长客公司下线。该列车设计运营时度达到 400 公里，可以在不同气候条件、不同轨距、不同供电制式标准的国际铁路间运行。

这种新型动车组具有节能环保、主动安全、智能维护等特点，同时列车还有极强的环境适应性，能够在 ±50℃的温度条件下运营，在覆盖全球 90% 的铁路网上实现互联互通，是我国高铁装备具有里程碑意义的重大创新成果。

2016 年，国家科技部在“十三五”国家重点研发计划“先进轨道交通”重点专项中，率先启动了“时速 400 公里及以上高速客运装备关键技术”，作为中国轨道交通科技创新的标志性项目。该项目包括研制时速 400 公里速度等级动车组，以及研究复杂耦合条件下轮轨、弓网、流固耦合关系及列车动态行为等，研究超高速动车组降低运行阻力、智能驾驶、轻量化技术等，研究跨国互联互通的适应性、可变轨距转向架、多制式牵引系统等。

项目由中国中车组织开展，长客公司牵头联合 30 余家产、学、研重点单位，相继在高速动车组系统集成、变结构走行、牵引变流、列车运行多目标优化控制等关键核心技术领域实现突破。

目前，跨国互联互通最大的障碍是全球轨距标准不同。这些轨距标准主要分为 4 种：标准轨距 1435 毫米、俄式宽轨 1520 毫米、欧式宽轨 1676 毫米、米轨 1067 毫米。其传统的变轨方式是，把车体抬起，更换列车的转向架，一般需耗时 2—3 小时，如果算上调试的时间就更长了。

在下线仪式上，新型动车组进行了现场演示，仅用短短几分钟时间，在列车行进间完成了变轨运行。因为车体和转向架没有分开，牵引系统和网络系统也没有断开，因此无须调试，节省了大量时间。

时速 400 公里跨国互联互通高速动车组采用的 190 项重要标准中，中国标准占 90%，整体设计和关键技术全部自主研发，16 个系统 140 项主要设备采用了统一的中国标准和型号，是中国高速铁路装备满足全球市场需求的重要成果。

新型动车组采用 4 动 4 拖 8 辆编组结构布局，与现有“复兴号”动车组载客量一致。虽然列车“身宽体胖”载客量大，但重量却减轻了，这得益于铝镁合金、碳纤维等先进轻量化材料的大量应用。车体采用碳钎维复合材料，可以减重约30%；辅助供电系统采用碳化硅器件，可以减重15%以上。动车组实现了系统控制智能化，安全保障更加完备。

在多目标均衡的综合节能技术研究方面，低能耗、轻量化的绿色环保动车组，在同等运行速度条件下，人均能耗每公里降低10%，噪音降低2分贝。此外，项目还搭建高速列车多目标均衡节能优化仿真平台，从气动阻力、牵引动力、质量分配等多方面制定技术方案、评估能耗，在提升速度的同时，并不增加能耗，堪称“节能环保的绿色列车”。

安全性是高速动车组最优先考虑的问题。由于应用了智能复合传感器技术、大数据技术以及特征提取技术，列车可以实现运营状态下的智能评估、状态诊断和预警报警。同时通过车载设备、车地数据传输、地面系统，构建了车地一体的全寿命周期管理平台，为列车运营和维护提供决策建议，实现主动安全保障和智能维护。

尾声 面向未来的高铁畅想

一

2016 年 5 月，西南交通大学建校 120 周年前夕，我作为《人民铁道》报记者应邀来到西南交大采访。我以十分敬畏的心情，走进坐落在成都九里校区的牵引动力国家重点实验室，这里搭建着全球首个真空管超高速磁悬浮列车实验平台。总长 45 米的环形平台，麻雀虽小却五脏俱全，涉及高温超导材料、永磁轨道、驱动等十几个子系统。实验室的墙上挂着这样的一句话：真空管道磁悬浮列车——未来世界交通的终极解决方案。

众所周知，高铁运行的摩擦阻力来自空气摩擦和接触摩擦。空气阻力是传统轨道交通发展的最大障碍。科学实验表明，当列车时速达到 400 公里以上时，超过 83%的牵引力会被浪费在抵消空气阻力上。克服高速列车运行中的空气阻力，成为未来高速铁路科技创新的重大课题，吸引着世界上众多高科技人才为之潜心研究、奋力攀登。科研人员设想了多种高速列车的结构和形式，最大限度地减小空气阻力对速度的影响，包括真空管道列车、胶囊高铁、概念高速列车等。

专家们将这些设想称为“超级高铁”。其理念是将搭载乘客的悬浮吊舱送入近乎真空的管道中，以高达 1200 公里以上的时速运行。

诚然，有空气阻力的存在，极限速度就必须存在。运行速度越快，空气阻力就越大。如果在两点之间放一个密闭的管箱，让高速列车运行在真空中，消除了空气摩擦带来的阻力，自然可以实现超高速。同时，利用悬浮式推进系统，消除轮轨间的摩擦力，利用磁悬浮或气悬浮技术使车厢在真空管道中无接触、无摩擦地运行，达到在管箱中的低压环境下的点对点传送运输。

最有意义的是，由于管箱内是低压环境，只需要很少的能源克服很微小的空气阻力。超级高铁将采用自供电设计，通过在管道上部铺设太阳能面板，产生足够的电能维持运行，保证了能源的清洁性和可持续性。

二

未来的“超级高铁”应该是什么模样？

畅想之一：真空管道磁悬浮列车

2003 年，西南交通大学就开始着手研究“磁悬浮 + 低真空管道”高速列车。科研人员希望通过建造低真空环境和超声速外形减小空气阻力，通过磁悬浮减小摩擦阻力，实现超声速的“近地飞行”，最低时速 1000 公里。所谓真空管道高速列车，就是建造一条与外部空气隔绝的管道，将管内抽为真空后，在其中运行磁悬浮列车，由于无空气阻力，无接触供电，无接触驱动，运行速度每小时可高达 7000 公里。由于没有机械性接触，列车不会脱轨；

由于是全封闭，也不会受大雪、雷电等恶劣天气影响。

按照设想，可将现有的铁道线都改成管道式，全封闭起来，并且是透明的，火车在管道中以超导磁悬浮方式前进，没有污染，没有噪音，乘客可以欣赏沿途美景。这种超导磁悬浮加管道的运行模式，理论速度可以达到每小时 5000 公里。

据科研人员透露，这种呼之欲出的真空管道磁悬浮列车能耗不到民航客机的 1/10、噪音和废气污染及事故率接近于零，可以把北京与华盛顿纳入两小时交通圈，用数小时完成环球旅行已经成为科学家近期努力的目标，而中国在此项研究中已经走在世界前列。

畅想之二：真空管道里的“胶囊高铁”

2013 年，有着“科技狂人”之称的艾隆·马斯克阐释了他的“超级高铁”构想。按照这位美国人的设计，

“胶囊高铁”列车示意图

真空管道运输是一个类似胶囊一样的密封舱，它通过真空管道进行点对点传送，像炮弹一样穿梭。每 30 秒可发一个密封舱，每个密封舱搭载 28 人。由于管道处于真空状态，胶囊容器的速度可以达到时速 6500 公里。因其胶囊形外表，被称为“胶囊高铁”。

早在 1904 年，美国学者罗伯特·戴维就已经提出“真空管道运输”的设想。20 世纪 80 年代，美国机械工程师达里尔·奥斯特开始思考“真空管道运输”的可行性。1999 年，奥斯特为“真空管道运输”这一概念申请了专利。2010 年，奥斯特成立了致力于开发真空运输项目的公司 ET3。ET3 的网站上明确提出，其目标是在 2030 年实现真空管道运输项目的商业应用。

2013 年，马斯克对“真空运输”这一概念进行了丰富，提出了“胶囊高铁”的构想。马斯克对胶囊高铁的速度预期比奥斯特保守，他所提出的预期时速为 1200 公里，接近音速。这一速度比现在最快的子弹头列车快两三倍，比飞机的速度快两倍。除了速度快之外，超级高铁还具有安全、节能、环保的优点。

2016 年，美国超级高铁创业公司“超级环一号”（Hyperloop One）宣布，未来将在阿联酋迪拜建设世界上第一条超级高铁，设计时速最高可达 1200 公里。同时，“超级环一号”公司首次对外界公布了“胶囊高铁”项目试验管线铺设的画面。画面中的试验场位于美国内华达州的沙漠地区，施工人员正在吊装和拼接“超级环”行进轨道的管线，管线直径达 3.3 米。

2017 年 7 月 29 日，“超级环一号”在拉斯维加斯试验成功。试验机在总长不到 500 米的管道内达到了时速 310 公里。设计团队希望在未来可以达到 1200 公里的时速，并使之成为城市间旅行的交通方式。

畅想之三：永不停站的概念高速列车

这个概念的意思是，高速列车在经过车站时，不用浪费时间停站接送旅客。这个革命性的概念是由中国设计师陈建军提出的。旅客再也不用在站台上等待，也不用排队通过高速列车一系列狭窄的门，而是在轨道上的吊舱里面等待。当火车通过车站时，吊舱就依附在高速列车车顶，然后旅客通过一个楼梯进入到底下的高速列车车厢里。

在模拟视频中可以看到，旅客们走进了位于钢轨上方站台上的一个吊舱里。当高速列车进站时，钢轨下沉，列车从吊舱底下通过。那些想要下车的旅客会移动到车厢尾部，然后进入顶部吊舱，就可在下一站下车。当高速列车到站时，尾部吊舱脱离，另外一个吊舱再次连接上高速列车。

据设计者介绍道，在北京和广州之间，高铁站点差不多有 30 个。如果每站高速列车需要停点 5 分钟让旅客上下车，那么，整个旅途就增加了两个半小时的时间。这种概念高速列车因为不用停停开开，还能节省能源和燃料。“概念高铁”火爆网络后，有许多设计者纷纷建言献策，如可以用斜槽来代替楼梯等，以便节省更多的时间。

……

我们知道，超高速、高安全、低能耗、无噪音、无污染等都是未来高铁追求的优势和目标。曾有媒体报道说，真空管道运输系统的最高速度，其理论时速最快可以达到 2 万公里。

这该是一个多么振奋人心的未来高铁畅想啊。

三

1911 年，荷兰莱顿大学海克・卡末林・昂内斯教授意外地发现，将汞冷却到 –268.98℃时，汞的电阻突然消失。后来，他又发现许多金属和合金都具有与上述汞相类似的低温下失去电阻和完全抗磁性的特性。卡末林・昂内斯将这种特殊的导电性能称为“超导体”。由此，他获得了 1913 年诺贝尔物理学奖。

为了证实超导体的电阻为零，科学家将一个铅制的圆环，放入温度低于 Tc=7.2K 的空间，利用电磁感应使环内激发起感应电流。结果发现，环内电流能持续下去，而且在两年半的时间内，竟然一直没有任何衰减。

更有趣的是，实验发现，让超导体处于零下 196℃的液氮中，就会出现超导现象，使用特殊材料的小车就能实现无源的自稳定悬浮，手指轻轻一推，就会环绕轨道数周。

高温磁悬浮技术就是从这样的小实验开始的，不需要通电，只要在小车里面注入液氮就能实现如此神奇的效果，超导磁悬浮技术令许多科学家们着迷、神往。

超导技术的崛起，特别是结合超导技术诞生的磁悬浮轨道，让科学家看到了未来高速轨道列车新的希望。利用超导磁体使列车浮于轨道，通过周期性地变换磁极方向而获取推进动力，实现无接触“贴地飞行”，这就是超导磁悬浮高速列车。

其实，超导磁悬浮列车名称中的高温，并非人们印象中炼钢时的几百甚至几千度的高温，反而是指零下摄氏度的温度。普通的超导体所需的温度接近零下 200℃，在正常情况下很难达到，而高温超导所需的温度相较而言更高，超导体的电阻为 0，因此电流进入列车回路之后不会衰减，而是一直储存在列车线圈当中。由于电磁效应与磁场产生作用力让车体悬浮起来，这时候如果再用电机将电能转化成动能，就能够实现快速漂浮滑行，在没有车轮摩擦的情况下，达到常规列车难以达到的高速。

1922 年，德国工程师赫尔曼·肯佩尔于提出了磁悬浮构想。在小模型上，人们看到一个“冒烟”的铁块，它沿着正方形轨道来回奔跑，不论实验人员怎么碰这个铁块，它也不会偏离轨道。铁块就好像一个听话的小孩，一直在轨道附近漂浮，却从不脱离轨道。

1972 年，日本首次成功地进行了 2.2 吨重的超导磁浮列车实验。1997 年 12 月，日本创造了时速 550 公里的超导磁浮列车世界纪录。

2003 年，日本 JR 东海公司的“MLX01”列车在山梨磁悬浮试验线实现了时速 581 公里超导磁悬浮的载人行驶最高速度。2009 年，德国研发的磁悬浮列车时速达到了 550 公里。2015 年 4 月 21 日，日本最新的 L0 系超导磁悬浮列车再次创下了时速 603 公里的世界纪录。

四

西南交大研发的全球首台高温超导高速磁浮工程化样车

畅想就是目标，我们正在努力。

1986 年，西南交大第一代研究人员抓住了高温

超导材料被发现的机会，验证了高温超导磁悬浮列车的可行性。1994 年，西南交大研制成功中国第一辆可载人常导低速磁浮列车。2003 年，西南交大在四川成都青山磁悬浮列车线建成，该磁悬浮试验轨道长 420 米，针对观光游客运行。2010 年，西南交通大学启动了世界最高时速动车组试验台，为轨道交通和动车组实验提供了时速 600 公里的模拟实验平台。载重 1 吨时，列车能稳定地悬浮地面 20 毫米以上，以每小时 50 公里的速度行驶。这项技术可将列车理论时速提高到 1000 公里以上。西南交大团队还将高温超导磁悬浮和真空管道相结合，当时在全球这还是第一次。

2021 年 1 月 13 日，西南交通大学九里校区阳光

西南交大真空管道超导磁浮环形实验线

灿烂，气氛热烈，由我国自主研发设计、自主制造的全球首台高温超导高速磁浮工程化样车在成都下线。这台工程化样车时速达到620公里，最高时速可达800公里。标志着中国高温超导高速磁浮工程化研究实现了“从0到1”的突破，具备了工程化试验示范工况。

这条试验线和试验车都是按1:1比例实际工程实际建造的，可以用来验证悬浮系统、牵引系统、制动系统等一系列工程化问题，为完成600公里级高速磁浮作出充分技术储备。我国就此迈出了由原理机验证向工程化应用的实质性关键的一大步。

2021年7月20日，由中国中车承担研制、具有完全自主知识产权的时速620公里高速磁浮交通系统在青岛成功下线，这是世界首套设计时速达600公里以上的高速磁浮列车，证明了我国掌握了高速磁浮成套技术和工程化能力。

历时5年，成功攻克关键核心技术，系统解决了速度提升、复杂环境适应性、核心系统国产化等难题，实现了系统集成、车辆、牵引供电、运控通信、线路轨道等成套工程化技术的重大突破。

蓝灰相间的车身、子弹型车头、硬朗飘逸的双侧堆叠棱线、独特的“抱轨”结构……高速磁浮列车一经亮相，就以科技感十足的外形惊艳世人。

这台高温超导磁悬浮列车，虽然外形和轮轨与高速列车较为相似，但原理却大不相同，同时，这款重达12吨的试验车型在悬浮状态下甚至可以被单手推动，如此神奇的特性，就是因为它运用了超导磁悬浮技术，使其漂浮在空中以如此之快的速度运行。

中国制造的这台超级高速列车，让西方国家为之轰动。由于这台高温超导磁悬浮列车外形十分科幻，西方媒体感叹：这简直是外星科技。同时日本媒体也是酸酸的，重弹陈词滥调：中国的高温超导磁悬浮列车抄袭了日本的低温超导磁悬浮列车技术。

时速 600 公里高速磁浮技术作为国际尖端技术，是世界轨道交通领域的一大“制高点”，是全球交通科技竞争的战略高地。

作为革命性的技术创造，中国“超级磁悬浮”的出现彰显了中国在磁悬浮列车领域的进步。磁悬浮列车填补了民航与轮轨高铁之间的“空白”，完全可以助力形成航空、高铁、高速磁浮和城市交通速度梯度层级；完善、高效、灵活便捷的多维立体交通构架，也将进一步完善和丰富我国交通运输速度谱系，未来应用空间广阔。

和美国、日本等国同类产品相比，中国磁悬浮在成本上更加具有优势，因为普通超导体需要使用温度达到零下 269℃的液氦来冷却，才能保持超导特性，而中国产品只需要用到零下 190 度左右的液氮即可达到同样效果，而液氦和液氮之间的成本价相差足有 50 倍，自然大大降低了制造成本。

高温超导磁浮动车组，无疑是我国自主研发、设计、建造全系列样机和实验平台的国之重器。目前，中国高温超导核心技术居世界领先地位。美国实验的超级高铁虽然也是基于超导技术，但还是属于低温超导范畴，其经济效益、工程技术等还需要长期攻关。日本正在建设的也是属于低温磁悬浮，需要车辆助跑一段时间才能产生磁力，车体才能浮起来。

我国这次研发的高温超导磁悬浮列车，是一种全新的技术，是目前磁悬浮列车技术中最先进的一种。除了具备速度快、效率高的优势以外，它还无需使用包括石油在内的各种能源，只需要使用液氮作为动力，全程不会排放任何有害气体，既能实现节能目标，又能做到环保。更有价值的是，中国的高温超导磁悬浮列车不需要助跑，便可实现真正的磁悬浮。

时速 620 公里的高温超导磁悬浮列车，意味着轨道交通已经有基础直接与飞机正面竞速，相比于航线不稳定、制造成本高昂的飞机，轨道交通的运力更强大，同时，一条超导磁悬浮轨道的运行成本比飞机低得多，事故率也远低于其他传统交通工具，加之在能耗方面完全碾压飞机，凭借高温超导磁悬浮列车，陆地交通很可能会取代大部分的空中交通。

六

2017 年 8 月 30 日，在武汉举办的第三届中国（国际）商业航天高峰论坛上，中国航天科工集团透露，眼下正在开展“高速飞行列车”的研究论证，最高时速可达 4000 公里。拟通过商业化、市场化模式，将超声速飞行技术与轨道交通技术相结合，研制的新一代交通工具，利用超导磁悬浮技术和真空管道，致力于实现超音速的“近地飞行”。

“高速飞行列车”研制分为时速 1000 公里、2000 公里、4000 公里的三步走战略。第一步通过时速 1000 公里运输能力，建设区域性城际飞行列车交通网；第二步通过时速 2000 公里运输能力，建设国家超级城市群飞行列车交通网；第三步通过时速 4000 公里运输能力，建设“一带一路”飞行列车交通网。

当前，世界上对外宣布开展大于时速 1000 公里运输系统研究的公司主要有三家，即美国的 HTT 公司、Hyperloop One 公司和中国航天科工集团。美国公司起步早，但中国企业起点高，利用航天超声速相关技术，中国航天科工集团是全球首个提出超声速地面运输系统的公司。

据英国《每日邮报》报道，美国“超级铁路交通技术公司”表示，他们已经开始建造“超级高铁”的乘客舱。按照预定计划，“超级高铁”的列车每日可以运送 16.4 万名乘客，每 40 秒就可发车一次。这种新式交通系统能够加速到时速 1220 公里，超过绝大部分飞机的最高时速。

如果“高速飞行列车”的时速达到1000公里以上，则意味着今后中国仅需依靠轨道交通，就可以实现洲际级别的交通运输，从北京向欧洲输送旅客跟货物，依靠高温超导磁悬浮列车跟真空管道技术，只需要9个小时就可完成，届时，无论是亚欧铁路、亚非铁路，甚至是亚美铁路的构想都将成为现实。

以武汉到北京的地理距离1200公里计算，如果“高速飞行列车”的时速达到4000公里，比目前高铁运行的最高速度还要高十倍，则仅需大约18分钟即可完成两地“穿越”。到时，北京到天津3分钟，北京到济南8分钟，北京到上海20分钟……

七

诚然，对未来高铁的美好畅想，也有人担忧和质疑。

“纸上谈兵”之说：时速真的能上千公里？

同济大学磁悬浮交通工程技术研究中心副主任林国斌在接受媒体采访时表示，理论上，在真空环境内交通运输确实有可能达到更高速度，但最高速度还与悬浮导向系统、牵引系统、轨道系统及运行控制系统性能相关。真空管道运输的速度可以超过目前大气环境中的最高速度，但是否能达到1000公里的时速或更高速度，需要有更严密的论证并最终通过试验来验证。

“成本昂贵”之说：一公里管道超10亿元？

中国科学院、中国工程院院士、机车车辆动力学专家沈志云教授认为，这么长的隧道，还需要抽气，地铁修一公里需要8亿元。真空管道一公里10亿元也下不来。这个真空管道就是一个大体积的低真空空间，还要实现载人，再实现建造站台，既能够让乘客方便上下车，又维持管道的真空状态，还能够低成本实现，这是个巨大的难题，至今也没有提出有效的对策。

“技术障碍”之说：如何克服超高加速度？

诸多学者提出，未来运输问题的终极解决方案将是深埋于地下的真空管道磁悬浮运输系统。从理论上来讲，建造真空管道超高速运输系统已具有现实可行性。但也仍存在众多技术问题有待解决。比如，人体是否能够承受超高加速度和高速转弯产生的巨大离心力。

中国工程院院士王梦恕生前对真空管道运输也是顾虑重重，他认为这项技术的障碍太多。他举例说，电压在真空环境中容易出现“真空击穿”现象，产生自持放电，破坏电极导致运输系统瘫痪。如何保证真空环境中的电压稳定？此外，管道中是真空状态，而在其中运行的磁浮车辆中必须具备适宜人类乘坐的大气环境，如何保证车厢内外环境都达到相应的标准，也是一个难点。

八

马克思曾经说过：“在科学上没有平坦的大道，只有不畏劳苦沿着陡峭山路攀登的人，才有希望到达光辉的顶点。”科学追求，其本质是一种执着精神。勇于探索，勇于发现，胜利往往是在再坚持一下的努力之中。

科学需要畅想，也需要假想和幻想，任何科学发明都是从假想开始的。人类对美好的事物总是先有想象，才可能不断地创新和追求。瓦特发现壶里的水汽冲起了壶盖，假想到一壶开水产生的水汽，能够推动一个壶盖，更多的开水会产生更多的水汽，不是可以推动更重的东西吗？于是，他发明了蒸汽机。丹麦建筑设计师约恩·乌松由切开的橘子瓣，假想到悉尼歌剧院造型应该是这样的，由此诞生了澳大利亚的地标建筑……

一部人类社会发展史，就是一部创新史。

创新不仅深刻改变人类生产生活、推动社会发展进步，而且奠定一个国家综合实力和国际竞争力的基础。40 多年来的改革发展，中国实现了创新发展的历史性跨越。载人航天和探月工程、超级计算、高速铁路、载人深潜、水电装备、杂交水稻等重大技术突破及其推广，对中国经济社会发展起到了引领和支撑作用。

眼下，新一轮科技革命蓄势待发，一些重大颠覆性技术创新正在创造新产业、新业态，为中国创新发展提供了难得的历史机遇。

中国是高铁强国，有着全球最庞大的高铁网络。中国高铁通过实现科技创新，大踏步地走在了世界前列。我坚信，高温超导磁悬浮列车技术已经展现出灿烂前景，中国完全有可能在这项技术上实现突破，继续保持中国铁路科技的领先地位。一方面占据了磁悬浮列车领域的发展高地，向世界展示了当今中国的科技实力。另一方面弘扬科技创新、科技强国精神，运用中国智慧，成就中国力量，坚定不移地走中国道路。

面向未来的“超级高铁”畅想，中国有能力创造出“比飞机少一对翅膀”的高速磁浮列车、更快更好的真空管道超高速列车，不断刷新陆地交通的速度新纪录，冲刺实现时速 1000 公里媲美飞机的新速度。

中国智慧，中国力量，有这个信心和实力。

让我们乘坐时代的高速列车，奔向科技创新的美好明天吧！

代后记

解读中国高铁“密码”

一

小时候，最高兴的事就是傍晚坐在家门前的稻草堆上，听当中学老师的母亲讲故事。母亲说，世界上数中国人最聪明。我说，为什么啊？母亲说，三皇五帝到如今，火药、指南针、造纸，都是咱中国人发明的。

长大后，我才知道，母亲讲的都是古话。近两百年来，咱中国落后了。落后的原因，不是中国人不聪明，是半殖民地半封建的社会制度，是无休止的战争灾难，捆绑着中国人的手脚，成天惊恐不安，又何谈智慧可言？

在长辈的眼里，聪明与智慧一个样。娃儿脑子活，就是聪明。这人能办事，就是有智慧。按辞典的解释，聪明，一般指天资高、记忆和理解力强。智慧，则是对事物迅速、灵活、正确地理解和解决问题的能力。前者是理解力，后者是解决力。可见，聪明与智慧是次第关系。人们常说的“小聪明、大智慧”，就是这个道理。

我将这部长篇报告文学取名为《中国智慧》，意思是彰显中国人后来居上引领世界高铁科技发展的创造力。这种力量，显然不是那种“我认识你”的小聪明，而是一种“为我所有”的大智慧。中国智慧，不仅仅是中国人发明了什么，更应该是追求一流的品质与创造力。

在这本书的采写过程中，我一直在探秘中国高铁科技创新发展的途径，一直在追寻和探究中国智慧创造力。我力求用采访得来的一个个故事，印证一个个符合事物发展本来面目的结论。2017年9月，河南文艺出版社将《中国智慧》列入"中国创造故事丛书"出版。

近几年来，中国高铁技术创新持续深化，不断突破技术瓶颈，成功研制拥有完全自主知识产权和世界先进水平的"复兴号"中国标准动车组，在世界上首次实现时速350公里自动驾驶功能。自主研发了新型列车控制系统，建成了高铁供电调度控制系统和功能强大、安全可靠的中枢神经系统和电力供应系统。北斗导航、5G、大数据等先进技术在高铁上得到成功应用……

面对诸多高铁创新成果，让我萌发了重新写一本《中国智慧》的念头。于是，我重新深入采访，重新梳理中国高铁创新成果，重新搭建写作架构，从高铁技术装备、工程建造到运营管理；从智慧高铁、生态高铁到高铁客站，还有12306客服网的奥秘，我力求多方位、多角度、客观翔实地展示中国高铁科术创新之路。基本上这本书是另起炉灶，重新创作。

高铁已经成为中国老百姓出行首选的交通工具，成为中国整体领先世界的产业之一，赢得了国际社会的广泛认可和高度赞许，成为中国高端制造业的"黄金名片"。中国高铁经验正在输出，中国高铁正在走向世界舞台。与一些先进国家相比，中国高铁起步晚、底子薄，为什么能够在较短的时间内引领世界之先？其中的奥妙是什么？有哪些成功的"密码"？中国智慧的表现何在？

二

著名文化学者陈晋先生在读完我的拙作《中国速度》后评价道：“中国高铁发展说明了两个问题：一个是中国道路的制度优势，一个是中国道路背后的中国价值。”

在高铁发展实践中，中国特有的“举国体制”优势发挥到了极致，汇聚起建成世界最发达高铁网的强劲力量。坚持党的全面领导，中国高铁发展始终坚持以人民为中心的发展思想，充分体现了人民群众对美好生活的向往，统筹兼顾经济发达地区和老少边及脱贫地区需要，使高铁发展成果最广泛地造福最广大人民群众，实现了高铁发展与经济社会发展相互促进、相得益彰。

坚持集中力量办大事，从中央到地方，从路内到路外，从科研创新、生产组织到产业化应用，从规划设计、工程建设、装备制造到运营管理整个创新链产业链，既坚持按市场经济规律办事，又坚持局部利益服从整体利益、国家利益兼顾地方利益，团结协作、密切配合，形成推动高铁发展的强大合力。

坚持自主创新与开放创新相统一，充分发挥后发优势，引进、消化、吸收、再创新，学习借鉴国际先进理念、创新成果，集世界高铁技术之大成，大大加快了我国高铁技术创新赶超步伐；始终把科技自立自强、自主创新作为高铁创新的根本，对一切外来技术坚持以我为主，坚持不懈加强关键领域技术攻关，形成了从高铁基础理论、技术应用到成果推广乃至技术标准体系的完整创新链条，牢牢地将创新主导权、发展主动权掌握在自己手中，不断巩固和提升了中国高铁的世界领跑地位。

三

我国面积辽阔、人口众多，有着庞大的运输市场。铁路是首当其冲的重要交通工具。中国有市场，先进国家有技术，以市场换技术，以技术赢得市场，这种交易是很公平的。

外国企业需要中国市场，中国想引进国外的先进技术并不难，但要拿到核心技术却很难，因为那是外国企业保持技术优势和长久获利的生存之本。

2004 年，诺贝尔经济学奖获得者萨缪尔森曾对技术贸易进行分析。他们认为，如果两个国家各有技术优势，那么通过贸易可以双方受益，但是如果一国通过贸易可以迅速把别国的技术优势学过来，那么就是学的一方受益，被学的一方吃亏。

这个美国老头讲这番话的这一年，中国开始向先进国家引进高铁技术。按萨氏的观点，优势国家将高铁技术通过贸易交换给中国，中国提升了高铁技术，技术输出国无疑受损了。那么，中国就占了很大的便宜。

中国有句古话：一个愿打，一个原挨。我以为，各取所得、各得其所，这是再正常不过了的“贸易交换”，不应该存在谁吃亏、谁占便宜的问题。萨缪尔森的言论，也许是一种纯理论的探讨。

不可否认，中国是“引进”技术的受益者。“和谐号”高速列车最早就是引进国外技术研制出来的。然而，中国高铁产业每时每刻都在创新，不论是前期的勘察设计、工程建设，还是高速列车生产、高铁运营管理，每一个环节，每一个零部件，中国人都力求突破，加入创新元素，烙上自己的印记，让最终产品成为纯正的“中国货”。

由此，中国铁路行业实现了整体突破，高原铁路、高寒铁路、重载铁路、高速铁路均跨世界先进行列。高铁技术日益成熟并取得重大突破，“复兴号”中国标准动车组、升级版智能动车组，成为世界上首个实现了 350 公里时速自动驾驶的高速列车。

四

有人问，中国很多产业都采用过“引进、吸收、消化、再创新”的技术路线，为何只有高铁产业成功了？汽车与高铁相比，同样拥有广阔的市场，为什么至今中国的道路上跑的几乎都是外国牌子的汽车？

专家告诉我，引进是否成功，关键在于是否拥有核心技术。否则，东西永远是人家的。

中国兴建高铁时，世界上已经有日本、法国、德国等先进国家建成了高铁，掌握了先进的高铁技术。我们虚心向先进国家学习，不仅要学习先进技术，而且要求掌握核心技术，着眼于提高创新能力、培育自主品牌。

“西门子败走麦城”的故事，曾让我激动不已。吃一堑，长一智，西门子第一次竞标失败了，第二次竞标竟然将时速 300 公里的高速列车 8 项关键技术全部向中国有条件转让，或让中国享用。因为西门子不能缺失中国市场。

债台高筑的法国阿尔斯通、面临倒闭的日本川崎重工、企图抢占商机的英国丹尼斯公司，他们都因为屈于生存与发展的压力，不得不将部分高速列车关键技术转让给了中国企业，从而获得新生。

现实说明，世界上没有绝对不变的东西，包括高铁核心技术的转让。矛盾的普遍规律与特殊性规律共存，这是辩证法，这是哲学的观点。

采访中，我时常会听到“国产”“完全的自主知识产权”“自主研发”等字眼，也正是这些用词引起境外的质疑。我以为，这些词语无可非议：产品方面，由中国企业在中国生产的，当然是国产的；技术方面，要么是技术转让（买下了就是有了产权），要么是自己创新，理所应当都拥有完全的自主知识产权；创新方面，我们用自己掌握的技术，研发设计生产出来的产品，当然是自主研发。建立在引进技术基础上的创新，也是自主研发。

“复兴号”动车组，是继中华之星、和谐号之后，国产第三代高速列车。虽然包含引进的先进技术，但是技术平台是我们自己打造的，每一个环节，每一个零部件，都加入了创新元素，烙上了中国印记。仅车头的头型就创新了 20 种，优化设计而成。

“复兴号”动车组最高运营时速可以达到 380 公里。这个速度比德国、法国的高速列车快 60 公里，比日本新干线高速列车快 80 公里。节能环保和综合舒适性，处于国际一流水平。

应该说明的是，“复兴号”动车组具有完全自主知识主权，但有些重要的零部件，如动车组轴承、车轮、车轴钢等，部分采取国际招标采购方式，这也是符合国际惯例的。如德国铁路公司实际上就是一个国际性的运输和物流集团，在全球范围内，与其有直接贸易往来的供应商多达 15000 家，每年采购总额达到 120 亿欧元左右。

我以为，中国高铁技术创新至少有三个来源：一是本国的创新能力和技术积累，二是引进消化国外先进技术，三是生产能力形成过程中的多种技术融合创新。单纯地强调本土的技术创新能力，或者一味强调外来技术的引进，都是与事实不符的。

诚然，高铁作为知识与技术密集型产业，其创新过程涉及跨学科、跨专业、跨行业的方方面面。始终把自立自强、自主创新作为高铁创新的根本，对一切外来技术坚持以我为主、为我所用，坚持不懈加强关键领域技术攻关，形成了从高铁基础理论、技术应用到成果推广乃至技术标准体系的完整创新链条，牢牢地将创新主导权、发展主动权掌握在自己手中。这种自主创新意识和能力，是全行业性、全过程的，有效撬动了中国高铁全产业链的创新发展。

这些都是我的采访结论。

五

2011 年的那个夏天，在“7·23”温州动车事故现场，我目睹了某些境外记者兴灾乐祸的丑态，感受了网民失去理智的愤怒，深深地为中国高铁的未来忧郁、迷惘和困惑。

我一直很费解，当年美国航天飞机失事，举国悲痛，但是美国人没有半点怨恨和责怪。今天我们的动车出事了，网上谩骂声一片，境外敌对势力高兴，国人怎么也如此兴奋？

就在温州事故发生的前20天，京沪高铁通车时，日本媒体还在公然叫嚷，中国高铁剽窃了日本新干线技术。温州事故后，日本媒体来了个 180 度急转弯，立刻与中国高铁划清界线，指责中国高铁技术不过关。这又是何等的滑稽可笑。

那些天，许多日本记者 24 小时守候在温州殡仪馆。他们端着摄像机到处乱窜，采访事故受害者家属，发表采访感言，公然煽动民众的不满情绪。境外网站与国内一些网站几乎一个声音，声嘶力竭地抵毁、抹黑中国高铁。

中国高铁沦陷于一片黑暗之中。

我想，正是这种刻骨铭心的经历，让我有了更多的思考。

如果说科技创新彰显一个民族的智慧，对科技创新的艰难多一些宽容和理解，则是一个民族的优秀品质所在。特别是建立在基础薄、底子差背景下的中国科技创新，中国人必然要比别人承受更多的艰难困苦和付出更多的拼搏。

六

人是要有一点精神的。

精神是力量的源泉、行动的先导。中国高铁精神集中体现在崇尚科学、攻难克坚、自主创新、勇攀高峰等词组的延伸意义上，这是属于中国精神的表达范畴，也是中国智慧的源泉所在。

俗话说："智高无难。"意思是说，有着较高智慧之人，即使遇到再大的难题也不会感到束手无策。中国智慧，彰显着民族精神、民族大义与民族自信。中国高铁取得的巨大成就，精神因素所起的作用不容忽视。实践证明，攻克科技创新难题，一是要靠智慧，二是要靠精神。

中华民族是一个十分崇尚智慧与精神的民族。我着力紧扣中国高铁科技创新这个主题，从不同侧面体验中国人的聪明才智，引导读者领略和感受无处不在的中国智慧。发挥体制优势、坚持正确的技术路线、突破核心技术、自主创新、中国元素，这些都是中国高铁创新的"密码"。破解、运用好这些"密码"，中国企业将会打造出更多的"中国名片"。

中国高铁向世界昭示：中国正以自身的努力、自己的方式变成更好的模样，走进世界舞台中央，"中国智慧"必将给整个世界带来更加积极而深远的影响。

2017 年 6 月 28 日定稿

2022 年 9 月 5 日修订

图书在版编目（CIP）数据

中国智慧：中国高铁科技创新之路 / 王雄著 . -- 北京：
外文出版社，2022.9
ISBN 978-7-119-13047-7
Ⅰ . ①中… Ⅱ . ①王… Ⅲ . ①报告文学 – 中国 – 当代
Ⅳ . ① I25
中国版本图书馆 CIP 数据核字 (2022) 第 044562 号

出版指导：陆彩荣
出版策划：胡开敏
责任编辑：蔡莉莉
图片摄影：（以姓氏笔画为序）
王　雄　刘一赢　刘成平　刘坤弟　刘慎库　李　红　李向东　李范纤　阴延贵　杨宝森　何坚强
武　羽　杨智刚　张学东　张贵忠　张伟明　陆　华　陈　功　陈　涛　陈南辉　姜　超　周　围
罗春晓　郭润滋　郭海生　唐振江　栾福辉　梁鸿超　梁　力　翟现亭　霍春光　鞠红伟
视觉中国　新华社
装帧设计：闰江文化
印刷监制：章云天

中国智慧
中国高铁科技创新之路

王　雄◎著

出 版 人：胡开敏
出版发行：外文出版社有限责任公司
地　　址：中国北京西城区百万庄大街 24 号　**邮政编码：**100037
网　　址：http://www.flp.com.cn　**电子邮箱：**flp@cipg.org.cn
电　　话：008610–68320579（总编室）　008610–68996167（编辑部）
008610–68995852（发行部）　008610–68996183（投稿电话）
印　　制：北京盛通印刷股份有限公司
经　　销：新华书店 / 外文书店
开　　本：710 mm × 1000 mm　1/16
印　　张：26.5　**字　　数：**339 千字
版　　次：2022 年 9 月第 1 版第 1 次印刷
书　　号：ISBN 978-7-119-13047-7
定　　价：118.00 元（平装）